黑 金 时 代

直击资本圈内幕

陈楫宝◎著

贵州出版集团
贵州人民出版社　博集天卷
CS-BOOKY

图书在版编目（CIP）数据

黑金时代 / 陈楫宝著. —贵阳：贵州人民出版社，
2020.3
ISBN 978-7-221-15802-4

Ⅰ.①黑… Ⅱ.①陈… Ⅲ.①长篇小说—中国—当代
Ⅳ.①I247.5

中国版本图书馆CIP数据核字（2020）第004975号

上架建议：畅销·财经小说

黑金时代

陈楫宝　著

责任编辑： 胡　洋　潘　乐
出　　版： 贵州人民出版社
　　　　　（贵州省贵阳市观山湖区会展东路SOHO办公区A座　邮编：550081）
印　　刷： 三河市鑫金马印装有限公司
开　　本： 880mm×1270mm　1/16
字　　数： 366千字
印　　张： 24
版　　次： 2020年3月第1版　2020年3月第1次印刷
书　　号： ISBN 978-7-221-15802-4
定　　价： 58.00元

目录

C O N T E N T S

CONTENTS

第一章
"过会"

京城，金融街21号，大通银行贵宾室。

陈晓成独自坐在靠窗的隔间里，俯视着斜对面门禁森严的FK大厦东大门——一只断线的紫色蝴蝶风筝在寒风中飘飘荡荡，向着全副武装的保安头上滑落。胖保安跳起来抓住了风筝，东张西望，嘴里嘟嘟囔囔。

这是唯一有趣的小插曲，心情沉重了大半天的陈晓成忍俊不禁，随之轻松下来。

FK大厦是方方正正的大楼，宛若挪亚方舟，即将溺水的群体在此寻求拯救。他们在企业IPO①前夜，患上了"一夜暴富前综合征"——惊慌、恐惧甚或精神失常，他们把所有的希望寄托在从这扇大门进出的佩戴胸卡的人身上——他们代表国家行使审批和监管之权，掌握着生杀予夺的权力和钱海浮沉。

他不时抬手看左腕的江诗丹顿手表。他已经坐了5小时58分钟，同一个姿势，同一种眼神。时间是准确的，刚心算出来。

他的计算从来不会出错。

陈晓成在等待最重要的一条短信。之前，已收到一条："万总进去了，我们在等待最后的宣判。"董秘向阳知道他的习惯，短信里从不说废

---

① IPO，即首次公开募股。——编者注

话。第二条应该只有两个字，但这将是决定生死的两个字，或者天堂，或者地狱。走上这条路，他就只能属于这两个地方。

桌上摆着三部手机。一部是黑色iPhone 4，为他的公开身份所使用，用于圈内朋友的联络和开拓。此刻放在桌角上，设置成无声状态，任凭不时打进来的电话或接收的短信闪着蓝光。

一部是三星Galaxy S2，在他眼皮底下放着，主要用于这个项目的联络。当初他发现苗头不对，决定主控操盘，马上买了这部手机和新手机号。向阳的短信就是发到这部手机上的。手机设置成响铃状态，他在等待决定命运的短信声。

一部是不起眼的诺基亚N8，设置成震动状态，放在他右手边。这是他一个月前买的，同时买了两部，一部留给自己，另一部给了那个人，他们单线联系。这两部手机注定了生命将很短暂，无论上天堂还是下地狱，这两部手机和这两个手机号都将很快从这个世界上彻底消失。正常情况下，这部手机不会有电话或短信进来，如果有动静，那就会很大，意味着有很大的意外发生了。完全意外，不可预料，就像地震一样，不知道在哪儿，不知道什么时候，只知道天翻地覆。这么多年的风雨让他学会了时刻准备应对最意外的情况。

手机出卖一切。陈晓成有些冷酷地看着这三部手机，心想，要像对待背叛者那样对待手机。他用过十几部手机和十几张SIM卡，大部分都已四分五裂——物理意义上的、实实在在的四分五裂，散落在这个城市的各个角落，最后埋藏在各个垃圾填埋场。

现代商业世界，大多通过手机掌控战局，那是战场指挥所与前线唯一的信息通道。因此，手机的背叛会比身边任何人的背叛都可怕。有位在鄂尔多斯做房地产的老板朋友，一天没有开机，第二天各路债主就围堵住公司大门。老板在电话中跟他苦笑道："手机得24小时开着，几个小时联系不上，上上下下各色利益关系人，就都以为我拿钱跑了。"这只是没电而已，如果手机落入他人手中，哪怕是最粗心的人，也能挖掘出所有的信息：关系网、业务状况、健康情况、偶尔留存的那些艳照——包括所有你正在做和准备去做的事。

万总进去42分钟了。正常情况下，进入"过会"的最后环节，有半小时就该出来。陈晓成感觉浑身发冷，冷的感觉从脚底一阵阵涌向腹部、胸部以及头部，冷汗慢慢渗出。他下意识地扯出茶几上的纸巾，擦完额头，揉成一团，又扔回茶几上，同时心里狠狠地骂自己："你就这么沉不住气吗？有什么好紧张的！"

他还是忍不住拿起诺基亚N8，打开短信，这手机里唯一的一条短信，是那个人发来的，"问题不大"，轻描淡写，自信笃定。他身上一热，轻舒一口气。那个人现在就在对面的办公大楼，一间独立的办公室。他也许在签署文件，也许在听属下汇报工作，也许像他一样，也在紧张地等待最后的结果。

他感觉这是一生中最漫长的6个小时。他的眼睛从没离开过斜对面大楼门禁森严的东大门，脑中却不停地复盘，过滤两年来的每个细节，是否有遗漏，是否痕迹太重，是否一切妥当。

两年多前，他决定投资凯冠生物，1亿元，占20%的股份。之前7年，与老同学、合伙人王为民联手做了几笔漂亮的买卖，在广告、能源、房地产甚至国际金融危机时期的期货领域，均斩获不菲，在圈内声名鹊起，正踌躇满志，筹划着来一场干净的大买卖，却没想到这桩投资会成为一场大危机，把他拖到更深的水里。

1亿元的资金对陈晓成他们的盛华基金而言，不是小数，占他们第一期私募投资基金的1/8，是盛华基金成立以来最大的一笔投资。投资审查委员会对此项目疑虑颇多，觉得风险大。另一方面，陈晓成和王为民之前虽然风光，但做的都是实业，在VC、PE^①上还是新兵。更重要的是，这个项目第一次上会讨论时，王为民也反对。

在关键的投审会上，陈晓成夸下海口，立下军令状，并祭出不菲的回报，投票表决时，以3票险胜。投审委共5票，采取多数通过原则。王为民在关键时刻还是投了他一票。投票结束，陈晓成跟着王为民进了卫生间，用力地拍了下他的肩膀："谢了！"王为民脸色平静："对这个项目，我

---

① VC，即风险投资；PE，即私募股权投资。——编者注

还是比较犹豫，但基于多年的信任，我最后还是鬼使神差地赌了。"然后，王为民深呼吸，盯着他的眼睛，以少见的目光看着他道："你知道，我最相信的人是你。"

陈晓成踌躇满志："放心。我们也算创业投资人吧，懂得如何做企业，与纯粹的财务投资管理出身的人判断不同。这家企业，相信不会让你、让我们大家失望的。"

但是，最先失望的是陈晓成自己。

入主半年，代表基金担任凯冠生物公司董事的陈晓成发现了大猫儿腻。最常用的手法——利润造假。用公司自有资金打到体外循环，虚构原材料收购和产品销售业务，虚增销售收入和利润。

凯冠生物不同于大多数公司之处是，他们的造假做得很认真扎实，"把假的当作真的来做"，造假遍及进、存、产、销各个经营环节，不同人员完成各自负责的部分，俨然是流水线式的造假。整个造假流程有购销合同、入库单、检验单、生产单、销售单、发票等"真实"的票据和凭证对应。为了避免中介机构核查，还伪造大量的银行回单，私刻银行业务章，单据逼真。正因如此，尽职调查时聘请的中介和陈晓成都毫无察觉，连味道都嗅不到一丝。

陈晓成头皮发麻，拿着一堆调查获得的资料冲进凯冠生物大股东、创始人万凯的办公室，怒发冲冠，把材料狠狠地摔在他的办公桌上。陈晓成爆粗道："还真××是个人物。这××就是'工匠精神'啊，一点都不比德国、日本差。"

这位对越自卫反击战老兵出身的土老板早有预料，对造假供认不讳，苦着脸说，钱花出去了，进原材料，还整改了生产线。

陈晓成恼怒道："你要是把造假上的聪明劲和扎实劲用到公司业务里，利润早就做上去了！"

万凯双手一摊："你当我不想啊。我反复核算过，按照我们的规模和速度，稳扎稳打，起码要3年，甚至5年才能上个台阶。到时候市场会怎么变都不好说。"他停顿了片刻，然后表示着无奈，"我必须要大资金支持，才能跨越发展。你们搞投资的，都喜欢摘果子，不喜欢种树。我不把数字做好看，到哪儿搞资金？！"

陈晓成瞪着他："所以你用摘果子的价码，让人种树？"

争吵激烈，剑拔弩张。

万凯最后来了一句，差点让向来桀骜不驯的陈晓成背过气去："事情已经这样了，你说怎么办吧？"

陈晓成从他眼里看到了一种狡黠，怯弱者本能的狡黠。

陈晓成很快跟基金的合伙人汇报了此事。头一天，他一夜没睡，推算所有可能的解救方案及其可行性。

内部会议上，陈晓成和盘托出，自责检讨。投出去的钱最多只能收回40%，即使动用资源把万凯以涉嫌造假诈骗的名义送进监狱也无济于事，那样所投企业会分崩离析，自己更将颗粒无收。在会上，陈晓成根据他的盘算，提出了一个最激进的解决方案，就是孤注一掷，两年内强推上市。这风险极大，投审委委员们不置可否，陈晓成就当成了默认。

除了孤注一掷，还能有什么更好的办法呢？

万凯绝不是乱世枭雄般的人物，作假融资更近于走一步算一步的黔驴技穷，小农式智慧，一为缓解资金压力，一为捆绑投资公司。陈晓成稍稍亮出背景，再以牢狱与折卖公司要挟，这个在西南一隅据说黑白两道皆混得开的万凯，就选择了妥协：万凯出让10%的股份给陈晓成所在的基金作为补偿。

其中陈晓成的计算很简单，一条路是鱼死网破，但老万已把钱花出去了，再怎么折腾也只能回来40%，顶多是出口气；另一条路虽然风险大，但是1亿元的投资，至少以20亿元退出，加上万凯出让的股份，有30倍的收益。1亿元对30亿元，谁会不殊死一战？

况且，这些纷繁复杂、盘根错节、天衣无缝的虚增收入，监管部门也不容易查出，打点到位，也许查都不会查。中介机构是利益关系，只要利益到位，中介会网开一面的，走走过场就算了。一旦成功上市，一年限制期满，立即退出。在国内，即使东窗事发，真正横遭退市的，又有几个？

那个晚上，陈晓成想好了未来一年多的布局和手段。一年多来，他强力推着万凯踩着钢丝前行，改制、中介审核、申请"报会"，按部就班，尽在掌握。

不过，陈晓成一直都只是在幕后运作。他自己在股改前就迅速退出了凯冠生物董事会，让手下的一个小马仔顶替。所有部署，皆是与老万单线联系，甚至连最初引自己来投资的董秘向阳也尽量回避。至于中介机构，陈晓成仅仅出席一些不痛不痒的闲聊、聚会，从不参与正式辅导和各类议事会议。

万凯也不傻，知道陈晓成这个年轻人是在做切割，未来一旦东窗事发，好撇清关系。但这有什么大不了的？没吃过猪肉还没见过猪跑吗，你见过几个上市公司老板被杀头的？老子当年在对越自卫反击战战场上就天天拎着脑袋，怕过谁？当然，这些话万凯也只能在自己心里嘀咕。

一年多来，万事俱备。陈晓成着手准备最后的杀招。他请求老搭档王为民出面，把那个人请出来。那个人与王为民的交情非同一般，之前办的几件事情都是王为民与之单线联系。这次凯冠生物上市"过会"，就转给陈晓成接洽。

关键时期，陈晓成花了两周来筹备，在哪里见面、组什么局、带谁参加、话怎么配合、怎么点题，每个细节、每句话，都在他脑里过了无数遍。诺基亚N8就是那时候买的，他托人在广州采购的，还买了两张神州行电话卡，专门用于此次两人之间的单线联系。一个月前，那个人到石家庄出差，会逗留一晚。陈晓成叫上两个私交甚笃、场面出色的哥们儿，带着200万元不连号的现金，长途奔袭，开车到石家庄一家早就安排好的隐秘会所。晚上接那个人过来，打几手牌。牌局上，陈晓成使出浑身解数，输掉200万元。

回京不久，排会名单出来了，凯冠生物名列其中。一周前，他拿到抽签选取的发审委员名单，五个名字，五个电话号码。

陈晓成已经复了四次盘。这一年多来，每个关键点上的选择和行动都无懈可击。他心里很清楚，已经做得很到位，没太多可担心的。他不是一个人在战斗，背后有一帮人呢，都在期待着最好的结果。他成功地把一帮蚂蚱拴到一条牢固的绳子上，一切尽在掌握。就像两军对垒，对面阵营负责调兵遣将的是自己人，你说，这仗的结果还有什么悬念？

他心里闪过一个小小的阴影。昨晚，确切地说是今天凌晨，发生的一件事情让他有些疑虑。

凌晨1点30分，万凯带着向阳匆忙赶到陈晓成房间。

正要说话，陈晓成盯着他们的手包，说："手机关了没？"这是他多年的习惯，只要谈及重要的事情，在座的人必须关掉手机。

两人关了手机，陈晓成马上问道："搞定没？"

万凯脱下厚重的牛皮上衣，大嘴一咧："都打点好了。路上我还把他们预备的问题给背了，财务数据全部在我脑子里。我也不是吃素的，放心吧。"

他一屁股坐在毛茸茸的朱红色针织沙发上，身体后仰，脱下皮鞋，抬脚就往茶几上搁。陈晓成眉头一皱，向阳马上提醒说："万总，这是在陈总卧室。"

万凯一愣，连忙缩回脚，坐直，连声说："抱歉，抱歉。这几天太累了，我还以为回到了自己的房间。粗人啊，粗人一个，别见怪。"

陈晓成没接话茬儿，诚恳地说："万总，这些天辛苦了。"

万凯很少见陈晓成这样。之前只有一次，那是第一次见面时，陈晓成开着保时捷卡宴，从市区颠簸两个多小时来到县城里的公司办公室。陈晓成的面容有些稚气，笑容真诚，一米八几的瘦高个儿，不到30岁，目光深邃，浓眉宽额，印堂发亮，给万凯的第一感觉是精干、和善、有来头。可惜，虚增业绩的事情败露后，万凯就只能看到陈晓成冷峻的脸了。

万凯受宠若惊，有些动情地说："陈总，陈老弟，我今天发自内心地叫你一声老弟，说实话，要不是你大力支持，我们肯定走不到今天。我是个大老粗，爱犯小错误、耍小聪明，这些都逃不过陈老弟的眼睛，我也服气。不过你放心，我这个人呢，大错不会犯。我真的是想把企业做大做强，做成这个行业的全球第一。这次，完全是你的功劳……"

陈晓成立刻制止了万凯的自作多情，伸出手指，放在嘴唇前摇了摇，轻声说："这话以后不要讲了。我再说一遍，我只是在外围做些工作，帮点小忙，万总，你们内部的事情我可是从来没有参与。"

万凯自然明白他的言外之意，转头对向阳说："对，话是这么说。老规矩，出了这个门，我们什么都没说过，什么都不知道。"

接着，他右手向上指了指："上边怎么说，没问题吧？"

陈晓成表情平静，淡淡地说："按照正常流程走，发挥正常的话，问题不大。"

"问题不大？"万凯皱纹里填满了笑，"在石家庄你们玩爽了吧？幸好你拿到了五个人的名单，我们已经搞定四个，另外一个也托人打招呼了。嘿嘿，我一提我们企业，他们态度还蛮好！"

陈晓成心里咯噔一下，恼怒中夹杂着一丝恐惧，脸色陡然转冷。他盯着万凯："你怎么知道我们很爽？你跟踪？"

万凯不知所措："怎么？怎么？"

陈晓成默然无语，只是冷冷地盯着他。

半晌，万凯才反应过来，一头冷汗，赶忙辩解："瞧你说的，我是看你拿到了名单，顺口这么一猜。陈老弟，你是为我们办事，我们怎么会去跟踪？再说，你们去石家庄，我们这边也忙得四脚朝天，哪有这时间啊？请放心！"

陈晓成半信半疑。他岔开话题，拿出一个单子说："万总，这些费用你转给那家财经公关公司吧，我从那边取。"

万凯一看，脸都绿了，我的妈呀，一晚上麻将果真全给输出去了？200万元啊！他一副痛心疾首的样子。

随后就是沙盘推演。老万准备得不错，陈晓成还算满意，也就不再追究跟踪的事。

然而现在想起来，陈晓成总觉得芒刺在背，虽然是很小很软的刺。掂量了一会儿，此事自然不会影响"过会"，但他还是暗暗提醒自己，以后要加强反跟踪。在这个圈子里混，大半不是栽在大事上，而是死在细节上。

酸痛隐隐袭来，陈晓成揉了揉脖子，终于抬起头，仰望远方。初冬了，蓝天辽阔，飘浮着几朵白云，一只红紫相间的蜻蜓风筝在空中滑翔，难得的好天气，难得的好风景。自去年冬天起，北京就笼罩在雾霾中。所幸昨晚一股来自西伯利亚的强冷空气入侵，手机里的空气指数应用软件显示的PM2.5指数是两位数：57。

前方高楼鳞次栉比，内中盘踞着这个国家几乎所有的大银行、大保险集团、大证券公司。这就是金融街，掌握着国家经济命脉的最具权势的街道。不过，即便是在这样的一条街道上，你也需要抬头仰望上天。

没有谁可以永远俯视芸芸众生，即使出身华贵，含金衔玉，是所谓的官二代、富二代，一辈子下来，也终究是仰望比俯视的时候多。人生之路从来都是俯仰交错，荣辱兼至，柳暗花明、苦尽甘来，方算尝过了人生的滋味。那些希冀一直俯视他人的人，即便得遂所愿，脖子也免不了要酸痛。想到这里，他不由得哑然失笑，隔间里的空气似乎也跟着轻松了一些。

肚子适时地叫起来，他这才意识到还没吃午饭，坐到现在只喝了三杯黑咖啡，吃了一块三明治。昨晚沙盘推演到凌晨3点多钟，躺在酒店松软的大床上，他睁着眼熬到天亮。他不是睡不着，只是不想睡，也不想吃东西。这一天，他已等待两年。是的，人一生下来，其实就在与风险相搏。从出生、成长，到成熟，哪一环节不伴随风险？一将功成万骨枯，现在万骨已枯，他要以警醒和沉静的姿势等待是否功成。

FK大厦东大门开始有动静。两个人搀扶着一位秃顶的中年男人走出，跌跌撞撞，耷拉着脑袋。陈晓成认出那是红阳环保的赵总。红阳环保是安徽做污水处理的高科技公司，为了上市狠补3800万元税款。看这架势，3800万元打水漂了。

他突感胃部一阵痉挛，疼痛感涌来。一将功成万骨枯啊，他想到了红阳环保背后翘首以盼的投资者们。许多人把身家性命都押上，各种明争暗斗，在奔向上市的狭路上，上演着人间悲喜剧，有人笑，有人哭，有人妥协，有人掠夺，有人升天，有人出局。笑到最后的人，也要经历过无数个无眠之夜。

陈晓成深呼吸，然后喝口黑咖啡，胃部疼痛缓解。他看了下表，下午3点36分。结果出来了，他的命运已经决定了，但是他还没收到判决书——他苦苦等待的第二条短信。这种感觉让他有些抓狂。

大门里又陆续出来3个人，没有万凯。

丁零，丁零，手机响了。陈晓成深吸一口气，点开，只有两个字：过了。

陈晓成闭上眼睛，忍住热泪，让眩晕酥麻的感觉蔓延至全身。他忍住号啕大哭的冲动。两年的辛苦，食寝不安，终于可以画上句号了。

他让自己冷静下来，弯腰抓起扔在沙发上的深色BOSS外套，签单，离开。

坐进黑色路虎揽胜，他给那个人发短信，两个字，加上感叹号：过了！

10秒后，那个人回复：收到。

接着他又给王为民电话，听着那边的呼吸声，他轻声说："晚上庆功，过来吧。"

王为民大声说："我一大早从成都飞回来，就是等这句话！"

陈晓成闭上眼睛，脸上终于露出笑容。再次睁开眼，发现手里不知何时已拿出BURBERRY（博柏利）手包。他一愣，轻轻打开，抽出夹层，那张有些发黄的照片中的人正静静地看着他。她面庞清秀，双眼皮，大眼睛，侧首而视，戴着耳机，听着音乐，眼神专注，笑靥如花。他禁不住浑身发抖。或者天堂，或者地狱，他只有这两个地方，而她，她是平凡人间的精灵。你还好吗？我爱情的启蒙师，我爱情幻想的天使！

小型庆功宴被安排在西三环与西四环之间的一个私人会所"伊甸公馆"，会所隐藏在褐红色砖墙的居民楼中，那是陈晓成和王为民活动的根据地。

陈晓成走进去的时候，可以容纳100来人的宴会厅布置精美。滚动的霓虹灯，彩光倾泻而下，人影穿梭，仿佛置身于某个明星的演出现场。悠扬的苏格兰风笛缭绕满厅，参会的人喜笑颜开，服务生端着酒水盘四处走动。庆功宴规模偏小，不到50人，仅限券商、律师、会计师、产业协会、两家风险投资商以及在京的一些重要客户。庞大的庆功会将由地方政府在当地举办，这是这个西南边陲县城的第一家公司上市，地方政府高度重视，还将重奖。万凯曾经透露过，真以为他们这么热忱？除了给地方上脸上贴金，那些头头脑脑没有不往公司里塞人或让他代持股份的。

万凯被簇拥着入场，成为一个中心。他操着蹩脚的西南普通话，得意扬扬地和贵宾们高谈阔论，掀起一阵阵爆笑。

万凯喝了几杯酒，他喝酒容易上脸，这倒没有什么，问题是他酒劲一上来就管不住嘴。借着酒劲，老万有些自得地问大家："知道他们问我的最后一个问题是什么吗？你们绝对想不到，这个问题多么牛×！"

"是什么？"

"快结束时，一个发审委专家冷不丁地问：'既然你说给你一个支点，你会撬起整个地球，那你知道这是谁的名言吗？'"

"阿基米德，大科学家啊。"

"专家又紧接着问：'那你告诉我，地球半径是多少？'"

"这个问题也太偏了，还真的是话赶话啊，这个提问咄咄逼人啊。但这哪能难倒我啊？我是什么人？侦察兵出身，看地球仪是基本功，经度纬度都得会啊。一旦派去山地或者原始森林侦察，看方向、读地图、判断距离这些常识不知道，还能出得来？不是做俘虏就是迷路被饿死了。"

21世纪财经公司公关总经理邹聪打断万凯的话："万总，你别说远了。专家这问话，你回答对了吗？"

万凯脖子一横："这小儿科啊，当然回答得准确无误。我根本没怎么过脑子，就脱口而出：由于地球是一个扁球体，并且南极、北极也不对称，所以有三种不同的半径测量值。比如说赤道半径，从地心到赤道的距离，约6378千米；平均半径，就是地心到地球表面所有各点距离的平均值，约6371千米；极半径，就是从地心到北极或南极的距离，约6357千米。"

说完，万凯端起一杯酒，跟大家碰杯，乐呵呵地说："我这侦察兵可不是混饭吃的，当年也是百里挑一。"

"当时那帮专家就傻了。万总这个人，看起来貌不惊人，竟然记得地球半径测量有三种方法，了不起！"接话的是江夏证券的保荐人江浪波。

这次"过会"，他也是亲临现场的被考核人之一。

"那有没过的吗？"邹聪问。

邹聪是福建人，做过财经记者，在当记者期间大肆收取报道对象的红包或者以负面报道要挟客户给封口费，东窗事发后被报社开除，索性出来开公关公司，专门吃IPO"过会"企业，收益不菲。

万凯指着江浪波："他也在场，让他讲讲。"

江浪波喝了几杯鸡尾酒，面红耳赤。他说："只有一家，就是安徽红阳环保。宣布结果时，那个赵总瞬间出了一头汗，瘫倒在地，号啕大哭，这么大个人了，像孩子一样。唉，我们万分同情，但我们说话屁用没有啊。"

江浪波说了句粗话，接着说："那帮专家评委，在痛哭流涕的赵总面前，一个个面无表情，直接绕道走了。"

"是啊，听说为了这次'过会'，红阳环保仅补税就补了几千万，更不用说其他的费用了。据说是因为利润中政府补贴太多，评委怀疑其自身盈利能力和可持续性。"华普会计师事务所合伙人罗衣摇摇头，一脸痛惜的表情，"其实，仅仅依赖数据判断，也是靠不住的。"

"那还是打点不到位嘛。"邹聪自作聪明地分析。

拎着LV包，一身深蓝色旗袍，拥有纽约律师执业证、中国香港和内地律师执业资格的彭律师说："实际上，成熟的资本市场，监管机构应该只对发行申请文件和信息披露内容的合法合规性进行审核，不应该判断发行人的持续盈利能力和投资价值，这应该由投资者和市场自主判断。"

"要知道，这是中国特色社会主义制度，得入乡随俗。要想获得自身利益，就不能跟政策对抗，不能拿鸡蛋碰石头，存在的就是合理的。"江浪波右手端着红酒杯，跟彭律师碰杯，然后耸耸肩，做无可奈何状。

一帮人围绕着核心人物万凯谈笑风生，陈晓成端着酒杯走过来。万凯抬眼看到他后，拨开人群，三步并作两步，跑过来招呼："恭喜恭喜啊，终于'过会'了！"

陈晓成在众人眼里，仅仅是B轮投资代表，除了几个核心人物，其他人，包括券商、注会、律师等IPO关键中介，都与他相交甚浅，客户代表们更是闻所未闻，这恰是陈晓成刻意要求的结果。中介机构只知万凯这个粗人在京城能量大，一些看似不可能的事情都能及时搞定。万凯在他们面前吹嘘说："通过拐弯抹角的途径有幸结识了某位首长，领导非常认可我们服务农业、造福农村、造福社会的理念，指点不少，这是我前世修来的福分啊。"最初，中介机构，包括身边的一些朋友，都提醒他说，京城骗子多，别上当受骗。万凯一笑而过。

万凯吹嘘的所谓的首长自然是嘴上无毛的陈晓成，而陈晓成背后是谁呢？万凯有所耳闻，但从未证实。陈晓成从来不让万凯他们插手，只让他们做他们该做的，准备他们该准备的，涉及机密的事情，知晓的人越少越好。万凯心里也亮堂着呢，只要投入产出比划算，就干。

一群人看见万凯从人群里钻出来，春风满面地去和陈晓成打招呼，大家都是场面上的人物，也纷纷过来碰杯互道恭喜。

邹聪则是个例外。陈晓成读硕士研究生时和王为民做的第一家公司是广告公关公司，当时就和记者邹聪有过交集，那时陈晓成对贪婪的邹聪十分厌恶。不过，随着邹聪吃IPO企业的业务越搞越大，陈晓成认识了媒体圈的不少人，对封口费之类的媒体潜规则也堪称谙熟。凯冠生物爆出要上市的消息后，邹聪查资料发现参股企业有陈晓成所在的盛华基金，就跑去找陈晓成。那时，一些媒体已开始不断地电话骚扰凯冠生物，万凯急得像热锅上的蚂蚁，面对像苍蝇一样围上来的各类媒体，手足无措。陈晓成心知肚明，凯冠生物哪里经受得住媒体恶搞？不怕一万就怕万一，说不定媒体挖掘出哪个漏洞，牵一发而动全身，那对凯冠生物将是灭顶之灾。以毒攻毒吧，陈晓成于是把邹聪引荐给老万。

老万拿着邹聪的财经公关报价，吓呆了，800万元？他哭丧着脸，问陈晓成："搞吗？"陈晓成毫不犹豫地说："必须搞。"

邹聪也算帮了点正忙，签署公关协议后，各色媒体一夜间都不见了。老万甚至为此怀疑，是不是邹聪在幕后自炒自卖。

等人碰完杯，邹聪跑了过来，喊了声："哥们儿，来了？"陈晓成一愣，什么时候成哥们儿了？之前可是彼此"陈总""邹总"地称呼。

对这种人，陈晓成虽然心里鄙夷，但在这个节骨眼上不能得罪。俗语说，宁可得罪君子，不能得罪小人。他说道："这下子又有邹总忙的了。'过会'是一道关，但在拿到挂牌批文之前，还存在变数。有家卖黄酒的，'过会'了，却倒在庆功宴上，我们可不能犯低级错误啊。"

"哈哈，怎么可能？我们可是严阵以待啊。哪家媒体不识趣，我们就灭了他！"邹聪这个人，给点阳光就张狂。也好，这个时候刚好用得着这股张狂劲。

"不过，陈总，昨天还接到一家财经网站的电话，他们接到举报，说我们虚增利润啊。"邹聪在陈晓成寒暄完要离开的时候抛出这句话，然后试探性地盯着陈晓成。

陈晓成心里一紧，却轻描淡写地说："这种以讹传讹或者竞争对手散布谣言的事情多了去了。要是有这种事，券商们不敢这么干，会计师也不敢，他们肯定出具保留意见。这是多么幼稚的错误啊，审查部门会让我们顺利'过会'？"

"那是，我直接让网管办给灭了。"

"你们能量真大，我替万总感谢了！"陈晓成说完就抽身而去，不想与他多言。

王为民过来的时候，陈晓成已经从庆功宴上消失了。

万凯见过王为民几次，心想，这位身高不到一米七的，夏天喜欢穿背带裤，梳着三七分发型的胖小伙貌不惊人，大腹便便，酒量肯定不小。

陈晓成曾经透露过，王为民是盛华基金管理合伙人。陈晓成是合伙人，那管理合伙人就是管理他们的啰，王为民就是陈晓成的老板吧？都是一帮孩子！万凯曾经撇过嘴，不过，从这次上市"过会"来说，这帮人可不能小瞧。

万凯红光满面地端着酒杯迎过来，互道祝贺。王为民寒暄一番后，就四处找陈晓成，但连个影子也看不见。万凯问手下："见到陈总了吗？""刚才还在，转眼就不见了。"

这里是王为民和陈晓成他们业务活动的定点场所，王为民猜到了陈晓成可能的去向。他抽身出来，径直往地下一层东侧的318号房间走过去。

地下一层是按摩区。站在318号房间门口守候的高瘦服务生认识王为民，他看见王为民过来，就迎上前去，点头哈腰道："先生，您来了！"

王为民指了指房间："他进去了？"

"是的，进去有一会儿了，刚才又听到哭声了。我们的技师还没有过来，房间里的贵宾说等他喊才让过来。"服务生毕恭毕敬地轻声回答。

王为民轻轻推开一条门缝，看到陈晓成蜷缩在牛皮沙发上，直愣愣地盯着对面墙壁上的油画——凡·高早期的作品《吃马铃薯的人》。王为民关上门，对服务生说："怎么又换上这幅了？不是让摘下来了吗？"

小伙子满脸委屈地说："您吩咐了三次，我们摘了三次，可是里面的贵宾每次过来，都大发雷霆，让赶紧挂回原处，我们也没有办法。"

然后小伙子小心翼翼地问："贵宾怎么偏偏要挂这幅，究竟怎么了？"

王为民闻言，边打开爱马仕钱包，抽了两张钞票递给小伙子，边虎着脸说："这是你该问的吗？你做好本职工作就行了，不该问的别问。"

小伙子接过小费，唯唯诺诺道："是，是，对不起。"

"他就是一朵'奇葩'。"王为民突然指着房间来了这么一句，像是对小伙子说，又像是自言自语。

第二章
兄弟江湖

酒过三巡，陈晓成成了红脸金刚，从额头红到脖子、胸部，甚至红到脚跟。陈晓成斜着躺在沙发上，把右脚啪的一下放到茶几上，边作势脱袜子，边嚷嚷："又严重过敏，看看你心有多狠，就为了那么一个项目，可劲地折腾我。瞧瞧，一喝酒我就从头过敏到脚，从表皮过敏到内脏，还好意思继续灌我酒不？"

这个动作立即被王为民制止。他故意捏着鼻子："曾经的大诗人，怎么能这么不文明？你还让不让我继续喝下去了？别恶心了，读研究生时没见过你这么无赖。喝酒喝酒，今儿不把你喝得连吐带撒的，就不算彻底喝好。"

陈晓成把脚放下去，咧着嘴笑："诗人早死了。"他喷着酒气，但说话还算连贯，"我所说的每一句话都是有根有据的。我们学法律的，不去救济别人，至少可以保护自己，不让自己上当，每一句话都可以作为呈堂证供。你们也太没良心了，我真的过敏。"

王为民眯着眼笑看着他："你是酒量不行，酒品不错。不过，我也理解，经常半夜爬起来写诗的人都有怪癖。"

陈晓成抓住话头："呵呵，那是学生时代，都多少年过去了。现在哪有闲心写诗啊？对了，你说说，我哪里有怪癖啊？"

王为民嘿嘿一笑："对对，你不是怪癖，是奇葩。平时根本不吃土豆，倒是对着个吃土豆的画如痴如醉。古有叶公好龙，今有陈公好土豆。"

陈晓成即使因酒精把脸催红了，依然掩饰不住尴尬："这事你得笑我一辈子。"

　　王为民伸手一搭他的肩："你放心，我也不敢老揭你短。有时候，我还有点怕你呢。行了，继续喝。"

　　这个时候，是他们兄弟最为放浪形骸的时刻。

　　凯冠生物顺利"过会"后不久的一天傍晚，他们在陈晓成购买的新别墅里已经吃喝了一个多小时。王为民喝酒痛快，端起酒杯，在接近嘴巴时，猛地张开嘴，手腕稍一用力，酒像一条粗壮的水线，瞬间入口，一仰脖子一干二净。陈晓成在心里暗骂，这哪叫喝酒啊，简直是灌水，酒可不是免费白水，糟蹋粮食！陈晓成每喝一杯酒都像喝毒药似的，大皱眉头，端着杯子盯着白晃晃的酒看半天，然后鼓足勇气，大喝一声以壮声势，有时还摇摇晃晃要站起来，在心里唱着改编的"喝了咱的酒，风风火火闯九州啊"，好像喝完这杯酒就要上刑场一样。

　　同学们、伙伴们都知道陈晓成的酒量酒品，早就见怪不怪了。

　　新别墅隐藏在北京西山丛林之中，半山腰上。站在门口，可俯瞰北京城，登高望远，把酒临风。前方不到3000米的地方，就是某著名大院，据说大院左侧隔壁在20世纪90年代曾经住过一L姓女星而名噪一时。开发商拿到50亩土地，开发了18套别墅，容积率不到0.6，阵容豪华。

　　开发商给了王为民一套指标，王为民二话不说直接派给了陈晓成。

　　王为民说："我哪敢买这个啊？就拿我那三元桥凤凰城的房子来说吧，老爷子只来过两趟，就再也不住了。每次来北京出差，宁可住酒店，也不住我这儿，他说那里危险。上次从法国给他捎部VERTU（伟图）手机，他不要，还批评我奢侈，不懂节约，不注意安全。唉，年纪越大越谨小慎微啊。"

　　王为民认为老爷子是杞人忧天。凤凰城是东三环为数不多的高档住宅，当初买下这套住宅的时候，是他们公司第一次分红，价钱也不贵，每平方米不到1万元。这些都不奇怪，在21世纪初，只要投资买房，哪怕是个傻子，七八年后至少也有近10倍的回报。关键问题是，凤凰城简直就是一个小联合国。这些房子至少有一半被驻外使馆官员或外企高管租赁。有美国、加拿大、英国、法国以及丹麦、挪威甚至迪拜的，白人、黑人、棕色人，夏天的时候坐满一大院子。王为民的爸爸住了两次后，这位地方党政大员，此后每次来京公干，都让秘书安排住酒店。他曾经对王为民的妈妈说："那地方老外多，还大部分是使馆的，信息不安全，万一出什么事了，我怎么说得清，怎么跟党、跟组织交代？"

王为民认为老爷子是小题大做："他怎么看见老外就认为是间谍呢？即使碰到间谍，依我老爸的党性，谁要能策反他，我就认谁做老子！"

王为民的妈妈轻敲一下儿子的脑壳："乌鸦嘴！他愿意住酒店就让他住吧，你爸爸走到今天这一步不容易，一定要注意安全。他天天盯着我，怕我搞夫人腐败，我都快得精神病了。儿子，等你哪天结婚生子了，我给你带孩子去，图个安心。"

王为民故意哭丧着脸说："妈，您饶了我吧，我还没玩够呢。你们不是希望我干番事业，不要依靠你们吗？我这事业刚刚起步，还是先立业再成家。"

因为有前车之鉴，所以当开发商拿着钥匙找到王为民时，尽管王为民知道这事搁谁身上都会抢过来，即使拿过来倒手卖了也能挣一笔，他却不敢买。他第一个想到的是陈晓成。

别墅简易装修，陈晓成已经让装修公司做图纸、设计方案了，他想来一番与众不同。

王为民这次是有备而来，他让司机买了两碟子油炸花生、一碟拍黄瓜、一斤半周黑鸭、二斤成都兔头。

酒是北京二锅头。陈晓成说了，兄弟一起喝酒，就要玩真的，就像在澡堂洗澡赤裸相见，喝真酒，说真话，掏真心。什么酒最真？这年头，假茅台、假五粮液、假路易十三、假拉菲、假伏特加就像整形美女一样满大街都是，还贼贵，伤身。陈晓成曾经对圈内兄弟说，我是喝不得酒，但也不能眼睁睁看着哥们儿一个个在我眼前酒精中毒。我们这么优秀的人，被工业酒精毒害，你说，这不是暴殄天物吗？所以他们兄弟俩喝酒只喝二锅头。

这个见识来自一个偶然的饭局。那是全国"两会"期间，贵州某地级行政长官做东召集私人聚会，邀请了13位朋友，清一色男性，年龄各异，但身份大同小异，大秘、公子以及公子们私交甚笃的兄弟。就是这次饭局，让陈晓成他们从此改喝北京二锅头。该长官说："我来自穷乡僻壤的贵州，没有什么礼物送给大家，不过今天我准备了一份特殊的礼品。"他的随从搬上来一箱茅台，他说："这是正宗茅台。这次过来我们是专门开车北上，一路上人不离车车不离人。你们喝喝，是不是跟平常喝的不一样？醇厚、味正吧？这就对了。不是兄弟不讲情义，每年就产那么多，光部队和驻外使馆就供不应求了，还有多少往市场上供啊？不过，这次够兄弟们喝个痛快，还给大家每人备了一箱带回去。"

自此，陈晓成说，是自家兄弟就只喝二锅头。二锅头质优价廉，不会因为工业酒精勾兑而伤害某些器官，勾兑酒商们不会费尽心机勾兑没有什么毛利的白酒。

王为民带过来两瓶二锅头，53度，陈晓成看见这个数字脸都绿了，心里连连叫苦。陈晓成不能喝酒，但他的酒品从小就好。10岁那年，他堂姐生了一个外甥，根据鄂东风俗，婴儿满月那天，外婆家要挑担送礼去办满月酒，挑担的都是舅舅辈，可以获得外甥家的50块钱挑担费。钱他是拿到手了，但陈晓成那次喝了几杯酒，头昏脑涨，钱被哥哥姐姐们偷出去打了牙祭。酒醉误事，这个观点自此在陈晓成心里生根发芽。

当然，在中国的商业文化背景下，虽然不喝酒不一定办不成事，但不喝酒会丢掉不少商机，包括新认识一些商业上的朋友。酒醉心明白，许多不便开口的事情，趁着酒劲，就可以说出来，不仅可以说，还可以讨价还价，插科打诨，借酒骂娘，胡来一通，结果事办了，人也爽了。陈晓成经商以来，目睹了不少不喝酒的不幸，后来一位福建的哥们儿给他传授真经，算是帮他摆脱了此种困境。

那哥们儿是东北某省的福建商会会长，不能喝酒，但东北人豪爽，久经（酒精）考验，喝起酒来令人咋舌。第一次高端饭局，座上有厅级干部若干，还有数个商人朋友作陪，如果按照东北的规矩，这晚非醉得一塌糊涂不可。这哥们儿想了一招。他确实酒精过敏，并且过敏得厉害，于是一开局他就开门见山地说："各位领导，各位朋友，今天高朋满座，我做东，按道理，今晚我应该喝倒，但小弟实在不胜酒力，所以我请了几位海量的老板，他们也想结识各位，会陪各位领导喝好吃好。小弟我酒精过敏，不能喝，但今晚为了表达我的诚意，我豁出去了！"说完，他在众目睽睽之下，拿起酒杯，倒满一杯衡水老白干，举至头部，一倾而下，白酒顺着他的额头、颈部、胸部流淌下来，瞬间，红疹布满全身，不一会儿，他就浑身筛糠。在门外早已久候的救护车，拉着他就往医院送。

那顿酒局的结果，这位商会会长，此后参加任何酒局，酒局中人都不让他喝酒，他要喝酒甚至跟他急，但生意出奇的顺。为什么呢？因为东北人很敬重仗义之人。

陈晓成如法炮制，在东北，果然颇有成效。一次在东北参股一家国有生物制药公司，地方政府宴请，头头脑脑都在，陈晓成看这场合知道肯定完蛋，与其缠斗不如一次性到位，反正正事在酒局之前已经敲定。酒局不到三巡，陈晓成直接把自己灌得软瘫在位子上，在座职位最高的头脑颇为惊讶，他指着在座的各位官员说："这位年轻的陈总性格耿直啊，够爷们儿。我看这样吧，以后陈总在我们这里的生意，只要不违背原则，一路绿灯放行。当然，以后不能让他再喝了！"

陈晓成不能喝酒，不是工于心计，而是他有基因缺陷，每次喝酒就满脸通红，眼睛充血，全身红通通、热烘烘。最厉害的一次是在武汉上大学时，大三中秋时节，同宿舍的几位都没有回家，他们跑到武汉大学附近的小饭馆，划拳猜令，斗酒吟诗，好不快哉。不过，那次斗酒的后果是陈晓成酒精中毒，两天昏迷不醒，幸亏被及时送到医院打点滴，才捡了条小命。工作后，每次喝酒不过两三杯就成了红脸金刚。这究竟是为什么？他去医院做了基因切片检查，医生拿着检查报告语重心长地说："你不能喝酒，尤其不能喝醉。从基因检测结果来看，你严重缺乏乙醇脱氢酶，也缺少乙醛脱氢酶，所以喝酒上脸。更严重的是，这两种酶不足的人，容易醉酒，容易患食道癌、肝癌等重大疾病。小伙子，你还年轻，不能喝酒，尤其不能酗酒啊！"

人在江湖飘，哪能不挨刀。今天，陈晓成就打算挨刀，挨王为民的刀，值得。

两瓶见底，两人东倒西歪，当然王为民的贡献更大。这个胖子！陈晓成红着眼，瞪着他说："你说，凯冠生物顺利'过会'了，挂牌上市会有问题吗？"

王为民趴在桌子上，也许因为胖，或者与酒精有关，他的心跳频率高起来。他把右手从左胸下抽出，指着陈晓成，慢吞吞地说："你啊，你……你怎么变成这个……这个样子了啊？举轻若重啊！"

陈晓成抓住王为民的右手，压在桌子上说："我从来没有这么……这么紧张过，太惊险了！一将功成万骨枯，我只要功成，不要骨枯！如果上市不成，我……我就太对不住你了，我……我有愧啊！我还有脸混江湖吗？我跳海去！"

"你就作践自己吧。举轻若重，举轻若重——不对啊，老兄，干我们这行的，要举重若轻，举重若轻！这差点成你的口头禅了。"王为民抬起头，"就说昨天讨论的那事吧，你啊你，你就举轻若重了。我们……我们之前干事，多么痛快！"

陈晓成摇了摇头，伸了伸脖子，费力地坐直。他说："我就知道……知道你今儿来，就要说那件事，都讨论5次了，我还是那句话，不同意！"

王为民指着陈晓成说："你说，你……你为什么不同意？啊？我都请你……请你喝二锅头了，这……这可是正宗二锅头，我买的。"王为民指指自己的胸膛，又指回陈晓成，"我贿赂你，行不？"

陈晓成嘴角露笑，说话逐渐连贯起来："你就是请我吃白宫国宴，我也还是不同意。再怎么贿赂我，都没有用。"说完，他嘿嘿一笑。

"为什么？"王为民醉酒时多脸色发白，也许，他的乙醇脱氢酶和乙醛脱氢酶太充足了。他把陈晓成的嘿嘿一笑理解为一脸坏笑。

"那个项目不行，风险太大！"

"那可是找上门的项目！以前我们又不是没做过，不是做了好几单吗？这次是矿产资源收购，环亚集团，超大型国企，你是知道的。环亚集团负责并购的崔副总，是我爸爸在地方时提拔的属下，你说，这还有什么可担忧的？我们今天买过来，明天就能被他们收购，倒倒手的生意，成功率100%。"

王为民眼睛发红，他死盯着陈晓成。

"我的线人做了尽职调查，你看看。"陈晓成打了个嗝，他拿起桌上的档案袋，打开袋子取出文件，费力地扔给王为民，"你认真看看。第一，涉及转让的部分房屋、土地的使用权的权属证明未办理。第二，这个矿，在他们的业务量中占比至少40%，竟然探矿权已过期。我们去查了当地国土资源厅的文件，白纸黑字写着，他们两个矿的探矿权均未在规定的时间内申请办理延长探矿权保留期限，目前均已超过有效期限，其勘查许可证成为无效证件。第三，就说那个焦化厂吧，环保及自动化设备无法正常运行，目前废水、废气排放远远达不到国家的环保要求，而且对尚在运行的其他设备带来很大的影响，导致自动化系统瘫痪，无法正常运行，使得产品不合格率增加。第四，再看看这张照片，杂草丛生，牛羊成群。这就是他们的一家煤矿，竟然也理直气壮地报价2亿元。你说，你说，这是什么资产？太黑了！"

陈晓成谈起业务，头脑似乎一下子清醒了不少，逻辑清晰："我相信这个项目我们参与进去，是能挣笔钱。但是，你得意识到这笔钱会带来多大的风险。50亿元收购，对任何一家国企而言，都不可能完全不在乎，那将牵涉多少人的利益？如果利益分配不均，会没人举报吗？"

陈晓成心平气和起来："不要相信他们能摆平一切。这么多年了，我们知道，在利益面前，很难一碗水端平，利益永远没有百分之百满意的。这么大的标的，如果有人举报，我们怎么脱得了干系？我们已经不是初创时期了，现在风控是我们最重要的一环。说白了，万一被举报，牵扯到老爷子怎么办？"陈晓成说到这儿，停顿了会儿，然后抬起右手，指着王为民："你说，如果牵扯到老爷子，会怎么样？"

一听到老爷子，梗着脖子的王为民像一只充满气的皮球一下子泄了气，动了动脖子，不再言语。他知道，仕途如日中天的老爷子，正在接受考查跑步晋级呢。每当想起老爷子鹰隼一样锐利的目光，王为民就不由自主地打寒战。虽然他们是父子，父亲爱他爱到了骨子里，但从小的严厉差点毁了他的自信，如果不是当过幼儿园园长的母亲细心呵护，他都怀疑自己是不是老爷子亲生的。

当年他们联手创业，就制定了一个内部规则，凡是1000万元以上的投资项目，必须两人全票通过。即使后来他们任一项目出手都是上亿元，这个规则也没有改，仍然是1000万元。陈晓成说，不能水涨船高，风险控制永远不能缺位。当然，这个规则仅限于他们自己的民海兄弟投资集团，而与后来管理的盛华基金不相关。

"来，今儿我们不谈项目，不谈挣钱，不谈挂牌上市，我们只谈女人。"陈晓成伸手在空盘子上摸了摸，空空如也，桌上一片狼藉。

王为民斜眼看着他，谈女人？

之前，一旦讨论中意见相左，二人就喝酒、唱歌、骂娘，不谈金钱不谈女人，不谈风花雪月不谈宫廷秘史。哦，不谈女人，这有点不够兄弟了吧？这世道，男人之间谈女人，女人之间谈男人，男女之间谈上床，兄弟之间不谈女人？多少年的兄弟了，王为民明白，所以即使自己醉得吐了一地，手脚岔开袒胸露腹就地仰躺，他也能做到绝口不提女人，尤其是那个女人，更不谈所谓的爱情。陈晓成曾经说过，什么都可以迁就他，只有这件事情，陈晓成是零容忍。那个女人，在陈晓成心里是一个巨大的隐秘，一个不可触碰的城堡，一个不可见光的暗室，随时可能爆炸，随时可能自毁。王为民这份自律，在一定程度上成为维持他们兄弟关系的重要因素。

曾经有一次，一位多年未见的同学来京，是他们二位读研时的死党。他们在后海"朝酒晚舞"酒吧喝酒、叙旧、侃大山。喝高了，那位同学——已经在西北地区一家地级检察院做了一名年轻的检察官——借醉酒指着陈晓成说："你就是一个大傻×，挣钱为什么啊？就为了那个不切实际的梦？你藏了多少年了，秘不示人，看把你折磨的，不人不鬼，过的什么日子？就为了这么一个女人，耗尽青春，值吗？还像个爷们儿吗？"

这位检察官同学连珠炮一般地质问，尽管他东倒西歪，脚步不稳，说的话却句句直击人心。王为民在心里叫好，同时又暗想，这下子可坏了。果不其然，喝高了就沉默不语的陈晓成，一边闷头不响地听着检察官同学的酒后之言，一边扶着桌子站起来。他突然爆发，一下掀翻桌子，只听到玻璃瓶哗啦啦的响声，玻璃碎裂的声音，合着酒吧歌手嘶哑的嗓子，简直就是列侬的摇滚曲。屋子里顿时一片寂静。陈晓成冲上去，脚步凌乱，抓住检察官同学的领子，面目狰狞："让你说，让你说，让你说！"

检察官同学也不甘示弱，这次说得有点不利索："就要说，偏要说，说话是我……是我的权利，你管不着！我……我就看不惯你一直装纯洁，谁也不欠你的，你为什么这个……这个样子？你……你还是爷们儿吗？"

他们拉拉扯扯，一边厮打一边拥抱，然后抱头痛哭，哭得最厉害的当然是陈晓成。是的，他们是同学，是室友，是兄弟，兄弟的心结就是大家的心结，兄弟的忧伤就是大家的忧伤，兄弟的女人就是大家的女人，哦，这个不对，他们嚷到这儿赶紧改口。兄弟如手足，女人如衣服，这在别人的兄弟圈行得通喊得响，但在他们这个兄弟圈里女人如衣服则绝对是谬论，荒谬至极。

后来，王为民抽身出来喊来几个手下，丢下一沓钱给酒吧，手下马仔扶着他们摇摇晃晃地走到停车场，费劲地把他们扶上车。第二天酒醒，他们似乎都忘记了昨晚的事，照样胡吃海喝，心无芥蒂。

喝高了的王为民摇摇头说："我不和你谈女人。谈女人，说不了几句，你就发疯，不好玩。要么去捏个脚，要么……"他整个身子趴在桌子上，脑袋费力地抬了一下，很快又趴在桌子上，口里吐出一句，"睡觉去。"

这时，苹果手机的《马林巴琴》有节奏地响起来，王为民按了免提，刚"喂"一声，电话那头就传来一个东北口音："你得罪谁了？我是段老四，我受人之托，必须解决你，你选择一个舒服的死法。"

王为民一个激灵，酒醒了一大半："你是谁？"没等对方反应，陈晓成就一把抢过电话："你从哪里冒出来的？告诉你，给我10个小姐，我在上面累死。"

对方一听："哎呀妈呀，你想啥呢，有那好事我还去呢！"然后很愤怒地挂了电话。

陈晓成在王为民的迷惑不解中站起来，脚步踉跄，哈哈大笑："你这叫树大招风。谁把你电话号码泄露出去了？这就是一种冒充黑社会的电话诈骗手段。前些天，我也接到了，说叫刘刚，上来就说要卸掉我的胳膊腿儿。警方后来告诉我，这是一种新型诈骗。"

王为民听闻，哈哈大笑，也跟着站起来。

他们互相搀扶着，在一层空旷的客厅里晃悠。陈晓成前后左右指着四面的墙壁，然后双手做飞吻状，像自言自语，又像是在发表演讲：凡·高，凡·高，全都是凡·高！

第三章
黄金时代的坍塌

冯海长大后第一次哭泣，是20世纪90年代中期的一个暑假，那年他17岁。他和发小兼同学阿群盘腿坐在鄂东一个村庄前的山坡上，脚前青石板上摆放着两份大学录取通知书。他翻看着阿群收集的画册，忽然被一幅油画击中泪点，顿时泪如雨下，如3岁的孩童，号啕大哭。

是凡·高的《吃马铃薯的人》。油画里，农夫一家围在桌子旁，桌子上摆放着一锅土豆，晦暗的灯光下，粗糙的大手伸向桌上的土豆。粗粝的颜色，却温暖无比，或许不是温暖，而是贫穷的生活里无法忽略的温度。

他神经质般地突然哭泣，让憨厚的阿群有些手足无措。

冯海逐渐止住哭声，看着阿群，一脸热切："它给我打开了一个世界。打开了，好像一下子可以通往另一个世界，还是在这个世界里，可是都不一样了，我不一样了。"

阿群目瞪口呆看着他，抓住他手臂，摇了摇："什么？你不会中邪了吧？你爸前年走的时候，你都没这么哭啊！"

冯海沉浸在自我的情绪中，自顾自地说：苦难也是可以有温度的。和我们一样贫穷的生活，不，不，比我们更贫穷的生活，可是他们依然那么有温度。

阿群一摸冯海的额头，诧异道："没发烧啊！"

冯海不轻易哭泣，即便在两年前，遭遇人生中第一次重大的变故，父亲去世，他也不曾哭过。村里人都觉得这个孩子奇怪，父亲如此爱他，七八岁了还把他扛在肩上四处游玩，如果有法子摘到天上的星星，父亲也肯定会竭尽所能搭梯子造钩子，如此溺爱，这孩子怎么会滴泪不流呢？

冯海也不知道为什么。他一直在回忆里舔舐父亲去世的那个下午的每个细节。

高一下学期的那天中午，接到村里人带来的口信，他急忙跑出校门，坐上公共汽车。车里空荡荡的，他站在车门边，望着窗外。田里油菜花凋落，满目衰败颓废。公共汽车在坑洼不平的路上，慢腾腾地摇晃。他的心情也如风雨飘摇，阴霾密布。

回到镇上，就看到骑着破旧的永久牌自行车飞驰而来的堂兄。他跳上自行车后座，抓紧堂兄肥硕的后腰，风在他耳边呼啸而过。堂兄说："叔叔不行了。"他的头嗡嗡作响，炸弹在心中爆炸。

父亲卧在床上，侧身向里。母亲和二婶正在床前烧冥纸，烟雾缭绕，在衣柜顶上盘旋，她们口中喃喃念着，祈求神灵拯救苦命，祈求先祖保佑后辈，祈求阎王善待亡灵。

他跌跌撞撞地跪到床前，看着父亲的后背，没有哭声，没有泪水，只是呆呆地看着。父亲就这样永远走了？二婶从他身边站起来，冲着躺在床上的父亲大喊："你儿回来了！你儿回来了！"

他看到了奇迹，父亲在艰难地向外转身。他心中一喜，父亲还活着！他激动地站了起来，向着父亲大叫，夹杂着悲痛、惊愕和爱。

父亲费力睁开眼睛，看着他，努力了很久才艰难地说了一句："回来了。"父亲的目光一直盯着他的脸，饱含着柔情，脸上的皱纹渐渐舒展，仿佛他是父亲全部的满足。一会儿，父亲突然喉咙里响了两声，然后气息急促起来，转眼间，双眼紧闭，仙逝而去。

母亲号啕大哭。他这才意识到，父亲真的走了！他浑身发冷，一个生命，刚才还在呼吸、应答，只是这么一瞬，就阴阳相隔。世界上最远的距离，不是你在天涯我在海角，而是生与死。

扑通一声，母亲在极度悲伤中，昏倒在地，不省人事。众人顿时惊慌失措，连忙把母亲抬到堂屋的竹床上，然后掐人中，这才让母亲缓缓地睁开眼。5年后，母亲也在病痛中死去。

15岁的他开始触碰到生与死的界线。但后来他才明白，死亡并不是最绝望的失去。

父亲出殡结束，他独自返校，经过村前的山坡，空旷寂寥，左右无人。他号叫，声音尖厉，穿透静静的杉树林。山外的人听到，还以为那是返回烧毁的故林的远方野狼的悲吼。

两年后，他读完高三，拿到大学录取通知书。他和阿群坐在村前高高的山坡上，夕阳把绿色稻田晕染成奇异的金色，身后是宽阔的湖，残阳在湖水中微微晃荡。

他们打算通过朗诵诗歌来庆祝高三结束，马上就要迈向新生活。冯海是校园诗人，他有一个漂亮的笔名：蒲柏，取自18世纪英国诗人亚历山大·蒲柏。高三的夏天最容易产生诗人——过去的苦闷与压制陡然结束，充满希望而未知的生活还未到来，这中间的两个月悬空着，不属于任何一个人生阶段，迷茫而躁动，简直只能用来供刚刚了解自己的少年们挥霍或体味生活。如果在这个夏天不曾被诗的热情击中，以后更不可能成为一个诗人。

冯海眺望着远处的松林，以及伸向村外的小路，喊着说："我还只是17岁的少年，可我知道我不一样了。没有任何东西能将我从这个新世界里抢走。"

理科生阿群说，我给你念首诗吧。他站起来，操着蹩脚的普通话，大声朗诵诗人谢石相新写的诗歌：

牧童的笛声滑落泪花，窖藏成他乡的陈酒/桃花开的声音，像一阵回荡在怀念里的蛙鸣//爱呵！两个月以后挂在树梢头的洁白柳絮/二十年来还未飘送到青草池塘的缠绵呓语/梦里的相依偎，突然给扳机扣出的春雷惊醒/春风偷袭桃林，乱落红雨纷纷//你因此在一架白骨上定格了热血和青春/你从此守候一个游荡在细雨里的孤魂/当雨丝哀怨地唱出一节坟飘般的休止符/你将会听到以后的清明时节都是一生虚无//我在如梦的人生里篆刻你的

墓志铭/我在清明的旋律中浅唱寒食的悲歌/那把几千年的野火既然再次烧向了原野/那又何妨举杯？慢慢品尝生存在春天的青涩

很多年后，从武汉石牌岭一所工科大学毕业，现已是上海郊区一家德国独资刀具企业高级工程师的阿群，出差深圳，意外碰见蔡萍。他怎么也无法将眼前的人同校园诗人冯海口中的"一口地道的黄梅戏，《女驸马》《天仙配》，其人如戏，圆脸但是热情的姑娘"联系在一起。他想，岁月彻底改变了一个女人，但也许冯海从来都没有记得真正的蔡萍，他关于蔡萍的记忆，都经过了他的渴望与想象的加工。

"你的记忆真的靠谱吗？"当中国第一艘航空母舰"辽宁舰"下海训练，痴迷于工程机械的工程师阿群跑到北京找到冯海，谈论军工科技和停留在校园诗人大学时代的一个遥远而陌生的名字——蔡萍。冯海几乎忘记了这两个字。

冯海邀请阿群在北京五棵松篮球体育馆观看NBA大明星科比的表演赛，他们坐在VIP包厢里，阿群抽着冯海递给他的古巴COHIBA（高希霸）雪茄，抽一口咳嗽一下，远不如眼前的校园诗人蒲柏抽得娴熟、怡然自得。

是的，对冯海来说，这个世界就是苦难与诗，蔡萍应该是世界给他的难得的馈赠。可惜，对所谓的校园爱情而言，这笔馈赠是一处出现得过早的败笔。

冯海的大学生活充斥着这样的记忆：兜售袜子、往电线杆上张贴不孕不育的医疗广告、给展览公司拉学生妹子站台、在公共汽车站逮人做保健品化妆品问卷调查等五花八门的勤工俭学。在别人这是体验、锻炼、挣零花钱；在冯海，这是谋生，关系到下一餐。时间都耗在这上面了，根本无暇打理校汇泉文学社的事，因而被从社长的位置上灰溜溜地拉了下来。尽管如此，冯海在文学社骨干以及广大社员中仍有牢固的群众基础，因此大凡文学社有大事，都盛情邀请他坐镇。

一天晚上，校汇泉文学社搞了个发展新社员及展示未来三年发展大计的宣讲会，冯海站在阶梯教室的讲台上，条分缕析、鞭辟入里地发表了一番高论，把在外谋生的委屈、夹着尾巴做人的负面情绪用理论武装起来，升级成高深的人生感悟，再搭配各路文学理论。讲完，一片掌声后，一个肤色白皙、稍显丰满的姑娘站起来，面颊绯红地说："冯海，我叫蔡萍，外语系的，是你的铁杆粉丝。"

她从座位上横向走出来，纵向小跑到讲台，右手攥着一个手抄本，紧贴着胸部。她将本子递过去，厚厚的一沓，像小时候上县城吃过的鼓胀的发糕。剪贴本，规规整整地贴着他的散文和诗歌——从中学时代至今，发表在《星星》《中国校园文学》《少年世界》《语文报》《小溪流》等刊物上的作品，扉页粘贴的是《中学生优秀作文选》封二人物介绍，冯海的清瘦大头照。

会场一片寂静，然后爆发出热烈的掌声、口哨声。蔡萍在全场的热烈反应中，反而变得平静而大胆，她转向台下，大声喊道："我是一路追着他的，他去年考上了咱们华工，我今年就一定也要考进来。"

她接着背诵了冯海当年的一首诗：

> 大别山啊，我是你穿红肚兜的孩子／喝口你的山泉润嗓，我就能把山歌唱成起伏的麦浪／扎起你诱惑秋波的手巾／我敢把山丹花别在姑娘的鬓边／而吃一碗你的小米饭／我便在风里长成山里的一条壮汉／喊我一声乳名吧，大别山母亲／我是你善良的眼睛望高的孩子／我也是你苦难的石头磨硬的孩子……

某种幸福击中冯海。这是他所写的诗中最不起眼但也是他最喜欢的诗。她在激情澎湃地朗诵，他则呆呆地看着这个意外冒出来的姑娘。她额头上的细小绒毛，有些卷曲的长睫毛，顺着干净面颊流淌的泪水，高耸而结实的胸部，最后看到的是飘飘长发，像一片黑森林。生活开始闪耀光芒，生活不只是苦难和诗，生活还可以有馈赠，有收获的喜悦。当时的他不可能懂得，只有进行狩猎，才可能得到馈赠和收获的喜悦。

无论如何，生活打开了新的一面。她18岁，他19岁；她刚上大学，他是师兄。他们在校园里创造生活。

很快到了学校新年晚会。蔡萍的节目是倒数第三个，黄梅戏《天仙配》选段，戏剧团借的服装道具，长水袖，色彩艳丽。

> 树上的鸟儿成双对，绿水青山带笑颜。随手摘下花一朵，我
> 与娘子戴发间。从今不再受那奴役苦，夫妻双双把家还。你耕田
> 来我织布，我挑水来你浇园。寒窑虽破能避风雨，夫妻恩爱苦也
> 甜。你我好比鸳鸯鸟，比翼双飞在人间……

唱腔纯朴清新，细腻动人。似乎另类的表演，让习惯了周杰伦、刘德华、张学友、王菲等人的流行歌曲的莘莘学子，耳目一新。当蔡萍唱完鞠躬谢幕时，台下响起如雷般的掌声、喝彩声，甚至听到刺耳的"蔡萍，我爱你"。

冯海的目光越过所有人，紧紧盯着蔡萍的眼睛，前方很远，人物很小，但他们的目光在空中相会，噼里啪啦闪着火花。

他们花了比大多数情侣更多的时间，在晚自习后短暂的空当和周末，挽着手，穿梭在喻园树林、拐角、体育场等隐蔽性好或者空旷人少的地方，有模有样地谈恋爱。

她在树林里，朗诵中学时代为冯海写的诗：

> 心中想见一个人／口中却说不要相见／把相思化作笔底的波
> 浪／浪击远方的堤岸……

她喜欢张惠妹。虽然这位少数民族特征鲜明的歌手怎么也提不起冯海的兴趣，但张惠妹总是会来的，来到省城里举办演唱会。他咬咬牙，挪用未来两个月的生活费，买了两张价格最便宜、位置最偏的票。她知道这是他勤工俭学的所有收入，执意要退票或者她掏钱——她在水利部门供职的爸爸或许可以报销。但他严词拒绝，怎么可以让女人掏钱呢？那是她最兴奋的时刻，虽然那些活力四射的歌曲让他昏昏欲睡——为了谋生他有些睡眠不足。晚会结束，人流如潮，公交车十分拥挤。他托着她想挤上车，但怎么都挤不上去，而她在往回用力，不愿上车。错过5辆车之后，她提

议，我们走回去吧。而他也正是这么想的。

从洪山体育馆，过街道口，穿宝通禅寺，越卓刀泉，赶到喻园时，已经凌晨2点多。十来公里的路程，4个多小时，他们还不乐意这就走完了。女生宿舍大门紧闭，宿舍管理员大妈在呼呼大睡。他没想过，也不敢，把她带回男生宿舍。他们在操场转圈，在树木葱茏处坐下来，彼此依偎。时值深秋，寒意提前来袭，他把外套脱下来，紧紧地裹着两个人。凉气一阵一阵从脚底往上涌。即便在这样的夜里，他也没有亲吻她。

谷良，他的本科死党，埋怨他说："你终究不是诗人的料。一个现代诗人，这时候会干吗？找家小旅馆，追问人生意义，探究人与人的关系，顺理成章就宽衣解带，直接快活，洞里春暖远胜外面天寒地冻。生活冰凉，所以身体温暖就是诗啊。"冯海苦笑。学校周边专门服务学生情侣的旅馆像野草般丛生，小时房、日租房比比皆是，但那时候冯海浑浑噩噩，根本没往那方面想，而且，穷啊，这是根本原因。谷良白了他一眼，这时候你可以当抒情派诗人，在大自然探求人生，在黑暗中渴望温暖，天地广阔，何处不可以欢好。

那是情感需求更甚于肉欲的黄金年代，美好而短暂，稍纵即逝。

黄金时代从来都是供人缅怀的。人与诸神和谐共处，人类的黄金时代在古希腊时期，已是遥远的记忆。个人的黄金时代，一出现就开始消失，当时毫无意识，直到沧海变桑田，才在记忆里回闪出金黄的色彩。

强老师轰塌了黄金世界的支柱。强老师是著名诗人，其著名的标志是，他是省城一家文学期刊的副主编。每年省城高校的学生都会联合举办"一二·九"诗歌朗诵赛，大三那年冯海参与组织，他负责邀请评论家、著名诗人、知名学者来当评委。他带着蔡萍，去邀请强老师。强老师的办公室比较小，最多只能容纳5个人，他坐在堆满凌乱稿子、杂志的书桌后，书桌前面靠墙摆放着一张沙发，沙发与书桌垂直。冯海笔挺地坐在沙发上，蔡萍在侧，刻意保持距离，头微倾，一样虔诚地和强老师交流。强老师戴着高度近视眼镜，从稿件中微微抬头，眼光从镜片上面射出来，射在他们身上。冯海诚惶诚恐，讲述来意，可是他逐渐发现，强老师的目光直接越过他而落在她的脸蛋上，像是一匹狼叼着一只羊，情绪从他们最初推门进来时的冷淡逐渐高涨，后来干脆放下稿子，在他和她之间，热烈、激昂地讨论起来。不，谈不上讨论，更多的是强老师在高谈阔论，口若悬河，滔滔不绝，蔡萍在迎合，而冯海是空气。强老师谈到诗歌天赋与后天的培养，谈到女性诗歌当下的特点及未来发展趋势，谈到"女人一般不写诗，女人不写一般诗，女人写诗不一般"。冯海有了醋意，有了敌意，像有人把垃圾糊在他脸上一样难受，弥漫在他周围的是想象的空气，他脑子里一遍一遍想着如何把拳头塞进那一张一合的嘴里，想象着那张可恶的脸疼痛之下狰狞的样子，快感蔓延至全身。自然，他没有挥起拳头，也没有任何快感，只是本能地站起来，拉起蔡萍的手，大步迈出强老师的门，在强老师的惊诧中，摔门而出，摔门的声响在他听来，就像城市上空响起了尖厉的警报。蔡萍一脸错愕地被拉着走出办公室，走下楼梯，直到他们的身子像子弹一样弹射在杂志社门口，才惊愕地说道："你，疯了？！"

"我是疯了。难道你不轻浮吗？你难道看不出来他看你的眼神的邪恶，竟然还那么迎合他？"冯海咆哮。

强老师对女性的贪恋严重影响了冯海对当代所谓著名诗人的判断，把他推离了诗人的道路。谷良对此评论说："这哪叫谈女性诗歌？就是谈如何勾引女人上床，喷那么多废话不就是为了和女学生上床吗？"

武胜留给冯海一片废墟。武胜过来看冯海的时候，染着一头黄发，戴着一对耳环，双手插在裤兜里，神气活现地晃荡在校园里，嘴里不停地说，大学校园原来就是这么一个样子啊，比我们县城公园大不了多少嘛，老房子统统该拆掉，太不现代。蔡萍跟在他们身后，认真听着武胜的胡扯，好奇，甚至崇敬。武胜是冯海的高中同学，高考落榜后没有选择复读，直接去做生意了，先是利用在粮食部门工作的爸爸的关系做贩卖，接着与交通局局长的儿子合伙盘下即将迁移的粮食储备库，搞房地产，成为县城最年轻的地产商，这时他才20岁。

冯海邀请他去学校食堂吃饭，他挥挥手说，改善一下伙食。他们去了光谷最好的酒店，3个人，点了一桌子菜。饭后，开着黑色的奥迪，3个人在市内兜风。

后来，黑色奥迪上就只剩两个人兜风了。

冯海从来都不知道，武胜和蔡萍是如何一步步走到一起的，他怎么可以抢自己朋友的女人？但他很快就在校园里看到黑色奥迪，她像小燕子一样轻盈地钻了进去。

　　真正面对他们俩时，冯海发现自己并没有想象中的愤怒。他以为自己会像头愤怒的狼冲向武胜，他认真地想过要把他打到什么程度，要不要用砖头，他甚至想过用怎样的姿态等待蔡萍的回头，但是看到他们从车里出来，心里反而泛起一种奇怪的宽慰。那一刻，他忽然想，他是因为渴望形而上的拥有，还是因为爱而与蔡萍在一起的？如果当初不是蔡萍，而是别的女孩，在众人面前诉说对他的仰慕，他是不是一样会和她在一起？

　　"你最近怎样？还好吗？"首先开口的是武胜，语气带着一丝愧疚和隐隐的由成功而滋生的自傲，又有些犹疑不定，他不确定冯海会如何反应。

　　"还好，挺好的。"沉默了一会儿，冯海又说："你们……我走了。"

　　此后，冯海从他和她的生活里消失了。

　　蔡萍毕业后去了深圳，结婚生子后又离婚，丈夫不是武胜。她在一所小学教书，平淡的日子在指缝间溜走，再也不看诗歌了。

　　武胜也结婚生子了，妻子是家族介绍的，老家是柑橘之乡一个村支书的女儿。他的生意越做越大，酒局越来越多，性格越来越张扬。婚后6年的一天晚上，在省城大酒店喝酒，喝到一半，爬到楼顶露台，向下面撒尿，却不料一脚踏空，跌落下来，当场丧命。

　　"然后就彻底把蔡萍给忘了？"在五棵松体育馆，在科比一个漂亮的三分跳投引发的欢呼声浪中，阿群大声贴着冯海的耳朵说："你怎么还不结婚啊？"

　　冯海悠然地抽了一口雪茄，他没有立即回应阿群。他的目光越过赛场，越过如潮的球迷，变得迷离。"后来认识了一个，她彻底改变了我，是我真正的初恋。"

　　"官二代？富二代？大城市白富美？"阿群来了兴趣，"我说嘛，才多少年，你就摇身一变，鸟枪换炮，大富大贵！"

　　冯海抽了一口雪茄，说了一句莫名其妙的话："不要寄望于枝丫多么结实，也不要害怕树枝的断裂，鸟儿靠的是翅膀，翅膀可以自行飞翔。"

第四章
借力国企，偶遇"假释犯"

伊甸公馆从外面看是一个不起眼的地方，在京城却算得上顶级会所。

这家会所隐藏在城中村居民楼里，四周是低矮的围墙，车要从一条只能容纳一辆车的小胡同开进去，胡同两边依次排列着河间驴肉火烧店、5元商品店、20元剪洗染廉价理发店、新疆烤肉串店等门脸房，人间香火旺盛，刺眼的廉价霓虹灯笼挂在一些小店的招牌下面，谁也不会想到一家豪华私人会所会隐藏其间。会所地上3层，地下两层，门口站着几个大汉，退伍军人出身，一水儿的平头，身姿挺拔。车子停下来，把钥匙扔给保安，他们会找地方停车——只见一扇铁门徐徐开启，一个奢华的会所展现在眼前。

地上一层是餐厅，以谭家菜为主，二、三层是客房，地下一层是夜总会、卡拉OK厅，地下二层以桑拿洗浴为主。会所实行会员制，老会员介绍新会员，即使你腰包再鼓，没有熟悉的会员介绍也进不来。这是北京"天上人间"被打掉后为数不多的幸存者之一。陈晓成是常客，几次大的交易就是在会所二层的客房敲定的。剔着牙，洗完桑拿，那些土老板会要求给安排个越南妹子或者白俄罗斯金发姑娘三陪。陈晓成经常一个人在桑拿客厅，很惬意地让妹子捏个脚，然后听着不怎么隔音的房间传出一阵阵浪笑或呻吟，他的嘴角掠过一丝不易觉察的轻蔑。

最近，会所老板黄飚专门为陈晓成配置了一个独立按摩间。

这间VIP按摩房不大，摆放着两张褐色牛皮按摩沙发，沙发在90度和180度之间收放自如，沙发上还安装了一台40英寸左右的液晶电视，方便顾客自由调换频道。房间灯光柔和，暖色调的墙壁四周挂满了后印象派大师凡·高的赝品，《向日葵》色彩浓烈，《圣马利的渔船》弥漫着人间香火，还有那张被拍卖出8250万美元天价的《加歇医生》，以及凡·高早期的著名作品《吃马铃薯的人》。《吃马铃薯的人》画面深沉、厚实，那股扑面而来的乡土气息，那种在骨子里对劳动者的尊敬和崇尚，是陈晓成的挚爱。如今，这幅画就挂在正对面的墙壁上，陈晓成在按摩沙发上舒服地躺着，一睁眼一览无余。每次看到凡·高的油画，即使刚刚坐镇指挥拿下亿元大单，或者刚刚与女人欢爱激素分泌过剩，或者遭人算计、暴跳如雷，心情坏到极点，一想起凡·高惯于红绿相间或者黄紫相间这样对比强烈地用色，一如他短暂而轰轰烈烈的一生，狂热而偏执，陈晓成就顿感肾上腺激素分泌平稳，呼吸平缓，心静如水。

　　这是顶级隐秘奢华会所伊甸公馆唯一一间以凡·高油画为装饰的按摩室，与其他裸女图密布的房间截然不同。陈晓成的挚友李欢欢说，他更喜欢那些房间，虽然你攻击说那只是为了让男人时刻涌起动物性的冲动，符合阳痿、饥渴而胆小如鼠、人生迟暮恐慌症患者等人的需求，但裸女图、春宫图确实让我们激素快速分泌，人生得意须尽欢嘛。

　　"我呸，他们都什么品位啊？"转业军人出身的会所老板黄飚40多岁，每次陈晓成和王为民这对兄弟过来，他就撇下其他活儿，屁颠屁颠地跑过来，静坐一边，洗耳恭听。这个时候，在他眼里，看似颐指气使的商人陈晓成是个激情澎湃或执迷不悟的文艺青年。黄老板享受陈晓成点评凡·高作品时那种沉醉的神情，在这声色犬马、暗流涌动的场所大谈文化艺术，黄飚的口头禅就是"真过瘾"。他还说："有知识就是好，蘸颜料的毛笔随便涂几下的向日葵，还不如我拿台1000万像素的索尼傻瓜相机咔嚓一下拍的好看，竟然拍卖要几千万美元！"不过，他调侃归调侃，还是颇喜欢陈晓成对凡·高大师每一幅画作的背景、气质、情感、意义等鞭辟入里的分析、点评，他总是表现出恍然大悟、醍醐灌顶、津津有味甚或一脸崇敬的样子，然后发表一番自认为深刻的感慨：文化人跟文化人不一样，他们的东西要么狗屁不值，要么价值连城，这就像买彩票中彩，门道深着呢。

这番感慨的结果，就是陈晓成常去的那间按摩房，被黄老板挂满了凡·高的油画赝品。他对陈晓成说，俺是大老粗，买不起也买不着那个什么凡·高大师的真品，我还怕被那帮老外给骗了，那么多钱，换回一张赝品，我才不干那傻帽儿的事。就这样了，看着跟真品也差不多。以后啊，这间房就是陈总御用的按摩房了，谁都不接待。其实，黄飚在心里早就算计好了，自从两年前翻修重新开业至今，陈晓成在这里每年的开支至少有7位数，是响当当的金牌主顾，而且总有支票预存。

陈晓成笑而不语。只有王为民知道，陈晓成为何对凡·高情有独钟，那个心结在心里藏了多少年了。"你这家伙怎么还念念不忘，早死早超生，赶紧了结吧。"每次聊完凡·高，王为民看着陈晓成神经质般陷入绵长的忧伤中，就恨铁不成钢地嘟囔。

这天一场重要的饭局过后，陈晓成又独自溜到房间享受保健足疗。他拿着本《菜根谭》，借着明亮的台灯，一边享受足部按摩，一边品味精神食粮。

柔和的灯光给房间增添着温度，陈晓成双脚架在沙发前头的一个特制小板凳上，脚上长了几个鸡眼，是小时候长期穿不合脚的鞋子所致，不像王为民每次伸出的脚都是细皮嫩肉，一看就是从小养尊处优。陈晓成喜欢固定的按摩师，这点又不像王为民，他每次过来都要尝尝新手，美其名曰要做为黄老板试验新来按摩师的小白鼠。陈晓成喜欢的按摩师是518号，518号是四川妹子，叫孙晓轩，20岁出头，白皙的脸庞能拧出水来，五官精致，身材苗条，来自天府之国的川妹子果然与众不同。会所从一些中医学院的按摩、针灸和理疗专业招聘了一批形象端庄、身材修长的青年男女，专门送到扬州培训足疗以及各式按摩，包括泰式、中式、西式技艺，实行竞争上岗，考核上岗，绩效排名，末位淘汰，待遇优厚。

这晚，年轻女技师孙晓轩在穴位星罗棋布的脚板按来揉去，轻重缓急正好，力度适中，涌泉穴、大敦穴、太冲穴、太白穴、太溪穴、申脉穴等穴位个个精准到位，只听陈晓成一会儿疼得哇哇叫，一会儿呻吟，直喊舒服。

按着足底左侧反应区，陈晓成哎呀哎呀叫唤，书也放下了。孙晓轩说："这个穴位有沙粒，您感觉到了吗？"陈晓成只顾得上喊疼，哪顾得上什么沙粒，只是习惯性地点点头，还一个劲地说往死里按，那样才舒服。小孙接话说："您脾胃虚，要调理。怎么调？吃小米粥，最好是陕西米脂的。产地很重要，这种陕北小米产自黄土高原，色泽金黄，颗粒浑圆，晶莹透亮，质优味香。尤其是蛋白质含量比普通小米高，人体必需的8种氨基酸含量丰富而且比例协调，所以它健胃消食还能安神。"

陈晓成喜欢挑逗小孙："呀，你这按摩理疗专业的还懂养生，难怪你们黄老板推荐给我时说你出身按摩世家，祖传技艺，看来此话不假啊。"

小孙经不住夸奖，满脸绯红，眼睛乌黑发亮，她略带羞涩地说："别听他们说什么家传，我们这里干活的每个人，都会被经理说是家传的。我知道你们这些客人来头不小，培训时说过，每个贵宾不仅是上帝，更是随便一个手指就能左右我们的命运的，要么上天堂，要么下地狱。我的妈呀，第一次听经理讲这个，我就不想干了，这是啥子情况？从小到大我爸妈就没说过我一句重话，好家伙，来这儿人家随便一指就让我下地狱！"

陈晓成忍不住乐："不是还可以上天堂吗？"

"唉，那是啥子天堂啊？住别墅，开豪车，买LV包？我一个姐妹上天堂了，每半个月就跑一趟香港，箱包、鞋、衣服一买一大堆。可是最近她每次过来找我玩，都很不开心，胳膊上青一块紫一块的，我们好心疼。这是啥子天堂啊？我可不愿意。咦，听说那男人，有特殊癖好啥的，好恶心！"

小孙吐了下舌头，一副少不更事的样子。陈晓成继续打趣她："你呀，既不要上天堂，也不会下地狱。踏踏实实靠手艺挣钱，过普通日子最好。"

为人师的感觉不错。他点拨小孙说："只要你在同一个行业干满了5年，你就是专家；干满10年你就是权威；干满15年，你就是世界大师。"

"哪能呢，这行就是吃青春饭的，干不了几年就回家嫁人了，还啥子专家啊。"小孙满脸不以为然。

小孙不以为然的神情让陈晓成心里一紧，正要开口解释，循循诱导，这时门被敲响，还未等陈晓成喊进，按摩部经理就溜了进来，对着小孙挥挥手，小孙知趣地退出。

　　"陈总，您那位灰白发的老年客人，身板好，癖好也多啊，又让我们加人！"

　　"老年客人？"陈晓成一时没反应过来，思索了一会儿才想起来，"那就按规矩安排吧。"

　　"可是，您那客人癖好特殊，我可是第一次见到这样的客人。"

　　陈晓成皱了下眉头，略一思索，他一咬牙，对经理说："只要不违背你们行规，钱好说，可以多给，你安排。"

　　经理得令出去。陈晓成突然把手上的《菜根谭》猛地砸在对面墙上，差点砸中《吃马铃薯的人》。这个老东西！

　　这位客人56岁，姓梁，名家正，刚从号子里出来，属于假释。陈晓成认识他，是在3个小时前。引荐人是肖冰，年长陈晓成5岁。

　　一个月前，肖冰对陈晓成说："你让我找的人找到了。虽然不是直接关系，但这个间接关系很靠谱，来头不小，也乐意帮忙，你订饭局吧，我一并约上。这人呢，对你的目标人物，不仅能说上话，说的话还绝对管用。"

　　肖冰研发的交通系统软件在第一轮融资时，被人坑过。一家三流基金公司签署协议投资800万元，首期支付200万元后，让肖冰进行了股权变更，此后该基金以各种名义拖欠后期资金。技术出身的海归肖冰不懂融资道道儿，心急如焚，技术型创业公司最大的敌人是时机，他们却已经拖了1年多。偶然相识的陈晓成对肖冰说，打官司效果不好，再来个一年半载你耗不起。然后他替肖冰出了一个狠招，对核心技术进行改造，全部合法但悄悄地转移到境外新注册的公司。肖冰如法炮制，待那家基金公司醒悟过来，为时已晚。后来，陈晓成创建私募基金，成为肖冰在美国纳斯达克上市的公司的A轮投资人。

　　见老梁之前，肖冰透露了老梁的一些个人情况，当年在部队也算一号人物，管理过部队"三产"，据说是在经营管理中触犯了某些人的利益，于是号房几进几出，却硬是扛住了，谁都没有咬出来。最后几位老首长为他说情，安然无恙。

陈晓成要找的不是老梁，而是国企东方钢铁的董事长武庸仙。这位出身行伍的国企老板为人低调，鲜见于媒体，至少陈晓成的圈子里没有人与他有直接联系。陈晓成在东方钢铁公司官网见过武庸仙，头像和蔼可亲，横看竖看也算食人间烟火，怎么可能深居简出，把自己裹得严严实实？常在海边走，哪有不湿鞋的，人在花丛中，即使自己不招蝶也会有蜂蝶群舞围攻而上。王为民就有一个年纪相仿的朋友，他的老爸从华东升到京城，实现了从基工（基层工人）到将军的蜕变，修成副部级正果，掌管一个金融帝国，为人低调，却不期栽在天上人间，因受贿罪获刑15年。

老梁是横着走进来的，双臂摆动的幅度很大，右手拎着一只浅绿色帆布挎包，肖冰在前面引导。老梁身材臃肿，一米七左右，国字脸，大眼袋，白发不均匀地点缀在板寸间，穿着一条松垮垮的大号迷彩军裤。他进门后习惯性地左右张望，眼光落在陈晓成身上，然后立即移开，又落在亭亭玉立的美女罗萍身上，施华洛世奇蜻蜓胸针别在丰满、挺拔的胸部，着实抢眼。罗萍是陈晓成的助理，北京女孩，两年前从英国纽卡斯尔大学MBA学成归来，陈晓成的铁杆朋友谷良来京初见罗萍，惊言其"粉面含春威不露，丹唇未启笑先闻"。

老梁在判断究竟谁是主人，在伊甸公馆奢华的宴会厅，招待的人竟然是个年轻小伙子，他略微惊愕，但很快就恢复了之前的姿势，摇晃着上前。

肖冰来之前，跟老梁介绍过陈晓成，什么少年得志、青年才俊、隐形富豪之类的。或许，还透露了王为民，以及他和王为民的关系甚至王为民的父亲吧？陈晓成一直在寻找一种平衡，在什么场合，对什么人，是否应该提及这种关系、资源，应该说到什么程度。在他们创业初期，年少轻狂，确实拿着这种关系四处张扬，并因此获益。关系就是生产力。只是到了后来，他首先想到的是如何洗干净。当然，他知道的，就像毒瘾，一旦沾染上了，想要脱身是不可能的，上了船是下不来的。

陈晓成上前与老梁握手。一旁的肖冰介绍说，这是老梁，部队高官，圈子都称首长。

老梁先是蜻蜓点水般和陈晓成握手，当他听到肖冰介绍自己是首长，突然爆发出一串爽朗的大笑。"什么首长，阶下囚而已。江湖变迁，胜者为王，现在是你们年轻人的天下！"一番自嘲的同时，猛地用力摇了摇陈晓成的手。

陈晓成的腕劲就像打太极拳，遇强则强，遇弱则弱。老梁猛地发力，从小练武的陈晓成身体自然反应，在老梁用力的瞬间，陈晓成的手劲也随着刚硬起来。老梁抽了一口气，他认真地盯着眼前高出自己一头的陈晓成，英俊、帅气，尤其是那双眼睛，深邃、坚毅。他意味深长地说，后生可畏！

紧跟在老梁身后的就是此次陈晓成要找的正主，东方钢铁董事长武庸仙，不到50岁的年龄，中等身材，腹部隆起，头发稀疏，面容憨厚，一身D'URBAN（都本）西装套装，步履沉稳。

陈晓成迎上去，握手，寒暄，武庸仙认真地看着陈晓成，也跟老梁同一个调子："年轻，很好啊！"

陈晓成在圈子里算得上一号人物，关于他资本玩家、金牌操盘手的传闻在坊间和媒体上有很多。不过，每当与研究生死党独处，包括王为民，他更喜欢他们叫他蒲柏。

酒过三巡，老梁收不住了。他从挎包里取出一个档案袋，从中抽出一些纸张，一一展示给在座诸位，一张张指点说："看吧，这是当年军事法庭对我诈骗罪、伪造证件罪的判决书。再瞧瞧这个，这是军区组织部门给我的平反材料，你们仔细看看，这可是盖了大红章的！"

这些纸有些发黄，折皱不少。

老梁不待众人发声，就接着说："竟然判我15年？！我这是替领导背黑锅啊，代人受过。有道是，我不下地狱谁下地狱，我服务的那些领导，我不背黑锅谁背黑锅？如果不是我行事仗义，军区组织部门会给我开这个平反证明吗？这可是史无前例啊！"

说着，几行热泪从老梁眼里滚出来，很是悲情。陈晓成颇为意外。

见过兄弟们酗酒时的山呼海叫，见过谈起女人、父母或者爱人时的感激涕零，但像这么一号人，过了知天命之年的大老爷们儿，竟然热泪盈眶，如果不是确有冤情就是绝对的影帝，表演功夫太到位了。

不等有人迎合，助理罗萍就站起来，斟满一杯酒，走到老梁面前，说："梁总，今天见到健康、精神的您，我们很替您高兴。这杯酒，代表我们陈总，敬您！"

这时，肖冰插话说："小罗，应该叫首长。"

首长或领导，是老梁很受用的称呼。

罗萍跟随陈晓成两年，早从青涩的小女孩变成场面上的能手。她立即接话说："谢谢肖总提醒，我知错了，先自罚一杯。"说着，仰脖子一口干了。

她端着空杯子瞧了一眼陈晓成，他微微一笑。罗萍又斟满一杯，站在老梁右侧。

老梁起身，端着酒杯，对着罗萍赤裸裸地上下打量："哈哈，什么首长，我这首长还是戴罪之人，还是假释身份啊。"

然后，他碰了碰罗萍的酒杯："活了一大把年纪，我总算活明白了。我这大半辈子，就是讲一个'义'字。追求不高，就是金钱和女人。"

他一仰脖子干了，然后目光火辣辣地落在罗萍的瓜子脸上。

肖冰乐了："地球人都好这口啊。"这位海归，回国多年，经历了一番坎坷后，也被彻底污染，混成了人精。肖冰笑呵呵地站起来，要跟着敬老梁的酒。引荐人肖冰显然是想活跃局面。

看到老梁色眯眯的样子，陈晓成心里不爽，他立即站起来，对罗萍努努嘴。罗萍会意，赶紧回到自己的位置上。

陈晓成对老梁说："晚辈不才，酒量极差。不过，我很敬重您这几十年的人生，您的每一个经历对我们后辈都是宝贵的财富，晚辈愿意洗耳恭听。"

老梁看到罗萍从眼前消失，皱了下眉头，就粗着声说："那是，想当年，我还是师级干部的时候，你这小伙子还在上学吧。江湖传闻我老梁是只长了白毛的老狐狸，这话不错，说明我活了一把年纪，是活出了智慧。

在我眼里，这个世界不是狐狸多了而是少了，笨人太多，聪明人太少。我这个人呢，挨过11年的整。因家境贫寒，只读到小学四年级就辍学了。当年当上兵后，人嘛也算机灵吧，关键是机遇好，有幸新兵连结束被领导看中，被安排在部队领导身边做勤务工作。每天晚上学习到深夜，早上5点起床把首长的皮鞋擦亮，把衣服、包整理好，把车内温度调整到适宜的温度，5点50分叫首长起床，等首长看完新闻吃完早饭，再送首长去办公室。在我管理军队企业那会儿，我还请示领导，牵头赞助了军队门球联赛，建了几所希望小学。"

陈晓成嘴角含笑，不动声色："果然经历非同一般。之前也听人提到过您，您进去的那会儿，我还在读研呢。"

自然，"进去"对老梁而言，是不光彩的事情，陈晓成这句貌似恭敬的话，让久经沙场的诸位一下就明白了局势如何。

肖冰赶紧碰了碰老梁和陈晓成的酒杯："首长，您的大名在圈里确实算得上一号。陈总呢，是少年得志，青年才俊，他们做实业起家，近年管理一只风险投资基金。刚刚挂牌的凯冠生物，市值100多亿元的上市公司，就是陈总主投的，堪称风云人物！"

陈晓成也不谦虚："一级市场，晚辈还是混了一些经验，梁老以后有什么需要我提供建议的，还能道出一二。"

陈晓成在心底对眼前的老梁生疑：这究竟是怎样一号人？从坐下来，就一直喋喋不休地说他遭遇的种种不公，有点像鲁迅笔下的祥林嫂。

这个时候，武庸仙站起来提议大家喝一杯，似乎有意替老梁解围："老梁是我的老领导，我们喝酒的机会也不多，我提议，为老首长的健康干杯！"

今晚的主角不是老梁，而是武庸仙。作为大型国企掌门人，他如此一说，在座的就都明白了，这个老梁确有来头。

老梁依然自顾自地说："我这把年纪了，在金钱方面吃过不少亏。我是见过大钱的人，高峰时管理过几十个亿资产。钱多也咬手啊，尤其国家的钱、公家的钱，管不住心，就容易出事。虽然我'三进宫'，这次进去我冤枉啊，我的老领导都可以证明我的清白。"老梁又拿起桌子上的材料，抖了抖，提高了分贝，"铁板上钉钉，红头文件给我定性，给我平反，我是被冤枉的。"

说完，他又看了一眼大家，然后与坐在一旁的陈晓成咬耳朵："那点事算什么呀？我这把老骨头，容易吗？我仗义！这么多年，宁可委屈我一人，绝不会把外面的人拖进去。否则，外面的人怎么会把我捞出来啊。是不是，陈老弟？"

在老梁口中忽然变成"陈老弟"的陈晓成，没有迎合着点头或者摇头，他只是平静地看着老梁，等待他继续讲下去。

老梁又强调说："没有欲望就没有动力，世上哪有公平可言？你说是不是，陈老弟？"

陈晓成顺势接过话茬儿："全球60多亿人，绝大部分心脏是在左胸，大概有5000万人心脏在右胸，但从来没有说谁的心脏是在胸部的中间地带。就地球而言，也不是一个圆球，是椭圆的，不平，正是不平衡才产生运动的力量。"

老梁瞪着陈晓成："咦，了不起啊，你这玩资本的，还懂这个？"这似乎激起了老梁浓厚的谈话兴趣。他自顾自地喝一口酒，嚷嚷着说："我在局子里，最大的收获就是看了不少传统文化方面的书。我这个人是一个粗人，半辈子服务于军界，横跨商界，冲冲杀杀，血腥有余，优雅不够。还好，这次让我恶补了不少知识，大开眼界啊！"

满桌一时鸦雀无声，目光都投向他。他似乎受到了鼓励，眼睛充血，估计有点喝高了。他转头对陈晓成说："陈老弟，你知道工业革命为何发生在西方而不是中国吗？"

陈晓成笑而不语，静待老梁的高论。其实，这个问题他和圈子里的朋友洗桑拿、做足疗时也聊过，当然目的是打发时间，否则吃饱了撑的啊！每个人都喜欢谈论女人、金钱和大项目，哪有兴趣聊这些大费脑力的话题。不过，也有一个人例外，那就是李欢欢。他比陈晓成大5岁，喜欢读书、唱歌，偶尔也来一首诗歌，与陈晓成很对脾气。更重要的是，他来自西北一座经济不发达的小城，谈起冬天去煤厂捡拾煤球烤火的童年经历，就大哭不已。他们都有一个类似的贫穷的童年。李欢欢幕后老大的来头之大，更胜于王为民。

老梁又扫了一眼众人，语气颇为自得："我喜欢研究宗教，宗教与科学密不可分。比如西方吧，西方科学不随时空变化的概念源于上帝，而中国的天道变化无常。开启了智慧的人类祖先大约在六万年前走出非洲，到各地后文化开始分裂。进入欧洲的一支特别重视北极星，也就是不变性。而中国呢，老子很早就提出并强调无常，也就是不断变化，这可能就是中国现代科学落后的根本原因。"

"真是高深莫测啊。"肖冰站起来，敬了一杯酒，"真没想到，我们梁首长不仅研究宗教，还贯通中西和古今啊。"

"呵呵，哪里哪里，是陋见陋见。"老梁很受用地谦逊着。

"对这个观点我有不同意见。"这时，陈晓成接过老梁的话，让坐在对面的肖冰很着急，他使劲给陈晓成使眼色。

陈晓成装作看不见。他知道，不管老梁来历如何，今天的主客都是武庸仙，而武庸仙进来后都没说几句话，要么沉默，要么点头微笑。所以他有意展示自己的才识，避免让人认为他仅仅是一个年轻的暴发户或者只知挣钱的家伙。在政商界混迹多年，他明白，有些场合，需要展现那么一两手才识，以示与众不同。

而且，陈晓成这个人，用他同学王为民的话说，在讨论原则问题或者对大是大非的认知时，不仅不识时务，而且比较固执，不分场合、不分对象。

陈晓成说："第一次和第二次工业革命之所以没有发端于我们中国，根本原因在于我们清政府的专制。"

此语一出，不仅武庸仙惊诧，肖冰也是满脸惊讶。

"我们需要多元的文化，专制制约着科学的发展。在历史上，墨子、杨朱、公孙龙已经有些逻辑和实证的雏形。老子的无常更多的是指认识的局限，包括交流的不完全、个人观察的不完全以及规律本身也在变。"陈晓成侧头跟老梁说。

老梁嘴巴半张，辩解道："专制各国都有，西方宗教专制更严重，所以才要讨论自由与存在。中国古语没有自由，只有逍遥。"

陈晓成说："西方的科学是在文艺复兴后得到大发展的，如果没有马丁·路德的宗教改革，就不可能有科学大发展。科学的根本就是质疑，而专制是反质疑的。"

老梁有些文不对题："文艺复兴正是由宗教解放开始，先由文学开始。马丁·路德的改革让每个人都有权通天，直接和上帝对话，也就是祷告。"

陈晓成跟武庸仙碰杯喝了一大口酒。然后他对身边的老梁发表了长篇大论，意图直接征服老梁以及在座的各位，这种招数在类似场合屡试不爽。

"黑格尔曾经说中国是个停滞的帝国，汤因比说中国几千年里处于僵化状态，如果因此而认为中国的传统社会没有发展，那无疑是错误的。几千年的中国史其实是一部专制技术发展史。

"像鲁迅在《春末闲谈》中比喻的那样，专制技术就是掠夺者刺在中国社会神经上的一根毒针，它使得中国社会麻痹、僵化，失去反抗力，以利于掠夺者肆无忌惮地敲骨吸髓。因此中华民族最大的发明创造不是四大发明，而是专制技术。这一技术，有高深的理论，有精密的设计，有庞大的体系。因此专制技术发展史的另一面，就是一部漫长曲折的国民性演变史。"

老梁似乎有些招架不住，他开始转移话题："只要有思想的自由，就会有科学的进步。自然，我们还有很大的提升空间。"

武庸仙出来和稀泥："我认为二位刚才讨论的是改革开放前的中国。当然，和欧美的历史路径不同，但中国一直都很多元自由。现在以经济建设为中心也是一种多元化和自由，全民搞经济，让数亿人脱贫，这在全球都是伟大的创举。"

在热烈辩论的空当，罗萍插嘴说："听你们辩论真是一种享受，大长见识。不过，你们讨论的是一个大问题，不会有一个简单的结论，改天我们弄一个专门的饭局，多组织一些人来讨论吧。"

肖冰也附和说："爱尔兰诗人叶芝说过，和别人争论，产生的是雄辩，和自己争论，产生的是诗。二位一老一少，广开民智，期待中国历史上再次出现百家争鸣的盛况。改天专门安排一个论坛，古有华山论剑，我们也不妨来一个科学峰会！"

老梁没有接话，一言不发。陈晓成则借势对武庸仙说："这主意好，就在武警总部北戴河暑季疗养中心办。您见识广，有高度，资源好，您出面张罗，我们赞助操办，要干就干漂亮点。"

武庸仙对这个提议，笑着应允。

罗萍起身走到武庸仙身旁，端着酒，因酒精的作用，脸上红潮一片："早就听闻您的大名，听说您精通国学，《论语》《孙子兵法》您活学活用，研究出一套国学管理方法，比长江商学院MBA管理课程更实用，希望未来有机会去拜访您，亲自聆听您的教诲。"

武庸仙站起来，端着杯子，声音浑厚、低沉："罗小姐太会说话。我这人其实有点土，当兵出身，人粗，也木讷，唯一的爱好就是看一些国学的闲书。当然了，也感谢党培育多年，沾了国企平台的光。"

老梁这时插话对罗萍说："他们家丫头和你一般大，我是看着她长大的，人不错，也从英国拿了个学位，还在啃老，回国后净是谈恋爱，不乐意找工作。"

武庸仙忙说："是啊，在家啃老，说要找自己感兴趣的工作，都一年多了，还没有搞清楚自己感兴趣的是哪门子工作。要像罗小姐这样，我就放心了！"

罗萍笑道："谢谢武总夸奖，改天我和陈总一定去拜访您，亲自聆听您的教导。"

陈晓成跟武庸仙碰杯："武总，一切尽在不言中，我先干为敬。"

老梁率先鼓掌，对陈晓成说："武总当年是我的兵，在我手下枪法是最好的，发展到今天这地步，老夫早就有预见了。"

"感谢老首长关心，我敬您，您随意。"罗萍及时给武庸仙斟满一杯酒，武庸仙立即走到老梁跟前。

陈晓成看得出来，武庸仙对自己身边的这个老梁很尊重。看来，这个老梁有些分量，至少武庸仙会给他足够的面子。

刚回到自己座位上坐下，一旁的老梁就啪地拍了下陈晓成的肩膀，表现豪爽："陈老弟，今天辩论老夫不能说服你，你也不能说服老夫，有胆识。你这位老弟，我认了！"

说着，老梁站起来，端着酒杯，转眼酒杯见底。陈晓成一看这架势，也站起来，直接往嘴里一倒。他心里有数，有了这个饭局，事情的开局会不错。

老梁伸出右手大拇指，对陈晓成说："冲你这顿酒，看你这神态，就知道老弟酒量不行但酒品不错，说明老弟心眼实诚。老弟，之前我也听肖总介绍过你，刚进门的时候我看你还是个嘴上没毛的孩子，三十啷当岁，心里也没有当回事，但通过这顿酒，我算重新认识了，后生可畏。你这小兄弟，我交定了！"

然后，他指着斜对面的武庸仙，侧身对陈晓成说："他跟了我近20年。知道吗？他是老夫最爱的兵，也是现在干得最有实力的兵。他枪法好，当年不知道消耗了我多少发子弹，但值啊，50米标靶手枪射击最好成绩是49环。我带的兵！"说完，竖起大拇指。

在老梁说话时，武庸仙不停地点头："我永远是首长的兵。"

老梁没有接武庸仙的话茬儿，他继续说："终于熬到有实权了。你问问他，我什么时候亏待过他？我还从来没有求过他什么事，你那事，肖总跟我说过，不违法也不违反原则，我今天就替他做回主，这事就这么定了！"

武庸仙站起来，先是跟老梁碰了杯："首长就是我大哥，这么多年了，我每一步都得到了他的关照。"接着他又跟陈晓成碰了下，"你那事，肖总跟我提过，我心里有数。"

这番话，才是这场酒局最核心的部分，也是陈晓成最想要的。他有些晕，脚步发飘。没有想到，这顿饭如此之顺。

随后，罗萍把老梁一行带到地下二层享受特殊服务。她自己给陈晓成发了个短信先行回去了。这种场合，陈晓成不会让她逗留太久，在陈晓成眼里，她还是一个不染风尘的女孩子。

刚才，按摩部经理进来报告老梁的特殊性癖好，陈晓成心里很是鄙夷：人家说男人30岁前喜欢年轻女人，40岁喜欢少妇，过了45岁，几乎是见了女人就想搞，尤其是年轻女人，无论胖瘦高矮丑陋漂亮，真是恬不知耻。男人活到这份儿上，真是悲哀！难怪贾宝玉说，男人是泥做的，浊臭逼人。自己是否有一天也会沦落到这种地步？

陈晓成突然沮丧无比，他想起了她，她还好吗？

陈晓成刚调整好情绪，按摩部经理又敲门进来，悄声对陈晓成说："您要求安排的另外那位先生挺文雅的，就是微秃的那位，给小姐做了半天的忆苦思甜教育。"

陈晓成一乐："怎么了？"

挺文雅的当然是武庸仙。

作为会所VIP的陈晓成不苟言笑，经理们对这位高富帅的主顾有点怕，现在看他神情轻松，胆子也壮了点，言语间带有一些调侃："刚才路过时，那间房门没关严实，听见那老板正在跟小姐讲故事，好像什么都没干。"

陈晓成一听就憋不住笑了。他想起李欢欢的一番评论，说这种上了年纪的国企老板，要么是日常纵欲过度精气衰竭，要么沉湎于孔孟之道，仁义道德空洞说教的大会小会讲多了，结果把自己也给讲废了。

陈晓成顺手从钱包里抽出500元，递给经理做小费："顾客就是上帝，今天他们就是我的上帝，花多少钱从账上划就行。记住，我还是那句话，不能对任何人讲我们的任何事。"

按摩部经理满脸谄笑，接过小费，拍着胸膛说："放心好了，您在我们这里消费又不是一天两天了，外面有过任何您在这里的消息吗？您从这里一出去，我就什么都忘记了。"

这时，陈晓成的手机响起了王菲的《传奇》："只因为在人群中多看了你一眼……"陈晓成一看号码，像是受到了什么刺激，立即坐直身体，他用眼睛的余光扫了扫按摩部经理，示意他出去。按摩部经理很知趣地点下头，迅速地悄然退出。

"什么情况？"陈晓成上来就这么一句，他要的就是结果。

"陈总，全部搞定，好吃好喝好招待，按照您的吩咐，都处理好了。

昨晚我带他去我们市最豪华的夜总会，招待得非常周到，没事了。"电话那头传来浑厚的男中音，是陈晓成两年前投资控股的一家公司的总经理，姓邵。

陈晓成进一步追问："套出话了吗，什么情况？"

邵总似乎一拍脑门，显然刚才只顾报告结果，最重要的部分忘了讲："地方纪委的同志说，本来没多大的事，就是那家伙扛不住，进去还没怎么问呢，就全部倒出来了。纪委的还说了，既然他倒出来了这些事情，总得来查一查。他本来不是因为与我们的交往进去的，是因为其他的事情，结果拔出萝卜带出泥，把我们给拖进去了。"

陈晓成松了一口气："以后你们做业务要谨慎点，不要以为我们全都能罩着。另外，你让何中秋那家伙出去躲些日子，出个国也行，他负责的那几个客户最近可能都会出事，不排除过来做例行调查，躲躲风头。"

"哦，这样啊！好，我这就安排。陈总，知道您投资的企业多，但也请您多回我们这里来，您不过来，我们都没有主心骨。"邵总似乎被即将接二连三的反腐行动给惊着了，说最后这段话时声音都有些颤抖。

陈晓成听着这话的语气，就有些后悔告诉他，或者说后悔说多了。他心里盘算着，准备找家大企业，尤其是国企，给并购掉，瞧这形势IPO之路是走不通的。原来有两种打算：一是在国内创业板顺利上市，此为最优选择，估值高，风险小；如果国内创业板上市之路走不通，就去纳斯达克上市，在维尔京群岛投资一个壳，设计一套VIE结构①。

卖掉从未成为选项。

---

① VIE结构，即可变利益实体，也称"协议控制"。——编者注

第五章

"凡·高与莫奈"

"再美的诗歌也敌不过美食和豪车。"从五棵松体育场看完表演赛出来，冯海开着路虎揽胜沿着五环路半夜狂奔，副驾驶上坐着发小阿群。

工程师阿群让冯海开车带他把北京绕一圈，他要丈量祖国首都的面积，这个在他幼小时期就有着天堂般神圣地位的首都，他要仔细地打量它。

"是不是可以讲讲那个改变你命运的姑娘？"阿群摇上车前窗，呼啸的风声被关在窗外，车内静寂无声，他像窥探者一样，对让校园诗人蒲柏摇身变成商人蒲柏的女人颇为好奇。

冯海沉默不语，专注飙车。半晌，他把车子停靠在路边，窗外清冷，偶尔一辆车子疾驶而过，空旷寂寥。

冯海点燃了一支雪茄，也递给阿群一支，他们下车，倚靠着车身，望着黑色的远方。冯海不动声色，但用词决绝："那是情劫，锁定了我一辈子。"

呼啸的夜风吹亮闪烁着猩红的光的雪茄。冯海的回忆就像昨日的电影，清晰无比，在眼前一一展现。

冯海大学生涯的剩余时间全放在各种生意以及看书默想上。他发现自己从来不懂得爱一个人，也不懂得怎样让别人爱他。

直到离开校园，他遇到了生命中的第一个女人，也自认为是最后一个女人。

她叫廖倩。

冯海毕业后离开省城，到了北京。他要在祖国首都开始新的生活。很快在一家半保密性质的部委下属研究机构谋到信息分析员的工作，兼内部媒体编辑，收集编写国际经济与贸易动态，薪水不高，工作忙碌，热情高涨。

他在单位附近的玉渊潭中学觅得住处。一家地方政府的派出机构临时租赁了玉渊潭中学闲置的13间平房，权当驻京联络处，同时改造成旅馆，对外出租。冯海租了个床位，配有暖气，价格低廉，他颇为满足。更好的是，他还获得了一个兼职的工作机会。驻京办工作人员大多金贵，周末和晚上不愿意值班，冯海便接下这个活儿，除了些许报酬，他主要是看中了值班室里的办公桌和电话。办公桌很宽大，修改稿件、学习排版很是方便，而不忙的时候，还可接听分散在各地的朋友、同学的电话。

这里冷清，除了白天接待一些在京跑官、跟部委要项目要钱的地方官员，基本上没有什么人。第一年春节，冯海决定在北京过，安静地写文章和想他的未来。

那天是临近春节前的一个周五，单位还没有放假。他在单位办公室坐的烦闷，就提前一个小时"溜号"了，斜挎着个单肩帆布包，在街上闲逛。在一条不惹人注目的小街道，路边有一堵矮墙，矮墙后是较高的地面，有建筑和小路。

冯海回忆说："我真正的人生，是从这一天开始的。就是这个在漫长岁月中丝毫不起眼的变奏，把我的生活拖离了原先的轨道，把我变成了另一个人。是的，彻底变成了另一个人，连名字都变了。"

走到矮墙下，灰色的砖块，磨损的砖面沉淀着岁月，他敏感的心忽而有所感触，脚步停下来，看了看，转身对着墙，双手一按，翻身坐在矮墙上。他把帆布包解下来，扔到一旁，注视着前方。

坐了一会儿，冯海双手一按，由坐在矮墙上跳成蹲在矮墙上。他站直身体，看着前方的一从草地、低矮的平房，再抬高头，眺望远处的天空，有风筝在天上飘飞。他伸出左手，竖起一根手指，对着天空发布他的宣言。他的声音逐渐由低变高：

> 我，要成为这个城市的主人！
> 在这个城市里，留下我的诗篇，我的名字。
> 我，现在，一无所有。
> 没有房，没有车，没有存款。
> 可是我，拥有青春，拥有时间。

他伸出双手，指着前方。

> 是的，我，现在，一无所有。
> 大地是你们的，楼宇是你们的，但是，我会飞向天空。
> 飞向你们的天空，我一无所有，我只有起飞。
> 不怕坠落，不怕折翼，向着你们的天空，一次次起飞……

冯海在声情并茂地朗诵，在激情澎湃中，忽而睁眼忽而闭眼，完全陶醉。此时，一个头发稀疏的老大爷顺着小街道，骑着自行车慢悠悠过来，离矮墙越来越近。

冯海在朗诵最后一句的时候，做出了一个起飞的姿势，要往空中飞去。

老大爷也正好到矮墙跟前，他清楚地听到短墙上的年轻人正在大声说着莫名其妙的话，抬头多看了两眼，看到冯海的样子像是要跳下来，扑到在他跟前。老大爷吓得自行车失去控制，弯弯扭扭地冲墙根跑过去。老大爷手忙脚乱，按着自行车铃，嘴里"哎哎哎"的。自行车慢了下来，但车头还是撞上了墙。老大爷慌乱地下了自行车，气恼地看着，抬起头来瞪着陈晓成。

老大爷有些恼羞成怒："哎，我说小伙子，光天化日的，你在那儿抽什么疯……"

正微闭着眼的冯海被老大爷一呵斥吓一跳，睁开眼看到一个北京老大爷撞车了，冯海颇不好意思，吓得赶紧蹲下身，拎起帆布包，弓着身，在矮墙上一阵小跑，往老大爷过来的反方向跑去。

跑了一阵，冯海从墙上跳下，快步跑起来。他背后，老大爷转过身，指着他，似乎在说着什么。

冯海快步跑着，快到住地驻京办大院门口时，他回头看了一眼，似乎担心老大爷会骑着自行车追过来似的。幸好，背后没人。

冯海喘息着，站立着调整了一下呼吸，把帆布包斜挎在肩上，往大门轻快口地走过去。

驻京办院子里忽然叽叽喳喳的，净是年轻的面孔，声音清脆，青春的身影晃动，是旅游团。

天注定，冯海在单位便莫名地觉得有些烦躁，于是比往常更早回去。拉开小院子铁门，进去，第一眼就在人群中看到了她。

瓜子脸，双眼皮，大眼睛，高挺的鼻子，腰细，臀部浑圆，小腿修长，接近一米七的个头。她站在院内唯一的银杏树下，宛如嬉戏中稍事歇息的小猫，微笑地看着院子里玩闹的年轻伙伴们。她微笑时鼻子是皱着的。最后一缕阳光打在她的脸上，就像同样的阳光照射着村庄的草垛和炊烟，照射着湖里的菱角和偶尔跃出的小鱼，照射在田地里的棉花上，照射着手伸向桌上土豆的农夫们。

冯海怔怔地看着，旁边的一切都不复存在，只有女人和她脸上的阳光。他心底的某个地方被轻轻触碰，就像17岁时看到那幅土豆的油画，揭开了生活让人向往而又模糊不清的一页。

她顺着铁门的响声看过来，不经意地对望了一眼，一愣，迅即低下头来，凝视着地上不知是否存在的石子或树枝。

如果你相信世间有一见钟情，那他们就是。

第二天，他就知道了她住在哪个房间，什么时间出去，什么时间会在驻京办，她也知道他住在哪个房间。接下来的几天，他每天出去刷3次牙，收5次衣服，排5次队洗澡，夜里每半个小时就出去凝视星空一回，走廊传来可能与她有关的响动，他便夹着书出去。

他们每天都会遇到。没有寒暄，只是凝视，低头，浅笑。每次遇见都让下一次遇见时的呼吸更加自如，也更加急促。

每次相遇的细节，衣服、头发、举手投足、微笑、手里拎着的东西……他深夜躺在床上一遍遍地回味，揣测她的性格、经历、渴望。他在连她的名字都不知道的时候，已经为她设想了她可能拥有的所有故事，好像无数个平行空间里都有她。6天后，他比所有认识她的人都拥有更多关于她的回忆。

大年三十晚上，鞭炮声远远传来，像为这个城市响起的永不停息的鼓声。冯海坐在前台办公室，就那么坐着，没做什么事情，也做不了任何事情。她穿着羽绒服，推门进来，站在他桌边。一股冷气随着她拉开厚厚的淡绿棉布窗帘嗖地吹进来，他抬起头，看着她隐隐带着期待和不安的眼睛。那是小鹿的眼睛，是冬天雪地里的小鹿，期盼着属于春天的神情。

他的心怦怦跳着，看了看背后的外套。从她的眼神里看到某种鼓励和喜悦，他屏住呼吸，起身拿起外套。想了想，拿起桌上的门钥匙。

"等我。"他与她说的第一句话。他出门，飞快地去敲工作人员的门："老吴，帮帮忙。我今晚有点事，不值班了。帮帮忙。"

老吴叼着烟，还沉浸在麻将输钱的沮丧中，回不过神来，下意识问道："什么？"

老吴随即反应过来，正待询问，冯海已经把钥匙塞在他手里："大哥，一定要帮我。我走啦。门没锁，钥匙给你。"

在老吴一连串"哎，你等等"声中，冯海一阵风一样走了。

她还在屋里等着，背对着门，低着头，两只手攥着，放在身前，显得局促不安。她忽然看到一个身影停留在她面前。他轻碰了她的手臂，她顺从地跟着往前走。两人走出房间，走出院子，走到空旷的路上。她穿着蓝色羽绒服，脖子上围着一条橘红色的围巾，白皙的脸庞，大眼睛眨巴眨巴地看着他。

她跟着他小跑起来，跑到马路上去打车，呼出的空气迅速形成一层白雾，在寒冷中缭绕升起。

鞭炮声大了许多，宣告每一户人家的热情。烟花在四周时时绽放。

"我叫廖倩。"她与他说的第一句话。

黄亭子道路正在翻修。两人顺着路往前走，20分钟后终于看到一辆红色夏利出租车。

冯海打开后门，让她进去，自己转身，打算坐在副驾驶位置，她在车里轻声说："你也坐后面吧。"

"去哪儿呀，两位？"

两人对视，同时笑起来，这才发现原来还没想好去哪儿。

"那就天安门吧。"

天安门一带只有寥寥几人，广场显得比往常广阔许多。他们无心游览，就随意地走，闲聊，竟然发现两人有共同的爱好——都喜欢印象派大师和他们的油画。

她一路讲述她如何倾倒于莫奈，沉迷于他笔下的日出、河流、教堂，还有绚烂到让人心醉的睡莲，一脸向往，一心陶醉。而他，更青睐凡·高，极力向她证明，没有燃烧过的内心，没有用痛苦煅烧过的生活，没有满地灰烬的磨难，产生不出伟大的艺术，产生不了涤荡人心的风暴。莫奈雅致、神秘，但轻飘飘的，挠不到生活的痛处，更适合做小资们床头桌面的装饰。

"你最喜欢凡·高的哪幅画？"

冯海脱口而出："《食土豆者》。"

她有些意外："哦，这幅画用色暗淡，农民们在晦暗的灯光下，把粗糙的大手伸向暗影中的土豆。凡·高没有让他们去吃，而是只让他们有那个去吃土豆的明显意图。"

"对，画面不是太鲜亮，但情绪太冲击人了。凡·高抓住农民们眼睛里表现出的不同的饥饿感，通过用手去拿想吃的东西的动作，来表现吃土豆的这些人的心理愿望。这是一幅描绘与文明人不同的生活方式的名画。"

"这是凡·高的绘画语言：用眼睛的神态与手的姿态，实现想吃土豆的人吃土豆。这个吃，是由眼里的想吃，到用手去拿来完成的，这是一种意图上的递进。这种吃是比真的放在嘴里吃还要抓人的吃，因为这个吃是给观者留下想象空间的吃。"

"哈，这是这幅画的生命力，这一生命力来自吃马铃薯的人的意识流动，这种意识流动是通过眼神与手的动作来表达的。"

他们越说越激动，越说越有共鸣。

廖倩扑闪着眼睛，睫毛较长，神情愉悦："整个画面的色调是阴暗的，阴暗到不用心去看去琢磨就看不清主题。"

"他为什么采用这种色调？我认为，凡·高是想通过灯下的昏暗来表达劳动者生活在社会底层的黑暗与艰辛，他用色彩的昏暗告诉观赏者劳动者生活在社会底层的感觉。"冯海有些抑制不住情绪，语气略带颤抖，"每次看到这些底层人群的生活艰辛和他们在艰辛条件下的家人团聚，我就有想哭的冲动。"

"是吗？你也有这种感觉？我以为只有我呢。"她变得神情黯然。

不过，很快她又富有激情地说："你难道没有发现吗？凡·高说过，一定要用暗金或黄铜之类色调的画框将它镶起来。把它放在金黄色调的旁边，立刻会照亮某些你意料不到的地方。而金色能带来生气……"

冯海微诧："我从来没注意到这一点。"

"金色为画面带来的生气，实际上是给种马铃薯的人带来了生命的希望之色，希望之光。尽管种马铃薯的人贫穷，付出多，得到少，他们的生命，对很多人而言，几乎低贱得可以忽略不计，但是，他们也是有血有肉的人，他们并不自轻自贱，他们通过自己的劳动得到回报，比如马铃薯。他们虽然身份卑微，却把自己的生命燃烧得完全、彻底，令人肃然起敬。"

"你看到的是希望，我看到的是文明的虚伪。所谓文明人，他们吃得好，穿得好，住得好，常常是端起碗吃肉饮酒，放下杯盏就骂娘。他们站在五十步上骂一百步、一千步、一万步，恨自己不能多吃多占。他们是因为有人多占了自己没有多占而苦恼，而不平衡。他们在内心深处是想得到更多的东西，如果不能，他们就肆意放纵。"

她盯着他的眼睛："你不觉得你有些悲观吗？"

冯海苦笑："这不叫悲观，叫愤世嫉俗。"

她呵呵一笑。

他们一路上为凡·高的马铃薯争论不休，继而波及更多遥远的人物，古代的，大洋彼岸的，神秘大陆美洲的，还有印象模糊又心向往之的20世纪90年代的人和事。

他们彼此都觉得意外。在这个流行创业与追星的年代，他们以为这不过是不合时宜的爱好，甚至会在闲谈和饭局中小心地避开这个话题，以免自己成为他人眼里的异类。从不曾想到，会在这里找到心灵的碰撞和呼应。

他们朝天安门城楼一侧跑去，走到地下通道，上下台阶，一路小跑，她娇喘息息。他也是额头出汗，问她，累不累。

她摇摇头。走出地下通道，就是天安门城楼。廖倩背靠着华表柱，他面对着她，逐渐凑近，彼此听到对方的心跳，喘息声越来越急。冯海忍着心跳，脸有些笨拙地靠近她，她脸红了，将脸转了过去。

他停下，不知道该怎么办。她抿嘴一笑，说，我们四处转转吧。

他顺从地跟着她走，上了汉白玉石桥，穿过金水河，到了天安门城楼下面。

"22岁的除夕夜，我一辈子记得。"

"我也永远不会忘记今晚，21岁的除夕，我和你！"她踮起脚，趁他不注意，在他额头上亲吻了一下，然后迅速跑开。

他朝她追过去。

那年她大四。她是趁着寒假，跟着学校同学组织的导游志愿者活动来京的，专门给在京旅游的老干部做导游。用她当时的话说，就是趁机来北京玩玩，离开老家陈旧不变的春节形式，寻个新鲜。直到后来很久，他才知道原因并非如此，她是不想在父亲或者母亲之间做二选一的选择——选择跟谁过春节，省却麻烦。她的父母在她5岁的时候就离异了。

大年初一一大早，他们从木樨地跳上公交车，在双层巴士二层顺利找到了两个相连的座位。他们无心欣赏外边的风景，只是手握着手，不时地看看对方。他和她都想着，多希望时光凝固住，他们俩永远停留在那辆车上，停留在那个时刻。

1个多小时后，到了北大南门，进入北大校园，两侧褐色砖块垒成的老宿舍楼爬满藤蔓，路两边是成排的槐树，同龄的学生有的脚步匆匆，有的悠闲地散步，不紧不慢。她大为感慨："如果在这里住上1个月，我这辈子肯定就打算做学问了！"

　　他们穿梭在古色古香的园林建筑里，十指相扣，从不分开。从北大出来，来到颐和园，在昆明湖上溜冰。溜冰是冯海的强项。大学4年，这个修长、清秀的高个子男生，经常被各色女生邀请参加各类校园舞会，无论主动还是被动，乐意还是不情愿，最终的结果是没有收获来爱情，却意外获得了"冰鞋王子"称号，前后4届，舞技一枝独秀。

　　爱情，来得猝不及防。他双手拉着她，在冰面上，相向后倾，双脚相抵，旋转起舞，如入无人之境，一时观者如潮。她喃喃自语，我们要在一起。他贴近她耳边，我们今夜一起死去。

　　很晚他们才回去。从军事博物馆地铁口出来，有家夜市摊，卖汤圆，他俩哈着热气，一人一碗，有滋有味。许多年后，冯海在冰冷的夜晚走在街头，还能闻到那碗汤圆的甜蜜。

　　"感谢凡·高和莫奈当我们俩的见证人。"冯海激动不已，深深感谢上天的眷顾，根本没有想到让两个人彼此吸引、深深相爱的东西，将来会把他们推向裂痕的深渊，推向彻底的离别。

　　多少恋人在分手的时候，回首往事，会认为如果没有这些，如果不那样，我们的爱情就不会走到尽头。可人生的酸楚就在于，如果能够没有这些，如果能够不那样，我们根本就不可能深深相爱，甚至不可能开始。

第六章
只要控制，不计成本

　　给武庸仙打电话是那次饭局一周后。其实，饭局的第二天，陈晓成就想打这个电话，但心急吃不了热豆腐，不得不强制自己沉住气，小不忍则乱大谋。是的，王为民提醒得对，得举重若轻。

　　还好，电话接通后，武庸仙情绪不错："陈总年轻有为，专业、专注，回来后我就跟公司那帮中层提到你了，要虚心向你学习，要接受磨炼。不要整天只顾着算计自己的这一亩三分地，要出去溜达溜达，才俊在民间。别以为混到国企就万事大吉，可以混一辈子了，我还没从部队转业到地方那会儿，下岗的大部分都是国企职工。三十年河东三十年河西，现在是旱涝保收，但说不定哪天国家政策变了，国际竞争激烈了，就失去竞争力了，不学些在市场上扑腾的本领，下岗后的日子就不好过啰。"

　　看来那天饭局上偶尔露一手的招数有效，陈晓成暗自叫好。他调整了下情绪，好久未操练的官话套话汹涌而来，语气极尽谦卑，赔尽小心，仿佛又回到当初创业时的社交状态。当初，为了单子，他使出浑身解数，讨好客户公司的老板、公关部经理、财务结算人员，或者政府主管部门的一个小办事员。那时他在心里暗骂自己，瞧不起自己的猥琐，每做一次就恶心自己一次，然后第二天早晨站到阳台上对自己说：今天的低头，是为了明天昂得更高！

　　随着王为民爸爸位置的变迁，低头的日子就是一个短暂的小插曲，他的人生就像庄家洗牌时的股票曲线，短暂下跌后即迅猛上扬，一路向上，走出一条漂亮的K线。并且，这样的趋势还未看到尽头：几年间，他迅速成为三家上市公司的董事，名震东部的地产大亨，各类创富励志大会上的青年明星，频繁地出入上流社会的派对。同时他还是那座得益于长三角发展机遇而迅猛崛起的中等城市江源市的政府发展顾问、政协委员，他开豪车，住别墅，满身名牌，前呼后拥。

每当坐在路虎揽胜上，快速驰过天安门广场时，霓虹灯光打在他的脸上，他微眯着双眼，看路边一个一个惶惑的陌生面孔一晃而过，他感觉浮华若梦，一切显得那么不真实。他知道，自己生活在天堂。当目光偶尔落在天安门前的华表柱上时，他的心猛地一跳：那个人，那个夜晚，那个灯影，就像一幅画，严严实实地被寒风吹贴在他的心坎上，疼痛，温暖，像一股电流蔓延至全身。

他不得不低头，不得不极尽谄媚，不得不放缓语速，不得不轻声细语。这个人，好不容易才联系上，无论他提什么样的要求，只要能满足自己那个唯一的要求，都可以满足。

武庸仙自然听出了陈晓成彬彬有礼的话语中的极尽恭维，他可以理解为素养好，或者他知道，这个小伙子有求于自己。不过，他还是打心眼里欣赏这个年轻人。

因此，对于晚上饭局的邀请，他在心里已经接受了："今晚？哦，我一会儿让秘书查查，如果没有特别的安排就行。定哪个地方？那就朝阳公园那个8号公馆吧，离公司近，也就吃个饭。怕认出我？我这人啊，不抛头不露面，不上纸媒也不上电视，谁会注意我啊？哦，好好，一会儿让秘书和你那个罗助理联系安排。"

陈晓成心想，看来，那晚的饭局没有白费功夫，看来老梁这人不赖。对了，事成还得感谢肖冰，人在江湖，朋友多了路好走。

他把罗萍叫了进来，把武总秘书的电话写在一张纸条上，递给她，交代了一番。

罗萍把纸条夹在随身带的文件夹上，正要出门，却被陈晓成喊住。

陈晓成从抽屉里取出一个精致的包装盒，递给罗萍："生日快乐！"

罗萍接过来，随手打开，一个色纯、透亮的翡翠手镯，在灯光下闪闪发光，她知道，这手镯肯定价格不菲。她惊诧地说："这，合适吗？太贵重了！"

"没什么，就是做广告公司的哥们儿上周去缅甸出差，顺便捎回来的。"陈晓成轻描淡写地说。

"那，她有吗？"罗萍脸色绯红，她想了想，还是斗胆说了出来。

"谁？哦，你说乔乔啊，有啊，我带了两个，基本一样，她的生日也快到了。她还在维也纳汇演呢。"

"昨天看新闻，她好像马上要回国了。"罗萍提醒陈晓成，然后道声谢，退出了办公室。

陈晓成在公司员工中，尤其是这些女孩子中，有一个绰号，叫"果冻"。果冻是女孩子们嘴馋的美食，人人喜欢，但跟其他众多美食不同的是，它处于凝固状态，就像陈晓成这位高个儿老板，虽英俊帅气，是钻石王老五，却总不苟言笑，一进公司就板着脸。一些跟随他多年的老同事说，原来陈总可不是这样啊，那时候嬉笑怒骂，插科打诨，喜欢作弄同事玩，可平易近人了。不知从何时起，陈总开始爱皱眉头，面无表情，喜怒不形于色。小错不批评，但一旦发生大错，那就惨了，陈总一番雷霆之怒，会让你体无完肤的。

与陈总不同，他们都知道公司大老板王为民笑口常开。他梳着大背头，春秋季喜欢穿背带裤，身躯肥胖，CARMINA皮鞋总是擦得锃亮。他一迈进公司大门，空气就开始活跃。只是，王为民不爱管具体的事，每天的工作就是不停地赴饭局或者约饭局，来公司找他的人大都身份敏感。

从陈晓成手上收到这份特殊的生日礼物，日常矜持的罗萍，迈出陈晓成办公室后，还是掩饰不住内心的欢喜，走路像跳拉丁舞一样，脚步轻快。

罗萍走后，陈晓成给南齐打了个电话："现在是什么情况？"

"交易惨淡，不过，也给了我们下手的机会。你们约那位公司老总了吗？"

"晚上我们会见面详谈。你给我盯紧了，有情况随时汇报给我。"

"放心。"

南齐是帮他在二级市场操盘的铁杆兄弟，也是为数不多的了解陈晓成的人，更是帮他完成他那个伟大梦想的操盘手。

当年，南齐是陈晓成的手下，陈晓成联手圈子的力量，重仓一只股票，半年之内涨了8倍，轰动一时。这事惊动了监管部门，他们派员调查了3个月，侥幸有惊无险。此后，在王为民的强烈建议下，陈晓成退出二级市场，南齐则留了下来，继续征战。

南齐独立，在陈晓成的帮助下，做了一只阳光私募基金，专司二级市场股票交易，这些年年化收益率在120%以上。

唯有在买卖陈晓成指定的股票上，南齐亏损，但还不得不做。这只股票就是永宁医药。两三年来，每次打开这只股票，南齐就想吐，也许总有一天会被媒体察觉，这只股票将是他操盘生涯的"麦城"。

陈晓成让南齐进入永宁医药的时候，正值股市疯狂之期。当A股从3000多点急剧往上涨时，陈晓成在10~13元之间分批吃进了不少股票，在接下来的季度报表中，陈晓成一下子进入了个人流通股前10名。股价不断上涨，在20~23元之间，陈晓成又吃进不少，在下一个季度的报表中，他又进入了个人流通股前5名。上证指数涨到6000点时，这只股票的股价一下子突破了50元。

股价翻了数倍，陈晓成却并没有指示南齐抛售，只是南齐出于职业本能，做了几回高抛低吸，降低了一些投资成本。但是，这个操作很快被陈晓成发现，他批评南齐说，就是这只股票亏得只剩下一块钱，也不能抛售一股。南齐大为吃惊，这种严重违背常识的话，竟然会出自他当年的师父陈晓成之口。

转眼间，国际金融危机来临。股市狂跌，当上证指数跌破1700点时，永宁医药公司的股票也跌破10元，年度报表上，公司出现巨额亏损，而陈晓成一跃成为公司个人流通股第1名。两年后，经审计，两个会计年度的净利润均为负值，永宁医药公司被ST[1]。

---

① ST在股票上是指境内上市公司连续两年亏损，被进行特别处理的股票。——编者注

南齐曾不顾一切地劝阻陈晓成："哥——我就叫你哥，你是我哥，虽然我比你还大两岁，但你仗义，值得我钦佩，所以我叫你哥——现在你给我一句实话，你为什么要这么做？投资股票不就是为了高抛低吸，为挣钱吗？我们又不是判断失误，在这只股票上，我们即使不说有多少倍的大挣，小挣绝对没有问题！再说，即使不小挣，我们贪，我们错失机遇，但你知道，那样我们也完全可以止损，及时止损。我操盘的股票，哪只不是有着很好的收益率？我就是弄不懂，哥，你投入的这些钱，是你这些年分红的大部分收入啊！你不心痛，我心痛！"

陈晓成抽着雪茄。一位在华尔街做对冲基金的朋友回国时捎给他的，说抽这种烟过瘾，来劲。抽了几次后，日常不怎么抽烟的他有些上瘾。几乎在每次做重大抉择时或者苦闷时，他都会斜躺在松软的高靠背沙发上，像一个十足的瘾君子，看着吐出的烟在空中圈成一个又一个圈，慢慢消散。

南齐的质问或者说推心置腹的追问，把陈晓成拉回到那段铭心刻骨的记忆。这一切究竟为什么？为了她！

冬日，春节，天安门，华表，依偎，相拥，华灯倾泻；小城，月台，撕心裂肺，欲喊无声，她的倩影在奔驰而去的货车后方，渐渐模糊。但在他心里，她鲜艳地活着，一天又一天，一年又一年。

在粗线条的烟圈缭绕中，陈晓成的眼圈红了。他决定告诉南齐，不谈爱情，只谈目的："我要成为这家公司的大股东，改组董事会！"

南齐目瞪口呆，他揣测了无数种原因，但从未想到是这个诉求。

南齐对这家公司摸得一清二楚。永宁医药生产的拳头产品一度掌握着全球定价权，在股市高涨期庄家正是拿这一点大做文章，推动股价上涨。实际上，这类产品和众多化学原料药产品一样，因为重污染，被西方禁止或限制投产，因此生产基地东移，落在作为世界工厂的中国。后来，越南、印度、印尼、柬埔寨甚至俄罗斯也投资建厂，于是定价权旁落，加上受经济周期的影响，永宁医药的效益大幅下滑，出现亏损。

南齐有些着急："不靠谱！这类企业，这种境况，收它何益？烫手的山芋，人家想抛都来不及！"

陈晓成眯着眼，他又想起了那个梦。那个梦是这样的，他通过一级和二级渠道收购的股份超过她妈妈，成为第一大股东，并作为新任董事长出现在她的小城。在董事会上，玉树临风，挥斥方遒。在这种场合，和她以及她的家人邂逅，那么她，她的妈妈，她的爸爸，会是种什么样的心情呢，又会是怎样一个局面呢？

　　这个梦经常让陈晓成激动得半夜乐醒。

　　理想的光芒照进现实，陈晓成最为感激的是远在法兰克福的甘大哥。7年前的那个晚上，在德国靠近法兰克福的古城美茵茨的一间安静的酒吧，在德国经商多年的甘大哥，听完陈晓成和她、她家人的故事后，大手一挥，说："其实你可以来一出'穷小子翻身复仇记'"。唯一的筹码就是钱，有人把钱砸在他人脸上，有人把钱砸在他人心上。

　　这么多年了，这个隐秘的野心勃勃的计划，他谁都没有告诉，即使情如手足的王为民，也从不知晓。7年来，他拼命搏杀赚钱，在权钱交易中游刃有余，然后在钱色中游戏人生，唯一让他警醒的就是这个梦，这让他知晓自己原来也是一个有追求的人。

　　可惜，要实现这个梦想需要一大笔钱，除了悄然动用自己的现金在二级市场收购外，陈晓成曾经打算找王为民坦白寻求帮助，随便找他们手中的一家公司去谈判收购，从她妈妈公司第二股东之后的基金持有人、机构投资者手中高价收购。只是这些年更容易赚钱的项目一个接一个，他掂量着王为民肯定会否掉这个主意，因此，他一直未找王为民谈这件事情。

　　与南齐认真研究后，发现东方钢铁公司作为法人股之一，从上市以来一直盘踞其中，但它在股市高点时没有减持，在股市低点时也未增持，这让资本市场困惑不已，东方钢铁简直就是一个僵尸股东。他们研究后发现，东方钢铁是国企，这些年钢铁市场一路高歌，是不是没有减持套现的动力？

　　对，就从东方钢铁着手。

　　晚上，陈晓成提前15分钟抵达朝阳公园8号公馆。一会儿，武庸仙也到了。8号公馆大院停满了宝马、奥迪、奔驰、雷克萨斯等豪车。陈晓成是会所的VIP，他们进入贵宾会员区，脱衣、泡澡、蒸桑拿、吃饭、扯些闲天，然后找了间封闭性较好的包房。陈晓成顺手把他们二人的手机交给服务员保管，交代说，我们谈话期间，任何电话或短信都不要过来叫我们。然后让服务员上了水果、点心、茶水，待服务员退出后，他们开始聊天。

武庸仙开门见山："老梁最初约我，我上网查了下，想看看究竟是什么人，却发现网上关于陈总的文字报道不少，照片却一张也没有。我还以为你是年过不惑的中年人，谁知道这么年轻！"

陈晓成笑了笑："我不上相啊。"惹得武庸仙哈哈大笑。

创业伊始，在他的要求下，王为民通过朋友帮他在西北地区搞了一张新身份证，改名换姓，他怎么可能让媒体发表他的照片呢？他曾经数次参加地方政府招商引资或区域经济发展投融资的论坛，网络媒体少不了刊发他的照片，结果他动用网管办的关系，让凡是涉及自己的照片一夜之间从网络上消失。

笑谈之后，武庸仙转入正题："陈老弟做资本运营，颇有建树。市场上各种理财产品花样翻新，我这老朽跟不上时代，有个私事，一直困惑着我，想请教下陈老弟。"

陈晓成忙颔首表示谦逊："哪敢让您请教，请尽管讲，我们一起分析。"

武庸仙直奔主题："是这样的，我一个远方亲戚，在北京有两套房子，最近告诉我说，她把朝阳公园附近的一套房子拿去银行抵押了，把钱交给了一家P2P公司，说是可以给年化收益18%。对这种事情，你怎么看？"

陈晓成吃了一惊。这天上午，刚刚还和助理罗萍聊过这个新玩意儿。

上午罗萍拿着行程备忘录过来办公室，跟陈晓成说："一个饭局是紫宸资本发来的邀请，邀请您参加互联网金融圈的聚会。"

陈晓成直截了当："推了吧。"他看着罗萍吃惊的样子，补充说，"什么互联网金融大聚会，说得好听，其实就是他们手里有个P2P项目，叫作……易金融。他们在给这个项目找出路呢。去他们的饭局，也就是听他们吹牛。不出声，我难受。出声呢，那是给他们老总找难堪，也不太礼貌。"

罗萍愕然："听您这么说，他们的项目好像不太靠谱？"

"呵呵，"陈晓成一挥手，"别被他们的噱头给唬住了。你就记着一点，金融永远是有风险的。可以防范，可以控制，但是消除不了。我们这个市场上，所有的金融创新，都是在放大风险。"

"啊？！不是都说，互联网金融是创新，降低交易成本，增大金融普惠，还是未来的金融改革方向吗？"

"你就听那些无良专家和没脑自媒体瞎说。所有的金融创新，是不是都集中在收益上？让你买起来更方便，收益更高，门槛更低，拿着小钱也能玩大庄家玩的生意？"

"哦……"

"收益和风险永远是对等的。收益越大，风险肯定也就越高。搞一个创新，能让你挣更多钱，风险还变小了，没这种好事！你想做一笔买卖，想赚1个亿，那就做好亏1个亿的准备吧。"陈晓成站在办公室落地窗前，看着窗外马路上车水马龙，"越方便，越快捷，风险也就越大。你把一个月、一年的好处都集中到一天了，那本来可以用一年去摊的风险，是不是也集中到一天里去了？大部分的互联网金融，就是这么回事。"

罗萍点头："那我懂了，就像我妈以前老和我说，长得太快的东西，不好吃。"

陈晓成闻言，笑出声来。此刻，他情绪很好："只有一种东西，长得又快，又好，你猜猜是什么？"

罗萍努力想，茫然摇头。

陈晓成在罗萍眼前晃着竖起的右手食指："病毒。金融界最有名的病毒，就是郁金香。庞氏骗局。"

他跟罗萍分析的时候，尖锐，甚至刻薄。但是，眼前的是一大型国企董事长，说话做事不能由着性子来，得谨慎、客观。

"P2P是刚刚兴起的互联网金融产品，是有中国特色的产品，因为在欧美根本不存在所谓互联网金融，它的产生主要是由于我国严厉的金融监管。当然，目前P2P还处于探索阶段，您知道，温州试点过。这个地方不是风行互相拆借吗？国际金融危机之后，又有欧债危机，国际经济形势不好，生意难做，直接导致这种亲戚之间、朋友之间的高利贷拆借潮和违约潮，给地方经济造成巨大压力。堵不如疏，因此最近政策层面有可能对这种新兴的互联网金融产品给予试点和观望。"陈晓成分析一番后问道，"回到您刚才的问题，18%的年化收益率？"

"他们在搞电话营销。我打听了一些情况，这家公司5个月募集了8000多万，是一帮年轻人。对了，介意问下你的年龄吗？"

"今年32岁。"陈晓成如实回答。

"他们领头的比你还小。才区区几个月，就从市场融资8000万，都是散户，绝大部分是居民的钱。如此高的回报承诺，会出问题！"

"武总，您这样一说，就能判断出一个大概了。您说，是要听真话还是假话？"

"当然真话，上周吃饭我就想问你，你们年轻、专业，对新事物了解得多，了解得透。"

陈晓成摆摆手："过奖了。就这个项目而言，从您提供的有限信息来分析，风险蛮大。他们几个月融资几千万，这在北京这种特大型城市，倒不是什么问题，按照当前的房价，一套房子价值四五百万，8000万也不过20来套房子。关键问题是，怎样确保年化收益率18%？我有朋友做这个业务，他们还要抽取5%的佣金，也就是说，年化收益率至少要确保23%，才能正常运转。"

"我们去年净利润率才10%多一点，23%？抢钱啊？"武庸仙颇为吃惊。

陈晓成诚恳地分析说："经营得好，也许会有部分产品达到这个收益率，但问题也就在这里。要经营这么一大笔资金，确保至少23%的收益率，就需要做好风控，这种控制风险的功夫是非常了得的。一些做风险投资的，尤其是大型基金，年化收益率也就20%左右，高一些的会有25%左右，但这个的前提是成本偏低。比如，我们一个合伙人在上一只基金，在某个项目上投资500万美元，在纳斯达克上市后获得4个多亿的回报，这当然是非常优质的项目，但这样好的回报也是等待了5年时间。并且，他们有一个强大的风险控制团队作保障。"

"他们这些钱，肯定不能投我们这些传统产业，传统产业哪有那么高的回报？"武庸仙表示认同。

"所以，他们一般是流向典当行，或者与担保公司、大银行的信贷部门合作，但这些机构的资金消化也是有限度的。"

武庸仙有些不安："我也问了在银行工作的朋友，朋友说当前涌现的互联网金融主要是在分销渠道方面有所创新，其他方面则是既没创造新产品，没开辟新领域，也没绕开现有银行体系。并且，存在夸大收益、不提风险什么的。"

"显而易见，如果经营不善，会导向非法集资，拆东墙补西墙。如果风控做不好，就会出大问题，出借人也许难以收回投资，更恶劣的甚至会颗粒无收。"陈晓成如实相告最坏的结果。

武庸仙满脸汗珠。陈晓成感觉不对，一套房子，不至于让这位管理上百亿元资产的国企老大如此紧张，况且，还是远房亲戚的房产。

这时，武庸仙对陈晓成吐出实话："其实，做这个业务的就是我侄子，我哥哥的孩子。这孩子大学毕业后换了好几份工作，最近忽然和朋友们搞起这项业务，他还是牵头的。前不久来家里坐，好像变了一个人，有激情，有冲劲。他讲了一些情况，我后来仔细想，感觉不对劲，迟早会出大事的！"

他摇摇头。

陈晓成明白了，安慰他道："武总，这事从趋势上讲，您侄子可是赶上了大潮流，如果做中介平台，还是蛮有前途的。P2P还存在新生事物的政策红利，政府目前监管不严。我相信，未来两三年里，互联网金融会是大热点，会诞生一些相当不错的公司。"

武总摆摆手，满脸不屑："你别安慰我，就他们那几个嘴上无毛的小年轻，还能弄出什么名堂来？"话刚出口，他看着陈晓成年轻的面孔，立即意识到自己这话的打击面有些大，就改口说，"当然了，如果他的能力有你三分之一，我不但不担心，还得祝贺他。"

陈晓成笑了笑："您还真得祝贺，在新经济时代，一切皆有可能！其实，我也仔细琢磨过，这类业务也不是没有成功的可能。我个人觉得，有几个关键点要是把握得好，还是有前途的。第一个，看准投资的项目，如果以比较高的比例与银行信贷部门联手，会大幅降低风险。不符合他们要求的，P2P公司可以适当降低要求，只是需要延续他们的担保物要件。一般而言，借方需要用比贷款额度高出200%的可担保物来质押。第二个，看筹资源是什么。如果是房产抵押从银行获得的贷款，只要房子没有毁损，标的物长期存在，会大幅降低赎回的压力。第三个，如果5笔融资款中至少有两笔在3年内不存在赎回本金的压力的话，可以产生类金融的模式，基本可以满足拆东墙补西墙的应急之需，还可以利用这笔款子循环放贷产生收益。"

武庸仙听得比较认真。陈晓成在说话的过程中想，这位行伍出身的国企老总还是蛮稳重的，好打交道，在心理上，自然就近了。

武庸仙情绪很好，不时用笔记些什么。

火候差不多了，陈晓成切入主题。

"那件事情，还得请武总帮忙，在不让您为难的前提下。"

武总有备而来："陈老弟，你是老梁介绍过来的，你也知道我和老梁的关系，他是我的老领导，也对我关照不少。按理说，他介绍的事，我应该尽力帮助，但是，你也知道，这涉及国有资产的问题，性质就不一样了。你打算怎么做？"

陈晓成当然知道涉及国企的一些问题的处理道道儿，说难，随便搬出一些法规条文，就可以否决掉任何一个建议；只要想做，再怎么繁杂，再怎么不允许，总会有办法轻易通过，关键在于一把手的态度。那么，如何让一把手认可和支持？这里面也有一个关键因素，就是需要有顺理成章的说辞，这套说辞，要能够合情合理地在董事会上获得支持。

陈晓成打开Zegna手提包，从里面拿出一套资料，封面上写的是"关于永宁医药公司的价值分析以及未来价格走势"，出具单位很牛，是国际公认的华普大道投行。

武庸仙接过报告，随便翻了几页，看到的是一些悲观的论调、向下的曲线图，列出了欧债危机、出口环境恶化、宏观经济发出预警等不妙的外部环境，然后是产品供过于求、价格垄断被打破等诸多内在的不利因素。

武庸仙对陈晓成说："报告制作单位权威，需要拿回去给公司高管和董事会成员学习下。不过，对于投资市场我们是门外汉啊，虽然我们是这家公司的股东，但据说当年也是迫不得已，债转股转过来的。这些年我们没有减持，一方面是因为对我们而言，这块资产太小了，可以忽略不计；另一方面是我们不便随便动，无论股票价格高低都不影响公司效益，但如果减持造成了损失，大则可以给你扣上国有资产流失的帽子，甚至关系到乌纱帽，轻一点则会被人以为我们与外面有什么利益输送，反正都不是好事情。所以，这么多年，历任领导，都宁可放着不动，不会轻易减持或增持。"

陈晓成点头说："这次给您提供的报告就是最好的说辞。另外，武总，我们知道您在这个位置上着实不易，这次请您帮忙，不会让您太为难。您看这样好不好？第一，我们只要一段时间内的表决授权，或者说我们形成一致行动人。我个人是这家公司的散户股东，通过二级市场上的增持，炒成流通股个人股东第一，但继续增持的空间不大，成本也高，您是行家，您肯定明白。第二，授权这段时间，我们找一个双方认同的价值区间，如果股价高于这个价值区间，股票价值还是您的，如果股价低于这个价值区间，跌掉部分，我们给您弥补，这样无论如何您都是赢家，对不对？"

武庸仙欠身端起茶杯喝了一口茶，他盯着陈晓成看，仿佛要重新认识他似的，看得陈晓成莫名其妙。刚才那番话，或者说他们进来后谈的那些话，是不是显得自己太急功近利或者太性急了？有道是心急吃不了热豆腐。

武总似乎看出了陈晓成内心的翻腾，他呵呵一笑说："陈老弟，你怎么对这家公司这么感兴趣？我也侧面了解过，你资本玩得很好，怎么会想到控制这家企业？"

陈晓成一时沉默，内心纠结，要不要讲出来？

武庸仙看出陈晓成有难言之隐，主动说："没关系，每个人都有自己的想法和打算，我就不追问了。不过——"他欲言又止，"你是怎么认识老梁的？"

"就是肖冰介绍的。肖总公司在纳斯达克上市，我们是投资股东，我个人还是公司董事，关系一直处得不错。他听说老梁是您曾经的领导，所以那天很荣幸通过老梁请到了您。您可知道，为了联系上您，我可是找遍了朋友，真的不容易啊！"

"呵呵，没那么夸张，这不是认识了吗？我这人军人出身，不善交际，圈子小。"武庸仙说，"以后多联系，很方便。你们年轻人有很多东西值得我学习，跟你们在一起，我也感觉年轻不少啊。"

"哪里，过奖了，在您面前，我们太嫩，需要提高的地方不少。希望能经常向您学习，学习国学管理之道。"陈晓成不厌其烦地恭维。

谈到这个地步，初步的目的算是达到了。他希望东方钢铁在此关键一役，能给予鼎力支持。

不知不觉聊到晚上10点多，陈晓成喊来两个美女足疗师做足疗。也许是疲倦也许是放松，转眼间，武庸仙就打起了呼噜。

足疗尚未结束，一阵急切的电话铃声响起来，是武庸仙的手机，把他从昏睡中惊醒。接通后，只听他说："马上回，马上回，这不是有重要应酬吗？啊，别等我了，我带了钥匙。"

出门时，武庸仙突然跟陈晓成说："那个老梁啊，也就是我的老首长，当年也确实栽培了我。他要有什么事，你能帮忙的，就帮一帮。他也一把年纪了，混到今天这样子，不容易。"

说完，与陈晓成握手告别，坐上车各奔东西。

陈晓成没有回市区住地，而是让司机直奔西山别墅。

司机大饼通过后视镜看了一眼老板，提醒说："陈总，别墅不是正在装修吗？"

陈晓成倚靠在右后窗，脸贴着玻璃，目光迷离地看着窗外。大饼知道无须等待陈晓成回答，就掉转车头，一路向西。

陈晓成一言不发，望着窗外一闪而过的车辆、银杏树和稀疏的行人。

时值初冬，一阵风过，金黄的银杏叶子飘落而下，铺满刚刚清扫的水泥马路。一些环卫工人开着清扫车突突而来，碾过之处，干净如初，了无痕迹。车过万寿路北，路边摆着汤圆、馄饨、饺子摊，13辆出租车依次排在路边，司机们围坐在夜市摊的简易塑料小方桌上，一碗汤圆或一碗馄饨，谈笑风生，心满意足。

陈晓成心里涌起一阵阵暖意，这些情景似曾相识，离自己是那么的近，又是那么的远。是的，转眼10年了，你还好吗？

车子在西五环上高速前进，他打开窗户，一股冷风嗖地吹进来。他没有感到冰凉，他的脸热乎乎的，还沉浸在晚上和武庸仙的议事之中。根据他的预判，这事已经有八成把握。只要武庸仙运作得当，授权给他应该没有问题。

车子安装了门禁卡，进入别墅区大院，栏杆自动竖起，车子通过。陈晓成下了车子，大幅度地伸伸腰，晃晃脖子，又有一些日子没有体育锻炼了。

这片面积不大、数量不多的别墅区，堪称低调的奢华，圈子内称之为"皇宫""城堡""御花园"。纯粹的欧式宫殿建筑、欧式园林、欧式室内设计、欧式会所、欧式雕花廊柱、欧式古典和新古典饰艺、中世纪欧式铁艺大型闸门……将古典与摩登元素巧妙地糅合在一起，彰显出高雅的品位和尊贵的身份。

陈晓成的别墅位于中间地带，独栋，1800平方米，室内挑高8米，圆弧玻璃穹顶，很是壮观。一层三厅相连，600平方米的客厅可以供上百人举行音乐聚会，中餐厅和西餐厅双餐厅设计。二层是300平方米的双主卧，另有500平方米的双层收藏空间。地下一层开辟成了乒乓球室、KTV室、家庭影院、藏酒室以及健身房。王为民偶尔过来喝酒扯闲天不得已留下来住过，此外从未留宿过其他客人。

根据陈晓成的装饰设想，大堂墙上全部是凡·高的画，这些画是由在伊朗定制的波斯毯编织而成，还有一些法国制作的油画赝品，运回国后用越南檀香木的画框装饰。

DHL国际快递的车子下午就来过了，装修工人在夜里加班装修。矮胖的工头跑过来说，下午有个女孩子来过，高高瘦瘦，白白的，蛮年轻的。

是乔乔。她从维也纳回来了？陈晓成疑惑，她怎么找到这儿了？

"说什么了吗？"

"没有说什么，只是上上下下看了看，还给我们派发了几包香烟。就是这个，大中华的。"工头从屁股兜里掏出软盒大中华，"开军车过来的，司机是军人，我还以为是来检查或监工的，这不是部队的地盘嘛。"

"知道了，没你什么事了，你们先忙吧，辛苦了。"

陈晓成在大厅翻了翻成堆的装饰品。3个月前，迪拜公干后他顺道去了伊朗，订购了艺术挂毯，有凡·高的《吃马铃薯的人》《塞纳河滨》《向日葵》《收获景象》《夜晚露天咖啡座》《夜晚咖啡馆》《星月夜》等，几乎涵盖了凡·高所有的名作。他打算在大厅和所有目力所及的地方，都挂上凡·高的艺术挂毯，只有一个房间例外，就是二楼西侧的那间房，不是凡·高，也不是毕加索，而是莫奈。

他径直进了装修完毕的书房，虽然未挂上艺术挂毯，不见凡·高，但红木书柜列阵相待，气势宏伟，世界名著、经济学、名人传记、历史学等书籍分门别类，塞满了书架。许多书尚未开封，尤其是世界名著，但这不妨碍书香四溢，人一走进来，就会心情宁静，神经放松。一部老式的唱片机，放的是20世纪三四十年代上海滩流行的歌曲，那悠扬、缓慢甚至单调的旋律，让人对当年西洋文化充斥而活力四射的上海滩生活充满无限的想象。听着这些不时因为磨损而含混不清的歌曲，陈晓成的每个细胞都沉浸在愉悦中，欢快地跳跃着。

陈晓成也觉得莫名其妙，自己为什么对那个年代的上海滩感兴趣？也许是因为，十里洋场，名伶巨贾的欢爱，西方水手与东方女子一见钟情然后突然消失的绝望、寻觅和痛苦，穷小子勇闯上海滩江湖拼杀后一夜成名的故事，让他浮想联翩，激动不已。

陈晓成从最左侧的红木书柜底部，抽出一只落了薄薄一层灰尘的褐色便携式密码箱，找到了一个影集、一些信件以及一部阿尔卡特旧式手机。多年来，箱子跟随他四处搬家，木樨地、西单、鲁谷、方庄，然后落户在京城西边的这栋别墅里，总算安顿下来。每次搬家，他都会丢掉一些多余的东西，只有它从未多余过。用抹布擦拭干净后，他轻车熟路地打开，因为开锁密码就是她的生日。

那些影集和信件，都是关于她，关于她和他的。你还好吗？

她依然笑靥如花，双眼皮的大眼睛调皮地望着镜头，黑亮黑亮的。而陈晓成，一个青涩的小伙子，头发乌黑蓬松，右手揽着她的纤细小腰，笑得得意，仿佛一切尽在掌握。

一对多么幸福的鸳鸯！

照片的背景是5月初夏，阳光明媚，天空湛蓝，天安门广场上的人民英雄纪念碑在身后耸立，甚至还可以看到前门箭楼的影子。

陈晓成眼睛湿润，赤脚盘坐在红木地板上，一张张翻看着旧照片。我已苦尽甘来，而你，还好吗？

第七章
开局："管爷"与"白狐狸"

半个多月过去了，武庸仙没有打电话过来。

陈晓成不便打给武庸仙。如果敲定了，武庸仙应该会告诉他；没有打电话过来，说明还没有到瓜熟蒂落的时候。

时间是最大的敌人。日子一天天过去，越是渴望，越觉得时间漫长。自从和王为民合伙创业，一路走来顺风顺水，突然有一天发现，他们的耐心反而一天天脆弱起来。

怎么还没有打电话过来呢？

罗萍与武庸仙的秘书联系过，这段时间武庸仙一直在北京，哪儿都没有去。

罗萍就有这个本事，只要是陈晓成想持续交往的，她就会想方设法和对方或与对方相关的人建立不错的关系，女的会买一些小礼品，比如钱包、化妆品、丝巾之类，男士则会买皮带、领带或皮鞋之类，这些礼物都是她让她的一些朋友从美国带回来的，品牌品质均为上乘。当然，送男士有些暧昧的礼物，会让接受者惊讶、窃窃自喜，但他们不敢造次，这就是罗萍的功夫。

曾经与王为民聊起罗萍，陈晓成称之为极品，赞赏有加。王为民则笑眯眯地看着他，说那还不拿下？陈晓成自嘲说，这类人只可欣赏，不可占有，不能让她砸在我们手上，还是积点德吧。

生活总是与你开玩笑，等待的人没来，不该来的却来了。那天上午，他们在东方广场风险投资基金办公室的筛选项目会结束，陈晓成在王为民办公室闲谈，这时，前台打电话到他手机上，说有位梁先生找他，在小会客室。

他立即想到是老梁。他来干吗？难道武庸仙有话委托他来宣布？

他快步走到小会客室。依然穿着一条松垮军裤的老梁，戴着PLA标志的帽子，身后跟着一个剃着板寸的青年，在小会客室转悠，揣摩着橱窗里摆放的各种获奖证书，什么"最具成长潜力VC"之类。

老梁看到陈晓成，敞开嗓子哈哈大笑，边握陈晓成的手，边指着橱窗奖牌赞扬："不错不错，国内百强啊。陈老弟啊，你这位小兄弟，我交定了！"

陈晓成满脸诧异："您怎么找到这儿来了？"在他的记忆中，肖冰和自己都只向老梁介绍过自己是民海兄弟投资集团的，从未提及这家风险投资基金。

"陈老弟在圈内名声颇响，找到这儿很容易啊。这世道变化大啊，像我这类老朽，在里面也待得久了些，出来像傻子一样，老眼昏花啊，想当年……"

陈晓成一听到"想当年"三个字，就知道第二次见面的老梁又要开始忆苦思甜，他赶紧让座，然后顺着老梁指的奖牌、证书自嘲说："这些没什么用，有的是不知名的部门拉郎配给评的，有的花了点赞助费，说白了就是买的。就像您买一套新房，总得买点家具装饰下门面吧。"

坐下寒暄一番后，老梁突然对陈晓成说："那个王总在吗？"

"哪个王总？"陈晓成立即知道他找的是王为民，十分警惕。

"就是那个谁，你那同学，他爸爸刚进京的那个王总。"老梁边说边挑了下眉毛。

陈晓成不爽，他找王为民干什么？想搞什么名堂？

王为民的父亲不久前奉调进京，老爷子跟他们家里人尤其是王为民约法三章，绝对不能打着他的旗号四处张扬。

他不假思索地说："王总不在北京，估计要过一段时间才能回来。您找他干吗？"

"哦，"老梁听了略一思索，"那没关系，反正也是陈老弟的同学，有事找你也就相当于找他了……"

陈晓成立即打断他："如果是投资的事，找我们谁都一样。如果不是，希望您理解，我帮不上忙，他做事很谨慎。"

"哈哈，陈老弟，别见外，我也不认识他，只是随便问问。确实是投资的事情，一个大项目，就找陈老弟合作了。"

"有项目计划书吗？或者，您简要说说看。"陈晓成条件反射般回应。

"不急不急，"他抬腕看看表，"这都快12点了，肚子在叫了，这不，我们一下火车就直奔你这里了。"

"走，我们旁边那栋楼就有家不错的湘菜馆。"

"那很好！我们这种人，当年在部队历练，什么口味的菜都能吃。我们当兵的人哪，能吃能喝能干，这是基本功啊。"老梁跟着陈晓成站起来。

陈晓成喊来前台，把老梁的行李箱暂时寄存在陈晓成办公室，老梁随身带着那只帆布军用挎包，下楼吃饭。

快吃完时，老梁突然问陈晓成："东方钢铁那事进展怎么样了？你们见了后还没下文吗？"

陈晓成立即明白，这次老梁过来，跟东方钢铁的事情无关。

他望着老梁说："还没有下文。"

老梁喝了一杯低度保健酒，吃了几口剔骨肉，大大咧咧地宽慰道："没关系，这个武庸仙啊，是我带出来的兵，我对他太了解了，太了解了。可以这样说，如果没有我当年的提携，他肯定到不了今天。陈老弟，你那事，我还是那句话，没问题，放心吧，包在老夫身上。"然后他凑过来说，"这次我们来京很匆忙，还没来得及和他联系，先住下再说。"

陈晓成明白他的意思："一会儿我让罗萍给您安排，先住下来。下午我还要去看一个项目，等空闲的时候我再联系您。"

听到陈晓成主动安排酒店，老梁心情极好，他忙不迭地说："谢谢，麻烦陈老弟了。你去忙吧，别管我们，我们还有一些事情要处理，等我忙完再打电话给你，向你讨教投资的事。"

10天后，陈晓成出差回来，罗萍打电话过来说："酒店要增加预付款，我现在在酒店前台。这个老梁要了4间房，还在酒店中餐厅请客吃饭6回，西餐厅请客吃饭4次，消费过8万。"

陈晓成一愣，心想这老梁，开那么多间房干什么，不是两个人吗？"见到他了吗？这些天他在干吗啊？"

"他出去了，我本来是想问下还要住几天，保留几间房的。这不是预付款不够了嘛，想问问他的意思，结果人不见了。"

陈晓成沉吟了一会儿说："那个东方钢铁的武总有消息了吗？"

"还没有呢。"

"先给结了。对了，这些开支算我私人支出，不要拿到公司去报账。"

"明白。"陈晓成尽量把私人开支与公务开支分开，这些看似不起眼的地方，很是让罗萍心生敬意。

晚上，陈晓成给武庸仙打了个电话："武总，老梁过来了，您知道吗？"

武庸仙在电话中清清嗓子："见了几次，他说的那事，我们做不了，也跟他说了，我们国企机制不灵活。"

陈晓成听了一惊，哪个事？难道是我那事？他也就不拐弯抹角了："是我们上次谈的永宁医药的事吗？"

"不是，是这次老梁过来谈的事。永宁医药那事，得缓缓，最近国资委在开会，提出适度改变机制、提升效率、盘活存量资产的精神，还需要研究研究。"武庸仙迟疑了一会儿，说，"永宁医药的事，老梁也很关心，你适当的时候去找找老梁吧，毕竟他是我的老领导、老首长，他关心的事，也得照顾下他的想法。"

放下电话，陈晓成心里窝火："这个老梁，想锁定我吗？"

想到"锁定"这两个字，一股气直向上冲，陈晓成铁青着脸。多年来，他做事还从未被人制约过。

老梁邀请陈晓成共进晚餐，就两个人，在酒店二层的紫罗兰西餐厅。老梁点了野生海参等海鲜，要了份五分熟蘑菇牛肋排。老梁说："想当年我还是勤务兵那会儿，首长家爱吃西餐，首长爱人是俄罗斯留学回来的，所以我每周都要跑一趟老莫餐厅。知道老莫吗？就是莫斯科西餐厅，老北京人都知道，是有钱、有地位、有文化的人请客吃饭的上档次的地方。买了西餐打包，冰激凌就用保温桶装满一桶，开着车一溜烟就回了。虽然老夫在里面待的那七八年，楼房天天盖，路天天改，胡同条条拆，但是吃饭这玩意儿，你装修得再豪华，饭也还是那些饭，菜也还是那些菜，变不出花样来。老祖宗积累了那么些年的经验留下来的饭菜，真是好东西。陈老弟留洋的吧，吃西餐应该没有问题。"

"我谈不上留洋，也就在国外混了一年而已。"陈晓成淡淡地回答。

老梁看出陈晓成情绪不高，这时点的菜陆续上来了，老梁招呼他："来，陈老弟，吃饭。你这日理万机的，都像我当年的首长了，不容易啊，投资了那么多企业，还做了那么大的什么产业园。想当年，我像你这个年纪，才混到连级干部，后生可畏啊。"

五分熟的牛排还残留着血丝，老梁娴熟地用刀叉切成小块，带着血丝就往嘴里塞，边咀嚼边伸过头来，跟陈晓成神秘地说："今天我给陈老弟透露一个重大消息，我正在运作一个大项目，稀土矿，储藏价值至少300亿！"

说完，他盯着陈晓成的眼睛，等待着他吃惊的表情或者热烈的回应。

陈晓成其实一点也不惊讶，这种事情天天在北京上演，他故作惊愕："这是好事啊，恭喜您！"

"哈哈，别恭喜我，是恭喜我们！这项目，是老领导、老首长的委托。"说着他拿出一张纸，递给陈晓成：金紫稀土项目。

半个月前，就有人给陈晓成看了这个项目，储藏量大，价格随着国家对稀土矿出口的控制越来越严格，上升比较快。中国稀土产量占全球90%的份额，美国已经不开采了，澳大利亚这些年痴迷于铁矿石，疏于对稀土矿的开采，就算储藏量丰富的美国启动开采，也至少需要3年的时间才能上量。因此，如果价格合适，这笔买卖还是比较划算的。问题是，以什么样的价格购买？

这个项目属于政府引导项目，大股东欣大控股一次性出让65％的股份，是政府引导下的专注于主业退出次要行业的举措。但是，他了解到的情况是，第二大股东国矿稀土也是国企，还有来自上海的富福资产参与竞标，富福资产是上市公司，实力雄厚。此外还有香港的企业参与竞标，听说第三大股东也表示了竞标的意向，这些企业都不是省油的灯。金紫稀土净资产3.4亿元，上年净利润8700万元，整体还不错，谁会放弃眼前的香饽饽？

项目竞标条件：参与竞标的企业，必须净资产不低于8亿元，资产总额不低于15亿元。

老梁怎么会突然对这个感兴趣？

老梁看出了陈晓成的心思，他不断强调说："我背后有财团，资金实力雄厚，是我前领导们的。虽然退休在家了，都热心关注国家经济发展，也想发挥余热，毕竟人家阅历丰富嘛。这些年，他们看到了我的忠诚，做事靠谱，多年经营管理，也算懂经济吧，他们就想委托我出面搞这个事情。忠诚无价啊！怎么，不相信？我拿那份平反材料给你看。"说完，放下刀叉，就要拿那个挎包。

陈晓成立即制止。他忽然觉得好笑。

陈晓成还没考虑过这个项目。他转移话题："听东方钢铁的武总说，你们聊过多次？"

老梁嘴巴上扬："是啊，也是谈这个事。他那边难办，国企嘛，一下子拿出10亿来竞标，不太好办。他胆小，这个我理解，不找了，找了也没用。"说着摆摆手。

"我问的是我的那个事情。"陈晓成没有拐弯抹角。

"哦，你那个事啊，好办，这个我相信武总能做主。不过，他最近太忙了，还没顾上这个。"老梁瞟一眼陈晓成，打起太极，"你那个案子太小，不就一个小上市公司嘛，还被ST了，还是一起玩我们这个项目吧。"

陈晓成心里无名火起，他毫不客气地说："你这个项目，我不感兴趣。"

气氛骤然降温。老梁愣了一会儿,又说:"放心吧,你那个项目,我来帮你催催,武庸仙那小子毕竟是我带出来的兵,会给我个面子的。这个项目呢,既然陈老弟不感兴趣,给我介绍一个合适的人认识,如何?"

后来陈晓成得知,老梁找他们之前,已经找了至少5拨人,均无果。

陈晓成把老梁引荐给了管彪。

这次不期然的引荐,就像亚马孙河上的一只蝴蝶,轻拍了下翅膀,结果在遥远的得克萨斯州掀起一场龙卷风。

管彪是纽夏人寿保险的董事长。与名字大相径庭,他也就一米六的个头,消瘦,头发浓密,从长相而言,找不到哪里可以算得上彪悍,除了眼睛。他眼睛深陷,和人谈话时一眨不眨,毫不疲倦地直视着对方,时不时射出一道鹰隼般的光芒,让对方很不舒服。不过,管彪在资本市场堪称彪悍,他在华夏伟业投资集团从财务经理做到合伙人,把旗下的建材连锁公司送上市后,又帮助两家公司成功上市,深得老板章伟宏器重。管彪在高点时急流勇退,套现走人,然后跑到了北京。他游说芬兰一家保险公司、国内一家大型国企以及数家民营企业,组建了纽夏保险公司。4年后,纽夏保险公司的保费突破600亿元,在国企、外企林立的保险市场,纽夏保险就像一匹黑马,闯进壁垒森严的皇家大草原。在圈内,管彪有个外号叫"管爷",虽然这个外号大了,但管彪精于计算,还是让这帮兄弟服气的。

民海兄弟投资集团就是纽夏保险的创始私企股东之一,陈晓成是董事。

之所以找管彪,是因为根据陈晓成对他的了解,管彪是不见兔子不撒鹰,这种没谱的事情,管彪怎么可能轻易出手?顺水人情罢了。

"老弟,这是怎么一号人啊,值得老弟亲自出马推荐?"管彪和陈晓成在某种程度上酷似,说话都喜欢直奔主题。

"就是新近认识的一个朋友,原来在部队搞'三产',管经营。据说能量大,手头有个大项目,让我推荐京城大腕给他认识。"

"哈哈，老弟寒碜我啊，我算哪门子大腕？像柳老、王老、段老才是大腕，他们掌握商界话语权，什么时候承认过我是大腕？"管彪喜欢和陈晓成逗闷子，刚过不惑之年，依然觉得青春不老，斗志昂扬，"不就见一面吗？行，你带他一块过来，随时恭候。"

　　陈晓成笑了笑："大腕还需要他们认证吗？我们兄弟认就行了。"

　　管彪犹如一匹黑马从东北闯进京城商圈，有后发优势，但心里有个结，总希望能被京城的商界大佬们认可，进入核心圈子。中国人向来讲关系，比如战友关系，共生死同患难，最值得信任；再比如同学关系，尤其是近些年的各类MBA、EMBA班同学，也管用。这种以同学、校友、战友等关系为纽带建立的圈子，在偌大的人际网络中，封闭而有效。如果你有着某一名校的血统，自然而然就会加入该名校的功利网络之中，掌握某些重要的社会资源。再比如以地域关系为纽带建立的商会组织，山东商帮、苏南商帮、浙江商帮、闽南商帮、珠三角商帮成了中国五大"新商帮"，并且有越来越多的商人开始按照地缘为自己定位，冠以"新×商"的名号。

　　管彪来京城发展至今，上过清华大学和北京大学的总裁班以及长江商学院的EMBA班。他发现，各类短期、中期学习或者读完规定学年的同学，都是奔着圈子来的，而不是冲着知识。

　　"圈子就是项链，我们就是一颗颗珍珠。通过圈子，每个人都想着培育人脉，拓展商机，获得精神上的满足，体验上流社会生活。其实，我们很难进入核心圈子。"曾经在管彪公司的小会客室，他们就着老醋花生、大葱、武汉鸭脖喝酒，喝了几口之后，管彪放下那副威严甚至精于算计的面孔，难得的放浪形骸，牢骚满腹。

　　陈晓成故意逗他："人家整天西装革履，领带不怎么用，都习惯用领结了。虽然我们喝的都是波尔多，但人家要摇一摇，说是醒酒，然后小口品尝，在口中融化，让味蕾优雅绽放，哪像我们，高脚杯满满一杯，一口干掉，还没品出味，就被灌了一肚子，这哪叫喝高档红酒啊，这就是小时候打赌服输往肚子里灌水。"

　　"哈哈，你这陈老弟，平常话不多，一喝酒也是妙语连珠，寒碜人是旁征博引、口中无德、绝不留情啊。"管彪用灌酒的方式报复陈晓成的口上无德。

后来，管彪推荐陈晓成加入了一个圈子，号称"新生代"。发起人是管彪北大总裁班的同学，此人从一家国家级的大报退休，在职时主要报道民营企业家，积累了人脉。这些第一代民营企业家的子女，大多与陈晓成年纪相仿。那位发起人最初对管彪引荐陈晓成加入有些犹豫，认为其出身平常。陈晓成至今还记得第一次见面时这位发起人说话的神情，几根长眉毛突兀地伸出来，说到激动处，长眉毛有节律地振动："千万不能小看他们，不要忽略这个组织对中国未来的影响！这个圈子的新生代们，继承了父辈创造的巨额财富，有饲料大王的女儿，有软件帝国的继承人，有地产大佬的儿子，你想想看，这样一些人结盟意味着什么？"

陈晓成当即看了一眼管彪，管彪憋了一脸的笑。这人确实是做媒体的，陈晓成自此确认，此人正如整天混迹在富豪圈但自己从未成为富豪的人，自以为是，自我陶醉。

打眼一看，这个"新生代"圈子的会员都身份显赫，都是地方政府统战的对象，青联委员、工商联委员以及地方企业家协会的会员等。这似乎预示着，财富赋予富二代的，还有潜在的政治权力。

活动过几次后，陈晓成选择了退出。这源于一次发言。"新生代"换届选举立新规，邀请陈晓成发言，他语惊四座："需要有共同的志趣。开兰博基尼的，进入圈子前先摘掉三根车管子再说。当然，若是靠自己的本事挣来的，另当别论。这个组织吸纳的会员，不能靠物质确立身份，而是要靠精神。"

然而，附和者不多，反对甚至攻击者众多，他们由此提出"血统论"，几次活动都不带陈晓成玩。

管彪曾经问："为何退出？"

陈晓成说："但见繁荣，不见精神，全民狂欢。"

管彪大摇其头："书生意气误事啊！我费尽心思把你弄进去，还盼望着有朝一日你跟这些资源熟了，可堪大用呢！"

这都是一年前的事情了。这次，管彪又酸溜溜地调侃，看来他一直对没能进入核心圈子而耿耿于怀。

临挂电话，管彪补了一句："陈老弟啊，现在是非常时期，关键时刻还望援手。"

"没问题。"陈晓成知道管彪是什么意思，他谨慎地提醒，"不过，无论大股东是捕风捉影，还是他们另有所图，你都要打铁先得自身硬，否则谁都帮不了你啊。"

"他们这是吃饱了撑的！纽夏保险从成立至今，短短数年，业绩翻倍地涨，他们对我的指责简直是空穴来风！所以，我们要一致对外，要团结一心，我们要保持队伍的纯洁性。"提起那档事，管彪就闹心，甚至有些恐慌。

他们心照不宣。"一致对外"的"外"是指外方股东黎华世保险，"保持队伍纯洁性"是指保持原有管理团队不变，同时争取降低国企股东贝钢集团的股份甚至替换掉它。贝钢集团和黎华世保险正在酝酿联手在董事会上发起对他的问责。在目前外资股和国有股占优势的背景下，他不得不打起位置保卫战，而这需要这些私企股东的鼎力相助，虽然他们的股份少得可怜。

陈晓成带着老梁在管彪办公室会面。

办公室200多平方米，一张大条形花梨木老板桌，正对着房门。通过落地玻璃窗可以看到，虽已是上午10点，东西向仍车流如注。当年以水货或A货闻名世界的秀水街早就鸟枪换炮，由原来嘈杂、鳞次栉比的平房摇身变为一座钢混结构的大楼，玻璃幕墙在斜对面闪着光，有点晃眼。

他们在红木茶几前坐下。

简单寒暄一番后，老梁抢先开口说话，他的口头禅一出口，陈晓成就大皱眉头，那张嘴啊，就像一挺机关枪，左一个"想当年"右一个"想当年"。最初管彪像往常一眼，死盯着老梁，琢磨着他说的每一句话，到了后来，管彪干脆就不听了，他开始泡茶，陈晓成心里有了数。老梁还在自顾自地说自己与哪位首长走得近，与哪些部长副部长甚至一些省份的副省长的关系铁，然后拿出判决书和军区组织部门开具的平反文件，不断强调说，组织一直在帮他申诉，他为人仗义，是帮别人背黑锅，是政治冤案。

一个多小时后，管彪的秘书敲门，管彪大声说"进来"，这才把老梁的话筒子堵住。秘书说，他约的客人到了，来了9位，在大会议室等他。

管彪好像被解救了一般，站起来，舒口气，大手伸过来，握住陈晓成的手："陈老弟，对不住了，客人过来了，我过去应酬下。"

陈晓成明白管彪的意思，就说："那今天就这样，我们也撤了，我还有其他安排。"

这时老梁大张着嘴，瞪着眼，对管彪说："管总，我还没到正题呢，要不等您应酬完了再继续？我们就在办公室等您。如果陈总有事，我可以一个人等。"

管彪与陈晓成对视一眼，他满脸堆笑但语气坚决："今天就先这样吧，事情太多，时间太紧张了，有机会再约。"老梁还不死心："管总，您是做大事的，我手头有大项目还没有来得及讲啊，老领导委托，千载难逢的好机会！"

陈晓成拉了下老梁，然后他跟着管彪开门出去。老梁一看这情形，只好悻悻地跟着离开。

晚上，管彪给陈晓成电话："这个人大大咧咧，说话不经脑子，哪像领导出身？这号人京城很多，不用我说，老弟你也见过不少吧。这人，三进宫，还戴罪在身，能有什么大项目？从那地方出来的人基本上都是妄想狂，老弟可得慎重啊。"

管彪语气不屑，有些责备陈晓成识人不慧。

陈晓成立即说："这个人的前世今生我不是很清楚，不过，这个项目是存在的，之前有人找过我们，要我们接手。"

第八章
纯美爱情，大白兔与单人床

冯海人生中最浪漫的春节匆匆而过，因为廖倩的寒假快结束了，她要回到省城的学校去。

冯海心里不舍。回去的头天晚上，他们穿着厚厚的大衣，从住地走到中央电视台梅地亚中心，然后又从梅地亚中心走回黄亭子，来回数趟，直到清洁工人开始出动打扫卫生，才知道时候已经不早了。第二天，她就要随着大部队回去了。

冯海的心，迅即空落落的。

他们总觉得这是一场梦，不真实。她问他："你喜欢我吗？"

他回答说："当然！"

"喜欢我什么？"

"不知道是什么，反正就是喜欢。"冯海老老实实地回答。

廖倩咔咔地笑。

廖倩读的是"211"名牌大学，企业管理专业，但她更喜欢历史和艺术。冯海还很好奇地问她，为何不选择中文系或者艺术系、历史系，却读企业管理？

她犹豫了一会儿，简单地回答，我妈妈说学这个比中文管用，其实我快毕业了，也不知道管什么用。

那时，她并没有全部告知陈晓成她的背景和家庭情况，当然，她也没有问及冯海的家庭情况。就是这样，两个人简简单单地彼此喜欢着。

她说喜欢小白兔，安静、可爱、吃素，吃东西的时候高举前腿，小嘴咬住白菜，心满意足地细嚼慢咽。

她不经意的一句话，促成了冯海的一个行动。他在木樨地的夜市摊上，买了一只小白兔，然后利用驻京办的便利，轻易就找到一个从省城过来出差的中年熟人。陈晓成给他买了一包中南海，委托他回去的时候把小白兔捎给她。他没有告诉她，想给她一个惊喜。

中年男人回去那天，是周五，中午11点的火车。冯海跟单位请了半天假，陪他去西客站。春寒料峭，北京冬长春短，在季节变换过程中，人们还习惯于穿羽绒服或长大褂。冯海穿着深蓝色风衣，买了站台票，跟着中年男人。过安检时，他把兔子塞在风衣里，用右胳膊夹住，同时右手拎着中年人的手提包，火车站安检没有机场安检那么严，轻易就送上了火车。

临上火车，他双手举起小兔子，放在眼前，凑上去亲吻了下它柔软、洁白的毛："再见了，小白兔。"一如对着她。

收到小白兔后，她在电话中对他发出惊喜的尖叫："哎呀，你这么上心啊！我也就随便那么一说，你就给我变过来一只真的白兔，你是魔术师吗？以后我叫你魔术师得了，我想要什么，你就给我变出来圆梦。"

他接话说："我想把自己现在就变到你身边去。"她在电话那头一阵嬉笑，笑声如花枝在他心头乱颤。

此后，几乎每天，她都要汇报小白兔的情况，又长大了，又长胖了，又拉了一笼子的兔子屎。

不多久，他又跑到长安商场，给她买了两大包大白兔奶糖。他记得她也曾经不经意地说过，她从小最喜欢吃的就是妈妈出差给她带回来的大白兔奶糖。

冯海在单位每天的主要工作，是对驻外机构传真回来的情报，进行翻译、整理、归类、分级，然后将可以见报的信息编辑排版发布，涉及海外商业政策变迁、制度改革、公司并购、商品价格等。

每月的收入仅2200多元，虽然福利名目繁多，诸如房补、降暑费、御寒费、理发费甚至独生子女费等，但基本上可以忽略不计，他会把这些费用汇到山区老家贴补家用。跟她相识后不久，他一咬牙花2500元委托深圳的同学给捎了一部水货阿尔卡特手机。这部手机成了他们之间的专线。

每天一大早，她就啪地一条短信发过来提醒："起床了吗？太阳快晒屁股了！"

他回复过去："小丫头，赶紧起来打饭去，别又不吃早餐！"

你来我往，内容重复千遍，不知疲倦。每天，他们彼此听到对方的声音，心里踏实，情绪高涨，动作迅速，不埋怨、不抱怨、不拖拉。

那半年里，冯海每天都是第一个到办公室，打扫卫生，收拾桌子，给处长甚至老同事们泡好茶水。午饭时他们会再通一个电话，汇报中午吃什么，点了什么菜，关照要多吃素少吃肉。下午下班，他总是选择坐在公交车的最后一排，那样可以尽情地给她打电话，不会感到后脑勺有无数双眼睛盯着或偷听电话。实际上，即使坐在最后一排，偷窥者也是无孔不入，只是那时候，他已经不在乎，或者浑然不觉。每月，他都要给中国移动做贡献，电话费几乎花掉一半的工资。

从1月到5月，在别人不过是转眼一瞬，他们却觉得好漫长。5月到了，夏天阳光热烈，湿度适宜，草长花盛。那个5月，她毕业前夕的一天中午，打电话过来说自己买好了第二天的火车票，要来北京。整个下午，冯海都无心工作。好不容易挨到下班，他立即骑上自行车，跑到安定门桥找卖花姑娘。上下班时，他经常看到有一些村姑样的姑娘在桥头兜售玫瑰。

其实他很笨拙，之前从来没有做过花钱买玫瑰这么浪漫的事情。他找到一个小姑娘，十六七岁的样子。姑娘先是怂恿他买9朵。

"9朵代表什么？"

"天长地久啊。"

"那我来9朵吧。"

"你是送你女朋友吗？"

"是啊。"

"你肯定很爱她。"

"嗯，当然！"

卖花的小姑娘鬼机灵，她的脸被太阳晒得红扑扑的，一笑就露出两排洁白的牙齿："那我给你一个建议，你买13朵红玫瑰、14朵蓝玫瑰。"

"这又有什么讲究？"

小姑娘说起这事来头头是道，真所谓卖什么吆喝什么："13和14，就是爱她一生一世啊！红玫瑰代表着浓烈的爱，蓝玫瑰代表着持久的爱。"

他一听就乐了，毫不犹豫掏出钱来，买下了"一生一世"。

他把两束玫瑰花插在自行车前头的筐里，骑上车穿梭在车流里，哼着任贤齐的《心太软》，一溜烟赶回住处。那时，他刚刚离开驻京办旅馆，同事里一位叫爱新觉罗·雅兰的贵族后裔大姐，帮他在西单商场附近的太仆寺街的四合院里租了一间十多平方米的房子。

回来后，他四处找花瓶，却找不到，就按照房东朱大哥的建议，买了两个大桶装的可乐，可乐被房东拿去喝了，他把两个可乐桶剪开，装上水，插上玫瑰。一张小桌子上，摆放着她的一张10英寸大的照片，她站在鲜花丛中，歪头望着远方，驰思遐想。

那是冯海人生中第一次买玫瑰。此后多年里，他从未送过任何女人玫瑰，虽然他知道不少女人或明或暗期待过，但他宁可送给她们钻石项链、LV包、豪车甚至豪宅。他向来觉得，能够用金钱满足的女人不值得自己去爱，也不能"Hold your hands，till death do us part"（执子之手，与子偕老）。

5月的北京绿意盎然，让人神清气爽。他骑着自行车载着她，她从后面搂着他的腰，双手搭在他的第十一、第十二根肋骨上。他故意晃动自行车，后座上的她坐不稳，发出尖叫，然后情不自禁地搂紧他的腰，抓得他肋骨生疼。那感觉，就像干渴时饮下罂粟汁，甜美而迷醉。

夕阳的余晖洒落在他们肩头，冯海告诉她："你知道吗？你在享受着首都最高档的待遇，一个共和国未来最优秀的公务员，骑着自行车，带你畅游天安门，你说，在哪里还能够享受到此等待遇？"

他不记得听到这句话时她的表情，只是感受到她狠狠地抓了下他的肋骨，表示严重同意。至今想起来，他的肋骨依然能够感到那甜蜜的痛楚。

冯海带着廖倩去后海，划船，逛胡同，看四合院，还有宋庆龄故居。他们走在后海湖边。后海岸边的柳树一层青绿，蓝天之下水波荡漾，游客们在湖里划船竞渡。

银锭桥头。廖倩穿着白长裙子，套个薄开衫，冯海穿着廉价的休闲裤和衬衫。廖倩忽然往左前方走了两步，蹲着看水边的荷叶。冯海走近一步，站在廖倩身后，笑吟吟地看着她。

廖倩说：“等到夏天，这里铺满荷叶，开满荷花，一定很迷人。”

冯海微笑着：“等到黄昏的时候，那就是莫奈的花园。”

“才不是呢。”廖倩起身站起来，“北京啊，只能当你凡·高的花园。”

她出神地望着湖面：莫奈的花园，是小小的，模糊的。很多花，很多草，它们互相挨着，缠绕在一起，这才是生命。他画的不是花园，而是我们记忆中的花园。

冯海接过话：“我说得对吧。凡·高是壮阔的，他画的是人的生命力。这才是现实。”

廖倩看着冯海，微笑着摇头：“你胡说八道。凡·高和壮阔没半点关系。他的画，是很强烈，很激烈，所以你才以为他是壮阔。可是，他画天地是那种味道，他画房间也是那种味道，他画向日葵还是那种味道。说明他画的是自己内心。那种激烈是内心的激烈，外面的东西，不管大小，不管是天空、街道，还是一朵花，都在压迫着他，让他喘不过气来。”她不待冯海回应，若有所思地补充一句，“就像这北京，就算是花园，最后也会和高楼一样，让我们喘不过气来。”

冯海有些诧异：“这可不像是莫奈的信徒会说的话。”

廖倩转移话题，她轻点了一下冯海的额头：“说你不懂嘛。最懂凡·高的人，肯定不是他的徒子徒孙，而是莫奈。一个极端的人才真正懂得另一个极端的人。”

冯海顺手拉起廖倩的手，拉着她往桥上走。走到桥的正中间，冯海停住脚步，拉着廖倩看着湖面。廖倩看了看湖面，又看着他的脸。冯海满脸快乐，嘴角在偷笑。

第一天晚上，她问他，"单人床怎么住啊？"

他脸一红："要不你睡那一头，我睡这一头。"

她脸更红了："这样不好吧？"

他心虚，似乎被她看破了全部心思和企图，尴尬地说："哦，那，那我住房东那里。"她不置可否。他一脚迈出小房间，没有听到她任何挽留的暗示，就坚定地去了斜对面房东的房间。

房东朱大哥35岁，未婚，国企工人。他的房间比较大，双人床，还有一张沙发。冯海表达了借宿的意思，他一乐："那哪儿行啊，就算我答应，人家姑娘也不会答应吧？人家大老远来，你竟然不和她同床睡，啊？！"

冯海有些泄气："可是她没有这个意思。"

朱大哥不相信："怎么可能？！"

冯海又回到房间，这时，她换了件新内衣，一见他进到房间，立即扑在他身上，抱紧他，把脸埋进他怀里，轻声说："留给结婚那夜，行吗？"

他闻言一愣，不由自主地点点头。

她说："对不起！"

晚上，他们各自睡在床的一头，各怀心事，很晚才睡去。

第二天晚上，他伸脚不小心碰到她饱满的乳房，突然血气上涌，头脑嗡地响起来。他情不自禁地坐起来，喘着气。她也没有睡，顺手拉亮了床头的台灯。她看出了他的欲望。他情不自禁向她那头挪过去，她没有反对，把身子往里面挪了挪。她这个轻微的动作鼓舞了他，他立即钻进被子，呼哧呼哧地，风度尽失，竭力攻城略地。她依然坚守城池，不让他越雷池一步。有那么一会儿，她似乎彻底放弃了挣扎，任凭他准备临门一脚，但依旧死死地盯着他，那眼神紧张而幽怨："留到我们结婚的时候，好吗？"

冯海惧怕这种眼神，他彻底放弃了。

第九章

资本边上的情事

陈晓成送走老梁一行后，又出了趟差。

出差回到北京，周五。陈晓成婉拒了几个饭局，包括圈内朋友的一个生日派对。一位把中式餐厅经常玩成娱乐圈热点事件的富二代打电话过来盛情邀请："来吧，我这儿来了不少美女，都是白富美，会晃得你眼花，特别适合你这样的高富帅，而且你还是钻石王老五，单身无价啊。你瞧瞧自己，整天飞来飞去的，累得像个民工，把自己搞得那么苦干吗？过来吧，刚好可以让你分泌内啡肽、多巴胺，人生不过如此。"

这就是这帮家伙的生活。在对方的眉飞色舞中，陈晓成来了句："你以为自己搞的是海天盛筵啊。"对方哈哈大笑："别寒碜我了，咱不至于堕落到那地步。"

海天盛筵一度成为圈子里的笑谈，这个在中国南方的海滨之城举办的大型派对，号称多方位、高品质尊贵生活方式展，游艇、私人飞机、奢侈品等之多，盛况空前，堪称亚洲奢华生活派对之最。但不知是有意炒作还是偶然抓拍，此派对被曝涉黄，诸多富豪、嫩模及娱乐明星卷入该事件，舆论一片哗然。此后，每次所谓国企高管、外企金领或成功民营企业家搞私人聚会，口头禅就是"要不搞个海天盛筵？"然后相视一笑。

王为民也被邀请了。他跑过来问陈晓成："几点走？"

陈晓成说不去了，顺手把一个Prada手包递给王为民，委托他作为生日礼物捎给朋友。王为民有些不解："反正你回去也是光棍一条，还不如一起去乐呵乐呵，免得独坐寒窗，对镜贴花黄。"陈晓成说："这不是刚飞回来嘛，这些天跟那些靠谱或不靠谱的生意伙伴一通瞎侃，弄得口干舌燥，嗓子都有些哑了，得休息。再说了，很少有我们俩共同出席的派对啊。"

都多少年了，别人都说他们俩是焦不离孟孟不离焦，但像这种私人聚会，除非是研究生同学婚礼，还真的是很少见他们俩同台。"行，你先回去吧。华中地区上创业板的华光设计，他们资源有限，当前的上市障碍，B轮投资者也搞不定，来找我们，希望我们出面。"

陈晓成点头说："找了同级别的司局级领导疏通，那帮人油盐不进，得找硬关系。"

这个项目是他们初做风险投资试水的第一个项目，完全属于种子期的项目，他们自掏腰包，只深谈了3个小时，就敲定投资。

创始人魏亮跟他们二位都认识，是他们研究生时代认识的。"非典"那年，魏亮作为志愿者，刚毕业就投身于医疗行业成了大夫，学校封锁，王为民和陈晓成虽然吃喝不愁，但憋得慌，魏亮刚好负责他们宿舍楼的巡视、监测，不时偷偷对其放行，自此结下莫逆之交。魏亮后来弃医从商，涉足实验室整体规划设计、水电环境建设、安装施工、实验室运营器材生产以及实验室系统整体解决方案等领域。

他们投给魏亮的是天使投资，魏亮找到他们的时候，拿着一摞资料，眼睛布满血丝，说话声音响亮，精神亢奋。在他们刚租赁的基金办公室里，三人围着方桌坐下。魏亮描述完他的宏伟计划，轮到投资者发问。

王为民说："这个太偏门！我关心的是，这个是政策驱动还是纯市场驱动？"

魏亮说："首先是政策驱动。"他放下资料，信心满满地分析说，"第一，中国2020年要成为创新型国家，需要大幅度提高自主创新能力，实现从'中国制造'到'中国创造'的转变。基于科技创新的需求，未来5年，国家将投资建设100个国家重点实验室。第二，食品药品安全是事关13亿多人的'入口'问题，是提高人民生活质量的重要基础，是建设幸福中国的重要保障。而我国食品药品安全检测装备的水平远远落后于国际先进水平。第三，医学独立实验室是一个独立于医院，为医院提供医学检验技术服务的机构。这类机构最早出现在美国，是我国医疗卫生体制改革中出现的一种新型检验机构。该机构的成立在节省医疗卫生资源、开展高新技术研究、为提供医院快捷服务等方面起着重要的作用，也逐步在医学检验市场占据越来越重要的地位。这是政策驱动。"

陈晓成说："政策驱动有很大局限性，在前期也许奏一时之效，但投资者更看重的是可持续性和市场化的行业前景。"

王为民回应说："对，我就是担心市场偏小，没有发展空间。"

魏亮说："二位多虑了。我之所以决心出来创业，就是瞄准了未来市场，太诱人了！你们投资人不是讲究团队合作吗？跟着我出来的有几位同事，技术没有任何问题。我同宿舍的一位同学，在美国哈佛医学院念过书，也回来跟我一起创业。还有一位做市场的朋友加盟。"

"你的市场在哪里，是单一市场吗？"陈晓成问。

魏亮口若悬河："根据我们掌握的市场资料，目标医院大约有1120所，按每个实验室项目1000万元计算，市场规模达112亿元。目标大学约1060所，市场规模达106亿元。本土制药企业逾5000家，市场规模逾500亿元。近300个地级市公安局DNA检测中心，市场规模逾24亿元。此外还有食品、酿酒、保健等企业及公共实验室，市场规模超过200亿元。综上所述，这个市场拥有逾千亿的市场空间。"

"国外产品不会进来吗？他们的竞争力你研究了没有？"王为民问。

"所谓知己知彼百战不殆，我们早研究透了。根据我们的了解，国外实验室行业起步较早，发展迅速，已形成一个技术先进、设备齐全、服务完善的完整体系。该领域的龙头企业当属美国赛默飞世尔科技公司（Thermo Fisher Scientific），年营业额达到130亿美元。该公司在2006年完成了热电公司与飞世尔科技公司的合并，成为科学仪器行业最大的供应商。它主要提供综合实验室工作流程解决方案中的高端分析仪器、化学品和耗材、实验室设备、软件与服务。Thermo Scientific的行业解决方案和Fisher Scientific的实验室设计理念与实验室安全防护具有世界一流的竞争力，它们比竞争对手涵盖的领域更广泛、更全面。"

"你为什么选择创业？"陈晓成突然发问。他好奇，作为一个有铁饭碗的流行病学专业的博士，在体制内似乎是更好的选择。

"为什么创业？你们二位是饱汉不知饿汉饥。自从博士毕业后，我这个学流行病学的，要多惨有多惨。唉，一言难尽啊。"说到伤心处，魏亮跟陈晓成要烟抽，陈晓成递了一根雪茄，他放到鼻头闻了闻，摇头还了回去："这烟太烈，还是抽别的吧。"

王为民抛给他一包软盒大中华。点燃后，他吐了口烟圈，说："我之前根本不抽烟，自从辞职创业后，身不由己地学会了抽烟。没办法，夜深人静，要思考、要分析、要写计划，抽烟还真能提神。"

魏亮接着说："说说我的痛苦史吧。马云说，你的员工离职只有两个原因，一个是给的钱少，另一个是心委屈了。对我而言，钱少是真正的原因。我离婚的根本原因就是一个字：穷。我养不起人家。给车加次油就要花掉工资的1/5，吃次饭就要花掉工资的1/10，买衣服从来都是找最便宜的，大商场都不敢去逛。日复一日，怎么会没有矛盾？她不痛快，我也不自在。现在的妻子倒是不看重钱，但是看到人家掏钱买东西，心里也不是滋味。我一个男的，博士，受教育超过20年，月薪不到5000元，还不如做足底按摩的年轻小技师。去年我老婆怀孕了，我心里就更不好受了！想到尿布、奶粉、玩具、辅食……每个月所有的钱都用在孩子身上还不够，我还要上班，爹妈年纪大了也没法儿带孩子，还要请阿姨，卖肾的心都有！爹妈私底下和我说你别怕，我们支援你。我受不了。快40了，还要爹妈贴钱养孙子！"

"创业就能改变生活吗？"陈晓成问这话时，有些坏坏地看着魏亮笑。

"创业也许不能成功，死掉的企业千千万万，甚至可以说，创业成功大多是偶然事件，但是我更明白，不创业连成功的机会都没有。"

陈晓成和王为民相视一笑。

"你们笑什么？我这好项目，第一个就找上你们了，你们当年可是说了，'未来如果有用得上兄弟的，尽管找我'。我是兄长，大你们几岁，我也是硬着头皮找过来的。没办法，创业初期只能这样，为了梦想，我是豁出去了！"魏亮抽完一支烟，把烟蒂在烟灰缸里狠狠摁灭，"不成功便成仁，我也要过过像二位现在这样的锦衣玉食的生活。"

最后一句话，惹得他们哈哈大笑。

事后，王为民问陈晓成的意见，陈晓成说："得投。第一，天使投资，金额不大，也就300万元，我们俩掏钱也要投；第二，就市场本身而言，前景还不错，属于政策先期引导的市场，市场化有后发优势；第三，瞧他豁出去的样子，有股置之死地而后生的精神劲，这是创业者该有的精神；第四，如果团队组建得不错，成功率有60%。"

王为民笑说："你的创投口头禅可是要么砸在手上，要么成功，没有60%的概念啊。怎么，今天要改标准？"

陈晓成笑了笑："有些事情不能完全按照商业价值来判断。我们除了赚钱，其实还有生活。"

王为民最后拍板："好，我们就权当做回慈善。其实，只要有60%的成功率，就值得投。"

他们做的私募基金主要投资Pre-IPO①的项目。3年间，华光设计的业绩呈曲线上升趋势，第三年营业收入达1.4亿元，净利润突破4700万元，简直就是为创业板而生。只是发生了一个小插曲，在通过当地证监局报送申请材料时出了问题。他们悄悄改制，签署审计、律师机构，听从风险投资商的建议，中介机构签署的都是北京的大牌机构，绕过了当地证监局。魏亮后来对他们二位解释说，你不知道啊，一旦惊动了证监局，不知道会出什么事呢！他们会给你介绍一串中介机构，那些机构，你应该懂的，能有什么水平啊？而且太麻烦！

但是，麻烦还是找上来了。如此出色的业绩，申报"过会"本应一路畅通，陈晓成曾经通过关系找到中国证监会的一位预审员朋友，他看过材料后，说了句："这样的业绩，又是这个领域，非常符合我们创业板的扶持精神。"但是，他还暗示说："不过，你们还得做地方证监局的工作，

---

① Pre-IPO基金是指投资于企业上市之前，或预期企业可近期上市时。——编者注

要考虑时间成本和机会成本。"

结果申报材料被卡在地方证监局。那家证监局软硬不吃。华光设计也找了一些关系去说情，但基本是跟这帮人没有什么利害关系的资源，收效甚微。B轮投资者自称能量大，能搞定，华光设计就没有直接找王为民他们。一晃眼一年时间过去了，大家都有些紧张了。创业板火爆，随便一只猫猫狗狗的股票，估值就接近甚至突破100倍，他们却只能眼睁睁看着白花花的银子从指缝间溜掉。

别墅装修即将完毕，处于收尾阶段。

周五陈晓成回西山别墅，自己开车。他的司机大饼要在周末同女朋友约会，跟陈晓成请了假。临走时，陈晓成还把一家星级温泉酒店的贵宾卡留给了大饼，让他们玩个痛快："人家好不容易来一趟，得让人家高兴而来尽兴而归。"大饼颇为感激。

司机大饼是退伍军人，这个绰号是他刚入伍时一口气吃了5张大饼而得来的。大饼从海军陆战队转业后，赋闲在家一段时间，高不成低不就。恰巧，他的一个远方亲戚认识陈晓成，得知他要招聘一名司机，就推荐了过来。创业7年来，陈晓成从来不往公司里介绍亲戚朋友。师兄郝仁曾经语重心长地跟他说：不要在团队里安排家庭成员，无论老婆还是父母，都不能插手以你为核心的商业团队，因为团队成员接受的是你，而不是你的亲属。除非团队全体成员接受并主动邀请他（她），否则不管他（她）有多大本事，能够提供多大的前进的助力和帮助，你都不能邀请他（她）进来。另外，你不能随便与团队中的异性上床，否则你就必须考虑让对方立刻离开这个团队，要么让她另谋高就，要么让她成为你的专职情人或者太太，总之，她不能继续留在这个团队。

司机大饼可谓是唯一一名沾亲带故的员工。他心里清楚，人家大老远奔他而来，得为人家负责任。而且即使是司机大饼，进公司几年来，工资经数次调整，也还是4000多块钱，在北京这个大城市，这样的薪酬也就刚够吃喝。于是，每个月，陈晓成都会从自己的工资里给大饼支付3000元。逢年过节，除了公司固定的福利，陈晓成也会给个红包，还时不时送他茶叶、手机或其他电子产品。

　　周末的北京城是名副其实的堵城，车子只能蜗牛般一步一步挪动。在等待绿灯的时间里，陈晓成又想到了华光设计上创业板的事情，心里就有些烦躁。

　　车子抵达别墅门口的时候，陈晓成看了下腕表，这次归家的路途竟然走了两个多小时。

　　别墅区灯光通明，四周黛黑，远远看去，就像一座童话中的城堡。周边静谧，不知名的虫子在怪异地鸣叫。

　　刚下车，在做收尾工作的矮胖工头就跑过来，跟陈晓成说："那位瘦高个儿的姑娘又来了。"

　　他说的是乔乔。

　　陈晓成四下看了看，没有发现军车，估计司机把车子开走了。

　　他径直进了大堂，伊朗艺术挂毯挂满大厅四周，凡·高的大《向日葵》正对着门口，灿烂地开放着。他心情顿时明朗起来，是的，这就是他想要的。

　　大厅里没有发现乔乔。她去哪儿了？

　　他上了二楼，自己的卧室里没有人，书房也没有，她究竟去哪儿了？

　　他推开了另外一间房，房门半掩着，乔乔正在有滋有味地欣赏艺术挂毯，那不是凡·高的，而是莫奈！《睡莲》散发着淡淡的、安静的喜悦，那幅著名的《日出印象》，透过薄雾观望勒阿弗尔港口的日出，朦胧的背景里，多种色彩赋予了水面无限的光辉，小船依稀可见，艺术地再现了19世纪法国海港城市的日出景象，光色交替，极具视觉冲击和心灵震撼。

　　乔乔完全沉浸在莫奈对大自然浓厚的热爱中，她双手合十，紧靠在胸前，神情虔诚，粉色的FENDI（芬迪）连衣裙映衬出这个少女心底的私语，她斜挎着一个CHANEL（香奈儿）2.55，那是入学时爸爸送她的礼物。许多年后，陈晓成努力回想，乔乔与油画、艺术挂毯，在那令人陶醉的彩灯照耀下，让他如入仙境，青春少女、含羞的睡莲、日出、谷堆，美不胜收！

　　陈晓成蓦地产生了幻觉。阳光从窗外映进来，照得空气隐约浮动。眼前，阳光照射在姑娘头发上，纱裙上，泛着光芒，脸隐没在光亮里，看不大清楚。

迷幻中，陈晓成看到那个姑娘是自己心中的那位姑娘。

他眼睛有些模糊，似乎看到姑娘满脸是喜悦的笑，也正在看着他。姑娘身上的纱裙有如婚纱一样。她轻轻款款地走过来，就像13年前一样。她眼神里爱怜横溢。

姑娘轻声说："你看，这夜里的一切，就像是莫奈的画。"

陈晓成轻声回应："这里就是莫奈的花园。"

"你给我准备的，这个世界上唯一一个完全属于我的地方。"

"这里只属于你。这里就是我的内心，装着我的痛苦和渴望。"

……

姑娘走到他的面前，很近了。阳光耀眼，眼前的姑娘闪着光。她继续开口说，可是声音变了。

是乔乔。"莫奈的画很密，布置就不能太密，显得很土气。我这么一调，是不是就雅致多了。"

陈晓成从迷糊中惊醒过来，看到眼前的姑娘是乔乔。眼前的一切美好消散，婚纱变回了纱裙，阳光也变得刺眼，眼前姑娘的笑容从恬静变成了自得。

陈晓成脸一下子变得狂暴，像是内心的脆弱和秘密猝不及防地被人撞见，那是一种蔑视性的欺骗，他一下子变得愤怒和失态。

陈晓成面孔狰狞着："谁让你进来的？"

乔乔惊呼，尖叫，往后退。陈晓成往前逼了一步，抓着她的肩膀，脸逼近她的脸。

陈晓成失去理智地咆哮："这里不属于你！不属于你！你给我出去！"

乔乔的惊慌也只是一瞬间，她摇晃了下身体，挣脱陈晓成的手，反手就是一个巴掌。"啪"，重重地打在陈晓成脸上。空气一下子寂静下来。乔乔脸上愤怒和伤心并存，眼泪流了下来。

乔乔先是惊恐继而愤怒，吼道："你当我是什么？！都是你的！你的房子，你的车，你自己，都是你的！谁稀罕？！没有人要抢你的东西。你看着我呀。你到底在害怕什么？"

乔乔多年后回忆起这个场景，依然心有余悸。她看到陈晓成因为某种东西被侵犯而变得狰狞的面孔。之前，在他们交往的过程中，她从未看到过陈晓成的这副面孔，他要么文质彬彬，要么笑嘻嘻的，没个正形。

陈晓成被乔乔激烈的反应惊醒。自己这是怎么了？他猛地甩甩头，双手拢起，抱着后脑，任凭乔乔的拳头雨点般往身上砸，浑然不觉。

是的，这间房子，是他的一个秘密，不允许任何人侵犯。这些从伊朗国运过来的莫奈的作品，是她的最爱。哦，你是否还爱着莫奈？是否还像爱莫奈一样爱着我？

他在心底一直留存着一个期望，哪怕这个期望是不现实的，也依然甜蜜地支撑着他继续追求。他甚至在梦里策划着这一天的到来：她，穿着洁白的婚纱，脚步轻盈地踏着楼梯拾级而上，然后推开这间房的门，看到满眼莫奈，她张开双手，仰着头，闭上眼，神情沉醉，幸福像花儿一样在她清秀的脸上绽放。

可是，眼前的姑娘，是一个叫乔乔的女孩。她年轻而清秀的面孔，无辜而惊恐。他意识到自己刚才失态的一吼，对她而言，是多么残忍！

他抓住乔乔的手，猛地把乔乔抱在怀里，拍着她的背，连声说："对不起，对不起，是我的错。"

乔乔推开陈晓成，冷静下来，一字一板地说："早就猜到你心底有个巨大的秘密，一直想问你，结果每次都被你搪塞过去了。如果你真想为刚才的粗鲁道歉，今晚，我想听这个故事，希望你如实相告。"

"不行。"陈晓成本能地拒绝。

他怎么能讲呢？这个秘密藏在心里10年了。这个秘密，牵扯了太多的东西，甚至牵涉了一些哲学上的根本问题：他是谁？从哪里来？要干什么？想要到哪里去？

在北京这个偌大的地方，对于这个秘密，知晓者寥寥无几，王为民、李欢欢、南齐以及两三个研究生的同宿舍同学，而他们所知晓的，也不过一二。

乔乔不同意："不行,你得为刚才的事情道歉,代价就是讲你和她的故事。"

"没有什么故事。"陈晓成心里一百个不愿意。

乔乔抬起头,她直视着眼前这个男人的眼睛："你再说一遍!"

这句威胁性十足的话,激起了陈晓成的反感,他最讨厌受人威胁:"不讲!"

乔乔狠狠瞪了一眼,推开陈晓成,一言不发,甩门而出。

认识乔乔一年多了,陈晓成也从未见过她如此大动肝火。

乔乔是李欢欢带过来的,一个晚上的饭局。那时正当北京最美的晚秋。

金黄的银杏叶遮盖着靠近后海的一所灰墙灰瓦的普通四合院,夕阳暖暖地照射在正房二层高的屋顶上,"精英汇"三个镀金颜体字在夕阳的余晖中闪着光芒。从地下一层走出去便是后海,岸边停靠着两艘褐红色游船,每艘船可以坐两桌吃饭的客人。如果此时在船头坐着一位弹琵琶的女子,在深秋圆月高悬的晚上,船行水上,琴声悠扬,"轻拢慢捻抹复挑,初为《霓裳》后《六幺》",倒也颇有抚今思昔的浪漫。

这所四合院是师兄郝仁的房产,他当年从京城著名的陈公子手上盘下来后,这里就成了圈子好友聚会的场所,不对外营业。平常,大门紧闭,即使大门洞开,也总会见到一条被长链锁着的大狼狗,吐着猩红的舌头怒目而视,吓得偶尔伸头往里张望的路人赶紧逃离。

除了郝师兄自己的商业应酬,这里更多举行的是同学和好友聚会,包括这晚的聚会,约的8个人几乎贴着共同的标签:平民子弟。他们要么出身农村,要么是来自小城的摊贩人家,要么是大城市的下岗职工子女,凭着自己的勤奋和智慧,在各自的领域获得了成功。另外,他们还有一个共性,即或多或少都为特殊阶层服务或者与他们有商业合作。他们在一线冲杀,而一只无形的手则在幕后操控。

郝师兄是他们的主心骨。这与陈晓成有很大关系,因为在此之前那些人与郝仁并无深交,即使郝仁在京城投行圈赫赫有名。自从陈晓成带着这帮哥们儿过来聚餐，这帮自命不凡的家伙与郝仁有过几番神聊之后，就喜欢上了郝仁。

郝仁睿智、博学、人情练达，而且对很多事物认识深刻，见解独到，比如对财富的认知。郝仁说："人们往往醉心于发财，却从未思考过财富本身，从未思考过财富的本质与源泉：财是什么？我们为什么要去发财？这个'财'字，由'贝'和'才'两个字组成，'贝'是什么？在古代贸易结算中，海贝就是一般等价物，换句话说'贝'就是钱。因此，顾名思义，'财'的一半是指钱，另一半是指'才'，这个'才'啊，就是一个人的天赋与能力。我个人认为，财来自'才'。这个很容易理解，在市场经济的环境下，展示你才华的过程常常就是获得财富的过程。市场经济为每个人把'才'转化为'财'提供了空前有利的外在条件。"

这番话说到这帮人的心坎上去了。他们，一群平民子弟，今天能够坐豪车住豪宅，吃着海鲜鲍鱼燕窝，显然与他们的能力、机遇密不可分。当然，与幕后那只时刻操控的手，也是分不开的。

他们现在的生活，让他们没有认识到或者甚至根本没有去考虑这些问题，郝仁一番论述让他们心存敬意。不是炫耀财富，而是切磋认知，这种聚会和饭局，深深地吸引着他们。

这个晚上，他们都准时到达。这对生活在著名的堵城北京的人而言，委实不易，这说明这些混得有头有脸的家伙，很重视这场朋友间的聚会，也从侧面证实了郝仁的号召力。在这样的饭局上，陈晓成理所当然地成为张罗的主角，这似乎与日常状态的陈晓成反差很大。陈晓成与王为民有心照不宣的分工，彼此不参与对方私人圈子的聚会。只有两类饭局例外，一是应酬重要客户的商业饭局，二是宴请对他们有过帮助或者未来会有帮助的政界人士的饭局。在这些饭局上，陈晓成谨言慎行、察言观色、成熟老练，虽然话不多，但总能说到点子上，促使与宴者内啡肽分泌旺盛，情绪大好，王为民则插科打诨，如鱼得水。如果是职位比他爸爸高的，王为民就左一声伯伯右一声阿姨的，叫得挺欢。他的酒量也掩盖了陈晓成酒量不足的缺陷，二人构成了一曲和谐的晚宴大合唱。

王为民那个圈子的饭局，不讨论政治也不讨论官场，即使要了解某个人某种关系，他们也只是私下交流。这种场合，每个人都心照不宣，说不定哪个人或哪件事比较敏感，或者与饭局中的某人有关系或渊源，公开讨论比较尴尬。因此，王为民聚会的饭局讨论更多的是商业机会、项目合作或者笑谈某个女人，再就是他们中间某人与某个明星的绯闻趣事。

陈晓成这个圈子的饭局、聚会，讨论的却都是国家大事，如政治经济话题，忧国忧民，商业机会或项目合作反而不大谈及，与王为民他们形成鲜明对比。如果谈的话题过于严肃，他们会偶尔聊聊艺术，当然也会有些女人的话题，比如"小三""二奶"之类。

在郝师兄这里的聚会，日常不苟言笑、出言谨慎的陈晓成妙语连珠，善于活跃场面。除了关于女人的话题，其他绝大多数话题，陈晓成都像打了鸡血似的，精神亢奋，思维活跃，成了饭局的主角。作为东家的郝仁并不介意，反而颇为欣赏，很乐意让陈晓成畅所欲言。

这晚，他们又例行小聚，嬉笑着纵论经济大局。

郝仁开篇不凡："说实话，各位，我们赶上了中国3000年以来最好的时代。"

李欢欢表达认同："确实。这个社会有很多鸿沟，有很多看不见底的深渊，我们有很多不满，有很多抱怨。但是，认真想想，我们这里哪位不是寒门子弟，要么是农村来的，要么是城市底层，但是今天都能开好车、住好房，聚在这里喝红酒吃海鲜，确实是这个时代的恩赐。"

"没错，看看外面的车就知道了。"童鹏说，"中国什么时候出现过这么多辆车，活生生把15分钟车程堵成一个小时。"

肖冰在陈晓成的推荐下，作为喝过洋墨水的成功人士加入了这个圈子。肖冰入乡随俗快："北京人现在衡量贫富，都是拿时间来衡量的……"

童鹏抢着插话："拿时间来衡量，那不是衡量男人吗？"

肖冰乐了："去你的。开车两个小时去城里上班的，那是老百姓。开车一个小时的，那就是金领。开车半个小时就能上班，那一定是金融街搞资本的。"

童鹏说他就徒步上班。肖冰嘿嘿一笑，表情夸张："什么，你不开车？走路上班？那你是真正的大佬，非富即贵！"

众人哄笑。

待大家笑场一过，肖冰补充说："我一想，很有道理啊。走路几分钟就能上班的，那不得在城里有个大房子啊？！光房子就大几千万。以前的奋斗目标是，开车上班，不再挤公交。现在的奋斗目标改了，走路上班，不必开车。"

童鹏摇摇头，作惭愧状："看来我们还要继续发挥才能，继续奋斗啊。"

此时，李欢欢神补一刀："恐怕不是光靠奋斗就能达到的。"

陈晓成轻轻抚摸着酒杯，接过话头："各位，平心而论，在起步的时候，我们都是依靠自己的才华立足，打下基础。可是论到发达，我们几位，扪心自问，哪个不是靠投机和借助特殊关系发迹的？"

童鹏和肖冰等人一愣，对视一眼，同时惭愧地摇摇头，指着陈晓成。

童鹏说："那也是以你为典型代表。"

陈晓成在引火烧身。郝仁一句话，让大家心里一沉："这些财富的获得和积累，迟早会吐出来的。"

童鹏则不认同，他扫视着大家，与郝仁对视："郝师兄，你这有点耸人听闻吧。这是我党的江山，哪有那么容易出现革命和动乱。社会不动乱，只要我们小心谨慎，辛苦积攒的财富哪会轻易吐出来。"

"呵呵，"郝仁身子前倾，盯着童鹏说，"你看，你的思维第一反应就是政治性的。我不从政治角度看问题。我们就从社会学角度来看，对财富的不同理解会诞生不同的政治经济制度，对吧？有些观念认为，财富是劳动的结晶，有些观念认为是智慧的结晶。有些观念尊重人的价值，认为财富是人的价值的体现，有些观念尊重集体价值，认为财富主要是社会产物。不同的观念就会导致不同的制度安排，决定不同的命运。"

郝仁停顿片刻，环顾眼前这帮在资本市场纵横捭阖的青年，他一字一顿地说："现在已经不是暴力的年代，别以为只有暴力才能掠夺财富。现在，坐在办公室里喝喝茶看看报纸，就能把你洗劫一空。无形的刀杀人更狠。"

席上一阵沉默，童鹏等人露出沉思的神色。

陈晓成接过话题，与郝仁一唱一和："有些时候，我们自己也何尝不是如此？！我们在这里风轻云淡地喝酒吃肉，也许在另一个城市里，已经开始了一场风暴，公司易主，财富易手。"

"话题有点沉重了，"李欢欢站起来举杯，"喝酒喝酒，良辰美酒，我们就不谈杀人越货的话题了。"

刚刚喝了第一杯酒，李欢欢就接到一个电话，他腾地站起来，对在座的兄弟们说："来了一位不速之客，我去接下。抱歉抱歉，突然袭击，来不及跟大伙儿商量，一会儿大家给个面子啊。"说着意味深长地看了陈晓成一眼，就跑出房间。

郝仁有点坏笑地看着他，其他人也笑嘻嘻地看着他。

陈晓成有点莫名其妙："你们怎么都看着我？"

"这神秘嘉宾就是冲着你来的，我们怕过一会儿你就被霸占了，趁着现在多看你两眼。"童鹏打趣道，"钻石王老五就是便利，爱谁谁，永远不缺货，可以来者不拒嘛。"

陈晓成摇摇头，也斜了他一眼。

这个不速之客就是乔乔。她跟随李欢欢进来的时候，看着满座的男人，眉毛一挑："呵呵，满座大老爷们儿，本姑娘一枝独秀啊。"说着，她毫不客气地坐在服务员新加的一个位置上，这个位置紧挨着陈晓成。

乔乔进来的时候，陈晓成有种似曾相识的感觉，那大眼睛、瓜子脸、长睫毛，都是他熟悉的五官特征。所不同的，是她身材高挑，周身飘散着水果香与花香的COCO CHANEL（可可·香奈尔）香水味。

李欢欢从她进来就表现得恭敬有加，忙着呼喊服务员加椅子、加碗筷、上酸奶、倒红酒，似乎对她的饮食习惯了如指掌。李欢欢给大家介绍："这是乔乔。未来的艺术家，在法国学音乐，刚回来。"

童鹏待她坐定，径直对她说："乔乔，你猜猜哪位是陈晓成？"乔乔对这种突兀的问话似乎不奇怪，毫不犹豫，指着身旁的陈晓成："他呗。"童鹏指着乔乔另一侧的肖冰："这么笃定啊？你猜错了，是他。"

乔乔摇头，看着陈晓成："不可能。我一看桌子就知道是他。"

陈晓成笑而不语，任凭他们逗趣。

童鹏惊愕状："怎么看桌子都能认人？李欢欢偷偷告诉你了吧？"

乔乔嘿嘿一笑："嗨，还不简单。李哥那么夸赞他，又说他去过德国，他肯定很上台面。我看一眼桌子，你们面前都乱七八糟的……"她指着陈晓成和郝仁，"就他们俩面前干净整洁。"她又指着郝仁，"这位兄台，不好意思啊，你确实年纪大了点。"她指着身旁的陈晓成，"那可不就他是陈晓成了嘛。"

众人都笑起来。童鹏双手在桌面上鼓掌。

童鹏自嘲说："这妹子有意思啊。说话厉害，夸着陈晓成，把我们都说成上不了台面……"

肖冰冲着童鹏抢白："你本来就上不了台面。"

童鹏讪笑："……也就你这么厉害的姑娘才对得上我们的晓成大才子啊。"

一番热闹的开场白后，乔乔扫了一圈众人，头也不回地喊服务生："Waiter（服务员），给我上白酒杯子！"

李欢欢制止："你要白酒？红酒就可以了。"

乔乔一脸灿烂："对啊，白酒！女性也是半边天，不能输给你们男人。"

童鹏冲着李欢欢，眼神轻佻，吐了一句："不简单。"

这个时候，陈晓成和在座的大部分人一样，只是把乔乔当作一个性格大大咧咧、偶尔咋咋呼呼的京城小丫头，根本没有意识到这是个大有来头的女孩，并且后来会成为陈晓成生命中一个难以割舍的女人。

大伙儿礼节性地喝了一杯集体欢迎乔乔加入饭局，然后他们进入了侃爷角色。他们这次是猜测今年开盘的诺贝尔文学奖得主。

李欢欢押注叙利亚诗人阿多尼斯。阿多尼斯的赔率大大领先于其他人。在Ladbrokes（立博）博彩网站上，他的赔率达到了4赔1，也就是说，人们认为他获得诺奖文学奖的概率是25%，而赢了的人将得到4倍于赌注的钱。这甚至高过了上一年诺奖的大热门，瑞典诗人特朗斯特罗姆、美国女作家奥茨的5赔1。李欢欢说："三个理由：一是阿多尼斯获得过歌德文学奖。二是阿拉伯因素，为了中东的稳定，也会让他获奖。欧洲人不得不考虑这些场外因素吧？三是阿多尼斯80多岁了，还有几年活头？此时不给何时给？况且，他是'当今最大胆、最引人注目的阿拉伯诗人'，过去是诺奖候选人常客，加上此次开出的赔率，这次获诺奖是大概率事件。"

李欢欢摆出一堆理由，然后当场拉票，让大家跟他押注阿多尼斯："相信运气，更相信判断。"

郝仁押注特朗斯特罗姆。上一年，特朗斯特罗姆的赔率排第一，这次他的赔率降到了9赔2，排第二位。郝仁的理由是，根据媒体总结的经验，诺贝尔文学奖的评委向来不喜欢随着民意走，总是强调自己的独立判断，不受意见左右。所以博彩和民意的热门，如果没有对诺奖评委的选择起到反作用的话，至少也是毫无关系。选择排第二位的，算是保守的积极主义吧。

陈晓成选择了村上春树，众人哗然。这年日本作家村上春树的赔率是16赔1。他说："一是对村上春树比较偏爱，当然希望自己的偶像能够获奖。二是从历史上看，诺奖评委似乎更愿意选择赔率高的作家。2010年获奖的略萨，赔率是25赔1，2009年的诺贝尔文学奖得主赫塔·穆勒，赔率更是达到50赔1，被称为一匹黑马。"陈晓成停顿了一下，说，"我的内心就是村上春树。他有两本书影响了年轻时候的我，一本是《挪威的森林》，一本是……"

在一旁的乔乔抢着说：《世界尽头和冷酷仙境》。

陈晓成有点意外，甚至有点惊喜："是的。你也喜欢他？"

乔乔点点头："他的书打动我的，也是这两本。当然，一本是内容打动我，一本是书的名字打动我。"

陈晓成哑然失笑。乔乔忽而表达歉意："啊，不好意思！我打断你了。"陈晓成轻轻摇头表示没事。

陈晓成继续陈述着他押注的逻辑："资本很冰冷，也有其不容置疑的法则。不过，在缝隙之下，留给人心一点空间，也未必是坏事。诺贝尔文学奖的评委也许觉得村上春树太畅销了，不愿选中他。但对我来说，他影响过我，为我打开了更大的世界，他就是我的诺贝尔。"

他在侃侃而谈时，目光触碰到了乔乔，她乐开了花。陈晓成语气冷静："当然，从投资上来说，既然都是高风险，不如尝试博取更大收益。以往诺贝尔选中赔率低的也大有发生过。冷门人选未必机会小。"

"如果按照这样的逻辑，我干脆选择北岛吧，他的赔率是40赔1，高于伊恩·麦克尤恩、威廉·特雷弗、艾柯等人。这已是北岛第五次成为诺奖候选人了，没有任何一个中国作家像他这样靠近诺奖。我们泱泱大国，即使按照人口比例分配也得分给我们一个名额吧。"

童鹏押注中国作家北岛，更是掀起了高潮。大家异口同声地对童鹏说："中国作家要获诺贝尔文学奖，还不得铁树开花？你这纯属凑热闹！"

接下来，大家纷纷押注，占比最大的是李欢欢押注的阿多尼斯，他们的逻辑是要玩就玩票大的，四平八稳没意思。不就是赌博吗？高风险才有高收益。

李欢欢似乎胜券在握。他说，我们自己赌，按照这个赔率来，赢的钱呢，我们搞个饭局基金，大家没意见吧？

有人起哄说，干脆搞个泡妞基金吧。李欢欢立马回绝说："少儿不宜啊，我们这儿有女孩子呢，注意形象。"然后大家起哄，说饭局委员们，我们干杯！

乔乔大大方方地说："你们这些大老爷们儿我见得多了。大老爷们儿的三大宝：手串、荤段子，还有枸杞保温杯。离不开，就放开说吧，别把我当回事。"

童鹏正端起茶杯喝茶，乍听到三大宝的高论，一下呛着了，咳了起来。众人忍俊不禁。

这帮自命不凡的家伙，他们喜欢悬念迭起的竞技和猜想。

不知不觉，陈晓成喝了不少白酒，脸上通红，甚至连眼睛也有了血丝，说起话来不怎么顺畅，头昏昏沉沉的。这时，一杯白水，冒着气泡，被一只白皙而修长的手放在他眼前，陈晓成根本没有抬头，就端起杯子往嘴里灌。

这时，温柔的女声传来："这是苏打水，能缓解酒精的刺激。"虽然有些醉，陈晓成还是听出来这不是女服务员的声音，轻柔、干净。他心里有些感动。抬头，看到的是站在一旁的乔乔，她正欠着身子，两人的脸离得很近，陈晓成清楚地看到她的睫毛，微翘的鼻子，还有闪着光的眼睛。

虽然其他人还在吹牛神聊、碰杯海喝，但乔乔给陈晓成倒苏打水的细节，李欢欢还是注意到了。

乔乔又靠近陈晓成一些，关切道："你不能再喝了。再喝，真的要到冷酷仙境了。"

陈晓成听了一乐，似乎酒醒了不少："村上春树，他说的冷酷仙境，是一个人完全被切断了，和世界切断了。"

乔乔诡秘一笑："我刚才说，《世界尽头和冷酷仙境》只有名字打动我，是逗你玩的。其实还有一层意思。"

陈晓成讶异："还有一层意思？"

乔乔坐下，似乎沉浸在一种回忆中："我以前看过一个摄影展，照片是一个年轻的女性。她的眼神带着强烈的不甘心。我一直摆脱不了她的眼睛，都感觉她在不同地方注视着我。至今我的后背还能感觉到她的注视。"

陈晓成安静地听着乔乔讲述，内心触动："我能想象到这样的眼睛。"

他们打断两人的聊天，说大家玩起来，喝酒的喝酒，表演的表演，就是千万别朗诵诗，还一把鼻涕一把泪的，多油腻。

酒局高潮实际上才刚刚开始。

乔乔站起来用敬大家一杯酒的方式让场面静下来："今儿个真有意思，早就听李哥提到过你们，真是百闻不如一见。喝了这杯酒，我给大家讲个故事，干货，有趣，保证让你们笑中有泪。"

乔乔这丫头，人小鬼大，在这帮人精面前故弄玄虚。

这帮家伙几乎都被乔乔这番话给吊起了胃口。这可是在泱泱大国混得风生水起的一帮人，随便拎一个出来，其背后的实力，都绝对能够上富豪排行榜。只是他们每年都不得不花费一笔费用或者动用一些关系来游说，千万不能上榜，上榜就是见光死，怎么能上榜呢？

这帮家伙可谓见多识广，还真没见过初次见面就这么大言不惭、自来熟的小丫头，而且还是一个挺漂亮的小丫头。什么笑中带泪？他们都好奇地等待乔乔的下文。

　　"我就给你们讲讲这个圈子里的事情吧。"

　　"什么圈啊？"童鹏问。

　　"嘚瑟圈呗。"

　　这话一出，他们面面相觑，继而大笑。"我们都被你给归入嘚瑟圈了？我们挺低调的啊。"

　　乔乔不接他们的话，继续自顾自地说："给你们讲讲外资医院的趣事吧。外资医院懂吧？就是你们常常嚷着有钱了得享受高端服务的地方，就是专门给你们开的。"

　　李欢欢接口说："乔乔，别寒碜我们了，赶快进入主题。"

　　"我一个姐们儿，半年前和我一起从法国回来的，她学护理专业，懂法语和英语，就到了这家叫HP的外资医院。这类医院平常客人比较少，我姐们儿工作不忙，客人要么是外交人员、外企员工，要么就是你们这些富裕阶层。"

　　"呵呵，你们可别生气哦。"乔乔露着洁白的牙齿，坏坏地对着大家笑，"前天深夜，我姐们儿值急诊夜班，突然闯进来一个中年男人，几乎是破门而入，捂着嘴巴，高声喊：'医生在哪儿？护士在哪儿？牙疼，赶紧给我看牙！'在国外，甚至在国内，哪有牙医值夜班的啊？急诊医生就让他先吃止痛药，第二天白天再来。对了，先描述下这个中年人是谁吧，据说是国内城市题材电影的著名导演，不过他导演的作品我没看，可能是年龄的原因。对了，你肯定看了，你是最早的80后呢。"乔乔把目光转向陈晓成。

　　"我是70后啊，哪是80后。"陈晓成对乔乔突然指向他的年龄，感觉莫名其妙。

　　"你不过是70后的尾巴。"乔乔不管陈晓成的反应，继续说，"这个中年导演死活要联系牙医。牙医是英籍华人，在英国从业18年，经验丰富，接诊过的富商官员无数。在电话里，这位牙医懂中文，但对胖导演咋咋呼呼的态度不爽，故意用英文反问：'Who are you? What did you say?'（你是谁？你刚才说什么？）这位胖导演在海外待过几年，英语不错，他略一迟疑，马上用流利的英语又说了一遍刚才的话，而且中间夹杂了两个脏词。牙医都听到了，平静地说，第一句翻译就是'你是著名导演吗？我没听说过这个名字'，第二句就是'I don't care who you are'（我管你是谁），然后不容置疑地表明说他的团队都上班之后才能为你解决。后来这位导演乖乖领了止痛药回家，第二天才来看。"

"呵呵，这可是影视圈的事，跟我们不搭界。"

"再给你们讲一个'80后'富豪的故事吧。上班半年了，她遇到过两个中国首富的老婆，她们生了几个孩子，都是女儿，想再生一个男孩子，来医院后都比较配合。只有一个来自西北的'80后'小伙子架子大，总阴沉着脸，所有的话都是小声告诉秘书，然后再由秘书转告大夫、护士。这个人呢，你们肯定知道，父亲死于凶杀，他中断海外的学业回国，与家族中人争夺资产，可能正是这样的经历塑造了他的性格吧。"

说完，乔乔扫了一眼大家，大家都怔怔地看着她。

陈晓成再次点评，似乎故意与乔乔过不去："这算笑话吗？有点严肃，笑点偏高。"

郝仁则替乔乔解围："明白了，乔乔姑娘讲的是冷笑话，是提醒我们，别小小得意便猖狂。姑娘，不简单啊，寓意深刻。来，我敬你一杯。"

乔乔站起来，端着酒杯跟郝仁碰杯："还是您了解我，我这是用心良苦啊。"

说完，她一饮而尽。

酒局又开始了一场混战。

还是因为乔乔。乔乔不知道从哪儿找到了一个无线话筒，她站到屋子中央，对大家说："谈论国家大事，估计你们也谈够了，太枯燥不好玩。今晚，我给大家助助酒兴，来段雅致的，给大家清唱几首新疆民歌。"

听着周杰伦、"四大天王"长大的陈晓成，突然觉得民歌是他这辈子听过的最好听的歌曲。乔乔唱的，是早已离世的"民歌之父"王洛宾的歌曲，《在那遥远的地方》《半个月亮爬上来》《达坂城的姑娘》《阿拉木汗》……那首《掀起你的盖头来》尤其动人，乔乔接过服务员递过来的整洁的红色围裙，搭在头上，边歌边舞：

> ……
> 掀起了你的盖头来
> 让我看你的眼睛
> 你的眼睛明又亮啊
> 好像那秋波一般样
> 你的眼睛明又亮啊
> 好像那秋波一般样……
> ……

久远的情歌。时光仿佛被拉回到了从前，他们用筷子敲着碗，敲着盘碟，喝着彩，喝着酒，然后在纯净的歌声中，破着嗓子哼唱，即使完全跑了调，甚至夹杂着男人的哭泣，也依然那么放肆，那么不成体统，又那么脆弱不堪。

聚会后第三天，乔乔忽然给陈晓成打电话。这让陈晓成颇感意外，他们毕竟只是萍水相逢。那天下午，陈晓成在投资基金召开项目预审会议，设置成振动的苹果手机不时闪着蓝光，是一个陌生号码，最后四位数是"1314"，竟然还有"4"，多么忌讳。陈晓成看了一眼，就立即断定这不是在册联系人的电话，重要性马上降低了一半，而最后数字为"4"，那么不是卖保险的，就是销售高尔夫会员卡或者各类俱乐部会员卡的。

他继续主持会议，但这个号码不知疲倦地打来，手机上的蓝光不停地闪烁，在座的项目总监都注意到了，陈晓成对这个电话很不爽，他狠狠地挂断了电话。

电话是不响了，却来了条短信，言简意赅，气势汹汹："我是乔乔，你干吗挂我电话？"

陈晓成一时没想起来乔乔是谁，如此张狂的语气，他在脑中搜索半天也想不出身边有这样一号人。突然，他想起来了，不就是三天前饭局上李欢欢带过来的那个丫头吗？她怎么会有我的号码？

许多日子后，李欢欢逗他说："你肯定是在女孩子手上写电话号码来着，你一喝高了就这样！"

陈晓成哭笑不得："哪有你猛啊，你一喝高就车震。"这帮家伙经常表演借着醉酒在女孩子手掌上写电话号码的把戏，搞得女孩子饭后不得不狠劲地涂洗手液。现在又时兴以借看女孩子手机的名义搞到女孩子的电话号码了。

但这些都不是陈晓成的习惯。最初在这帮哥们儿眼里，陈晓成是另类，久而久之，大家也就习惯了。那么，他的手机号乔乔是从哪里弄来的？不用说，肯定是李欢欢给的，这家伙，搞什么名堂。不过，想起乔乔满面春光的神情，他也不禁春心萌动。

毕竟是健康、正常的男人！

他快速结束了会议，与会的投资总监们面面相觑。在他们的印象中，陈总向来沉稳、冷静，这次收到短信后却明显有些喜形于色。他们在汇报项目初期调研结果，翻着PPT，陈晓成不断说"过，过"，20来页的PPT转眼就翻完了，然后等待陈晓成提问。半晌，陈晓成竟然没有提问的意思。平时每到这个时候，他可是尖锐的问题一个接一个地抛过来，让他们每次都如临大敌，这次是怎么了？

陈晓成的注意力停留在乔乔的那条短信上，她泼辣、任性的语气，还有那桀骜不驯、大大咧咧的样子，以及给他递苏打水时的那份关切，一幕幕清晰地在脑海中闪过。没想到，这个仅有一面之缘的北京丫头，竟能如此鲜活地印刻在自己的脑海里。

他忽然哑然一笑。

小会议室寂静无声。这时，一位总监问他："陈总，有什么需要深度了解的吗？"

他缓过神来，忙不迭地说："没有，继续过PPT。还有哪个项目没有汇报？"

总监们相视一笑，然后对着陈晓成抿嘴一笑："都汇报完了。"

"那好，有些项目需要继续跟踪，要密切关注，及时更新信息，挖掘得再深入一些。今天先开到这儿吧。"说到这儿，看到这帮要么与自己年纪相仿，要么小那么几岁的同事神情怪异，似乎猜到了一些什么，他转而一笑，"你们别胡思乱想，我目前唯一的对象就是工作。"

有些此地无银三百两。总监们笑呵呵地离开会议室后，陈晓成就拨通了乔乔的电话，有些迫不及待。

他刚"喂"了一声，对方高分贝的声音就传过来了："哎呀，给你打电话怎么这么难啊，比见国家领导人都难。"

"你怎么知道比见国家领导人难？有比较才能鉴别，有调查才有发言权。"陈晓成心无芥蒂地开起玩笑。

"当然见了。"乔乔脱口而出，不过她立即意识到什么，忙解释说，"我们在国外留学时，华侨协会组织迎接祖国国家领导人出访，列队欢迎时见过。言归正传，我给你电话，是想让你请我吃晚饭。"

"想让你请我吃晚饭"，这句别扭的话，陈晓成却感觉颇有意味。对方不容他思索，直接说："别编借口哟，我知道你今晚没有饭局的。"

陈晓成警觉："你怎么知道我没饭局？恰好有一个啊。"

"嘿嘿，我当然知道啊，打听这点事情对我而言，是小事一桩。就两个选择：一是如果有饭局，你带我参加；二是参加我们俩的饭局。"

不依不饶的任性姑娘。陈晓成感觉有些新鲜，心底并不反感，甚至有些企盼。她就像一股清新的春风，从缝隙中吹进了他封闭多年的心房。

他们约在北京展览馆院内的莫斯科餐厅，这是中华人民共和国成立以来北京为数不多保留下来的年岁久远的西餐厅之一，它是一代北京人的亲切记忆。

他们找了靠窗的双人餐位坐下。乔乔点餐，她抬头问："你喜欢吃什么？有什么忌口的？牛排几分熟？"

陈晓成说随便。乔乔眉毛一扬："你这叫轻易放弃选择权。"然后，摆出不再征询陈晓成意见的姿态，一口气将前菜、主菜、甜点点齐，如新鲜鹅肝酱、鱼子酱，然后是鱼翅肉汤，紧接着是焗烤伊势虾、网烤牛脊肉排、天价法国松露酱、草莓烤鸭，最后是综合水果沙拉、冰激凌、香瓜和咖啡。

乔乔是西餐厅常客。不过在点菜过程中，她还是偶尔征求陈晓成的意见，比如牛排几分熟，咖啡是卡布奇诺还是摩卡，粗中有细，不像之前表现出来的咋咋呼呼的样子。

等待上餐时，乔乔用吸管吸着苏打水，怔怔地看着陈晓成，一言不发，直看得陈晓成心里发毛。

陈晓成故意夸张地睁大眼睛："怎么啦？叽叽喳喳的丫头，怎么一下子变得深沉了？"

乔乔哧哧地笑，然后说："你们是不是觉得我二啊？就那晚，我大大咧咧，又唱又跳的，压根儿就一疯丫头。"

"没有啊。"陈晓成回答得有些言不由衷。其实，那晚乔乔刚进来那会儿，大家均有此感，李欢欢好歹也是有档次的人，怎么叫来这么一个丫头？一场酒局下来，大家印象逆转，好感倍增。

乔乔直着身子，放下水杯，说："李欢欢说你们这个圈子挺好玩的，都是人精，上档次，邀请我来认识，还特别提到你，说你是个有趣的、有文化的商人，本姑娘就……"说着，乔乔有些羞涩。

陈晓成在乔乔脸上使劲打量，觉得她似曾相识，那长长的睫毛，圆圆的脸蛋，光洁的额头，太像一个人了。

哦，是她！他心里触动了下，内心的情感逐渐发酵，他的目光变得柔和，像冬日里的一把火，逐渐升温。

乔乔对上陈晓成的目光，一时间有些恍惚。一会儿，她微微探过身来，在陈晓成眼前摆摆手："你怎么啦？想吃了我啊？"

陈晓成半天才回过神来，尴尬一笑，自我解嘲说："不好意思，我见了美女，有些把持不住。"

乔乔嘿嘿直乐："不对，我听到的和我看到的，怎么完全不一样啊？"

"听到的是怎样，看到的又是怎样？"陈晓成眯着眼，成心逗她。

"天壤之别嘛。听到的呢，说你文质彬彬，不苟言笑，经常装酷。不过，百闻不如一见，看来，任何事情，都还是要眼见方为实。"

"哈哈，不单耳朵靠不住，眼睛也是靠不住的。所见非所闻也，花非花，雾非雾，眼前的我，也非你所见也。"他心情大好，摆出大叔的派头，故弄玄虚。

乔乔似乎不吃这一套："我今天让你请我吃饭呢，是有利于你，我这人向来无功不受禄，不会白吃。对了，你们选择押注的那些作家，都了解吗？"

"那些是作家，我们是商人，阵营不同，哪能了解那么多啊。"陈晓成一副满不在乎的样子。

"你们不了解就随便押注啊？兵法云'知彼知己，百战不殆'，你们搞投资的不是讲专业、时机吗？敢情你们像非专业人士一样碰运气？"说完，她故意眨巴着眼，居高临下地看着陈晓成。

"说实话，做投资的规律千千万万，理论五花八门，但收益高的绝大部分与运气有关。"陈晓成半开玩笑半认真地说，"做投资的就像万金油，什么都会了解一些，又什么都了解不透。"

"哎呀，我一直认为，做投资是高智商的活儿，竟然靠运气！"乔乔摆出嘲讽的神情。

"其实，在投资中，智慧比智商更重要。不是说人类智商的绝对高度是249吗，可不是250啊，吉尼斯纪录是228。所以说，只要我们智商在125以上，就是中等智商，就可以大胆做投资了。妨碍投资取得巨大成功或导致巨大失败的往往不是太笨，而是太聪明了。"

"所以，有人说聪明反被聪明误，而不会说智慧反被智慧误。"乔乔这话接得颇上档次。

"聪明！就是这个理。"陈晓成条件反射般夸她。

"注意用词，要用'智慧'，不要用'聪明'，刚才某人是怎么评价的？"乔乔抗议，嘟着嘴，孩童般可爱。

"知道巴菲特吧？他就承认自己的智商只是中等以上，他就说过只要你的智商在125以上，就足以胜任任何投资工作。"

"看来，某人成功不是靠智商，而是靠智慧嘛。可以这样理解，智慧是后天培养的，有经验和运气的成分，而智商是天生的。"乔乔顺着陈晓成的话揶揄一番。

"大智若愚就行，人生难得糊涂，否则太累。"

乔乔这时候把话题拉回到那晚押注的诺贝尔文学奖上，历数一番那些候选人的文学特色、社会价值，娓娓道来。比如说到赔率第二的特朗斯特罗姆，大半生只写了163首诗歌，诗不仅短，写作速度还极慢，4~5年出一本诗集，每本诗集一般不超过20首诗，平均一年写2~3首诗。他的诗歌凝练、简短而深刻，他对后工业社会有直观感受，比如"直升机嗡嗡的声音让大地宁静"就与我国诗人王维的"鸟鸣山更幽"意境相同，却更有力度。

乔乔讲得头头是道，陈晓成也沉浸于久违的文学世界，蛰伏多年的诗情从心底涌起，甚至喷发。陈晓成谈着拜伦、蒲柏、雪莱、泰戈尔等海外诗人的历史和经典之作，乔乔也积极回应，唱和之间，陈晓成惊讶于眼前这个看似清纯、简单的小丫头，并不是他之前想象的花瓶。

"你是不是回去查了很多资料，或者请教了什么高人？"陈晓成拉回到诺奖的话题，开玩笑说。

"我又不是生活在真空里。我可是法国著名的里尔国家音乐学院毕业，拿到DEM①文凭的。再说，我比你年轻7岁，等到了你这把年纪，我肯定比你知识渊博。为君师，不远喽。"

"哦？你真是大言不惭啊。对了，你说说我多大，怎么用'这把年纪'来形容我？"

"嘿嘿，你今年31对不对？我今年24岁。"

陈晓成双手抱拳："后生可畏，后生可畏。但也不一定非得后浪推前浪，前浪死在沙滩上。先不谈这个了，先吃饭，然后聊点别的。"

吃饭中，乔乔数次纠正陈晓成的用餐习惯，比如不要将手肘支在桌上用餐，不要用嘴舔刀子上的酱汁，不可将刀刃面向他人，手里拿着餐具的

---

① DEM，法国音乐教育文凭，是指法国国家级的音乐实践类专业文凭（隶属于法国文化部）。——编者注

时候别说话等。这是陈晓成刻意为之，以检验这位留学法国的北京姑娘究竟学到了法国人多少精髓，所谓见微知著是也。

陈晓成不动声色地自我解嘲说："难怪说，一夜能很多富翁，但至少三代才能培养出一个贵族，这句话颇有道理啊。教养这东西，举手投足、言谈间都可以看出来，是需要通过良好家教来培养的。我这农民的后代，要修炼成贵族，还得下辈子啊。"

乔乔哈哈笑着："某人还是颇有自知之明嘛，不过我就是喜欢有泥土气味的人。我可不是什么贵族啊，我们祖上都是农民，哪有什么贵族？最多就是我妈妈经常批评我说，女孩子家要有女孩子的样子，这应该就是传承下来的所谓教养了。不过，我可提醒你啊，不要以为有钱了，买了名牌服装，开豪车住别墅，就是绅士了。在法国时我接待过国内一个商人旅行团，穿着奢华，但鼻毛经常不剪，恶心人！"

伴随最后这句话，乔乔还做了个恶心的动作，逗得陈晓成大笑。陈晓成说："我承认，我们这些人，靠能力吃饭，也算白手起家吧，但或多或少都存在暴发户的心态，也许在上流社会混了一些年，增添了一些修养，但离绅士还是差远了。不过，我们的下一代，就会大不相同了，我们会给他们提供更好的教育，比如现在10人的饭局里，至少有8人已把孩子送到海外念书，剩下的也正在办理出国手续。加上我们中国优良的文化传统，注重家庭教育，在这种氛围下，我相信能够培养出贵族来：气质高贵，处处表现出良好的教养，脑海里深深烙着公平正义、人人平等、互爱互助的理想主义情怀。我们的下一代，说不定就会诞生社会楷模、世界领袖。"

乔乔看着随着话题的深入而逐渐认真起来的陈晓成，接话说："我们的下一代？你的下一代？在哪儿呢？"

说着，她故意左右张望，做出寻找的姿势。

陈晓成轻拍下她的肩头："别闹了。时候不早了，我送你回去吧，别坐在满是雾霾的空气里大谈修养，健康要紧。"

乔乔不让陈晓成送她回去，她一脸坏笑，看得陈晓成心里别扭。他自然明白这个小丫头为什么这么看他，本想解释，但被乔乔放在唇边的右手食指提醒了，任何解释都是多余的。

乔乔婉拒了陈晓成的好意。陈晓成忽而迷惑不解，她这晚尽是聊天或者揶揄他了，究竟为何找他出来？好像没谈什么正经事。纯粹为了聊天吗？这年头！

　　陈晓成有些不放心，就目送乔乔离开。乔乔站到餐厅门口，很快一辆挂着军牌的奥迪A6在她跟前停下。乔乔娴熟地拉开车后门，跨步进去。车子缓慢启动，她摇下车窗，对陈晓成做了个鬼脸："今晚很开心。拜拜！"

　　直到车子开了老远，陈晓成还沉浸在不解中，她究竟是何方神圣？

　　之后不久，陈晓成参加一个国际投行研讨会，与他同坐主席台上的李欢欢趁其他嘉宾面对台下听众侃侃而谈之际，悄悄跟他咬耳朵："乔乔那姑娘怎么样？"

　　他正打算找机会问李欢欢呢。他顺口答道："这丫头啊，就是一京片子吧，咋咋呼呼的、大大咧咧的、风风火火的，不过，心细，知识面还不错。"

　　"看得出，你们彼此印象都不错，就处着吧。不过我可提醒你啊，得先想好了再干，人家还是个处女呢。"李欢欢脸上堆起坏笑，然后转向听众，立即变得一本正经。

　　陈晓成一肚子话要问，不过，一看台下黑压压的听众，立即把话吞了回去。只是，脑海里蹦出乔乔那副没心没肺乐呵呵的样子，以及偶尔坏坏的一笑，心底涌起一股暖意，心弦被轻轻拨动了一下。

　　会议结束，从台上下来，陈晓成拉李欢欢到会议厅外的过道里，连珠炮般发问："彼此印象不错？她和你说什么了？我能怎么样她啊，对待良家妇女我向来手下留情，哪能跟哥们儿介绍的女人随便逢场作戏。"陈晓成摇摇头，他还真没考虑这姑娘是否是黄花闺女，这跟他有什么关系？再说，人家在法国那个浪漫之地学习生活过，之前看了一份报告，法国人平均有11个性伴侣，她会出淤泥而不染？

　　"呵呵，我们都知道某人对待感情是专一的，不过男人真的不能在一棵树上吊死，有合适的，也可以考虑考虑，对不？比如这个乔乔……"

　　陈晓成立即做手势打住："别，乔乔还是个小姑娘，才24岁，我怎么会欺负这么一个小姑娘？再说，我即使选择，也得选择成熟的，比如二十七八的或者30岁。我现在真的没这心情，一个人过，自由自在，率性而为，快哉！"

"看来你们交流得很不错嘛，还知道人家24岁。我和你说啊，哪个男人不喜欢20多岁的小姑娘？青春饱满，像一朵刚刚绽放的花，那是最美丽的时候。对了，想知道她的底细吗？你肯定在猜测她是何方神圣。"李欢欢斜眼看着他，一脸坏笑。

"别，我可不想知道她那么多事，我对这个不感兴趣。再说，如果喜欢一个人，我就不会在乎她的出身以及其他的，越简单越好，对吧？不谈这个，一会儿咱不参加宴会了，离这家酒店不远的一条小胡同，有家炒肝小店不错，咱喝杯酒去。"陈晓成想喝酒了，所谓人逢喜事精神爽，饮酒可助兴。

"哈哈，就你这量，还敢在我面前发飙？奉陪到底。"李欢欢有些意外这家伙主动约酒，自然不会放过。

他们两人，酒逢知己千杯少。李欢欢知道，对陈晓成而言，一杯都会多，但这个人，一旦心里有事，有豪气，即使烂醉如泥，也酒品一流。

这次醉酒，因为乔乔。

第十章
女人原是暗能量

乔乔气呼呼地离开陈晓成别墅后的第二天一大早，陈晓成在偌大的卧室里蒙头大睡，睡得天昏地暗。

他觉得昨晚自己对乔乔有些过分，甚至残忍。这个跟自己交往一年多，把自己完整交给了他的北京姑娘，外表虽大大咧咧，但心地善良，现在发现原来她在自己心目中，竟然还不如那个人，这让她情何以堪！

是的，那个人！她就像一道魔咒，总是不经意地发作，撕咬着他，让他欲罢不能，欲爱不成，让他像中邪一般，寸步难行，无法挣脱。

他正在睡梦中与魔咒死缠烂打之际，王为民敲门进来。是矮胖工头开门放他进来的。自从开始装修，这个包工头就像陈晓成的自家人一样，带着一帮民工住在别墅，随着别墅越来越雄伟、壮观，做各种工作的民工换了好几茬儿，人数在逐渐减少。

矮胖工头见过王为民数次，知晓他们关系特殊，自然热情地放他进来。

陈晓成见到王为民跑进来很诧异："怎么了？昨晚那个派对出问题了？"

"派对开得很好，出问题的是你。"王为民一本正经，甚至有些严肃。

陈晓成看到这种表情，就知道问题不是一般的严重，他起床穿好衣服。

王为民开门见山："你昨晚把乔乔弄哭了？"

"她向你告状了？"

王为民往后一倒，靠在椅背上，看着天空。他直起头，看着陈晓成："我应该早想到会有这么一天。你是个怪人，她也是个怪人，也只有两个怪人才能搞出这么幼稚的事情。"

陈晓成摇头："真的一言难尽。"王为民："说实话，这事情怎么说，都是你不地道。难道你还要我说吗？你现在就应该去找她道歉，越快越好。"

陈晓成不语。

"昨晚她被你气恼了竟然忘了一件大事，她爸妈原本想这个周末请你过去吃饭，结果这个事还没有说，你就把人家气跑了。"

"那不去。"陈晓成本能地拒绝。他们交往一年多来，陈晓成隐约感觉乔乔的家庭非同一般，但他从不主动向乔乔打听什么。乔乔也从不主动跟陈晓成谈及她的家庭，最多只是说小时候爸妈怎么管教她，怎么宠爱她。

"人家父母是高干又怎么啦？人家不反对你们啊，这是好事啊。你不能一直活在过去，活在阴影里，世上的人千千万万，也不是每个人都会像那个人的父母。"王为民也许是激动，抑或是激愤，就忘了他们之间的约定——不在任何场合讨论那个人，这是他们读研究生时立下的规矩。

陈晓成凝重地盯着王为民，足足盯了一分多钟，然后深深叹口气，摇摇头："老同学，我真的不愿意去，不想去，不敢去。"

王为民沉默了一会儿，然后拍拍陈晓成的肩膀，鼓励他说："你，迟早得从过去走出来。每个人的爸妈都不一样，就像世界上没有一模一样的树叶。你不能一朝被蛇咬十年怕井绳吧？"

陈晓成沉默不语。他坐在二层阳台改造的咖啡厅里，目光轻易越过远山和城堡，摇摇头，长长地叹了口气。

"你得罪谁不行，干吗要得罪乔乔啊？多好的姑娘。并且，她央求她爸妈在给我们办华光设计上创业板的大事。"

陈晓成闻言一愣。他猜测过乔乔的爸妈有些来头，也许是部队高干，但他对踏入高干家庭的门槛本能地排斥，甚至恐惧。他知道，这心结在10年前就有了，阴影挥之不去。

王为民接着说："乔乔父亲有个部属，转业到华光设计所在的城市，做常务副市长，乔乔央求她爸爸去找他帮忙。你是知道乔乔的，她这个丫头，一般不会为这种事情求人的，但是为了你，她就这样干了。"

陈晓成认真起来："乔乔是好姑娘，昨天把她气跑了，是我的问题，不过，我目前还没有做好去见她家人的心理准备。你也知道，虽然交往了一年多，但干我们这行的，一年有一大半的时间在外面漂着，聚少离多，还没到那种程度。"

"人家乔乔可不这么想，搞艺术的，情感就比我们这些玩资本的丰富，也来得快。算了，也不为难你了，那件事情我去处理。不管你们未来如何发展，你得主动给人家道个歉。"王为民诚恳地建议。

陈晓成思索半响，长吁一口气："是我错了，我会道歉的。"

第十一章
通往宿命的旅程

一转眼，廖倩就要毕业了。冯海开始在北京四处为她找工作。那时互联网的发展一日千里。他的直接上司孙处长的哥哥从国外圈了一笔钱，回国做了一家外贸网站，那时杭州的阿里巴巴刚刚起步。处长很够意思，给他哥哥打了一个电话，说了她的情况。对方满口答应，毕业时可以过来，试用期底薪4000元，转正后底薪5000元，如果加入销售团队，可以有比较高的提成，上不封顶。冯海大喜过望，很快，就可以和心爱的人在一起了，心里美滋滋的。

结果，6月底从学校毕业，廖倩在电话中告诉冯海，她暂时要留在县城，要照顾父母。这个时候，冯海才大概了解了她的身世。之前，他们都没顾得上了解彼此的家庭情况。

她的父亲在当地小县城干到了副县级，可谓功成名就。许多年后，所谓的处级干部根本入不了冯海的眼，他一直对这个级别的官员怀有敌意，这与她的父亲留给他的心理阴影密切相关。

她的妈妈是位女企业家。他上网查询后，大为吃惊。她妈妈在当地经营着一家名叫永宁医药的化学原料药企业，主要品种一度左右着国际市场的价格，当时正谋划着在A股上市。

她从小跟着外婆长大。父母离异时，她5岁，但她似乎什么都懂，只是从来不说破，父母按照约定的时间分别去探望她，她与他们保持着不近不远的距离和不咸不淡的感情。她的父母对她很疼爱，尽管疼爱方式迥异，但有一点是相同的，就是虽然离婚多年，他们各自都并没有再成立家庭，似乎都在守护着唯一的宝贝女儿的成长。她曾经无意中流露，她爱他们，爱得快喘不过气来了。

父母在她大学毕业后的去向上表现出惊人的一致：回县城！至于继承母业还是听从父亲的建议考公务员，则是次要的问题。

因为她的归来，父母间的接触多了一些。因此，她一直想创造一个机会，让他们复合或者对他们尽一些孝道。

这样的理由并不能说服冯海。冯海对她说，前途是自己的，我们可以一起飞，我们有属于自己的天空和追求，不能让尽孝道影响年轻人的前途。

她有些心动，为选择北上首都还是留在父母身边犹豫不决。冯海决定长途奔袭，发誓要把她找回来。他知道，一旦她决定留在老家，他们之间就完了。

冯海买了张火车票，她的故乡是长蛇一样的京九线上的一个小站。他想给她一个惊喜，所以出发之前没有给她打电话。

头天中午他从北京西站出发，抵达她故乡的小站是第二天凌晨5点多钟，赶到县城时快6点了。冯海按照她之前留给他的地址，找到她的住处，空无一人。他的敲门声惊动了隔壁的一家子，男主人跑出来，问清情况后，说她昨晚就没有回来，肯定住在外婆家了。然后详细告诉他她外婆家的地址，是在县人民医院一侧的东新村，一个大居民区里。

找到外婆家后，外婆告诉他，她去做伴娘了。

冯海就近找了一家经济型宾馆住了下来，每晚30元，靠近她的住处。这天晚上，他一夜无眠，天空刚刚露出曙光，他就爬起来。赶到她所住小区的大门口，靠着唯一的一棵松树，挺直腰板，目不转睛地盯着门口进出的人，不放过任何一个人。

大概7点钟，他突然听到一声喊叫，是喊他的名字。冯海抬头，远远就看到她，骑着一辆女式自行车。她也远远看到了他，惊喜之余，就喊叫起来。

"你什么时候到的？"

"昨天。"

"怎么不找我？"

"找了，你外婆说你做伴娘去了。"

"啊？昨天找我的原来是你啊！讨厌，你干吗说是我省城的大学同学啊？我以为又是哪个男生的恶作剧呢。早知道是你，我什么事都不干也得跑过来见你。"

冯海嘿嘿一笑。

"你傻笑什么！站这儿多久了？"

"我5点就站这儿了。"

这时，她把车子停好，扑过来抱住他，泪水充满了双眼："傻瓜，干吗这么傻傻地等我啊。我好心疼！"

听到这句话，冯海心头一热，这趟没有白来。

接下来三天，她陪他逛了这个小县城几乎所有的景点：龙王庙、长江沙滩、武湖明月、龙湫夜雨、梅浦清流；吃地道的小吃：麻辣臭豆腐、红辣椒炒河粉；走过她从童年到少女时代一直走的熟悉的街道、小巷。她从小跟随外婆长大，他们频繁出入她外婆东新村的二层土木结构小楼房。她外婆的口头禅是："这青年伢高高大大，一口好白牙！"

好可爱的老太太。

她爸爸个头不高，刚到冯海的肩膀，是个老知青，是这个小城管工业的副县长。

她说："你要有心理准备。"

"我准备好了。"

"你准备好什么了？你要做最坏的准备。"

"最坏的准备是什么？为什么不是最好的准备？我只有最好，没有最坏。"

她对他的回答似乎不满意，她的眼神流露出一丝担忧，当他捕捉到的时候，已经晚了。

进入她爸爸的房子不一会儿，他爸爸就拉着身材高大的冯海出房门，恶狠狠地说："你为什么要欺骗我女儿？"

冯海对这句话大吃一惊！"我何时欺骗过她？"

"你们是在北京认识的吧？"

"是啊。"

"你们不是同学不是发小不是亲戚不是老朋友吧？"

"是的。但是这重要吗？我们是恋人！"

"你了解她吗？她了解你吗？"

"我了解她一部分，那是她这个人，但我不了解她的家庭，虽然那是一大部分，但是这不妨碍我对她的爱。我要的是她的人，而不是她的家庭。"

也许这段逻辑清晰的话触痛了她爸爸，或者说激怒了他。

这位头顶微秃、挺着大肚子的副县长，目光很不友善，坚持着那句话："你是个骗子！我不欢迎你！"

对这个不负责任的定性，冯海哭笑不得，同时也有些恼怒："我不是骗子，我爱她，我可以为她付出所有！"

这个时候，她在房间里似乎听出了异样，冲了出来，用尽力气喊："爸爸！"

她爸爸顺手把她推进了房间，又关上门，对女儿的抗议无动于衷。他冲着冯海狰狞地一笑："付出所有，你有什么？有房？有车？有哪些立足的资本？你一无所有，凭什么拥有她的未来？"

冯海当然没有房也没有车，更没有存款。他赤裸裸的一句话，一下子把冯海问蒙了！

冯海愣了半天才吐出一句话："我拥有青春，年轻就是最大的资本！"

她爸爸嘴角浮出嘲笑："小伙子，别怪我说话直白。你太年轻，根本不懂社会。青春对你来说很宝贵，可是对这个社会来说一文不值。"

年轻气盛的冯海不服气地与他对视着。

她爸爸努力缓和下来，放慢语速，降低声调："谁没有过青春？！你能看到的成功的人，省长、市长、企业家、大老板，哪个不得从青春里杀一条路出来，才能站在那里……"

冯海抢话，质问："这不正说明青春是最大的资本吗？！你们一开始不也是什么都没有吗？不也干出来了吗？"

她爸爸有些不耐烦："你怎么没看到他们脚下垫着多少尸体啊？！那些死掉的，在竞争中失败的，他们没有青春吗？青春青春，一个人人都有的东西，算什么资本？能从青春里杀出一条血路来，才够格叫资本！"

她爸爸狠狠盯着冯海："没有证明过的青春，一文不值！懂不懂，一文不值。你用什么来证明你能杀出一条血路来？你用什么来证明，你的青春和别人不一样，值得我去投资？"

冯海别过来脸去，沉默了一会，有些中气不足："我，我用时间来证明。"

她爸爸露出不屑的神情，声调拉高："扯淡，你现在不是活在时间里吗？"

冯海一时激愤地无语，脸部涨红。

她爸爸缓和一下语气，语重心长地说："年轻人，现在是什么社会？在偌大的北京，你从零开始起步，我不否认你有广阔的前景。我不希望我的女儿吃苦，我只有这么一个孩子，我们现在条件很好，她会在一个很好的平台上发展。我也不想她离开我，希望她守在我的身边，我们一家能团圆，这就够了。"

谈起他的女儿，他的目光变得柔和起来，冯海迎着他充满父爱的目光，说话也变得有些肆无忌惮："叔叔，你不能自私到为了让你的女儿满足你的期望而耽误她的前程。"

这句话似乎一下子激怒了他："我们是过来人！什么叫前程？地无分大小，前程无分远近，幸福最重要。我们全家在一起，就是最大的幸福，这就是她的前程。"然后，他平抑着语气，恳切地补充一句，"给你两个选择，小伙子：要么放弃她，你自己回北京发展；要么你辞职过来，和我们在一起。"

原来，他之前那么多恶意的铺垫，是想让冯海放弃北京，落户到他们县城。这出乎冯海的意料。

冯海没有任何心理准备。他好不容易从另外一个小县城、小乡村走出来。北京，是冯海小时候唯一的梦想。他竟然要冯海放弃北京，又回到小县城，而且是一个陌生的小县城！他接受不了。何况，他认为，他们两人的前程应该在大都市，甚至在海外的某个国家。

从廖倩爸爸家逃跑似的出来，冯海的心情恶劣到了极点。正午，阳光刺痛了他的眼睛，他还沉浸在她爸爸冷酷的话语中。她爸爸的一番话，像一把锋利的手术刀，在他的青春上划开一道血淋淋的口子，血肉模糊，痛彻心扉。他强忍着眼泪，跟跟跄跄地往宾馆走去。

她没有听到他们的全部对话，但凭女人的敏感，意识到他们的交流极不愉快。

她默默地跟随着他，一声不吭，不时瞄一眼他的神情，小心翼翼。

下午3点，她过来喊他，说约好了见她母亲。他想尽最大的努力，说服她的母亲。由于上午的不愉快经历，他在去的路上，忐忑不安。他们并排坐在人力车上，她紧紧握着他的手，看着他的眼睛，目光充满柔情。冯海故作轻松地歪头一笑："你的眼睛给我传递了力量。我什么考试没有经历过？小菜一碟！"

她宽慰他，为她爸爸的粗鲁向他道歉。他说："没事的，我们会冲破重重阻拦，我们会在一起的。"

她妈妈堪称漂亮，齐肩短发，穿着职业套装，干练利落，似乎随时要进入谈判。作为这个城市为数不多的企业家，她正在谋划着使自己的公司成为这座城市的第一家上市公司。

茶几上，摆满了水果、酸奶和饮料。廖妈妈坐在主沙发上，冯海坐在右侧的副沙发上。

廖妈妈开门见山："做父母的，对孩子的个人问题，包括自由恋爱不干涉。"

冯海闻言，精神为之一振，心里默念，还是妈妈好。他满怀期望地看着廖妈妈。

廖妈妈递给冯海一盒酸奶，加重语气："也干涉不了。"冯海眼神有着峰回路转的惊喜。

不过，廖妈妈话锋一转，语气坚决："不过，我们家庭孩子情况比较特殊。我们希望你能到本地来，我的孩子不能远离我的。"

燃起的火焰在冯海眼中逐渐熄灭，他不由自主地用手紧握拳头，似乎紧握着廖倩，随时怕她跑掉。

他经历了她父亲的直白、冷酷，自然而然地竖起一道防火墙。他的语气也比较生硬："阿姨，我们感情很好，您应该给我们更广阔的空间让我们独自发展。"

"小伙子，你的情况我有一些了解。作为年轻人，想到外面看一看，飞一飞，历练历练，确实挺好。但是，我们家孩子情况很特殊，一是我们为她铺好了发展平台，二是我们就这么一个孩子，希望她留在身边。"

"可是，她不愿意留在这个小地方，我们的天空在大城市！"他一着急，就脱口而出，顾不上征询她的意见了。

他们谈话时，她被妈妈支到另外一个房间去了。他们在客厅，廖妈妈一边说话，一边给他削苹果，闻言一愣，在递给他苹果的同时，很认真看了他一眼："你确定是她亲口和你说的？我是她妈妈，我了解我的女儿。"

她确实没有跟他明确表达这层意思，这也是他心虚的地方。他曾经无数次跟她讲述北京的好，以及他们共同奋斗的美好未来。但是，这个聪明的小丫头总是不置可否。

爱，为何不能逾越这些人为的障碍？这个念头，一直让冯海耿耿于怀，伴随他许多年，难以释怀。

晚上，她妈妈做了饭，留他们在家里吃饭。餐桌上，她妈妈很认真地对他们俩说："如果你愿意过来，我很支持你们俩。我的女儿是一定要回到我们身边的。"

她爸妈态度一致，即她得留在当地，他得过来。难道这就不能改变吗？他问他自己，也问她，他们都没有满意的答案。

一天之内遭受双重打击，回到宾馆时，冯海双腿如同灌铅。这时是晚上10点多，她一进房间就关注着他的表情。他换衣服的时候，她从后面抱住他，说晚上想留下来。这句非常明显的话，一下子激起他的情欲，明显感受到身体某个部位的膨胀。冯海转过身，发疯似的搂紧她。这件令他渴望多时的事情终于要发生了！

冯海发疯似的抱起她，粗鲁地放倒在床上。她一动不动，任凭他撕扯衣服，她沉静地看着他。当他褪尽她的外套、内衣，兴奋中看了她一眼，她温热的眼泪滚了出来。他立即慌了：她这是怎么了，为什么哭，是哀伤还是高兴？是蔑视还是迎合？为什么不像最初那次那样抵抗？

他停止了动作。那一瞬，上午她爸爸轻蔑的神情以及下午她妈妈态度坚决的婉拒，再次冲击着冯海敏感的神经。她这是要干什么？施舍吗？恩赐吗？我的天！我怎么能这样！

她最终还是回了她的住处。许多年后，一个女人跟冯海讲，那个节点女孩的泪，应该是幸福的泪。如果女人明知结局不好仍心甘情愿将身体奉献给你，说明她是真的很爱你。她还说了一句话，令冯海很震撼：男人通往女人灵魂的路是阴道。

那个晚上，他主动放弃了这条路。

在小县城的最后两天，她一直陪着他。他后来又找过她爸爸一次，在县政府大院他的办公室里，他讲事实摆道理，无果。还找过她妈妈三次，他说："阿姨，让她跟我走吧，我会好好待她，我会一辈子对她好。"她妈妈甚至能听得出他最后的话语中都有些哭腔了。

她妈妈有些动容，因为他的挚诚，但在关键问题上绝不松口："我就这么一个孩子，我有一个大的产业，未来我得依靠她！如果你愿意，我们全家很欢迎你过来，孩子！"

爱情在现实面前止步。

冯海决定回北京，独自回去。他不愿意坐火车，不想太快翻过这一页。也许这一页已经翻过去了，但他不想太快翻到下一页，因为那一页忽然变得未知而并不让人期待。他想在路上待久一些，就像高三的夏天一样，不属于任何一个阶段，只需面对自己，只需挥霍，哪怕是挥霍悲伤。

廖倩很不情愿地帮他找到一辆便车——到北京的长途运输货车。

走的那天，风云突变，长江边的小城，夏天的阵雨说来就来，刚刚晴空万里，转眼就是瓢泼大雨。这样的雨，来得快也去得快。

　　她送他，一路无语。

　　卡车边上，她问他："你还会过来吗？"

　　"原来你也是一直这样想的？"

　　"我知道这个城市太小，委屈你，但是我想你来和我在一起。"

　　"那跟我去北京吧，我们的地盘我们做主。"

　　这是重复了很多次的对话。她心情沮丧："我是他们唯一的亲人。无论我爸爸还是我妈妈，他们为了我，虽然离婚十多年了，却都没有选择再婚。我要报答他们，照顾他们。"

　　"那也不能这么报答啊！搭上自己的前途，甚至，甚至爱情？"

　　"你觉得他们这个样子会离开这里，跟我们去享福吗？一个是在职公务员，一个拥有自己的企业。尤其是我妈妈，她做这个企业太不容易了，她肯定想未来自己的孩子能接管她的事业。"

　　廖倩眼噙泪："你留下来，我不就哪样都不用抛弃了吗？！留在这里，为什么就和我们的梦想水火不容呢？我们的凡·高，莫奈，他们什么时候去过大城市？！他们远离大城市！他们的梦想都是在县城，在乡下实现的……"

　　"不是的！你怎么都不明白？！在这里我们不会有自己，更不会有梦想。这里只有你妈妈的梦想，我们只是她梦想的一部分。"冯海仰天长叹。

　　年轻的廖倩眼睛看着远方，没有接话。她眼里涌出泪水，喃喃地说："我不想离开……"

　　他再也说不下去，紧紧地拥抱了她，然后上了卡车。

　　廖倩看着冯海爬上卡车后车厢，车启动，他看着她。忽然，他转过头去，忍着悲痛，两边的枫树在泪眼中慢慢后退。卡车在笨拙而缓慢地移动着。

　　廖倩忽然跑了起来，往前跑，想去追那辆车。冯海望着前方，没有看到她。她跑到下一棵树下，气喘吁吁，停住了脚步。她即使追过去，车仍然离她更远了。

远远地，冯海跳下车，往回跑，又停下脚步，号叫着。但廖倩正低头，流着眼泪，调整着呼吸，没有看到他。当她抬起头，冯海刚爬上了卡车，卡车继续开动。廖倩的手往前伸出一点，又无力地放下来。

卡车缓缓开着，逐渐消失在路远端。

卡车一路向北，沿着107国道，穿过一个又一个城市。冯海坐在副驾驶上，一路沉默，两位轮班的司机无论挑起什么话头，得到的只是他"嗯""哦"的回应，司机们只好相互聊天，任由他昏睡或发呆。

靠着后栏板，冯海看着路两边，时不时有人家，小孩在门前玩耍，母亲倚门照看，鸡鸭觅着虫子草种。逐渐映入眼帘的是小孩脸上的泥沙和欢乐，母亲脸上的倦怠和关切，待要细看，却迅疾离他而去。冯海伸出手，想挽留，但是他们很快变成小黑点，消失在远处。

像针一寸一寸缓慢地扎进心口，冯海痛苦地意识到，这是他一生的象征。在这个精神价值得不到尊重的冰冷时代，他的宿命就是失去。这个年代的生存困境，与两千年前并无区别。不为五鼎食，便为五鼎烹。要创造生活，必须列鼎而食。

风声过耳，一生中的人和事掠过眼前。他想起所失去的亲人、恋人，所失去的生活，以及最可怕的，所失去的生活的依靠。他喜欢让他成为现在的自己的那些东西，但正是这些东西，让他失去所有其他的。

他想起那个晚上，廖倩躺在他的胸口，说起小时候一直做的梦。她梦到自己在一栋奢华的屋子里，天花板上悬挂着许多精致的天使娃娃，四壁都是绚烂的斑纹，如同各种宝石在水波中闪烁。有个富有磁性的男中音对着她喊什么，饱含深情且富有魔力，一直喊，直到把她喊醒。这个梦她做了许多次。她在睡梦中还想象过这个神秘人的形象，瘦高，清秀，戴着黑边眼镜，浓密的头发，总是像英国绅士般深情款款地看着她，笑而不语。

冯海问："喊什么呢？"她摇头："那个声音有些含混，听起来像个人的名字，读起来像'陈晓成'。"她笑着，笑中带着泪，"我一直有些害怕。听说梦总是与现实相反，我想，是不是命运要我找到这个人。我一直没遇到叫这个名字的人，音近点的都没有。遇到你，我知道你才是我要找的人。我很开心，我以为我摆脱了自己的命运。"说到这里，她哭出声来。

他泪流满面，现在他才明白她为何哭得那么伤心。

就在这一刻，他下定了决心。

冯海死了。冯海必须死。

也许，她属于她的莫奈，他属于他的凡·高。她终究是要在绚丽的小天地里徜徉，他只能选择在愤怒的想象中，挥刀切割内心，渴望燃烧和风暴。

凌晨，车开入北京市。三环路上来往的都是货车和卡车，北京的半夜属于它们，市民白天所消耗的一切商品都是它们于此时运输进来的。

冯海让司机从辅路出去。还没到租住地，他要去解手，顺便买些吃的。路边传来吵闹声，还有玻璃的破碎声，冯海紧赶两步，原来是三个年轻人在纠缠叫嚷，一人手里还提着半截啤酒瓶。冯海皱了皱眉头，怕惹上事，本能地快步往回走。突然听到一声号叫，声音惊惶，但也带着不屈与倔强。冯海心里一紧，这叫声带着几分熟悉的感觉，就像是为此时的他发出来的，是冥冥之中，一种命运的召唤。他回头一看，号叫的是个小胖子，与他年纪相仿，已被逼到墙角，两人围着他，但手里已经没有了啤酒瓶。热血上涌，他迅即跑回卡车，从副驾座位后抽出钢管——他从司机那里知悉，大凡跑长途运输的，座位后总要备着武器——冲向墙角。

"放了他！"冯海大吼，声音又冷又硬。

那两人吃了一惊，恼火地说："你是谁？别管闲事！"

"你碰我兄弟，咱们玩到底！"冯海紧紧握着钢管，微侧身子，做好猛击的准备。他并不认识落单的人，但他知道，陌生人出头往往会激起对方的同仇敌忾之心，变成惨斗，因此要强出头，不妨报上亲人或兄弟的名头。因为为亲人兄弟出头必是死磕，而打架最怕的就是不怕死，对手可能因此退缩。他打架经验不多，但足以让他知道这些名堂。

两人看着他血红而坚定的眼睛，有些犹豫，合围之势也就有了破绽。小胖子趁这时机，一步步挪出来，走到冯海这边。那两人仍骂骂咧咧，但并不出手阻拦胖子。

　　冯海右手紧握钢管，左手指着卡车，对胖子使了个眼神："上车。"

　　胖子跑过去，冯海面对着两人，一步步后退。那两人气恼至极，却站在那里，没有追上来。

　　冯海上车，胖子带着哭腔："惨了，惨了，老头子知道要整死我了。"司机马上启动，上了主路。冯海这才放松下来，一头冷汗，剧烈地喘着气。胖子看着他，感激地说："今天多谢你了！要不是你，我就麻烦大了。"

　　冯海手里仍握着钢管，喘着气，惊魂未定："没……没事，小事。"

　　车子跑了一段路，胖子主动伸出手，由衷地说："真的感谢你。我大三，暑假在勤工俭学。交个朋友吧，我叫王为民，你呢？"

　　冯海微觉诧异，这胖子颇有些领导人的气度。他也伸出手："我叫……"所有的人与事掠过眼前，消退在这黑夜里。过去已经死了，今天是新的一天。

　　"我叫陈晓成。"

第十二章

入局：多米诺骨牌

　　管彪找陈晓成过来面谈，是第一次带老梁会面之后的一个多月，管彪说有要事相商。

　　会面地点是在管彪东四环的私人会所，谈的是关于老梁的事情，且是管彪主动提及的。

　　见面尚未来得及寒暄，甫一落座，管彪就突兀地冒出一句："陈老弟是怎么与老梁认识的？以前有过合作吗？"

　　陈晓成实话实说："也是认识不久，我们投资的那家做交通软件系统的肖总介绍的。之前从未合作过，那时也许我们在外面拼杀，人家在监狱里晒太阳、吃安稳饭呢。"

　　管彪哈哈一笑，看起来情绪不错："就是在纳斯达克上市的老板肖冰？哦，有这个层面的过滤，应该比较靠谱。"

　　"你怎么突然对老梁感兴趣了？你们又见面了？"陈晓成想起一个月前，带老梁过来与管彪见面，管彪对老梁像驱赶一只苍蝇一样不耐烦。

　　"来来，看看这个。"管彪递给陈晓成一份商业项目竞标报告，"这是关于即将拍卖的金紫稀土矿项目。我们见了3次。你说奇怪吧，半个月前，我正在宴请藤副主任，人家刚刚从领导岗位上退下来，我在北京饭店办了一桌，都是自家兄弟和一些有头面的人，13个人的饭局，副部级的有5个，都是藤副主任核心圈子的人啊。饭吃到一半，突然闯进来一个人，你猜是谁？"

"老梁！"陈晓成脱口而出。

管彪面露得意之色，接着说："这个老梁啊，闯进来给大家敬酒。这下奇怪了，竟然有3位副部级的领导站起来跟他握手，都认识。藤副主任拉着我的手，也拉着他的手，郑重其事地向我介绍，说了不少肯定老梁的话，还说老梁能扛事，能做大事，一定要给予关照。"

"还有这事？是不是精心安排的？"陈晓成半信半疑。

"不是。他们在隔壁房间吃饭，都是部队的，藤副主任后来还拉着我过去给他们敬酒，还真看见了一位退休的老首长。这个老梁啊，别看他胡吹乱侃，还真是有来头的，是有大吹的资本的。"管彪有些不可思议地笑着摇摇头，"说实话，第一次见面我对他的印象挺糟糕的，在这种场合会面，有些意外，关键是那些副部级的领导还挺他，这事有些不明白。"

管彪泡的是英山白茶，来自大别山。他懂茶道，把茶叶放入盖碗，加水快速洗茶，倒掉洗茶水后，沿着盖碗壁注入开水，接着用瓯盖轻轻刮去漂浮的白泡沫，数秒后，出茶汤。整个过程，管彪气定神闲。

陈晓成抿了一口，善意提醒管彪说："你不是睡眠不好吗？茶多酚是好，但太提神了，还是少喝为妙。"

"哈哈，只要心有定力，任何茶都会有你想要达到的效果，所谓手中无剑心中有剑，关键在于你能控制它、左右它。我失眠主要是贪欲太大，关键在于内心，滚滚红尘嘛。至于白茶呢，茶多酚是其他绿茶的一半，但氨基酸含量至少是其他茶的两倍，人到中年，要适当讲养生啦。"管彪示意陈晓成品尝，然后他直奔主题："陈老弟，这次找你来，是想确认下你们是怎么认识的，之前是否合作过。既然是肖总介绍的，我对肖总的人品还是信得过的。为什么要这样呢？因为之后老梁找了我两趟，给了我这个项目，希望我能投资。"

"管总，稍安勿躁，据我了解，这个项目参与竞标的企业里有两家竞争力超强，一家是大型国企，一家是上市公司，老梁要参与竞标，胜算几何？何况，我对老梁的实力一点都不了解，虽然他多次说是老领导、老首长委托的，但这毕竟是商业项目，需要真金白银，不是领导们交代一句就能完成的吧？"陈晓成推心置腹地跟管彪分析，但他隐瞒了上次老梁在京半个多月，吃住都让陈晓成安排而且狠劲消费的事。

当然，这些对陈晓成而言，是九牛一毛，可忽略不计，只是老梁滥用他人之物的态度，让陈晓成心存疑虑。

"有投资价值。我仔细研究了这份报告，目前已知的可采储价值至少300亿元，随着技术的进步，未来估计还会增加。通过技改提升生产能力，盈利能力会进一步提升。这次65%的股权拍卖价10亿元，如果开采得当，利润很可观。根据市场发展趋势，稀土矿价格还会上扬，而且可以进行兼并重组，未来还可以IPO。我已经安排属下在调查这个项目了。"管彪像一位将军在盘算着接下来的战局。

"如此说来，管总是打算投资了？"陈晓成提醒道，"你这么肯定老梁这个人的能耐？"

管彪看着陈晓成，认真地说："不是我投资，是我们投资，出钱出力出智，关键看我们各自的优势资源在哪一块。我管理的这家保险公司，股东分散且复杂，最近股东层面发生争执，你是股东也是董事，是知道这里面的情况的。"

陈晓成当然知道。

管彪最大的心病，是如何搞定老东家华夏伟业投资集团的老板章伟宏。作为纽夏保险的第三大股东，章伟宏当初成功游说第二大股东黎华世保险，联名提议管彪担任公司董事长，并一举成功。最近，章伟宏对管彪颇有微词，并且他们之间的经济纠纷一直未能妥善解决，他随时可能对管彪产生牵制。在天平两端，章伟宏是最重要的一颗砝码。管彪的算盘是，章伟宏不仅不要对他落井下石，还要合纵连横，一起搞定其他股东。

对小股东陈晓成而言，他本质上不愿看到管彪在纽夏保险一手遮天形成内部人控制，那是很差的法人治理结构。

当然，管彪与陈晓成虽然相差十来岁，但私交不错，可以说得上是忘年交。老梁央求陈晓成给介绍一个大金主，他首先想到的是管彪，年过不惑，久经沙场，自然见多识广，辨别能力超强，能否合作，自是一目了然。

只是，陈晓成没有料到，转眼的工夫，管彪对老梁的态度有了180度的转变。

"管总自己不打算投资？不出力出智？"陈晓成一针见血。

"我会投资一些，那也是象征性的。不瞒陈老弟说，出智出力，需要陈老弟帮忙。"管彪盯着陈晓成，迅速盘算着，如何下一盘很大的棋。

"象征性投资？管总纯属热心肠，当代活雷锋？"陈晓成半开玩笑。

"是这样的。"管彪凑在陈晓成的耳边说，"他说可以找当地省级干部与老东家沟通下，帮我游说，死马当活马医吧，万一有希望呢？"

陈晓成明白了，这是他们之间的交换条件。

"还有，陈老弟，你找东方钢铁办事，那公司董事长武总是他的部属，他还是能说上话的。不就是一致行动人吗？多大点事，成人之美也成己之美，资源整合。"

陈晓成觉得不可思议，眼前的这位老江湖怎么会突然这么天真？

管彪将陈晓成怀疑的眼光尽收眼底，他探过头来，跟陈晓成耳语一番。

陈晓成听后，思索半晌，对管彪说："那就试一试。"

管彪在坚定陈晓成的态度："这事就倚仗老弟了，你在前面冲，我在后方支持。从目前所获取的信息看，这个老梁确实有些高端资源，这个项目背后的那帮老家伙，应该会有些道道儿。我们借力打力，操盘操得好，也许会是个大家伙。"

看管彪如此认真，陈晓成也不便拂他的意，就说："好，我会尽心尽力。"

一周后，老梁兴冲冲地跑过来找陈晓成。

陈晓成让罗萍在他私人参股的会所——尖山饭庄预定了一个豪华间。老梁说，这次介绍一个演艺界大腕儿的亲属给你认识，很多人想巴结这种关系都不容易呢。

陈晓成听了就心里暗笑。自从开始在江湖混，他们这个圈子的人各显神通，没有什么演艺圈的腕儿，是他们想接触却接触不到的。想当年在某新闻社中原分社的迎新年晚会上，仅一个电话就让香港武生出身、在好莱坞颇有名气的国际演员龙哥跑过来表演，邀请的人就是他们圈子的一个哥们儿，这个哥们儿跟随某著名领导人的公子多年，现在的主业是投资影视剧。那哥们儿的发小在那家中原分社做记者，一次酒局他对发小儿夸下海口，说什么样的大腕儿都能请出来，这个记者发小儿就当真了，于是也在自己领导面前夸下海口。那哥们儿说，这事办不了也得办，人混江湖就是混个脸面。

其实，在事业刚有起色的5年前，陈晓成就"邂逅"了一个腕儿。话说5年前一个初夏的早上，他火急火燎地开车去北三环安贞北里一个居民小区找人，敲开这个哥们儿的房门，门打开的同时，一个柔情万种的女声飘了出来："这么快就回来了，我还没洗漱完呢。"一张颇眼熟的漂亮的脸突然出现在眼前：高鼻梁，瘦脸蛋，亭亭玉立。

然后是一声惊叫，彼此尴尬。他们各自退了一步，那姑娘本能地做关门状，陈晓成则抢先自报家门，说是与那哥们儿有约，赶过来找他。

姑娘闪身让他进去，敞开着门。她对陈晓成说："我知道你，早听他提到你多次了，快进快进。"这名G姓女星川女，近一米七的个头，瘦高，最醒目的是一头长发垂到腰际，穿着6厘米的高跟鞋，比陈晓成年长几岁。

哥们儿一大早买早点去了，他姓顿，来自湘西，不到一米六，腹部过早隆起，日常喜欢西装革履，那双眼睛滴溜溜地转，令人印象深刻。哥们儿是做公关公司的，那时股市疯长，基金林立，他靠发动老百姓购买基金发了笔财，已在京城买了三套房，娶了个东北姑娘，生了两个儿子。陈晓成不做公关公司后，就把一大宗业务转交给他，那天不巧，客户发生一个重大危机，四处寻这哥们儿不得，只好找到陈晓成。陈晓成听闻家里没人，就直奔哥们儿租赁的小屋，结果不巧撞见了他的"好事"。

这名G姓女星此时事业正步入佳境，为何与这位貌不惊人的哥们儿交好，在一段时间里让陈晓成颇费思量。这让他轻易想到了她。他至今心里也没有底：如今的他，不说是高富帅，至少在人群中一站，会吸引众多女生炽热的目光，她是否最终会选择他？

郝仁曾对此分析说："矮胖怎么啦？外在条件不是关键，关键是需求匹配。不能简单地评判什么鲜花插牛粪，女神找了男屌丝，高帅富找了女菜鸟。我们公司有个小伙子，美籍华人，年轻能干，无婚史，算高富帅，有一位谈了3年的女朋友，条件不错，小家碧玉、温柔持家型，最后还是分了。为什么？两人的需求根本不在一个层面上。高富帅希望对方识大体、以大局为重，而小家碧玉恰恰在这个方面弱了点。"

　　"这就是现实。且不说82岁老叟找了个28岁妙龄女，也不说富豪土老板知天命之年找了个20多岁的刚毕业的大学生，这个嘛，原因复杂，也不是我们讨论的主题。现实生活中，很多人看起来各方面条件都不错，追女孩子也很用心、执着、专注，但为何最终修不成正果？当然不是说你啊，我是在说普遍现象。你说，这是不是不可思议？是不是女孩子太挑剔、太无情？剃头挑子一头热！究其原因，是两个人的需求不在一个层面上。"

　　"再说说我们中国男人找老婆，我们喜欢老婆傻一点，大智若愚一点，却喜欢情人有想法、非常聪明、颇有主见。为什么？还是我们心底不自信，怕这类女人需求层次太高，自己管不住。一位心理学家说，中国男人其实蛮自卑的，害怕女人的需求层次太高。其实我们走入了一个误区，需求层次高并不代表更高的财富，而是一种更高的精神追求。你自己想想，你一年买过多少本书，看过哪些有意义的书，能有多少时间让自己读书？你们瞧不起阿里巴巴，其实他们老板说的一番话颇有道理：中国现在的问题是，有钱没脑子，文化太差，口袋满了，脑袋空了。包括你们，都愿意把时间花在泡妞上，混在酒局上，耗在挣钱上，根本没有时间去思考，去提升自己的精神层次！"

　　郝仁最后长吁一口气："不要自怨自艾，抱怨好女人都跑去找老外。不是老外比我们中国男人优秀，而是中国男人精神层面阳痿！"

　　精神层面阳痿？陈晓成虽然不认同郝仁此番高论，现实却屡屡验证了他的话。

　　那位矮胖哥们儿与G姓女星交往不久就分开了。数年后，这位正在运作将公关公司在国内IPO的哥们儿，腹部隆起得更高了，已与东北老婆离异，娶了一个拉小提琴的85后女生。他来找陈晓成，谈完正事之后，聊起了G姓女星,哥们儿一声三叹。原来,这位女星精于社交,把数位高干拉下水,自己也进了高墙。

这次,老梁特别向陈晓成推荐的不是苏姓女星,而是她的妹妹苏瑜。老梁介绍说,苏瑜小姐是他公司的股东。

饭局安排在天安门附近南池子一家四合院改造的私密性不错的餐厅。这座四进院落中西合璧,有着百年历史,院子里有假山,种着枣树、竹子、丁香和杏树,穿过游廊和月亮门,就是垂挂着木制檐板的主厅,偏房也改造成了具有王侯家屋特色的独立包间。这家餐厅采取会员制,一般不对外营业,用餐需提前一天电话预订。餐厅老板是湖北人,认识陈晓成多年,之前在中关村卖电脑,后来电脑硬件不景气,他便不再继续做IT行业,而是选择了餐饮业。用这位老板的话说,不管谁执政,人总得吃饭吧,这就是朴素的真理,颠扑不破。女怕嫁错郎,男怕选错行,数年后,同样从中关村出来的刘强东,网站越做越大,大名如雷贯耳,一年几百亿元的销售额,而这哥们儿还在经营着这家小餐厅。不过这哥们儿一句话噎死人:"几百亿销售没有一分钱净利,我每年净利三四千万,我厉害!"

其实,当初这哥们儿装修完餐厅后就没什么钱了,他来找陈晓成借钱,这让陈晓成很为难。在陈晓成的观念里,朋友不能借钱,尤其是借小钱。一般而言,借完钱后这朋友也没了,这是活生生的教训,除非这位朋友你不想再交往了,可以借个仨瓜俩枣的给打发了事。但是餐厅经营不是仨瓜俩枣能打发的,他要借100万元。陈晓成就问:"是不是借了这100万后就可以开张了?"餐厅老板说:"还不行,还得找其他人借。不能找一个人借得太多,只能找多人借。"陈晓成就出了个主意:"这钱不能借,但可以投资,还差多少?"餐厅老板说:"还差300万。"陈晓成就顺理成章地成为这家餐厅的股东了。5年来,这座距离故宫咫尺之遥的四合院,商贾高官云集,老板经营有方,净利在40%以上。

老梁这次不是一两个人,而是带了一帮人,浩浩荡荡,好不威武。原先预订的12人的座位不够,就临时增加了两个座位。

这些人中,除了那位苏姓著名女明星的妹妹苏瑜,老梁特别介绍了3位。一位年长者60岁多岁,鹰钩鼻,穿着中山装,正襟危坐,稀疏的头发向后倒，在雪白的灯光下泛着油光。他轻轻抬了抬右手，算是跟陈晓成打过招呼了。这人大名姜武平，中原某地级市前市长，3年前退休在家，目前发挥余热，在众多地方企业担任顾问。老梁说："姜市长是老夫发小儿，同一个大院长大的，年长我几岁，是我们的老大，从小我就跟在他屁股后面跑。想当年，姜市长上大学、从政、当领导，名震一方，不像老夫命运不堪，我去当兵，后来进监狱。这次请姜市长出山，乃老夫东山再起的重要保障啊。"

另一位年届五十，华发早生，戴着一副高度近视眼镜，是国家能源研究院的研究员，姓徐，专门研究稀土矿。老梁介绍说："这是我挖掘的一块宝啊，稀土矿项目，他将是我们的总工程师。"

接着被老梁隆重介绍的是一位年轻人，二十五六岁，瘦高，一米七五左右。自从见了陈晓成，他落在陈晓成身上的目光就几乎没有移开过，眼神里充满谦卑和敬仰。也许因他是今晚饭局的主人，也许是听说过关于陈晓成的传闻。青年叫罗威，是稀土矿项目所在省省委副秘书长的公子，在英国留学两年，混了个硕士学位后回国，打算独立创业。

陈晓成诧异，这个老梁果然有手段，跑到这个地方竟然搞到这种关系！之前老梁不经意说过，他到这个地方是一抹黑，没什么直接关系。

后来，罗威视陈晓成为大哥，闲聊中，他道出了其中的真相：老梁要参与竞标是插队进来的，之前正式报名竞标的是另外两家，老梁在报名截止前的最后时刻才上榜名，这主要得益于罗威父亲的帮忙。他父亲帮助老梁认识了分管该项目的副省长，还帮老梁认识了项目转让方欣大控股的严董事长严嵩。其实，老梁认识他父亲也颇有戏剧性。罗威说："那天我爸送客人去机场，一大早，提前知悉消息的老梁赶到机场，鬼使神差地请我爸在机场吃早餐，也不知道说了什么话使了什么招，两人相谈甚欢，我爸这人向来清高，竟然被老梁给搞定了。一周后，我爸就被老梁邀请去打高尔夫，俨然认识很久的老朋友似的。我不是刚回国吗？想创业，这个老梁就跟我爸说起了你，说是他的小兄弟，我上网一查，青年投资领袖啊，认识大哥你，是我的运气！"

这确实符合老梁的性格，他的座右铭是：世上没有办不到的事，只有想不到的事。这简直就是20世纪90年代中后期中国首富牟其中的口头禅。不过，老梁紧接着补充了一句话：只要有50%的希望，我就上！

只是，那句口头禅的原创者牟其中先生因为信用证诈骗而银铛入狱。冥冥之中，这似乎注定了老梁的悲剧。当然，后来发生的这些事情，也是陈晓成始料不及的。

这晚在座的其他客人年龄在25岁到40岁之间，他们有显著的共同特征，都是剃着平头，腰板挺拔，然后对老梁左一声"首长"右一声"首长"地称呼，明眼人一看就知道是部队转业或退伍人员。老梁说："打虎亲兄弟，上阵父子兵。"

席间，觥筹交错，老梁情绪很高，频频招呼来客与陈晓成碰杯，幸亏都被罗萍给挡住了。老梁不干说："老夫今儿高兴，陈老弟是少年得志，年轻有为，为人豪爽，现在社会上的人大多阳痿，老夫难得结交到你们这些精英，高兴，给我个面子！"

陈晓成自从进入餐厅看到这架势，就决定不喝酒了。不过，服务生进来和陈晓成请示菜单的时候，就被老梁叫了过去，不仅点了菜，还要了酒，最先要的是茅台，服务员说恰好这两天茅台卖空了，于是要了保健酒。老梁老到地说："大补元阳，固本益肾啊，尤其适合像陈老弟这样的劳心之人。哦，不对，陈老弟血气方刚，应该是适合老夫啊。当年在局子里见阳光少，长期肾阳亏虚，神疲乏力、肢冷畏寒、腰膝酸软、筋骨疼痛，这酒壮阳，抗疲劳，我这把年纪正用得着。"

老梁点菜就像自己做东买单的架势，还要了两瓶拉菲，根本不和陈晓成商谈，似乎吃定了他。罗萍看了一眼身边的老板，陈晓成微微一笑，未做任何表示。

老梁要了6瓶保健酒。陈晓成瞧这架势，就推辞说不能喝酒。

老梁不依，当着大家的面对陈晓成说："上次来京多有打扰，陈老弟，这次我是带着大好处来跟陈老弟谈的。今儿陈老弟这么客气，在离帝王皇宫这么近的地方宴请我们，别看老夫是一粗人，场面上的斤两我也是心里清楚的，谁对我好我心里有本账。今儿你不喝酒，可以，但是老夫有事相求，老弟得答应。"

陈晓成心里嘀咕：你有何事相求？不就是那件事吗？管彪之前已经跟他交代过，即使不给老梁面子，也得给管总面子，何况，他盘算着，自己应该能做到的。

陈晓成点头应允。嗜酒如命的老梁见他点头，大喜过望，就去张罗在座的宾客喝酒，再也没有强迫过陈晓成，甚至对罗萍也被网开一面，几次呵斥那些跑过来欲灌罗萍酒的小兄弟。

陈晓成没有想到，不喝酒的代价竟然是1000万元。

第二天中午，陈晓成请老梁在西三环伊甸公馆喝茶，老梁特别邀请东方钢铁董事长武庸仙陪同，这正合陈晓成之意。这个老梁，似乎总能把准陈晓成的脉。

三个人的茶局，说话也就开诚布公。武庸仙主动提及永宁医药之事，他说已责成董秘在起草文件，并与其他董事沟通过，还特别向董秘强调这是自己非常关注和关心的。

武庸仙主动、积极地帮助张罗，这让陈晓成踌躇满志。他诚恳地向武庸仙表态："感谢武总如此用心，小弟铭记在心，会谨慎行事的。我们要做，只能做给武总添彩加分的事情，绝对不能做减分的事。"

老梁抢过话头："我们都是自己人，大家的事情就是自己的事情。武总是我当年的好兄弟，陈老弟是我现在的好兄弟，年龄不是距离，只要心靠近了，什么事都可以搞成。不是有句话说，兄弟同心，其利断金嘛。哈哈！"

武庸仙也努力迎合老梁："是啊是啊。"

也许是看到时机成熟，老梁跟陈晓成郑重其事地说："陈老弟，这次老夫竞标稀土矿，虽说是老首长们的委托，但还需要你指点、帮助、支持。这是千载难逢的大好机会，只要老夫东山再起，见者有份。"

陈晓成也表态送顺水人情："这次武总送小弟一份厚礼，也要感谢你的引荐。只要小弟能做到，肯定会不遗余力，强调一点，是纯义务、纯帮忙，分毫不取。"陈晓成果断干脆，眉毛一挑，"管总已经跟我聊过这事，我们会一起整合资源帮你搞定。"

受陈晓成此番表态，使老梁情绪高涨，他和盘托出头一晚饭局中所求之事："这次想请老弟帮忙的事情，是想借点钱，1000万。"

"借钱？1000万？"

陈晓成的脑子瞬间高速运转，表情有些诧异。虽然生意场上借贷行为频繁，但要么是商业行为，要么是私人借款，数额也控制在三位数之内，像这种张口就是上千万的，还是第一次遇见。

钱虽算不上多大的数目，但对于从未有过合作的借钱对象，陈晓成本能地想拒绝。所有信誉都是在合作中培养的，哪怕是再小不过的单子，也可以培养或毁坏信誉。

他努力调整着自己的情绪。陈晓成的人生哲学是，尽可能不同朋友发生借贷关系，宁可义务赠送。那么，老梁算朋友吗？如果不是朋友，是否可以发生借贷关系？老梁这人，资源确实有一些，拉关系有一套，但毕竟是假释之人，当前是个连住宿吃喝都成问题的人，居然张口就是1000万元！而且他已年近花甲，无年龄优势。

武庸仙显然之前已经获知了老梁向陈晓成所求之事，他挺沉得住气，也像老梁一样，眼睛一眨不眨地看着陈晓成的面部表情变化。

陈晓成原本以为老梁所求的，不过就是管彪跟他耳语的那些事，哪想到是借钱这事？1000万元对陈晓成而言，不是大事，但从未合作过的一个假释犯，跟自己一张口就是数目不菲的借款，有点癞蛤蟆上脚面——不咬人恶心人。

武庸仙是老梁的前部属，根据老梁的说法，武庸仙完全是老梁一手提拔起来的。老梁曾经简要讲过武庸仙的故事："想当年，他也就是一个农村娃，初中毕业，这样的人，一般当兵4年后，就直接回老家务农了，但这个小子能吃苦，我跟随首长多年，那年我刚好下连队锻炼，硬生生把这小子训练成了神枪手。想当年，他能在跑动中更换弹夹，立、跪、卧三种姿势，70米、100米、150米三个距离，鸡蛋、啤酒瓶盖、游戏币等目标物应声而落，弹无虚发。四个人形目标靶，眉心、人中、咽喉、手腕、手肘五个部位，任意确定射击部位，200米距离上，指哪儿打哪儿，全部精确命中目标。为了把他培养成人才，我消耗了多少子弹？我为了帮他搞子弹，甚至利用我从上面下来的优势，做了一些违规的事情。如果没有在连队的锻炼，他就不会进特战部队；如果不进特战部队，他就不可能上军校；如果不上军校，他就是一个农民，根本不可能混到今天这个样子，转业到地方，还做了国企董事长。你说说，我对他的恩情大不大？"

说这些话是上次陈晓成帮他安排住宿的时候，老梁责怪武庸仙有意躲避他。

那么，这次呢？更应该满足老梁借款需求的是武庸仙。

武庸仙明白陈晓成的意思，他主动开口解释说："我们这些做国企的，虽然表面光鲜，但受的制约很大，毕竟是国有资产，不能随便动，我们还要遵守国家纪律，接受国资部门的领导。说实话，如果仅仅是吃喝之类的，我安排秘书办理就可以了，这借钱的事情，还是比较麻烦。我个人的嘛，从部队转业到地方，基本靠工资、奖金，还要接受上面的审计，也没什么资产。不瞒陈老弟，我在北京有两套房子，一套给我妹妹一家住着，一套租出去了。现在北京限购，一时无法脱手，即使要卖掉，我也得跟内人商谈，女人嘛，把一点钱看得比命都重要……"

话说到如此苦情的份上，陈晓成无意让武庸仙继续哭穷，他制止了他。这些话入情入理，虽然有些不堪，甚至部分不实，但陈晓成是在世面上混的，不会让对方继续自暴其短了。

他径直问老梁："要这么大笔钱做什么？"

"注册公司，我要以这个为主体注册竞标公司。"

"你就靠这点钱？"陈晓成很意外，"你果真没有其他钱？你不是说老首长、老领导委托你来收购吗？他们幕后应该有资金。"

"啊，那是啊，是有笔大钱在等着呢，但怎么的我也得设立自己的公司啊，便于操盘。"老梁解释，"我是想总得有家公司托盘，其他资金进来，才好操作。老首长们那些钱，不便直接竞购，也需要第三方。"

陈晓成满腹疑虑。

武庸仙开口替老梁说情："这次老弟给老梁帮忙了，我今天也表个态，永宁医药的事情，我会在内部加快进程。我身在国企，老首长借钱这桩事，我那里活动不便，你是知道的，但在其他一些项目方面，只要在合规合法的范围内，我们乐意与陈老弟合作。"

老梁闻言喜不自禁："我这人最喜欢跟国企打交道，看似用钱不便，处处受制约，其实变通方法很多，除非政策有变，要想挣钱，谁不愿做国企的生意？"

老梁说的是句大实话，他继续说："不是说我们用永宁医药的事情与陈老弟做交易，不是这个意思。我是想让陈老弟深度介入，共同合作，这笔借款，你怎么计算合作都可以。"

既然话说到这份上了，陈晓成就说了一个字："成！"

他想，既然武庸仙这么大的一家国企的董事长如此表态，那还有什么好推辞的？只要永宁医药事成，这笔钱大不了当请大家喝茶了。

第十三章
初识"老爷子"，江湖再无回头路

与廖倩分手后，22岁的冯海决定与过去告别，与刻骨铭心的爱情告别。他利用一个为期一年的公派德国的机会，逃离国内，意图疗伤。因此，在德国期间，他关掉了唯一的公众邮箱，国内的手机号也办理了暂停业务。即使回国后开通了手机，在给这个号码拨打电话时，传来的也都是电脑千篇一律的声音"您好，您所拨打的电话已关机"。为什么从不开机却又没有销号？那是因为他还心存期待。回国后，那部阿尔卡特手机连同那个号码，安静地躺在他的密码箱里，陪同他和她的照片、信件。

在德国待了不到一年，冯海突然辞职回国，选择考研，且一举考取了北京西三环北路那所以培养青年干部著称的学校的法律系研究生。

研究生班上有个本校保送生叫王为民，一个小胖子，他恭候冯海多时了。成绩揭晓，他拥抱着冯海说："蒲柏，欢迎归来！"

冯海跟他耳语："我叫陈晓成！"然后，他们相视一笑。

那时，王为民爸爸任市长的东部省会城市湖滨市在拆迁建新城，正招商引资。该市GDP增长连续3年突破两位数，雄踞东部城市第一位，成为东部明星省会城市。他爸爸因此被媒体赋予改革派的称号，事业如日中天。

研二的一个寒假，王为民把他拉到党校，一起去看他爸爸。他爸爸在党校上一个省部级干部培训班，据说回去后就会被提拔为省委常委兼省会城市市委书记。那天下午，他爸爸没有课，亲自出来接他们。这是冯海第一次见王为民的爸爸。也许之前王为民在电话中或通过其他方式提到过他，说蒲柏是他最铁的哥们儿，同班同学。当然，他对父母隐瞒了冯海当年救他的事情。

在他爸爸的房间里，有一个人已经坐在那里了，王为民喊那人贾叔叔，是他爸爸主政城市的一家国企的常务副总，叫贾浩，说是出差顺便过来看看。

四人一起吃了晚饭。临走，贾浩对他们二人说，顺道一起出去转转。坐上贾浩公司驻京办的车，他们直接被拉到了世纪金源娱乐中心洗桑拿。与冯海第一次进来的惶惑、不安、新奇和激动不同，王为民似乎对此轻车熟路。那晚，他们谈了人生第一笔生意。贾浩将一笔媒体公关的活儿，就是给公司发些正面报道，写一些软文，交给了王为民他们做，并且建议成立一家公司，名正言顺。这个单子200万元——对当时的冯海而言，是天文数字。这笔业务也是他和王为民10年密切合作的开始。

他们成立了一家广告公关公司。这家公司的股东名录上，第一次出现了陈晓成这个名字，这是在冯海再三央求下，王为民费了很大劲托三层关系在西部地区为他搞到的新身份证。冯海说，商人陈晓成，与诗人冯海彻底告别吧。拿到新身份证那晚，他在学校附近的出租房里，蒙着被子号啕大哭。

他们在学校附近的写字楼为公司租了一间办公室，到毕业时，随着类似业务的开展，办公区扩张到300多平方米，上门的客户络绎不绝，客户都是王为民的爸爸所在城市的企业。最初是有单就接，后来王为民说，这样会很麻烦，尤其是会给他那正处于事业上升期的爸爸带来意外。陈晓成就立下规则：只接大单，不接小单；尽量接国企，少接民企。毕业后，王为民顺利去了某部委当公务员，陈晓成则留下打理公司。

此后，公司的规模越来越大，公关、广告都做，还参与央视广告招标。有一年，在央视黄金时段招标会上，陈晓成收了三家广告公司，建立了一个投标联盟，即代表客户在投标现场竞标，互相掩护、攻守互动，一部分客户主攻A时段标板，牵引竞争对手，另一部分客户则在其他时段标板趁人不备联手出击，一场战役下来，他们在新闻联播前15秒、新闻联播后及A段标板大获全胜。陈晓成和王为民在现场频繁举牌，感觉新奇、激动、紧张。他们举牌竞标的画面，被不少媒体拍下来传播了出去。

这个场景被王为民爸爸看到，勃然大怒。爸爸强令王为民退股，严令低调。他们商谈解决办法，王为民退出，找了另外一个同学，占了5%的股份，象征性地凑齐了两个股东，陈晓成变更为95%，其中有65%是陈晓成替王为民代持。

此后不久，王为民索性辞职来跟陈晓成一起经商，这在他家里掀起了一场风波。

他妈妈听说儿子辞掉了公务员，大哭："你干吗辞掉公务员啊，儿子？我们一家人从来没有经过商。我和你爸从北大毕业一块分配到这儿工作，转眼几十年，与人为善，踏实工作，兢兢业业。你好不容易研究生毕业，考取了公务员，怎么说放弃就放弃？我接受不了！"

妈妈一把鼻涕一把泪，爸爸则冷眼看着王为民，一言不发。

坐在一旁的王为民，铁了心，跟他爸妈说："这回让我自己做次主吧。从小到大，我基本上对二老是言听计从，从不淘气。但我现在已经大了，不是3岁小孩子了。"

这话一出，他妈妈的眼泪哗啦就流出来了："知道为什么没有让你跟隔壁屈伯伯家的孩子一样出国留学，而是留在国内吗？我就是担心你在国外受欺负。哪个做父母的，不想自己孩子有出息，不想自己孩子接受最好的教育，去出国留学见见大世面？那是因为你从小就懦弱，经常受人欺负，我和你爸，尤其是我，替你担心了多少年啊！"

他妈妈所言非虚。他爸妈北大毕业后，被分配到这个省会城市的一家国有企业，他记事的时候，他爸妈已分别是厂长、企业办幼儿园园长兼小学校长。这样的家庭背景，按道理说，他怎么会胆小、受人欺负呢？他清楚地记得，小学五年级，背着书包独自走在上学的路上，突然后脑勺被人用拳头敲了下，他回头一看，原来是学校的两个混混，他们骑着自行车，大摇大摆地吹着口哨飞驰而去。豆大的泪珠顺着他的脸滚落下来，他忍气吞声地去上学，不敢告诉爸妈。之前，他也向爸妈投诉过类似的事，爸妈对他很严厉，动辄呵斥一番，口头禅是："你好好的，人家为什么欺负你？肯定是你做得不对！"久而久之，他也就懒得告状了。直到高二那年，他的成绩在班上排名倒数第十，老师家访，他爸妈才知道儿子的情况。他妈妈号啕大哭，干脆提前办理内退，专司对儿子的教育。

这个时候，他爸爸已经是这座东部省会城市的市委副书记，母亲也是下面一个区教育局的局长。母亲对他进行了一年时间的魔鬼式补课，使他的成绩直线上升。她对儿子说："孩子，你不应该是这个样子，我和你爸爸都是北大毕业，基因没有问题，你也根本没有问题，是骡子是马，我们遛给他们看看！"

王为民高考时很争气，是这所省重点高中文科全校的第十名。他爸爸做主，让他报考北京的专门培养青年干部的学校，他被提前录取。

一路走来，他对于父母，几乎是言听计从。

在一旁冷眼旁观许久的爸爸，开口质问："你选择经商的理由是什么？事前声明，不能利用我的关系做任何事。我这人光明磊落，坦坦荡荡，不以权谋私，不搞官商勾结，我们不玩那一套。如果你们是想利用我的关系做生意，我第一个不答应，这条路是绝对走不通的。"

王为民之前也想了许久，虽然创业初期大部分是爸爸管辖下的企业以合同单子予以支援，但发展到后来，确实是依靠他们的经营实力、管理能力来赢取客户的。

"爸爸，您以为我一直从政，就会更好吗？就不会利用您的资源和关系吗？"这次，对于爸爸不怒自威的质问，王为民没有直接回答，而是从另外的角度反驳。

这种方式让他爸妈颇为意外，他们都坐直了身体，仿佛要重新认识眼前的这个儿子。

王为民不待二老说话，径直说："在目前的公务员体系里，要混到爸爸今天的厅级位置，至少要25年，这还要有非常好的运气。我为什么要把大好的青春耗费在这里？"

此话一出，王为民爸妈面面相觑。儿子的言外之意是，这职业一眼能望到尽头，为什么要选择这样的人生？

他妈妈抢话说："这孩子，说的什么话啊！我和你爸爸，也是无根基无背景，不也干得好好的吗？干到今天，我们也没有给家人丢面子，一家子和和睦睦，也很幸福、健康。再说，公务员不是挺稳定的吗？你那性格，不适合经商。"

"妈妈，您不能把我从小看到老，每个人都在发生变化。现在不是提倡看问题要与时俱进吗？"王为民适时调侃了下。

这句话把他妈妈逗笑了："这孩子，也变得油腔滑调了。"

王为民爸爸开口说："谁告诉你要什么25年？这是什么逻辑？做公务员是为人民服务，怎能天天想着升官？"

"爸爸，您是一帆风顺，当然不知道攀爬的辛酸了。那是您所处的年代好，大学毕业就赶上国家用人之际，现在哪有那么好的时机？人人都往公务员队伍里钻。我们班上，本科同学有一大半进了中央部委、国企和地方政府的团委系统，这批人当年可都是提前录取的，不说最优秀，也绝对不会差。我的研究生同学，本来是法律人才，结果毕业了，绝大多数都考了公务员。您说，您儿子又不是天资过人，如果非要往这个人才成堆的地方钻，那不靠运气的话就得靠您了。但是您一身正气，不让我沾您的光，25年后，我若能干到厅级，就算烧高香了。"

王为民爸爸听完，一脸恼怒："你从哪儿学得这么油腔滑调？怎么不学好？"

王为民立即换了种口气，对他爸妈循循善诱："有个专业机构进行了大样本调查，写出报告《领导干部成长规律研究》，数据翔实，事例可靠。根据计算，从一个普通科员成长为正厅局级官员，大约需要25年。如果不能在35岁升到正处，45岁升到正厅，那么仕途很可能将从此止步。"

他从挎包里找出一张白纸，用铅笔在白纸上画着线条："如果真心想当领导的话，需要获得组织的培养。全国科级干部有90万人，组织部门要从中选出4万人作为县处级干部的后备人选，升迁概率4.4%。如果有人很幸运得到升迁，至少需要7年的时间才能做到正处级。需要指出的是，上述'7年可升级'是必要条件而非充要条件，也有7年之后还是副科甚至科员的。如果是硕士或者博士，试用期满后可以分别直接定为副主任科员或主任科员。相对而言，反而是捷径。"

"随后从副处到正处，是第二轮较量。升至副处后出现了一个分水岭——能否以尽量短的时间完成副处到正处的升迁非常重要。也就是说，在正科级之后，要保证在4年左右的时间内升到副处，否则将被落下。通常，如果一个官员能在3到4年的时间内由副处晋升为正处，那么他由正处升为副局、正局的空间就较大。在这个阶段，就得'小步快跑'。关键阶段一两年的时间差，往往意味着这个官员是否能确保年龄不过线。按照最佳状态，会在35岁左右升至正处。"

"这个比例是多少呢？升迁比例：4.4％！"

"此后的阶段，有60万县处级干部，其中只有6000人可以成为厅局级后备干部，至少还需要11年才能升到正厅局级。对这个级别的官员来说，此后发展的关键则是具有基层工作经验。"

"如果成为公务员时是22岁，官至厅级已经47岁了。你们儿子是硕士学位，正科级可以节约3年，但也已经到了44岁，和你们速度差不多。即便一切顺利，组织也对我寄予厚望，但如果任务完成得不行，机会可能就没有了。"

"您知道这个升迁比例是多少吗？0.01％！一个甚至可以忽略不计的数字。您说，你们还需要儿子一辈子拼命去争这个0.01％吗？"

王爸爸站起来："一派胡言！"他走到书房门口，转身对王为民说，"你不干公务员想经商，我提前警告你，不要动用我任何关系。"说罢，房门嘭的一声关上，伴随着王为民心脏的剧烈跳动。

王妈妈还是心疼儿子："既然你执意选择经商，也只好依你了，不过，不管干什么，你都得自己争口气，我儿子不会差，打小我就这样认为！"

王为民发现，一向看似柔弱的妈妈，每到关键时刻，总是那么有主见，那么可爱！

第十四章
八年生死两茫茫

研三最后的半个学期，冯海混迹于各种媒体人组织的饭局，上游客户是王为民的关系户，稳固、简单，冯海则在媒体资源上进行维护，期待发力。

一天傍晚在南锣鼓巷过客酒吧，已改名陈晓成的冯海组织了小范围的商业媒体茶叙，其中有一半是新交的朋友。他很谦卑地与记者们寒暄。当他见到南方一家著名的商业媒体一个叫齐晓薇的记者时，他们不约而同地愣住了，无论是声音，还是"齐晓薇"这个名字，冯海都很熟悉。齐晓薇是廖倩大学同宿舍的闺蜜，他们通过多次电话，虽然从未谋面，但他们都在廖倩不同场景的合影照上，见过彼此。

当年冯海打电话找不到廖倩时，就打她的宿舍座机，很巧，几乎每次都是齐晓薇接的电话，同宿舍的人都知道他的存在，热情之余不忘调侃。

那个晚上，冯海虽然四处周旋应酬，心思却在齐晓薇身上，她肯定知道廖倩的一些近况她知道他们已经分了。

齐晓薇喝了一点红酒，脸微红，她拉他到一旁，开口就质问："你为什么不联系她？为什么跑到国外去躲她？"

"为什么？问她，或者问她爸妈，不就都知道了吗？"

"你知道你对她造成了多大的伤害吗？"

"伤害？我又没有怎么样她，怎么造成伤害了？"说到伤害，想到她爸爸那副样子，以及她的犹豫不决，虽然时间已经过了三四年，冯海依旧气愤难平，他自己还受伤害了呢。

"唉，你这副没心没肺的德行，我懒得搭理你。"齐晓薇白了他一眼就要走开，看样子是生气了。

他拉住她："她现在怎么样，发生什么事了吗？"

齐晓薇努力做了个深呼吸，刚才有些起伏的胸脯平静了下来。

"你这副样子，我懒得告诉你！"

"别。她，她现在还好吗？"他收起伪装。

"好什么啊？这几年，她到处找你。她父母、亲戚朋友给她介绍了不少男孩子，但是为了你，她谁都不见，整天郁郁寡欢。去年，她住院了。"齐晓薇说到住院，眼圈开始发红。

他心里一惊："住院？怎么了？"

齐晓薇喊过服务生，要了杯普洱茶，看他的眼神有些凶悍："抑郁症，在同济医院精神病科。唉！"

抑郁症？这是什么病？冯海当时对这个疾病没多大的反应。只是，她沦落到住院治疗这件事情，击痛了他。

冯海说："她还在医院吗？我们去看看她。"

齐晓薇说："已经出院了，医生说康复了。你去看她？千万别，你不出现倒好，你出现了反而会使事情更糟。"

"跟我有关系吗？"冯海心里有些不爽。

"你说呢？！"听到冯海这句话，齐晓薇又有些生气了，她皱着眉头，"你们之间的事情我是最清楚的。她妈妈也找过我，问了你的情况，还打算让你负责他们公司驻北京办事处的业务，如果你不愿意去他们县城的话。可是，我们都找不到你，手机换了，单位辞了，邮箱发邮件被退回来。哎呀，没想到你现在做了小商人，挣了几个钱就开始没心没肺了。"

他怎么会没心没肺？其实，齐晓薇是误解他了，包括廖倩。冯海当然不能告诉她们他那个野心勃勃的庞大计划，一切都是为了她。

王为民辞掉公职后，他们公司的业务如潮水般汹涌而来，并且迅速向多元化方向发展。地产市场开始崛起，他们迅速切入地产，在不同地区成立了不同的地产公司，在一些地区，结束完一个楼盘，就注销掉或者卖掉。最初只涉足住宅和商业地产，后来又切入养老产业，以养老地产为主体的产业园四处开花。当能源市场机会来临，他们又杀向能源领域。他们掌控的资产规模越来越大。他们还联合一些投资人成立PE基金，涉足私募领域。

从第6年开始，冯海就安排南齐大肆吃进永宁医药的股票。

研三时，永宁医药在A股成功上市，一下子成为财经媒体的宠儿，一个女强人在小地方的创业传奇，频频出现在电视、杂志和互联网媒体上。冯海刚刚和王为民注册了那家公关广告公司，花在媒体上的时间多了不少，好在学业基本结束，处于写毕业论文阶段，有大把时间可以挥霍。

冯海情不自禁地在媒体报道上寻找她的身影，包括她妈妈出席的各地路演，在深圳证券交易所上市敲钟，以及她妈妈出席的各种新闻发布会。他不放过任何一张照片，仔细辨认着她妈妈身边、身后的每一个人，但一无所获。在永宁医药的招股说明书里，冯海看遍了大小股东和高管的名字，甚至在报道她妈妈创业传奇的文字中，寻找着任何一个可能涉及她的字眼，但仍一无所获。那段时间，他精神亢奋又抑郁，好像进入了环形情绪障碍，一会儿躁狂一会儿抑郁，甚至出现了失眠的症状。

那次和齐晓薇在南锣鼓巷接触后，后来又有了两三次业务上的接触。齐晓薇告诉冯海，她没有告诉廖倩他出现了，她担心好不容易调整过来的她再度抑郁，那她就成罪人了。齐晓薇只说，她挺好的，至少目前是。还警告冯海，不要轻易接触廖倩。

不久，齐晓薇随着她的老公移民澳大利亚，他们就再也没有联系。

日子如白驹过隙。第8年冬天，冯海偶然驾车路过西单，心血来潮，把车子拐进西单商场后门的小巷——太仆寺街，找到了当年短暂租住的四合院，房东朱大哥在临街的房子上戳开了一个大洞，开了一扇门，卖些烟酒、饼干、糖果之类的。朱大哥明显老了，眼袋高耸。当冯海穿着高领风衣站在商店门口，他一眼就认出来了："哎呀，怎么变化这么大啊？你这大发了，在哪儿发财啊？"

冯海笑而不语，递给他一包软盒大中华。

朱大哥说："我们都七八年没见了吧？听说，你从我们这里搬走后去了德国。对了，你走后不久，在你那儿住过的那个漂亮姑娘还跑过来找过你呢。我告诉她你已经搬走了，还出国了。那姑娘，哗啦一下，眼泪就掉下来了，哎呀，我都有些看不下去了，那可怜劲！你把人家怎么了呀？"

冯海顿时僵在那儿。

"她来找我了？专程找我的吗？还哭了啊？那为什么不告诉我？"

"这话说的！我上哪儿告诉你啊？你都上德国了，那么远！"朱大哥憨厚地一笑。

转眼都8年过去了！想到这儿，冯海欲哭无泪。

冯海曾经有一个机会可以与廖倩近距离接触。他们经常组织不同的财团去各地考察项目，比如养老地产、医疗器械、健康产业、文化创意等。那次，他们组织投资财团去了廖倩所在的地级市，地级市管辖下的11个县市的头头脑脑都过来了。中午饭局，她所在县的一位招商局副局长跟他年龄相仿，冯海故意找过去和他一桌，令他受宠若惊。冯海从他们县的投资项目谈起，然后自然绕到他们县唯一的上市公司永宁医药，然后轻描淡写地提到了她。

那副局长贼精："你们认识？大学同学？"

冯海不置可否地一笑。

他来了精神："那可是我们县一枝花啊，大美女，白富美。唉，可惜啊，前些年，她患了严重的抑郁症，差点自杀！"

自杀？！冯海吃惊的神情毫不掩饰。

那位副局长轻轻拍拍冯海的肩膀："别紧张，后来抢救过来了，治好了。抑郁症就是容易反复。你们好多年没见了吗？中间她不少大学同学过来看过她。对了，自我介绍下，我和她是初中同学，又在一个地方，她的情况，自然知道不少。"

"现在，她，还好吗？"冯海一字一字地咬着说。

"现在挺好的，她妈妈年纪大了，让她进入企业了。她妈妈说，医生要求尽量创造忙碌的生活，要让她忙起来，那样就不会多思多想了。"他拉着冯海到旁边，"你们多久没见了？她当年有一段很失败的恋爱，估计这方面也受到一些影响，您难道不知道？"

冯海脸色很难看，好半天才恢复过来。他最后这段话，一下子让冯海警醒过来。他说："确实好久没有联系了，这次时间太紧，以后有时间去你们县看看。"

副局长接话："欢迎欢迎！欢迎你们顺便过来考察投资啊。对了，要不您给我一个联系方式，我向她提提您。"

冯海表示歉意："谢谢，我知道她的联系方式。如果去的话，我会提前联系你。"

他会如何向她描述呢？冯海能想象出，当那个招商局副局长跟她描述他这位所谓的大学同学时，她满脸的惊诧，或者抑郁症复发。

这是他想要的吗？

第十五章
冲冠一怒为红颜

陈晓成从私人账户上转给老梁1000万元。

不过，划账之前，他和老梁敲定了一些细节。毕竟是玩资本的，陈晓成自然明白世上没有无成本的交易。

陈晓成不想成为傻帽，借钱给老梁注册公司参与竞标金紫稀土，一旦失败，损失钱事小，丢面子事大，一旦江湖传成"陈晓成被骗千万"，他还有何面目在道上混？他可是以资本运作见长的青年投资领袖，虽然如今这类称呼多如牛毛，甚至给笔钱，行业协会或者媒体就会给你像模像样地评选出你想要的各类称号。

他盘算一番，跟老梁提出了一个解决方案：1000万元借款，属于可转债，即如果竞标成功，陈晓成可以选择将此笔借款转为持有稀土矿的相应股份；如果竞标不成，则需要支付10%的年化收益率，且是复利。

老梁听到陈晓成同意借款，已大喜过望，哪管得上陈晓成开出的是什么条件，自然满口答应。他还补充说，要不部分为借款，另一部分直接转为新注册公司股份。

陈晓成没有想与他讨价还价，坚持原定方案："就可转债吧。"

老梁见好就收："如果竞标成功，我还会给老弟另外的报酬。"

陈晓成笑一笑，并未当真。

有一句话，让陈晓成对老梁产生了一丝好感。签字画押后，老梁紧握着陈晓成的手说："巴顿将军说过，衡量一个人是否成功的标志，不是看他登到的顶峰的高度，而是看他跌到低谷的反弹力。"

虽然老梁引用巴顿这句话是为自己背书，却也是为陈晓成此前人生做的最好解读，他的人生，就是从物质匮乏的谷底弹起来的过程。

7年前，陈晓成研究生毕业第二年，人生刚获得第一次公司分红，步入有产阶级行列。

分红当晚，他和王为民盛情邀请留京的一干同学，跑到后海泡吧喝酒划拳行令，那晚要的是人头马还是轩尼诗，陈晓成已经不记得了，反正是外国品牌的进口名酒。涂抹着厚厚粉底的卖酒姑娘穿着紧身的近似内衣的工作服，曲线玲珑，敏感部位一览无余，在递酒过来的时候她不时用胸部贴近这帮哥们儿的头部或肩部，惹得这帮毛孩子心猿意马，只有找酒发泄。虽然知道酒是勾兑的，四瓶酒也转眼见空，桌上一片狼藉，个个昏昏沉沉的。也许是骨牌效应，一个说不舒服，其他人也都跟着说不舒服，一边骂骂咧咧一边倒在桌子上欲睡难睡，痛苦不堪。

那晚，陈晓成爆了"去他妈的"这句粗口，以后的7年间一直自律，这句话再未出口。这是缘于第二天的一个举动。陈晓成说过，他可以忘记7年间所有与他交欢的女人，也绝不会忘记7年前那个秋日的下午。那个下午残阳如血，陈晓成从北京赛特商场出来，白色的Calvin Klein T恤替换掉了班尼路，深蓝色EVISU重磅丹宁替换掉了美特斯邦威，机械浪琴手表戴在左手腕上，在夕阳照耀下闪着刺眼的光。他开着一辆还没挂上牌照的黑色新款帕萨特，由东往西穿过长安街——亚洲首都最宽阔、最气势恢宏的马路，他左冲右突，穿插、超车、加速，那时没有现在这么堵，一段12公里的路程，从赛特商场到西三环北路研究生就读学校附近的为公楼，也就47分钟，不到时下一半的时间。陈晓成握着方向盘路过天安门广场，看到一群外地游客围绕着天安门广场的国旗杆，等待着降国旗。陈晓成在等待红绿灯，一边随着车载音响正在播放的流行歌曲的旋律有节奏地敲打着方向盘，一边在心里对自己说：陈晓成，你听着，从今儿个开始，你就不再是那个穷小子、穷学生，你是有钱人了，将来你必将是有大钱的人，从此时此刻起，立即，马上，你得有绅士范儿。

头一天，公司分红，陈晓成获利378万元，这是他父母、亲戚几辈子也挣不到的钱。他偷偷地跑到24小时开放的ATM机上，一天之内查看了6次，一个数字一个数字地数，没错，是7位数。那一天，从未有过的幸福感麻醉了全身。此后，即使是3年半后，一群福建的小股东，和他强行争夺公司股权，一行四人将他围困在中间，逼迫他在股权转让协议上签字画押，险象环生，生命安全受到威胁，陈晓成也只是发挥从小练武的特长，突然一连串扫堂腿，将对方全部放倒在地，自始至终未爆粗口。事后，陈晓成也佩服自己的定力。

　　自此，陈晓成竭力把自己打扮成一个有教养的成功人士。虽然不会追求巴黎、米兰等各大时装周上的最新款服装，但质感极佳的迪奥、圣罗兰的高级定制成衣会适时披挂上身，腰间则是一块金灿灿的大H（爱马仕）。不过，在王为民眼里，甚至在他圈中好友李欢欢眼里，他还是一个"土鳖"。

　　"土鳖"这个绰号是李欢欢送给他的，虽然在陈晓成的强烈反对下，这个绰号没有外传，但依然形象、生动。

　　这个绰号来自3年前一个夏天的傍晚，陈晓成和李欢欢在方庄紫芳园的住所侃大山，不知不觉，他们喝掉了两瓶绍兴黄酒，这酒好入口，但后劲大，不胜酒力的陈晓成晕乎乎的，莫名其妙地带着李欢欢去了一间储藏室，两个高大的保险柜靠墙而立，陈晓成手脚迟缓地拧开密码锁，打开保险柜，10000元一捆的人民币严严实实地塞满两大壁柜，像农村砌房子的砖头，整齐地摆放在那儿。左侧保险柜的最底层，则被成捆的黄绿色的美钞塞满。

　　李欢欢大为吃惊，拉着陈晓成，指着他说："你疯了？家里放这么多现钞干吗？"

　　陈晓成一言不发，摇晃着身子，突然蹲在地上，号啕大哭，双肩和背部有规律地颤动。李欢欢拉着他起来，看着这个比自己年少、个头儿高的哥们儿哭得那么伤心，他竟然也跟着伤感起来。

　　陈晓成带着哭腔说："你看看，你看看，就是这些纸，带颜色的纸，让我们付出所有青春，所有梦想，所有激情，所有真诚。你说为什么啊？

人，不就为了吃口饭睡张床吗？为什么啊？"

在陈晓成劈头盖脸地一通发问中，向来以玩世不恭形象示人的李欢欢竟一时无言以对。也许是酒精的作用，李欢欢也情绪起伏，也许是想到还在小县城生活的父母。他们怎么也不肯到北京来过奢华的生活，甚至不住他在县城近郊建的西式别墅，而宁愿蜗居在20世纪70年代末工厂建设的红砖头房里，平常到邻居家串串门，打打麻将。那么，他们当初含辛茹苦地供他读书考大学进京城，又是为了什么呢？而他这么多年的拼杀，意义又何在？

其实，喧嚣的都市，灯红酒绿的世界，每个人，每个公司，都是孤零零的，都是孤独地努力，孤独地拼搏，孤独地彷徨，孤独地失眠。

陈晓成从未想过自己成为他人眼中的暴发户、土豪，他不想缴纳智商税，从一开始就培养钱生钱的意识和技能。

这些年，他把分红的钱做了投资组合：一是将30%的资金做了天使投资。他数次被邀请去高校演讲，看到刚毕业或即将毕业的那些渴望成功的青春面孔，宛若看到了当年的自己。陈晓成愿意投资给脑门上刻满欲望的年轻人，同时，他还跟投一些从国外回来创业的青年海归。基本上他看中的项目，被盛华私募基金否决的，他都会动用自己的资金投资。这类投资金额比较小，即使血本无归，起码也没有让年轻的创业者失去希望。他深深懂得，拥有希望的生活、爱情、事业，是件多么幸福的事情！二是房产占用了30%的资金。房子在不同阶段分批买入，分布在不同的城市，基本上是他看中的楼盘一开盘就迅即拿下。毕竟自己开发过房地产，了解行业窍门，即一个新楼盘开盘时，首批出售的房子肯定是最好的，这是地产商惯用的营销手段，羊群效应。方庄那套180平方米的三居室，知春路那套250平方米的复式都是采取这种方法买下来的，如今价格翻了数番。三是将15%的资金存入银行，20%买了一些艺术品，黄金和贵金属占用5%。

保险柜的钞票永远是满的。这些年，他采购了不少PRADA和GUCCI包，这些名牌包经常很荣幸地接纳着美元或人民币，腹部鼓鼓胀胀，在无数个看似随意的场合，以炮弹的方式成为新主人们的新欢。只是，这些新欢一代又一代，前赴后继；保险柜的现金池里，也是一代又一代，新兵蛋子争先恐后地列着方阵，奔赴战场。

其实，李欢欢说陈晓成"土鳖"并非言过其实。在一些夜深人静的时刻，陈晓成独自在家，独饮拉菲，啃着同事从武汉捎过来的鸭脖子和小区门口夜市摊的油炸花生米。此时，他会踱步到储藏室，打开保险柜，看着一捆一捆的人民币，看着那严肃的伟人头像，他的嘴角，流露出心满意足甚或邪恶的笑。

给老梁划账的那天傍晚，陈晓成没有去西山别墅，而是住在方庄社区里。他去方庄社区一家有着10年历史的小湘菜馆吃饭，饭馆较火，有从北四环开车过来排队等位的。菜比较地道，尤其是红烧肉，肥而不腻，还有油炸臭豆腐，总是让他想起当年在老家县城吃的夜宵，回味起来总是很美。

一个人闷头吃完臭豆腐，司机大饼过来接他。他中间接了几个电话，无非就是打网球、高尔夫或者游泳、吃饭等邀约，陈晓成不在状态，就一一婉言谢绝。

大饼缓缓地开着车，他透过后视镜看着陈晓成，看他有些疲倦，靠在后座，面孔靠着右车窗，慵懒地看着窗外。大饼问："老大，现在去哪儿？"陈晓成说："去后海吧。我想走走。"

大饼右打方向盘，靠右边行驶，在一个红绿灯处，右拐，奔驰而去。陈晓成倚靠在右后窗，脸部贴着玻璃，眼神迷离地看着窗外。汽车路过一条马路，路边摆了三家汤圆、混沌、饺子摊，十多辆出租车依次排在路边，他们围坐在简易的塑料小方桌上，一碗汤圆或混沌就着一瓶啤酒，谈笑风生，心满意足。

陈晓成痴痴地看着，潜伏心底的隐秘往事又浮现在眼前，一时恍惚。

后海。夏意浓浓，树木葱绿。湖里荷叶深绿，荷花初开。陈晓成独自在后海湖边，凝视着左边的小路，这条路通往菁英汇，那里代表着这些年他所奋斗的世界，他和乔乔第一次见面的地方。右前方是银锭桥。

陈晓成犹豫了一阵，往左边小路走了几步，走到路口里，却又停下脚步，眼睛扫了一眼银锭桥那边。他有点痛苦地闭上眼睛。忽然听到电话铃声响，他睁开眼睛，掏出手机，看了一眼，是乔乔来电。他按了静音，手机抓在手里，垂在身旁。过了好一会儿，他犹豫着抬起手，来电还没挂断。

他轻轻叹了口气，按了接听。

"我还以为你不会接我电话呢。"

"刚才在忙呢，没听到。"

电话那头沉默了一会儿。

"我想见你一面。"

"怎么了？"

"我现在想见你一面，现在。"

"出什么事了？"

"有事才能找你啊？"

"不是……"

电话那头，似乎有些重音："有时候的你，好陌生。我只是想和你说几句话，最后的话。"

陈晓成有些疑惑，刚才乔乔的声音稍有不一样，带着混响。

"我在忙着事情呢，要不晚些再给你……

忽然，身后传来声音："晚些继续骗我，是吗？"

陈晓成惊愕地回头，看到乔乔站在他身后，拿着手机，双手张开，表情略微有些深沉和憔悴。陈晓成呼吸一下粗重起来，他转过身，局促地四处张望了一下，看了看手里的手机，正想按掉电话。

乔乔摇头，忽地往后退了两步，拿起电话放到耳边，轻轻对着手机说话。陈晓成听得到声音，但听不清她在说什么。他犹豫着，有点想要往前走，但看着乔乔的样子，止住了，也拿起手机。

乔乔说："为什么要躲着我？"

"我……我没有躲着你……"

"现在的你，又不是真正的你了。"

"一直都是我啊……人本来就是多面的吧。"

陈晓成看到对面的乔乔摇着头。

"现在我眼前这个，是一个陈晓成。偶尔才出现的那个，认真看着我，认真对待自己的那个，是另一个陈晓成。我多希望你俩是一对双胞胎，不知道什么稀奇古怪的原因，你俩不能同时出现，只好两兄弟用一个身份活在世上。"

陈晓成苦笑着："如果只能用一个身份，那跟是双胞胎和是同一个人有什么区别？！我们在别人眼里不就是个身份，谁能看到他人背后的样子？"

"对别人没区别，对我，区别大了。你要真是双胞胎，我会毫不犹豫地把你弟弟给拐跑……留下你一个人在虚假的傀儡里。"

陈晓成有点疑惑，又有点不安："为什么……是弟弟？"

"难道不是吗？难道不是现在的你在控制着这个身份，在控制着你那个认真的……弟弟？"

陈晓成轻轻呼吸，干笑："你真能想，这是法国人的浪漫吗？"

乔乔站在远远的地方，摇摇头："这是人性的浪漫。"

"太奢侈了。"

"你真的很无趣，比你弟弟无趣多了。"

"真有那么大区别吗？不都是我吗？！"

"区别——很大。如果是两个人，我只要把我喜欢的那个你拐走就行了。可是，你们俩是在一个身体里，我还得把我讨厌的这个你给赶跑才行。拐走一个人容易，可要赶跑一个人……所以我才说我没兴趣也没力气。"

陈晓成远远看着乔乔在风中显得柔弱的样子，他脸上也有些痛苦的神色。

乔乔迟疑了一会儿，然后有些笃定地说："我想下个决心。"

陈晓成一惊："什么决心？"

"要么把那个认真的你拐走，要么，我自己走。"

"……"陈晓成沉默了一会儿，他张了张嘴，但说不出话来。

陈晓成抬起头，乔乔已不在对面。他一惊，往前几步，马上看到乔乔往银锭桥的方向走去。他目送乔乔走过银锭桥。

回到车上，大饼直接承认，是他告诉乔乔的。陈晓成听着，不语。大饼说，乔乔给我打过电话，说有东西要我转交，很急。陈晓成"嗯"了一声。大饼说："我告诉她我在哪，不过她没有来找我。"陈晓成笑说："那个鬼精灵……"一扫刚才的阴郁。大饼斗胆说："老大，如果是我，我就直接追过去，再怎么精灵，乔乔还是个小姑娘，千万别和小姑娘较真……"

　　陈晓成乐了，有道理，那就追吧。大饼闻言，启动车子，一脚踩下油门，车子奔跑出去。

　　一个月来，有喜有忧。喜事是华光设计终于向中国证监会递交创业板IPO申请了，地方证监局给予放行，这还是得益于乔乔爸爸的前部属、那座城市现任的常务副市长。据王为民转述，乔乔爸爸只是打了一个电话，那副市长真给面子，直接把那个证监局局长叫过来，严厉指责一番："这么优秀的企业，你们竟然要卡？别的城市都在千方百计地创造条件让地方企业上市，即使达不到条件也会创造条件上市，你们呢，人家完全满足上市条件，你们竟然想卡？你们说说，你们究竟想干什么？"

　　这位常务副市长不愧为军人出身，言辞激烈，态度严厉，把握政策到位，直把那个虚胖的矮个儿证监局局长训得满头大汗。此局长回去后，就把华光设计的老板叫过去，由于搞不清他们与常务副市长是什么关系，也不敢继续发难，只是象征性地提了一些鸡毛蒜皮的小问题。他们回去修改后，很快就报上来了，估计能赶上这次"过会"。

　　王为民强调说："在这件事情上，乔乔是功臣。人家爸爸挺和蔼的，在家就是一老头儿，你别把人家当领导不就没有心理障碍了吗？"

　　忧的事情就是这个老梁。永宁医药的事情还没什么进展，却摊上协助老梁竞标稀土矿的事情，未来会是什么样的结局存在巨大的不确定性。

　　陈晓成索性不想苦与乐，他必须把乔乔追回来。

　　乔乔在蓝色港湾原点酒吧。

　　酒吧里差不多坐满了，男歌手在台上弹着吉他唱着歌。

　　乔乔和陈晓成坐在窗边的木桌旁，看着歌台那边。乔乔喝着鸡尾酒，陈晓成喝咖啡。

乔乔示意服务生过来。服务生走过来，微微弯腰等着乔乔的吩咐。乔乔看了陈晓成一眼，眉眼间做了个精灵古怪的表情，脸上闪出一抹微笑。

乔乔吩咐服务生："给我来杯Blood and Sand（碧血黄沙鸡尾酒）。"服务生点头去了。

陈晓成微微一笑："和我有关系？"

乔乔看着他，点点头："当然。"

陈晓成要再追问，乔乔瞄了一眼服务台。服务台后，调酒师正在给她调酒，看到她的目光，刻意突出了自己手上的动作，耍动调酒器，向乔乔还以示意。乔乔微微一笑，转回头，往后一靠，闲适地上下打量着陈晓成。

陈晓成不明所以，也往后稍微靠靠，接受乔乔的目光检验。两人目光有时在空中撞上，乔乔毫不畏惧，直视着陈晓成。陈晓成先移开视线，低下头看着桌面。

服务生端着鸡尾酒走了过来，把酒放在桌上。这杯鸡尾酒由黄渐红，至血红色，杯口夹着一片血橙，插着一颗酒渍樱桃。

服务生低声解释说："调酒师说，尽情享用。"服务生微微鞠躬，收起桌上的空杯，托着托盘转身走了。

乔乔往服务台看了一眼，调酒师朝她做了个手势，意思是玩得愉快。乔乔满脸笑容，向他点点头。调酒师转身忙碌去了。

陈晓成右手手指轻敲着桌面，带着玩笑说："听起来，是一场杀戮啊？"

乔乔摇了摇头，轻轻抿了一口："这酒叫碧血黄沙。"

"还是很有战争气息。"

"和战争无关，其实是一个大帅哥，好莱坞大明星。"

陈晓成好奇："哦，谁呀？"

"瓦伦蒂诺。"

"瓦伦蒂诺？大明星？没……没听说过。"

"90多年前的啦，真的是好莱坞大明星。他是那个年代所有人的男神，优雅、神秘，眼睛里还有着一种哀伤，有点像……像那个时候的……"

陈晓成的身体往前靠了靠："碧血黄沙是他的外号？"

"他演的一部电影的名字，1922年的，是他最迷人的一部电影。他演的是一个斗牛士，凭着他的天才和努力，终于杀进上流社会。"乔乔摇摇头。

"斗牛场。难怪叫Blood and Sand。不过，这名字总给人一种不好的预感。"

乔乔微微一笑，偏头看着他："结局不重要，人总要努力挣脱自己的命运，不是吗？"

乔乔抿了一口，放下杯子，忽然看到陈晓成古怪而略带哀伤的表情。

"怎么了？"

陈晓成摇了摇头，挤出点笑容："没事。"

乔乔轻轻摩着杯子："你说，现在是哪个陈晓成来找我？哥哥，还是弟弟？"

陈晓成真诚地说："对不起。"

"嗯？"

"那天我不该那样……"

乔乔摇头，抢住话头："不用说了……那不重要。"她克制住自己，努力表现轻松，"再说，我还打了你一巴掌，扯平了。"

陈晓成一脸哭笑不得。乔乔把鸡尾酒推到桌子一旁，上身往前靠，双肘支在桌子上。

"重要的是，现在到底是哪个你？"

陈晓成也把咖啡杯推一旁，上身也往前靠，两人的脸离得很近。

"乔乔……"

"嗯。"

陈晓成在努力组织着话语："乔乔……"

乔乔看着他的眼睛忽然有点迷乱，脸有点红，防御的神情一下子卸了下去。她的手在桌上往前伸出去一点，但没有继续，而是停留在那里。

陈晓成把脸埋进双手掌心，又抬起来："怎么说呢……你是第一个看懂我的人。"

乔乔睁大眼睛，注视着他。

"我也时常挣扎。有时候，我是陈晓成；有时候，我……又不是陈晓成。我看的，想的，做的，好像都是为了另一个人。这时候，想做的，在做的，很多事情，都是真正的陈晓成不会去做的。"

"那，喜欢我，也是真正的陈晓成不会去做的吗？"

陈晓成露出一丝苦笑："我也不知道哪个才是真正的自己？平时的自己，也许并不是真正想成为的——我自己。"

"那就勇敢地成为自己想成为的人。"

乔乔的手继续往前伸，慢慢够到了陈晓成的手。

其实，蓝色港湾原点酒吧对于他们意义特殊，那时的他们似乎不是现在的他们，没有那么多负重、猜测和误解，那时单纯得像孩子，没心没肺。时间真不是一个好东西。

那是一年前的秋天，晚上7点多，陈晓成从成都谈完一个项目回京，满身疲倦，刚下飞机，就接到乔乔电话，约他到蓝色港湾原点酒吧见面。

司机大饼把陈晓成送过来，已经9点多钟了。

陈晓成踱步到酒吧门口，四处张望，没有看到乔乔，就低头拨乔乔手机。这时，他突然被人从身后拦腰抱住，本能地要反弹，却从路人眯笑的眼睛里获取了信息，抱他的就是乔乔。

陈晓成转身，移头，刚说了句"别顽皮了，注意公共影响……"，他的嘴就被乔乔迎上来的性感嘴唇给封住了。

事后，陈晓成说："这可是我们的初吻，太突然太暴力太不顾公众形象了，你这是强吻。"

"嘿嘿，我就是要来个突然袭击。我可告诉你啊，这是本姑娘的初吻，便宜你了，你不能赖账！"乔乔顽皮又撒娇。

陈晓成侧首看着嘴角含笑的乔乔说："我就不信了，去了趟奥地利，竟然能让你变疯狂。还有，哼哼，你在法国念书好几年，竟然还能完好如初？"

"哼，不信你试一试？不过，不管好坏，你必须照单全收。"乔乔坏笑着睽着陈晓成。

陈晓成想转换话题，却被乔乔给堵住了。

"跟你说吧，我在法国留学的时候，碰到国内一个富二代，在我过生日那天，买了999朵玫瑰。他们的公寓在我公寓对面，他做了两条条幅，在他们那幢高楼从天而降，正对着我们公寓的窗户，一目了然。一条用中文写着，'乔乔，我爱你'，一条用法文写着'我是太阳，乔乔是花儿'。"

"没创意。"陈晓成心里有点不爽，他能想象出那个小伙子追求乔乔的苦心或者说疯狂。

"对啊，即使有创意我也不感兴趣。说实话，我对这种人不感兴趣。我当即打警察电话，举报说有人骚扰我。"

"不至于吧？不接受也不至于这样吧？"陈晓成认为乔乔小题大做，无非小年轻玩玩浪漫，不至于去报警。

"那人可讨厌了，之前我认识的一个姐妹就被他抛弃了。我带姐妹去找他理论，谁知道这小子却睽上我了，你说，我招谁惹谁了？本姑娘会要他？"

陈晓成听了就乐，这事，乔乔能干得出来，像她的风格，疾恶如仇，一副打抱不平的巾帼英雄范儿。

乔乔中学毕业于北大附中，保送北大，大三的时候，又考取了法国交换生，硕士毕业时，等于拿了两个学校的学位。

乔乔带陈晓成去的蓝色港湾的原点酒吧，常常有三四流的歌手出没，音响设备比较专业，乔乔经常陪女伴过来。这个酒吧最大的好处是，顾客可以自行上台自点自唱，就像K歌超市，自由、便利。这天，乔乔想陈晓成出差累了，也疲倦了，就拉他过来让他的内啡肽更热烈地分泌，在兴奋中麻醉，在狂欢中忘我。乔乔认为，做投资也好，做投行也好，这些人外在光鲜的背后，是辛酸和疲倦。整天在天上飞，从一个城市飞往另一个城市，哪有什么私人时间啊？其实啊，除了工作、酒局和桑拿，还可以有别样的生活，比如小摊上的一次讨价还价，夜市摊上的一口臭豆腐或者几个羊肉串。

乔乔拉着陈晓成进去，震耳欲聋的架子鼓与单簧管、唢呐中西混合，台上一个40来岁的肥胖男人在艰难地扭着肥硕的腰部、臀部，声嘶力竭地吼着崔健的《一无所有》。台下的人群，有的在划拳行令，有的在玩骰子，有的对着啤酒瓶子吹，有的在迎合台上的旋律，霓虹灯扫射着台下一副副沉醉的面孔，简直是末日狂欢。

乔乔和陈晓成并排穿梭在人群中，在服务员的带领下缓步前行。这时，猛然听到乔乔一声惨烈的惊叫，她用手本能地护着右臀部，转头对着右侧七八个围坐在一起的人愤怒地大喊："你们要流氓！"

陈晓成循声看过去，有的嘴里叼着烟，有的白着眼，手里握着喜力啤酒瓶，嘴巴对着瓶口吹酒，有的敲着桌子，合着台上的节拍，张着嘴巴色眯眯地盯着乔乔。

乔乔生气地质问："刚才是谁对本姑娘要流氓？"

他们对视一眼，然后哈哈大笑，目光不怀好意地从乔乔脸上一直扫描到大腿。

陈晓成顿时热血上涌，他顺手抓起旁边桌上的啤酒瓶，用力在桌子上一敲，只听啪的一声，瓶子底部开裂，露出参差不齐的玻璃碴，其中一个尖锐的地方闪着猩红的凶光。

陈晓成左手一抖，手筋紧绷，在他们猝不及防之际，挨陈晓成最近的一个胖子，轻易地被陈晓成从座位上拎起来。他用酒瓶的尖锐部分对着那人的颈部，红着眼，凶狠地扫视着他们："说，究竟是谁干的？"

那帮人都愣在那儿，他们也许没有料到，这个瘦高个儿会突然爆发，会这么愤怒，这么凶狠。

被陈晓成拎着衣领站起来的胖子吓得面色苍白，语无伦次地说："不，不是我，不关我的事。"边说边哆嗦。

随着旋律狂欢的人群都把目光投射过来，他们不知道发生了什么事情，只见到一个瘦高个儿拿着碎裂的啤酒瓶在一个胖子的脖子上比画，气势汹汹。

那群被吓着的人有的缓过劲来，冲着陈晓成喊："你想干吗？行凶吗？我们难道还怕了你不成，小白脸！"

被拎在陈晓成手里的胖子冲着那人哭喊："你想我死吗？没看到我在他手上吗？"

乔乔也被陈晓成瞬间的举动给吓坏了，她瞠目结舌，愣怔了一会儿，才想到接下陈晓成手上的啤酒瓶，说："别出人命了。"

这时，被服务员喊来的老板赶过来，这老板40多岁，干瘦，脖子上戴着一条金黄色的粗项链。毕竟久经沙场，他一眼就知道发生了什么事情，冲着站起来要与陈晓成对峙的黄发青年说："你过来。"

那人跟着他走过去，老板贴着他耳朵说了一番话，陈晓成隐隐约约地听到说什么开军车过来的，有来头，军方可惹不起。那人脸色变得有些惶恐，接着就对乔乔和陈晓成抱拳说："今儿个对不起了，是我们不对，我们道歉了。"

陈晓成面无表情地说，"不行，必须查出是哪个孙子干的。"

那人说："呵，我们都道歉了还不依不饶啊？"

老板就过来跟陈晓成说："哥们儿，今儿个就给我个面子。乔乔是我们酒吧的常客，那帮人是最近外地过来混江湖的，他们不知好歹，多有冒犯，这事就了了吧，我请二位喝一杯。"

乔乔也担心事情闹大，拦腰抱着陈晓成："算了，别和他们一般见识，脏了我们的手。"

不欢而散。从酒吧出来，乔乔对陈晓成说："你凶起来的样子真帅，真男人！"

陈晓成一言不发，一直紧紧攥着乔乔的手往前走，乔乔很乖地跟在后面，上车，关门，陈晓成倒车，调好方向，然后一踩油门，往别墅区疾驶而去。

这个晚上，令乔乔回味很久，她等这一天，已经等了好久了。

第十六章
筹局：五方角力

半个月后，陈晓成正在外地参加当地政府组织的一个项目投资会议，刚刚在主席台上发言结束下来，他的手机就响了，是老梁的。

电话号码是以151开头的。之前，陈晓成数次接到类似号码的电话，不是推销保险就是卖楼的，还声音甜美地直呼大名，就像多年未见的朋友一般，尤其以卖楼的为多。政府限购后，北京等特大型城市不发愁楼盘开盘后没人买，买房的人乌泱泱的，人头攒动，房子像大白菜一样很快就给收拾掉了。但是，一些一年都住不了一次的远离京城的所谓海景房，什么东方威尼斯、温哥华小镇之类冠以外国名的楼盘，距京城数百或者上千公里，却有些发愁。开发商雇用了一些毕业即失业的大学生，通过电话、短信、电子邮件、拦车发放宣传页等手段在北京、上海推销。这些推销者大多用的是以151开头的电话号码，陈晓成对怪怪的号码一概不接，心里涌起对泄露个人隐私的各类商家的恨。

陈晓成下了讲台后，没有回到座位上，直接走到门口，设置成振动的苹果手机不知疲倦地闪着蓝光。他滑开通话键，老梁粗放的声音传过来："陈老弟啊，有大事找你帮忙啊，电话打了无数个，不接啊。"

陈晓成懒得跟他解释，也无须跟他解释，径直问："什么事？"

"还是竞标的事情，我们去找了股权拍卖所，我们不合格啊。我这公司注册了3000万，你借了1000万，还有潮州老黄借了2000万。人家要求竞标企业净资产8亿，总资产15亿，还要提供连续3年的财务报表，这些条件不允许打折扣。"

陈晓成一听就明白了，他早已做好了预案。

他故意寒碜老梁："条件这么苛刻！那怎么办？"

"怎么办？还得你陈老弟出面，你们资源多，见识广，给我找一家实力雄厚的企业，我们合作也行，共同竞标也行，帮助我竞标也行。这方面你是专家，你得帮我啊。你那1000万，陈老弟不至于真的想让它成为一笔借款吧？还是钱生钱好，换成股份，就变成一笔大的。我想，陈老弟比我更清楚这里面的价值。"

陈晓成说："这事，管总比我更有办法。另外，你那些老首长呢？他们不是留存着大笔资金要收购这个公司吗？"

"我打电话给管总，他让我给你打电话。陈老弟，你可别把我推来推去的，老夫东山再起，弟兄们挣一把，就靠这个了。我跟你们说的那笔资金，是在幕后，还不能出现在前台，并且是用在并购上，老弟在江湖上行走，你懂的。这次是要搞进场券啊，总不至于连阵地都没摸清，仗就输了啊！"

陈晓成笑了笑："梁首长，别沉不住气，天无绝人之路。你见过大世面，对不？这样吧，我给你提个醒，这事我可以帮你，但是仅仅靠我一个人肯定不行。一方面，我还有其他的事情要做，不可能花费太多精力忙你这事，另外，这事还得管总出面，你不是答应帮管总那个忙吗？"

"帮管总忙？哦，对对，我想起来了，没问题，这个好办。"老梁想起来了，"不过，陈老弟，你是我们自己人，得当正经事办。另外，东方钢铁武总那边，我会再催催。"

放下电话，陈晓成忽然有些恍惚，自己怎么就借给这人1000万元呢？

有些骑虎难下了，看来这个忙，不得不帮了。

陈晓成这次要找的，是上市公司惠泉集团的老板贾浩，也是纽夏保险公司的董事，和陈晓成算是在同一个项目里共事。

其实，他们的交情远非如此，渊源颇深。当年贾浩在王为民父亲当政的省会城市的一家国企做常务副总，给了王为民他们创业后的第一个单子。

陈晓成与王为民的发迹当然不是仅靠做广告公关业务，但无论如何，贾浩给了他们创业的第一单业务，这种情谊难以磨灭。贾浩后来成功对集团公司实行MBO（管理者收购），与王为民父亲的默许分不开。

贾浩听说仅仅出面不出钱，只是代为竞标，他满口答应，尤其是听到是管彪的提议后说："没问题，只要如你所言不承担法律责任，可以帮忙。"

这个答案，早在陈晓成和管彪的意料之中。

他们更关心纽夏保险的大股东与管彪之间的纠葛。贾浩说："保险公司其他各方股东的意见如何？他与老东家的关系处理得怎样了？只要不贬值，进一步规范内部管理制度，继续由管总牵头我不反对。"

"我们也不反对。管总这个人，有些随意一些，有些任人唯亲，也有些独断，但这些年业绩不错，我们的账面投资收益值上升了20多倍。"陈晓成随口替管彪解释。

从内心而言，他还是认可管彪的，认为他的资本运作能力在自己之上，虽然他在个人德行上有些瑕疵。曾经有一次国企董事和外方董事拿着一份材料，给他们这些民营董事看，说管彪的弟弟妹妹各做一家公司，与纽夏保险发生关联交易，同时管彪涉嫌把公司资金多次倒手与他们家族里的企业发生关联，涉嫌利益转移。如果情况属实，则性质严重，还涉嫌违法。因此，国企和外企股东们对这件事情十分震惊！他们提出，要么罢免管彪的董事长职务，要么提请司法解决，要么退出他们的股份，以不菲的价格转让。

这些诉求，民营董事们大部分认同。你泡妞、包二奶都是你自己的事情，但绝对不能损害我们的利益！但是，在是否提请司法介入上，他们则持保留态度，毕竟和气生财。

在那次董事会上，逼宫未成。一是证据不足，各类公司之间、银行之间的账务往来令人眼花缭乱，尚难以认定管彪转移利益。公司财务部门在管彪的掌控之下，配合并不积极，要么是孤证，要么是传闻。二是管彪对董事们成功进行了分化，民营董事们起了姑息之心，毕竟他们初始投资的账面回报高达数十倍！侥幸过关，管彪执意说是公司大有起色后，国企和外方股东起了邪念，要赶他走，难道还会有更好的人来替换他吗？一个都没有！

不管管彪所言是否属实，纯属财务投资的民营董事们还是给了管彪机会，国企股东在关键时刻也放了管彪一马，以便以后"听其言，观其行"。管彪决意玩票大的，打算筹资盘下国企和外方的股份，只是需筹资数十亿元，已有私募基金愿意助其一臂之力。目前，关系最微妙的，也是最关键的筹码，不是他们这些民营资本董事——毕竟所持股份偏少，而是他的创始资金提供人，前东家章伟宏。

贾浩认可陈晓成对管彪的评价，他说："要行动，我们一起行动。"

老梁飞到湖滨市，陈晓成已经提前帮他约好了贾浩，贾浩在公司里等他过来。借壳谈判顺利，只谈了半天时间，就要签署委托持股协议及参与竞标合作相关协议。

在签署协议前，贾浩给管彪和陈晓成都打了电话，问的是同一个内容："一、确认出力不出钱，并且不会承担法律风险吧？二、老梁这个人是否可靠？人是你们介绍过来的，应该是经过一层过滤了吧？我只相信你们，在乎你们的人情。"

实际上，在老梁抵达公司之前，贾浩也问过公司法律顾问相关的法律风险。法律顾问告诉他，只要协议把好关，是不会承担法律风险的，无非就是借用一个资质。而此次的相关协议，也是这位法律顾问给起草的。

陈晓成和管彪给贾浩的答复都是没有问题。他们二人在电话中回复得都斩钉截铁，他们没有意识到贾浩已经把与他们的通话悄悄录了音。这是东窗事发后，贾浩向他们坦白的。其实他还有一件事情没有坦白，即事成之后，老梁支付1000万元给他作为好处费，这件事情一直隐瞒着，直到老梁锒铛入狱才和盘托出。

自然，这是后话。

竞标前一周，老梁还听从陈晓成的建议，去找了股份出让方欣大控股。当然，这个关系还是那个小伙子罗威的父亲该省省委罗副秘书长打的招呼。

老梁一行带着律师与出让方欣大控股的资产管理团队谈了大半天，依然谈不下来。老梁要求双方签署一份备忘录。如果竞标成功，需要与出让方签署一份补充协议，协议内容是进驻企业后，如果尽职调查发现实际资产与提交的拍卖资产有较大出入，则出让方需要给一定的折扣，或者对出让总额做出修改。

　　这是陈晓成提议的方案。这些天来，他脑海里总是浮现出老梁即将要竞标的项目，甚至有些精神恍惚。至于为什么，他也理不清头绪。是因为自己借了1000万元？这些钱对陈晓成而言，九牛一毛。是因为东方钢铁的事情，涉及永宁医药，武总帮不帮忙，掌握在老梁手上？这是他看重的。但老梁是否对武庸仙有这么大的影响力呢？时间一天天过去，事情尚未有任何动静，他有些怀疑了。那么，是因为拉贾浩介入了，包括管彪也参与进来，自己有道义责任？

　　想到这个案子，陈晓成时而亢奋，时而情绪低落，就像一位即将出征的将军，面对未知的战场，虽然有些紧张，但内心涌起无限的斗志。

　　王为民已经意识到陈晓成的异常。

　　在私募基金的几次项目会议上，向来对项目风险控制管理敏感的陈晓成，竟然没有发现一些项目中明显的瑕疵，挥手而过。待其他同事提出来，陈晓成才恍然大悟，与平常判若两人。

　　王为民问过他："到底怎么了？与乔乔又吵架了？看你们夜夜笙歌的，也不至于啊。有其他的事情？"

　　陈晓成摇摇头，继而缄默不语。他还没有打算把这些事情告诉王为民，一个简单的诉求衍生出如此多的事情，不是三言两语能解释清楚的，搞不好还会产生误会，毕竟他在工作之外动用了一些资源。再说，还不到告知的时候，一旦大局确定，一切均会大白于天下，那时王为民数落也好反对也好，都没关系。自己成功上演一曲"穷小子翻身复仇记"，总算不忘初心，不负自己多年来的商场奋战！

　　经过一番盘算，陈晓成打电话给老梁，让他一定要去找出让方谈判，如果最终竞标过来的资产不实或者减损，一定要在价格上给予减免。

　　出让方迷惑不解，甚至大为不快。这个标还没开拍呢，即使开拍了也不一定是他们的，他们怎么就跑过来谈这个无理的问题？

令出让方更为生气的是，他们怀疑老梁一方不信任国企："我们是国企，我们什么时候弄虚作假过？"

老梁在给陈晓成的转述中说："嘿嘿，我可也算国企出身，想当年，我掌管50多亿的军产，什么事情没有见过？国企从不弄虚作假？哈哈，骗3岁小孩吧，老夫混到这把年纪了！"

谈判了大半天，僵持不下，他们悻悻而归。

最后，还是罗副秘书长出面，约了欣大控股的严董事长和老梁一起去打高尔夫。在高尔夫赛后，两人独自相处时，赢了战局的严董事长对老梁表了态，松口说可以考虑实际情况，但不认可他们审计和评估造假，堂堂国企怎么可能造假？不过，如果市场价格发生重大波动，在这个层面上对竞标资产进行实际价值评估后，可以考虑调整。不过，这个协议不能签署，他口头承诺。

老梁松了口气。在他的头脑中，国企基本上是一把手说了算，没有权威你在国企肯定干不了三天，这是铁律。即使混了个一年半载，最终还是会被换掉，之所以会这样，要么是被主管部门认为能力不行，要么放权图个安稳，结果手下各个小利益团体把公司搞得百孔千疮。当然，也有干到任期届满的，那是凤毛麟角。

口头承诺就口头承诺吧。

至于他承诺给予严董事长个人什么好处，老梁则只字未提。陈晓成自然不想知道。很多时候，做一个聋子比正常人安全。

第十七章
赌局：15亿的野心游戏

陈晓成在外地参与一系列组团投资活动后回京，乔乔开车去首都国际机场接机。

所谓小别胜新婚，二人有些日子没见了，干柴烈火，一回到西山别墅两具青春的身体就激情澎湃地交合在一起。在凡·高灿烂的花园里，他们像成双的蝴蝶，尽情地在花丛中穿梭、游弋、飞翔。

第二天是周六，天刚蒙蒙亮，陈晓成还睡眼惺忪，一个电话把他惊醒了。是老梁打过来的。

老梁在电话中兴奋异常："不好意思，一大早把你吵醒。哼，跟我斗，也不看看老夫之前是干什么的。陈老弟，搞定了，我们竞标得手了！"

看似一切尽在掌握。这几天被搞得紧张兮兮的陈晓成精神也随着松弛下来，他略微有些开心地说："祝贺啊！"然后，他说在洗漱，就不多聊了，随即挂了电话。他知道结果就行，不想和老梁啰唆什么。

司机大饼过来接上班。刚坐上车，就接到助理罗萍发过来的一条彩信链接，是网上关于此次稀土矿竞标的新闻报道。

罗萍也在关注竞标项目的进展。这就是罗萍，虽然上司没有交代，但她会收集任何对上司有价值的重要信息。对于金紫稀土，尽管陈晓成未让她了解合作细节，但罗萍还是知晓老梁多次找过来的目的。

网速还不错，苹果智能手机的界面也适合看文字。点开链接，一条醒目的新闻标题赫然出现：

惠泉联合体爆冷　竞得金紫稀土第一大股东席位

今天下午4点，金紫稀土65%股权拍卖会最终爆出大冷门，惠泉集团联合豫华泽投资有限公司最终以15亿元高价夺得金紫矿业65%股权，而第二大股东国企国矿稀土最终在高价面前放弃。股权出让方欣大控股集团对15亿元高价表示"意外惊喜"。

竞拍前，神华市产权中心代表通报了本次股权转让的相关情况。据介绍，一共有12家单位对金紫稀土股权表示了兴趣，来到产权中心进行咨询，其中7家有外资背景，包括国际财团和外资矿业公司等。但由于政策原因，单家外商持股比例不能超过25%，多家外商持股比例总和不能超过49%，7家公司只有无奈放弃。最终，通过资格审查等程序，有5家单位在截止日下午4点前交纳了保证金，最终入围。其中持牌号16号的是惠泉集团、豫华泽投资有限公司（下称"惠泉联合体"）委托的律师代表，持牌号18号的代表的是国企老大国矿稀土。

本次竞拍会上，尽管5家竞标方实际只有两家不断加价竞标，但其激烈程度极为罕见。本次拍卖起拍价为10亿元，16号惠泉联合体率先报价11亿元，"11.1亿元"，国矿稀土的18号马上跟进。16号再加价1000万元，彼此竞价，不断加码，很快报价就超过了13亿元。紧接着，16号、18号的报价一路上扬，等16号代表举牌叫价14亿元后，18号持牌人有点迟疑，侧头同旁边的人小声交流了几声，等拍卖师叫到第二声后，马上举牌加到14.1亿元。而16号则毫不迟疑，立马加价，以后每加价一次，18号代表的脸色就凝重一些，等价格升到14.5亿元时，18号代表再次犹豫了一阵，待他后边的同伴探头与他旁边的人讨论了一下后，再次加价。等到加价至14.8亿元，18号代表旁边和后面的七八位同伴开始骚动。

业内人士原先估计，在此次竞投中享有优先竞购权的国矿稀土，可成功将金紫稀土股权，由现时持有的25%增加至90%，但国矿稀土最后出价只有14.8亿元，并指已超出董事会授权范围。等到惠泉联合体代表报价15亿元，国矿稀土的代表终于停止了举牌。拍卖师连续喊出两声后，18号代表仍然没有举牌。拍卖师恍然大悟，立即宣布加价幅度调整为每次500万元，但18号代表避开了拍卖师的视线，牌没有再举起来。

金紫稀土公司65%股权的价格经过40多次加价最终定格在15亿元，由惠泉联合体成功受让。金紫稀土65%股权出让方欣大控股的高层表示，这部分股权评估价格在11亿元左右，最终竞标得出15亿元的高价，有点出乎意料。

15亿元？高出50%！这个阿拉伯数字，在陈晓成的脑中像一道激光闪烁了一下。

晚上，乔乔一个姐妹过生日，执意邀请陈晓成忙完手头活儿后参加，她先过去，她们在朝阳泛利大厦钱柜预定了一个包间。

五六位姐妹，只有一个男性，就是陈晓成。他刚一推开包房，歪坐在沙发上的姐妹们就都跳起来，冲向陈晓成，蜂拥而上，挽着他胳膊，嘴上叽叽喳喳地嚷着："嘿嘿，终于看到真人了！乔乔，你是一个自私鬼，金屋藏娇这么久了，今天才让我们见。大帅哥，赶紧请，赶紧请！"

陈晓成进来后就暗暗喊苦，怎么就我一个男人？之前也没跟乔乔打听清楚都有谁。他习惯独处，尤其是在这种内啡肽分泌旺盛的场合。

陈晓成坐下后，有的扒他的外套，有的解他的领带，有的递过来酒杯，高脚杯里满满的一杯红酒加兑可乐。一位身材酷似乔乔的女孩子，瘦高个儿，是这晚的寿星，她制止姐妹们："好了，别吓坏了我们的大帅哥。来，欢迎过来陪我过生日，干杯！"

陈晓成端着酒，本能地凑到鼻前嗅了嗅，眼睛的余光看到乔乔静坐在一旁，笑盈盈地瞧着他，顽皮地吐了吐舌头。陈晓成的情绪被挑起来了，原来这是鸿门宴啊，小丫头们！

他与女寿星碰了下杯，然后脖子一仰，一饮而尽。

女孩子们为他鼓掌，然后有人说："乔乔，你这坏家伙，还谎报军情，你家的酒量好酒品更棒，哪有你之前说的滴酒不沾啊。哪个男人不喝酒，哪只猫不沾腥啊！不行，得罚一杯。"

乔乔接口说："他在家表现不好呗，谁知道掉到你们的花丛中，就激活了他的喝酒基因。姐妹们，你们糟蹋他的时候，手下留情啊！"

说着，乔乔跑过来跟他解释："这些都是我的发小，一起上的小学、初中、高中，我和寿星还是同一个大院的。把你平日积攒的负能量发泄出来吧。"

陈晓成打算豁出去了。多少年了，他还从来没有如此放肆过，之前陪领导或者被宴请，在高档夜总会，即使"妈咪"千挑万选过来的陪唱小姐啪地坐在他的大腿上，也提不起陈晓成的兴趣。他甚至借着酒劲，仰躺在沙发上闭眼昏睡，或者跑到外面透透气，抽着雪茄，在粗壮的火星中，他呼吸着浓重的烟和空气，待一支雪茄燃尽，踱步回到房间，客人们还沉浸在小姐们雪白、高耸的乳房间，似乎忽略了他的异动。

陈晓成被灌了一圈酒，头有些晕。女孩子们在点歌，她们轮流邀请陈晓成陪舞。跳交谊舞是陈晓成的看家本领，他邀请乔乔跳了一曲伦巴，惊艳当场，那一摆头、一屈腿、一侧首，令姐妹们笑得花枝乱颤。

大学虽赐予了陈晓成娴熟的舞技，却没有赐予他一份刻骨铭心的爱情，不是没有选择，而是因为没有心情。

贾浩的电话就是这个时候打过来的。事后陈晓成发现，来自贾浩的未接电话有6个，急骤的电话铃声被淹没在这晚肆意挥霍的青春狂热里。

陈晓成去洗手间，习惯性地拿起手机，才看到贾浩的未接电话。他关上卫生间的门，拨了回去。

贾浩在电话那头，也不追问刚才为何没接电话，上来就嚷："那个老梁疯了，太疯狂了！怎么能以这么高的价格收购？！"

"15亿是有些高，但这是老梁和他们团队的决定，该紧张的应该是他幕后的老领导啊。"陈晓成安慰贾浩。

贾浩却说："我们是上市公司大股东，媒体爆料出来说是我们的上市公司竞标，即使是大股东竞标，也得发个澄清公告。你不知道，我们在现场的人竞标结束就打电话给我，说老梁就是一个骗子，他手头一分钱没有，新注册公司的钱还是借的。"

这话让陈晓成颇为吃惊："怎么可能？老梁背后不是有他们老领导的资金吗？自始至终，他都口口声声对我们说是老领导推他冲在前台，是代他们竞标。"

"情况很不妙。你了解他吗？管彪对他了解到什么程度？"贾浩提醒说，"我这公告一发出去，如果钱交付不了，我们要承担法律责任的。"

挂了电话后，陈晓成有些心神不宁，跟乔乔耳语一番，说有要事，先走一步，祝她们玩得开心！

乔乔看陈晓成一脸凝重，紧握着他的手问："没事吧？"

陈晓成故意显得很轻松，在乔乔的脸蛋上轻轻拍了一下："没什么事，只是情况有些急，得去处理下。你好好陪她们吧。"

然后他和在场的姐妹们道了歉，提前退出了。

回到车上，陈晓成就拨打老梁的电话，关机；他给管彪打电话，也关机。怎么都关机？他一看表，深夜1点了！

他从车上下来，点燃一支雪茄，吐出大大的烟圈，任其在夜风中飘。

第二天一大早，他驱车赶到管彪公司。管彪是个没有假日概念的人，包括周末。

管彪在接听电话，面朝窗外，宽阔的长安街上车水马龙，车辆在雾霾中缓慢穿行。陈晓成悄然在会客沙发上坐下。管彪眼睛的余光看到有人进来，仔细一看，发现是陈晓成，他就很快结束了通话，走过来。

"是不是因为老梁的事情？"

"你已经知道了吧？"

"我一大早开机，就接到贾总半夜发给我的短信，他担心承担法律责任，有些着急。后来我们电话商谈了一下。"

陈晓成说："媒体大肆报道，事情的发展超出了我们的预判，如果出了差错，贾总会比较难办。贾总出来帮忙，是我帮他们撮合的，如果真的出事，我不能不管。当然，贾总也是卖管总你一个人情。"

"这我知道。"管彪思索片刻，迷惑不解，"根据我的判断，这个老梁应该会有些门路啊。竞标前，他确实通过上面的领导，帮我约请了前东家章老板出来。在饭局上，主持的是位副省级领导，场面融洽，还帮我说了一些好话，确实缓和了我们之间的关系。当时我就想，这个老梁确实有些关系，他说的老首长的资金，应该不是纯粹开玩笑。"

"说实话，如果不是你几次提到验证过他有高层关系，我是不会介绍贾总给他的。我之前也没有真正和他合作过，心里是没有多少底的。"陈晓成说，"我帮他张罗了竞标的一些事情，目的是帮他竞标成功，至于背后的交易，我没有考虑太多，他也说过背后有大资金在支持，我就没有想那么多。如果确实如贾总所言，事情会变糟。"

说着这些话，陈晓成心里就有些不爽，想起了老梁注册公司的3000万元都是外借的，其中就有1000万元是自己的。他暗骂自己，当初怎么就稀里糊涂地借给他了呢？稍有不慎，虽谈不上一世英名毁于一旦，但也堪称巨大的败笔。如果这个案子出现大问题，经过媒体的一番幕后挖掘，再加上以讹传讹，他还谈什么投资界青年领袖，简直丢人现眼！

想到这儿，他有些急躁。他对管彪说："管总，我觉得应该把贾总和老梁他们叫到北京来开一个会议，很多事情见面谈比较好，有则改之，无则放心。"

管彪立即赞同："好啊，我这些天都在北京，你来安排吧。"

第十八章
困局：猎人反成猎物

第三天，贾浩和老梁都赶到了北京。贾浩住在他们驻京办事处安排的国贸三期，老梁的住宿是陈晓成给安排的，只是这次不是五星级酒店，而是与他们基金有协议关系的一家三星级酒店，距离管彪所在的永安里比较近。

凌晨2点多，陈晓成正在酣睡，这些天难得有个好睡眠，却被老梁给搅和了。老梁说，他想见他。

陈晓成说："等天亮吧，明天上午不是要碰头吗？"

老梁说是重要事情："你告诉我地儿，我打的过去。"

陈晓成说："住在西山，距离北京市区远着呢。再说，这么晚打的也不安全啊，什么事情用得着大半夜跑那么远过来说？也就几个小时的时间，我们就要开会讨论了。"

陈晓成怎么会让老梁这种来历不明的人赶到他的住所？

想起"来历不明"这个词，陈晓成就有些恼火，自己聪明一世，但瞧现在的这个架势，颇有被这个老家伙玩弄一把的危险。他想起了与老梁最初相识到现在的一些细节，自己也算是步步为营，没有发现哪一步错了。如果说，借给老梁1000万元，算一种不确定性较大的小失误，但这个数字对陈晓成而言，可以忽略不计，即使打了水漂他也不会皱下眉头。他担心的是，老梁搭建了一艘船，他、管彪、贾浩，还有那个省委副秘书长，甚至未来还会有一些人，都上了这条船，船行水中央，欲罢不能。谁知道这条船会驶向何方，行驶多远，会遭遇哪些不测？

三天前贾浩给他打那个电话，他心里就咯噔了一下，似乎看到了些什么。

他随口问："收购款没有问题吧？"

老梁没有立即回答，在电话那头沉默了一会儿，吞吞吐吐地说："应该问题不大，只是时间仓促了些。"老梁接着补充说，"陈总，我们这次一举拿下来，算是非常好的开端。接下来的事情，希望我们群策群力，顺利交割。请相信老夫，我一定会给各位帮忙的弟兄一个满意的回报。"

这个时候，老梁还在传递催眠的话语。

挂了电话，陈晓成的脑子似乎卡壳了。他没有记住老梁最后那句信誓旦旦的表决心的话，而是停留在之前的那句"应该问题不大"，这是什么意思？

这个晚上，刚刚开始的美好睡眠彻底毁了，陈晓成干脆穿衣起床，收发海外邮件。肖冰去了美国，他们团队在考虑将在纳斯达克上市的公司私有化。

第二天上午，管彪没有安排会议室，而是安排在他的独立茶室，管彪亲自泡茶。管彪对三位客人笑呵呵地说："今儿个，我亲自泡茶。最近刚从大别山区运过来的英山白茶，无污染有机茶，看看口味如何。如果三位都说不错，我就打算包装一个品牌，营销到东南亚去。不过，见者有份啊。"

贾浩是乌青着脸进来的，夹着一只BV（葆蝶家）手包。被前台引领到茶室门口，他刚推开门进去，就被管彪那双厚实而柔软的手给握住了："怎么了，贾总，弟媳罚你跪板凳了？又是那事，我找人帮你摆平得了，早就跟你说过，全权交给我处理不会有问题。"

贾浩闻之勉强一笑，说："那事早处理好了，不劳老兄。不过，就怕旧愁刚去再添新忧啊。"

半年前，贾浩与相好了一年多的国航空姐的事情败露，被精明的老婆聘请的私人侦探拍下了他们购物、夜宴、看话剧甚至去朝阳公园一家私人会所做SPA的照片，从而拉响了婚姻的警报，一时把贾浩弄得灰头土脸，情绪低落。这事被耳目颇多的管彪知晓，他直接找到贾浩说，如果他不方便处理，他愿意帮忙。女人最终的需求无非是两个，要么结婚，要么就得物质满足。

贾浩认为这件事情需要花时间精心处理："说实话，我还是爱她的。"

这话，让管彪对贾浩有了新的认识，容易受困于情，不够果断。人嘛，都是有弱点的。

陈晓成是第二个进来的，他刚进来不到一分钟，老梁就跟来了。实际上，当陈晓成在大堂等电梯时，老梁已经到了半个多小时，他躲在一旁等待着。他先见到了贾浩，目送他进了电梯。接着他等来了陈晓成，看着他走进电梯后，趁另外一部电梯打开的时候，赶紧挤了进去，紧跟着陈晓成。

管彪主持会议，"各位，我们今天不是安排在会议室讨论，而是安排在茶室，主要是这里的气氛合适。我们都是帮忙的人，都是帮老梁的忙，也顺便加深我们三位董事的感情。在这件事情上，我们是同一个战壕的战友，希望大家开诚布公，有一说一，有问题解决问题。"

陈晓成接口说："感谢贾总，还有老梁，大老远地从外地赶到北京。今天主要是商讨老梁竞标金紫稀土的事情，我们就开门见山吧。老梁，你的拍卖价格，超过很多人的心理预期啊。"

老梁早有准备："在那种场合下，国矿稀土那帮家伙，仗着国企财大气粗，气焰嚣张，我们必须不惜代价拿下！"说完，他看了看三位，补充道，"这个价格，我个人觉得不高，值得！"

"非常简单地测算下，金紫稀土上一年度的净利润是8700万，今年预估利润相当，15亿拍下65%的股权，PE估值达到26倍，即使是上市市盈率也不过如此！你这叫饮鸩止渴。"陈晓成提醒他说。

"先拍下再说。这公司有很多产业，储藏量惊人，还有品牌附加值，可以做的文章很多啊。我这次挖到了这个圈子最牛的总工程师、最牛的经营管理高手加盟，海外订单都签到两年后了。"谈起前景，老梁那有着不少老年斑的脸上，浮现出老顽童般的踌躇满志。

"15亿也好，25亿也好，无论什么样的收购价格，其实跟我们无关，对不对？"从一进门就心事重重的贾浩插话，对老梁严肃地说。

"那是，那是，放心吧，贾总，我们不会让你为难的，一切都由我们承担。"老梁对贾浩这句话早有所料。"不过，"他话锋一转，"贾总，初期还得你继续帮忙，也需要在座各位继续帮忙。我这首期资金，时间太急，才5个工作日！来不及筹。"

一听这话，贾浩沉不住气了，他提高了分贝，厉声说："你可不能让我犯错误！一切按照我们签的委托竞标协议来执行，我不能掏这笔钱！"他转头看着陈晓成和管彪，语气有些沉重，"管总，陈总，我们是老相识，也在一起共事，我答应插手这事，是出于人情，我们讲好了是出力不出钱的。"

老梁没有接话茬儿，他也把目光落在管彪和陈晓成身上。

陈晓成问老梁："竞标成功后付款时间表是怎么定的？"

老梁拿出复印的竞标收购协议，递给他们三人一人一份。陈晓成仔细查看了关键条款，协议上白纸黑字，写着：竞标成功，签署协议之日起，5个工作日内，需要支付收购总款项的30%；60个工作日内，须再支付完款项的80%，然后变更股权；90日内，需支付完所有款项。

也就是说，签署协议后，3个月内要筹集15亿元，支付竞标款。这笔钱，对他们三人中任何一位所代表的企业而言，均无大碍，但这笔收购跟他们有直接关系吗？没有！直接关系人是老梁，一个获得假释的戴罪在身并言称幕后有大笔资金的等待接盘的人。可是，那笔钱在哪儿？至少对最先认识老梁的陈晓成而言，还是停留在唾沫横飞的空气中。

贾浩当然着急，这份协议他们是作为甲方联合签署的，老梁如果在5日之内筹集不到钱，他所在的惠泉集团得承担违约责任，不仅会被没收掉竞标交付的保证金，还要承担一大笔违约款。

来京之前，他专门把法律顾问找过来问了一下："不是说没有什么法律风险吗？怎么风险评估的和这份协议体现的不一样？"

律师的回复差点让他背过气去："连带责任是有的。无风险是建立在我们与老梁所在的公司签署了委托竞标和代持股权协议的基础上，在这份协议里，风险规避条款写得严严实实、一清二楚，完全规避掉了。"

"但是，这个的前提条件是老梁所在的公司，有承担违约赔偿的能力，万一没有赔偿能力呢？"贾浩大为生气。

律师老老实实地回答："那就麻烦了。"

贾浩是带着忐忑不安及愤怒的复杂心情上北京的。公告出来后，公司董秘的电话被一些投资者给打爆了，"纯粹与主业不符"，或者是质问"为何出如此高价收购，须披露合作细节"。这些投资者最初是一些散户，后来连一些机构投资者也派代表过来，先是见董秘，后来要见董事长，一些熟悉的券商打电话问贾浩："是不是有什么大动作？"贾浩在心里暗骂："我这是招谁惹谁了，还没吃上一块肉，先惹了一身臊！"

公告发布第三天，贾浩就应邀上北京，他得赶紧找老梁当面问问，还得当面问问当初从中撮合的管彪、陈晓成。

贾浩拉起防线，警惕地说："如果让我们掏这笔钱，很难！我们是签署过协议的，只出力不出钱。"说着，贾浩的目光从老梁脸上转移到陈晓成、管彪脸上，死死地盯着他们。

老梁装出无辜、无可奈何的样子。陈晓成的目光与贾浩对碰了一下，若有所思。管彪则面无表情，他在摆弄他的茶道。

陈晓成抬起头，盯着老梁问："还有两天？"

"对，只有两天！时间太紧了，第一笔款子可不能逾期，否则前功尽弃，对方会怀疑我们的能力，那就糟糕了。"老梁说到"我们"两个字时，加重了语气。

陈晓成知道老梁的伎俩，昨晚老梁心急如焚地想要见他，估计与收购款有关。他对贾浩诚恳地表态："贾总，你放心，我们不会让你承担责任，不会连累你。很感谢你给我和管总面子，这个人情我们领了，我们会想办法解决的。"

贾浩听陈晓成这一说，脸色有所缓和。他强调说："当初同意与老梁签署合作竞标协议，是冲着陈老弟的面子。我昨晚准备给王为民兄弟打电话，后来想想还是应该先和你沟通。"

贾浩这招有些阴了，他一提王为民，陈晓成立即用手势制止："这与王总无关，也与我们合作的基金无关，是我个人的事情。贾总这次毅然帮忙，是卖给我个人的人情，我会记住的。这样吧，这笔款，你这两天先替我支付了，我事后立即打到你的账户上。"

　　说完，他端着一小杯茶，一口喝完。

　　贾浩听了这话，看看管彪。管彪点点头："这个事情就这么办了，贾总先垫付，我们转账给你，放心。"

　　听了这话，贾浩的心情好了起来。

　　老梁想对陈晓成说话，被他制止了："不要说感谢之类的话，我们现在是对贾总负责。"

　　听到陈晓成这样一说，老梁欲言又止。

　　这时，贾浩站起来说："我这就回去安排支付4.5亿的第一笔款项，同时起草相关文件。毕竟这不是小数，还得抓紧筹集，也还得与二位签署还款协议，只有二位担保，我才能放心打款。"

　　管彪和陈晓成对视一眼，同时对贾浩点点头。

　　贾浩走到门边，跟站起来送行的老梁说："这笔钱支付后，余款你得抓紧筹集了。"

　　老梁紧握着他的手，用力抖着："感谢，非常感谢！这是为了解燃眉之急，放心，不会为难你的。我说话算数！"

　　送走贾浩后，管彪和陈晓成立即脸色大变，一律阴沉着。管彪放下手中的茶壶，搁置在一旁，自己斜靠在红木圈椅上，目光犀利地投射在老梁肌肉松弛的脸上。

　　陈晓成站起来，双手插在牛仔裤的裤兜里，靠着红木椅，冷冷地看着老梁。

　　老梁是何许人也，他已经从刚才沉闷的谈话中，嗅到了一丝不妙的味道。事已至此，他想好了以不变应万变，对一个赤手空拳的人而言，最有杀伤力的一招就是光脚的不怕穿鞋的。

　　老梁冲着二人打哈哈："这是怎么啦，怎么这么看我？"

　　陈晓成不想废话，直视着他："你今天给我和管总透个底，你那老首长、老领导的钱靠不靠得住？"

老梁还是那句含糊的话："应该靠得住吧。"

什么叫应该靠得住？二人听了脸色大变。

管彪说："不是应该。老梁，我们也见了几次面了，我也知道你有一些关系，贾总也走了，我们关起门来把话说透。之所以不想让贾总听到实际情况，是担心万一听到不妙的信息，连这笔首付款都无法支付，那将搞得你措手不及，仗还没有打就已经败了！"

老梁听管彪这么说，他只好坦白说："之前老首长、老领导的出钱收购，是我杜撰的。"

果然不出所料！陈晓成的脑子轰然作响。

贾浩承诺支付首付款后，老梁似乎完全放松下来。第一笔支付款有了着落，不会刚一开弓就崩掉，因此老梁故态复萌，双手手臂跨在圈椅的扶手上，架着腿。

管彪和陈晓成对视一眼。

老梁刚站起来，陈晓成猛地冲上去，伸出拳击中老梁小腹部。管彪制止不及，老梁一个趔趄。他上衣一粒纽扣掉落，滚到陈晓成脚跟前。

老梁缓慢站稳，转身，他捏紧的拳头，逐渐松开，拍拍身上灰尘，居然没有生气，斜视着二位。

老梁撇撇嘴说：陈老弟你了得，你这拳我受着，不管如何，我们必须共进退。

陈晓成猛地对老梁大发雷霆："你当初怎么说的？老首长、老领导委托你来竞标，他们有的是钱，玩我们啊？！"他脸色铁青。

这下子，自己的1000万元栽进去不说，贾浩也跟着栽进去，人家还是上市公司老总，是自己当初第一桶金的支援者，就因为卖了他们俩一个人情，就让人家蒙上不白之冤，跟着上了贼船？

王为民知道了这事，该怎么跟他说？合作这么多年，这是为数不多的一直隐瞒着王为民的事情，兄弟之间不怕输赢，就怕隐瞒——从他人角度而言，就是欺骗。

越想越窝火，陈晓成历练多年的所谓宠辱不惊，在残酷的真相面前土崩瓦解。他冷冰冰地一字一句地说："我立即打电话给贾总，首笔款支付取消！"

老梁脸色惨白，陈晓成这句话，直击要害。他坐卧不安，一会儿看看管彪，一会儿看看陈晓成。管彪一言不发，死死地盯着老梁看，看得他心里发毛。

老梁坐不住了，他也站起来，辩解说："唉，管总，陈总，是老夫的不是。之前老首长们也是很笃定的，说让我尽管去拍，他们有办法弄到钱。当我去找他们出面筹资成立竞标公司时，他们说不便出面，随便找一家就可以，这不我才来找陈总借了1000万嘛。这次我们和贾总公司联合竞标成功，我又去找他们，他们一会儿说竞标价格太高，一会儿说一下子筹集这么大一笔款子，难度很大！"

陈晓成强压着自己内心的怒火，他弯身捡起地上的纽扣，随手递给管彪。

陈晓成直视着他："那他们能筹集多少？"

老梁说话迟疑："这个，几千万都难。但是他们可以动用一些关系，未来我们可以用这个平台，做一些投资类的事情，这个问题肯定不大。"

"这是废话！"陈晓成手里握着手机，保持着随时拨打电话的姿势。

实际上，老梁在心里快速盘算着：作为上市公司董事长的贾总，难道不怕承担违约赔偿责任？先支付第一笔，其他的慢慢来。只要钓上了一个，还怕其他人不跟着上钩吗？老夫东山再起，靠的就是他们啊！

管彪听闻老梁一番话，也很吃惊，但他在盘算另外一盘棋。这盘棋，需要陈晓成操盘，也需要老梁配合。自己行走江湖多年，早已练就了见佛杀佛见鬼斩鬼的功夫。

老梁调整了下情绪："知道二位肯定生气，我打开天窗说亮话，这家公司，从目前的财务指标看，未来上市是没有问题的，除了稀土矿产，它还有房地产、酒店、医院等不动产。二位在关键时刻给过老夫帮助，我今天在此表态，我们有肉就吃肉，有汤就喝汤，只要有我老梁一份，绝对会有二位一份！虽然这次我们竞标成功，比预计的多花了那么四五亿，但是我们评估过，确实值！是超值！"

管彪向老梁摆摆手："不用给我谈评估价值之类的，这些都是我和陈总玩剩下的。事已至此，我们会想办法。这些天，你得留在北京，我们商谈解决办法。不过，你要有心理准备，有些事情超出你个人能力范围的时候，你得学会低头，学会合作共赢。"

　　老梁一听这话，谄笑道："那是那是，合作、互利、共赢！"

　　陈晓成恶心了一把，他看着管彪，两人对视一眼，不动声色。

　　陈晓成摆摆手，厌恶地说："那你现在去张罗其他事情吧，找找你的老首长们。我和管总再商谈点事。"

　　老梁知趣地起身站起来，冲着二位双手作揖，满面微笑。

　　老梁推开门出去，他转身碰到跟上来的管彪，管彪伸出右手轻握，左手把纽扣顺势装进他衣兜里。

　　陈晓成看着老梁走出去，对着老梁逐渐远去的背影，他自言自语着，同时也说给管彪听："这老家伙，把我们都套进去了，虽然浑蛋，但他确实算厉害人物。"

　　现在已经是最坏的结果，这个时候必须启动应急预案，这个方案是他和管彪之前商定的。

　　要完全执行妥当，还需要老梁积极配合。

第十九章
救局：第六方进入

与管彪和老梁敲定下一步运作策略后的第二天，陈晓成飞赴香港，参加亚东资源上市庆功宴。

原本是该王为民去的，他刚从湖滨市的家里回到北京，需要处理一些积压的要事，陈晓成就代为出席。

他们已经有数天没有会面了。周一的项目论证会由陈晓成主持。他们自己的民海兄弟投资集团主要投资养老产业和房地产，全权交给职业经理人黄远打理，他们的精力主要用于运作私募基金。他们俩各自带领团队看项目，内部管理各司其职，除了工作时间，业余泡在一起的时间大为缩减。方庄社区那家以臭豆腐和红烧肉见长的湘菜馆老板有次见到陈晓成，神神秘秘地跑过来问："你们哥俩是不是掰了？怎么好些日子没看到你们过来吃饭？要么你带人过来，要么他带人过来，都次数有限，并且你们每次带过来的人都不同。合久必分分久必合，共患难易共富贵难，我以为你们也散了。"

这句话，让敏感的陈晓成有些不快，他白了老板一眼，带着情绪说："我们还在共吃一碗饭，谢谢关心，除非太阳从西边出来，否则我们不会掰的。"

饭馆老板略显尴尬，随后笑嘻嘻地说："那就好那就好，你们哥俩创业发展，我可是见证人，我这饭馆十来年了，你们也一起在这里吃了将近十年。原来在我们店里干的一个小姑娘，就是那个苗苗，你知道的吧，河北姑娘，上次她抱着自己的孩子过来，还问到你们呢，问你们还是一起过来吃饭吗？"

说到苗苗还惦记着他们，陈晓成心里涌起一阵暖意。这个姑娘母亲早逝，17岁就出来打工谋生。刚创业不久的时候，有一次晚餐，他们吃着红烧肉、臭豆腐蘸着辣椒酱，喝着保健酒，喝着喝着两人相继喝倒，如果不是苗苗在酒店打烊后守候着，用王为民的手机拨打了同学老许的电话，他们说不一定会在小店度过凄惨的一夜呢。

苗苗也生孩子了，时间过得好快啊！

晚上，陈晓成在办公室加班，王为民过来了。他把庆功宴请帖递给陈晓成，建议顺道找律师咨询下纳斯达克私有化的问题，他们要咨询的律师恰好在香港，而私有化这事也恰好是陈晓成负责。

王为民说："上次被我们否掉的项目，环亚集团要出手了，已经签署了框架协议。他们要花67亿收购。当初我们看中的一块资产，我们拿下是13亿，这次崔总花了21亿，如果我们做了倒手就挣七八亿。"

环亚集团收购的是西北拍卖的矿产项目包。他们原本打算由他俩控制的民海兄弟投资集团参与，先小部分低价收购，然后高价卖给环亚集团，但五次讨论都被陈晓成否决了。没想到王为民还惦记着。

刚刚经历过金紫稀土矿竞标案，这个本来跟陈晓成八竿子打不着的项目，现在却与陈晓成紧密相连，就像口香糖，一不小心踩在鞋底，怎么蹭都蹭不掉，还越粘越紧。这件事情一堆麻烦，王为民可别又惦记上西北矿产项目包，那可真是按下葫芦浮起瓢啊！

"别惦记了，如果计算上我们刚在香港上市的这家，我们投资的8个项目，3个已经成功上市，两个在排队，另外3家至少有一家可以考虑并购。这样的业绩，打着灯笼也难找吧，我们是非专业人士干出了华尔街级的成绩。"陈晓成站起来，从柜子里取出一个用御用锦缎包装的马金旺的紫砂壶，递给王为民，说这是乔乔爸爸从宜兴回来，捎给王为民爸妈的礼物。

王为民接过礼物，问："乔乔爸爸的礼物？你们关系进展如何，是不是快结婚了？"

陈晓成故作轻松："你觉得我是个适合结婚的人吗？别人不了解，你是知道的。"

王为民耸耸肩："瞧你这话，我都不好意思收这礼物了，改天我礼尚往来吧。不过，我可提醒你啊，乔乔是个好姑娘，虽然我不管你的私事，但我觉得你不能辜负人家。你心里想什么，我是清楚的，你是时候把过去放下了。"

陈晓成当然明白王为民所指，他一想到那个人，就联想到老梁那摊事，一切肇因都缘于此。真是一错再错，还得不断错下去！

在香港的上市庆功宴上，陈晓成碰到了李欢欢。李欢欢这天穿着深蓝色的礼服，金色的袖扣下面藏着一块去年在瑞士度假时买的卡地亚蓝气球手表。他大老远就看到，陈晓成在和内地环保产业的知名券商分析师卢建中聊天。李欢欢端着酒杯，一路穿过胸部高挺、香气四溢的粉嫩肉阵，频频与西装革履的各路精英碰杯。精英们有的聊着大生意，动辄数亿元或者马上要去纽交所挂牌敲钟，有的紧挨着美女说一些带颜色的嬉皮笑话，逗得美女抿嘴压抑着笑声。李欢欢在心里暗骂：一帮浪荡的人，要么像很久没碰过女人了，见到女的就觍着脸紧往前蹭；要么像没怎么见过大钱，一谈到数亿元的交易就提高嗓音，生怕周边的人听不到似的。真正做上亿元生意，有哪个会在公共场合嚷？不是傻帽就是蠢货！

李欢欢从东边走到西南角，路程短暂却走得比较费劲，挤到陈晓成眼前时额头直冒汗。券商卢建中还算懂场面的人，他看到有人过来找陈晓成，就举杯和陈晓成、李欢欢示意敬酒，随后走开。

李欢欢把陈晓成拉到角落无人的地方："不是你们王总过来吗？早知道是你过来，昨天晚宴你过来参加就有趣了，'四大天王'有两个来助阵，还有给华人首富二公子生两个孩子的女星，也从加拿大回来参加了我们的晚宴，白嫩嫩的，大饱眼福。"

"你不怕被狗仔队跟踪？香港这个群体可发达了，一旦被《壹周刊》或《苹果日报》报道出来，再来一个大特写，你那副色眯眯的样子被嫂子看到肯定天下大乱。你千万别跟人说认识我啊。"陈晓成揶揄他。

"哈哈，你就喜欢联想。跟你说正事，借你公司用用怎么样？民海兄弟投资集团也行，你们在江源市的颐养天年养老产业开发公司也可以。我们现在倒腾钱，想再加一两家靠谱的有实力的企业进来，搞一桩大买卖。"

陈晓成明白李欢欢所求。这个圈子，经常有人被拉去站台，言必称某某实力集团的老板，要么出现在地方政府组织的招商引资项目洽谈会上，要么出现在高峰论坛上，要么出现在地方政府经济发展顾问神仙会上，至于企业被借用，则多半是联合竞标或参与并购。只是，民海兄弟投资集团以及江源市颐养天年养老产业开发公司，还从未被拿出来干这种事情。当然，他们在北京注册的一些小公司被借用了不少。

"我在北京给找家公司吧，不就是需要户头吗？"陈晓成认为这种事情比较简单，没必要搞复杂了。

"不行，需要真正有实力的。拼盘的已有几家，现在需要找有实力有声誉有影响力的，关键是所做的产业看得见摸得着。民海兄弟最好，颐养天年也不错，空壳公司不能太多。"李欢欢靠近陈晓成，几乎贴着耳朵说，"我们现在做的这个案子，大公子他铁定要拿下。"然后，他耳语了这家国企的名字。

陈晓成颇为吃惊，原来是北方一家大型国企的附属企业，横跨矿业、房地产、工程建设等多个领域，它的名字如雷贯耳。更为有趣的是，这家国有集团公司下属的"三产多经"企业（即大型国企内部对"三产"和多种经营公司的通称），20多年间创造了一段传奇，在眼花缭乱的改制中，创造了蛇吞象的奇迹，资产超过了母公司。

"打算多少钱收购？这个数字肯定不会小。"

李欢欢右手伸出两个手指。

"200亿？"陈晓成故意报高。

李欢欢摇摇头，面露得意之色。

"20亿？！你们够胆大的，20亿就想收购有数百亿资产的国企？"陈晓成这次真的大为吃惊。

"目前经审计的净资产有400亿左右。保密啊，兄弟！我在全局操盘，所以得借你们的企业用一用，或者你，或者你们王总，可以进入我们的董事会。既可以深度合作，投点真金白银，也可以仅仅象征性合作，你们同样可以出任一名董事。"李欢欢如此盘算。

陈晓成心里咯噔一下，虽然他知道李欢欢身后的那位势力远非王为民所能比，但如此大的项目非同小可。

李欢欢之所以找上陈晓成，在于他们是"闺蜜"，几乎无话不谈。不过，这次他失算了。

"对不住，如此重量级的项目，我们消受不起。主要原因是，民海兄弟投资公司这个肯定动不得，它投资了那么多公司，作为大股东自然以稳为主。颐养天年是产业园公司，作为经营主体，要考虑未来IPO不能出现任何差错。这件事情，我肯定帮不上忙。"陈晓成思索片刻，和盘托出他的真实想法。

他本能地预感，李欢欢他们在下一盘大棋，收益大，但风险更大。

"你担心什么？风险？我们之前干的几票，哪票失败过？你不看好我，也得看好大公子，圈子里谁不看好大公子？我是想把你们引入我们的能量圈。你也知道，不是每个人都能进来的。我们是兄弟，是哥们儿，只要有机会，我首先想到的就是你。"李欢欢自然揣摩得到陈晓成的顾虑，他言语恳切，"说句私心话，对王为民而言，与大公子结盟，是他们这帮人所渴望的，我很清楚；对你而言，万一哪天你们散了呢？届时还有大公子可以依靠！"

李欢欢执意拉着陈晓成去见了大公子，这是陈晓成第一次也是唯一的一次见大公子。

香港尖沙咀。房间是日式风格，榻榻米。中间有张桌子，比地板稍微高些，桌面上放着三个陶杯，一瓶清酒，一个温酒壶，还有几碟小菜，几盘饭卷；桌子下是凹下去的，能放腿。李欢欢和陈晓成都脱了鞋子，只穿着袜子坐在里头。

房门是推拉门，木门，糊纸，两扇门拉开，能看到外面的小庭院。房间里没有灯光，只有门外面的光线照进来，影影绰绰的，有点柔和。

陈晓成小声说："大公子很讲究。"李欢欢说："他只有请很近的人才会在这里，平时是在那边的大宴会厅。"

"我沾你的光了。"

李欢欢摇头："是因为请你才来这里的。说实话，我更喜欢大宴会厅，大酒大肉，大喊大叫，才是美食之道。"

一个声音先于人影传了进来，一个爽朗的男中音飘进来："我听到有人说我坏话啊。"

大公子推门进来，他是个中年人，个子挺高，但是有点瘦。屋里没灯光，他又是背对着外面光源，看不清脸。

李欢欢和陈晓成站起来迎接，大公子坐到最近的位置上，背对着门。他的脸仍看不太清楚。

大公子作请坐的手势："坐下吧。"他读出了陈晓成的一脸疑惑，"就坐这儿吧。你们看着我说话，也能看到门外风景。这才是待客之道。"

他们坐下，陈晓成努力辨识着眼前的面孔。

大公子对陈晓成坦率地说："我不把你当外人，我身体不大好，油腻荤腥少沾，委屈你们跟我一起清汤寡水了。"

陈晓成连连摆手，表示他太客气了。

大公子拿起清酒酒瓶，陈晓成赶紧要接过来。大公子轻轻按下他的手，把清酒倒到温酒壶里。

大公子端起酒杯，示意他们跟着举杯："欢欢多次跟我提起你，事情做得很漂亮，有才！"

陈晓成有点局促："欢欢兄太抬举我了。"

大公子淡淡一笑，摸了摸酒杯："年轻人不狂不骄，是好事。"

李欢欢默然听着，不时点头。

大公子逐个看了下他俩，拿起温酒壶，给每个杯子添酒："这些年，得益于我的身体，对外的事情少了，人也清静下来，慢慢有了些领悟。越是执掌杀伐，一念便关系到万千身家性命，内心就越是清淡。"大公子举起酒杯，看着他俩。李欢欢和陈晓成也举起酒杯。

陈晓成捉摸不定，看向李欢欢。李欢欢却没有看他，只是看着大公子，露出微笑。

李欢欢附和着，不失恭敬："又领教了！成大事业者，必有大志向。所谓雄才大略，必须有强烈的、燃烧的内心作为支撑。成大事的境界，精神强韧为第一，才略为第二。从另一个角度来理解，完全同意，知我者谓我心忧，不知我者谓我何求。凡夫俗子、芸芸众生，追逐些许蝇头小利，斤斤计较那一亩三分地，于我辈，自然是内心寡淡。"

大公子点头，脸转向陈晓成。

陈晓成忽而产生一种幻觉，有点三国时期"青梅煮酒论英雄"的味道。但是，怎么可能呢？人家身份与陈晓成他们有着不可逾越的距离。他慨然而论："其实，在资本市场，操盘1个亿，和操盘100个亿，完全是两回事。投资逻辑大同小异，关键是心态。赌1万，能轻松按下按钮；可是要赌上全部家产，很多人连手都伸不出来。要解决这个问题，就4个字，'无欲则刚'。恐惧来自欲望，溃败来自贪婪，无欲则刚。后来，我逐渐觉得，无欲还是会有弱点的。想着无欲，其实还是有'我'。如果能连'我'，连自己都忘掉，那真是没有弱点了，'无我则刚'。我想，清心寡欲就是最大的一种无我则刚。"

大公子轻轻拍掌："两位，很精彩。晓成，你做到'无我则刚'了吗？"

陈晓成苦笑，摇摇头。

大公子端起手里的酒杯向两位示意了一下，一口喝了下去。李欢欢和陈晓成也跟着一钦而尽。

大公子随即拿起温酒壶，再倒了三杯，李欢欢说："今晚有点煮酒论英雄的感觉。"

大公子对着李欢欢说："你是曹操，乱世之枭雄，治世之能臣。他胸中风云太盛，你内心狂热，是那么一回事。"

他又对着陈晓成："你是孙权，有霸王之器，可兴业致治。生子当如孙仲谋，确实是后生可畏。"

大公子拿起自己的杯子，自顾自抿了一口："至于我自己，可不是刘备。"

李欢欢和陈晓成也跟着拿起杯子，听到大公子的话，都将酒杯停在了嘴边。

大公子也开始说着粗话："刘备，后人对他有太多误解。什么忠厚善良，礼贤下士，都是瞎扯。刘备其实是曹操和孙权的混合体，流着的是曹操的血液，手脚却是孙权的手脚，他成是成在这里，败也败在这里。"

大公子越往后说，声调不见提高，语气却越来越有某种肃杀的意味。陈晓成越听着，持酒杯的手就越僵硬，额头上几乎就要冒汗了。李欢欢看了陈晓成一眼，眼神里满是诧异和担心。

门外已经暗了下来，隐约看得到外面的园林。门两边有两个烛台，点着大蜡烛，给屋里提供了光，但看不清楚。

大公子、李欢欢和陈晓成坐在桌边，桌上的小菜和饭卷完全没动过。

大公子捧起酒杯，问陈晓成："你的梦想是什么？"

陈晓成猝不及防，一下愣住，不知道怎么回答。大公子也不着急，慢慢抿酒，等着陈晓成回答。

陈晓成思忖半晌，踌躇满志："做好盛华基金，让它成为中国第一流的基金公司。"

大公子慢悠悠地夹了一筷子小菜，吃下去。他斜眼看着陈晓成："你是拿目标当作梦想？"

陈晓成脑海里闪现着无数个镜头，像高清电影在一帧一帧地闪过：在两盏路灯的中间，路上最暗的地方，廖倩停住脚步，眼睛发亮，看着陈晓成。她柔声说："我叫廖倩。""……我想要的是永宁医药的控制权。"南齐站了起来，满脸惊讶。

陈晓成拿起酒杯，猛地喝了一口，说："我想改变我的命运。"

大公子露出微笑："你已经做到了，不是吗？"大公子双肘支在桌子上，抱着拳，支着下巴。

大公子说："曹操确实有雄才大略，不过对他的评语很有意思。乱世之枭雄，治世之能臣。十个字把他说透了。世道乱的时候，是枭雄，割据一方，确实有翻江倒海的能力。可是呢，世道好的时候，只能当一个能干的大臣，这评价就低得多，是雄才，不是雄主啊。致命原因，在于用人。

曹操有热血，有雄心，还爱才，所以他能笼络人，手下人才济济，但代价是，他只能用人的长，没法用人的短。杨修、荀彧，都是如此。"

陈晓成接话，"您的意思是，人尽其用？比如鸡鸣狗盗，这应该是用短吧？"

大公子摇头说："鸡鸣狗盗，是把短处当作长处来用。我说的用短，是把短处就当作短处来用。"大公子继续说，"再说孙权。论个人能力，孙权最强。不论文治，还是武功，都是一流，而且性格还很强韧，年少继位，不畏强敌。不管从哪个方面来看，孙权都胜于曹操和刘备。但事实上，他是最弱的一个。这看着奇怪，但是也不奇怪。孙权唯一的毛病就是，他没有理想。他的种种作为，其实是出于责任。没有理想，只有责任，放到奴仆身上是优点，放到霸主身上却是摧毁性的缺点。"

大公子说完，自顾自地斟满酒杯。陈晓成倾听着他一一评点曹操和刘备，当听到对孙权最后点评，他心咯噔一下，感觉堵得慌，琢磨半晌，始终难以释怀。

大公子又举起杯子，李欢欢和陈晓成应杯。

大公子看着他们俩，说："刘备，我就不细说了，留给你们自己琢磨吧。记住我这句话：刘备流着的是曹操的血液，手脚却是孙权的手脚。惨败在于此。"

与大公子告别出来，陈晓成借助一线灯光，还是看到了大公子鼻尖上的一颗黑痣，不善。更主要的是，虽然席间项目的事只字未提，但他能感受到杀气无所不在。也许，这就是所谓的特殊的气场。

陈晓成还嗅出另外一种危险的信息。在这个圈子，权大一级压死人，他不想未来合作不成，让对方迁怒于王为民，平白惹出祸端。他径直跟李欢欢说："我们是哥们儿，你的事情，只要我能办的，我自当尽力。但这件事情，我个人是不同意的，先说声抱歉，也希望你们多理解。"

李欢欢听出他的话外之意，甚至还有一丝畏惧。他思索片刻，左手拍了下陈晓成的肩膀，意味深长地说："好吧，不强求。放心，合作不成不影响我们的私人感情。"

临分手时，李欢欢对陈晓成说："我前不久见到乔乔了，听说你们的关系经过一年多的漫长考察，现在进展迅速。我可提醒你啊，她老爸就这么一个女儿，兄弟可要善待。将军的女儿，不好惹啊！"

陈晓成心里又是一颤：为何王为民、李欢欢都提醒他要善待乔乔，这是在暗示什么吗？

他想起了她，他最初的爱恋，她还好吗？

她一直躲在他的背后，隐藏在他的内心深处，总是在他忘情于美好生活的时候，像一个美丽的幽灵，从暗室里走出来，目光炯炯。

在香港短暂的三四天，一直为了工作而忙碌，频繁谈判或与人交谈、计算，回到酒店房间或偶尔独处时，陈晓成的情绪一下子低落了，不知是因为面见大公子的不适，还是因为乔乔与她。这两个让他打开心扉的女人，犹如刀尖上的甜蜜，让他突然间无所适从。

恍惚间，时光静止在10年前，那时的自己一无所有。那么，现在呢，除开丰厚的物质，又拥有什么？

陈晓成直接从香港飞到西南的渝中市，约了纽夏保险公司另一位董事包利华见面。老梁已提前一天抵达。

包利华已过知天命之年，与陈晓成同为纽夏保险董事，也算是"同朝为官"了，自然熟悉。更为投缘的是，由于议题多，每次开董事会都超时，中餐都是从外面叫快餐过来解决的。有趣的是，管总秘书进来征询各位老总对菜肴有什么特别要求时，包利华和陈晓成几乎异口同声地说来碟腌制小尖椒。不仅秘书，在场的董事们也都一愣，然后爆笑，一阵揶揄：这一老一少还有此特殊的共同爱好。

包利华做摩托车及零配件生意，他的三金控股集团在行业名列前三。此前包利华对管彪等人透露过，现在挣钱越来越难，制造业利润微薄，越南等东南亚国家的市场对这个行业发展的拉动作用有限，竞争都白热化了，都是国内同行在国外无情地打价格战，窝里斗厉害得很。如果有合适的行业，他可以考虑转型。

之前陈晓成也偶尔听包利华表达过这种意思，只是没有深入探讨。有一次陈晓成在渝中市考察一个辣椒素提纯的生物制品项目，做这个项目的老板与包利华有交情，陈晓成找上门来，包利华很乐意帮这位爱吃小尖椒的年轻朋友牵线搭桥。

这次，包利华派了辆奥迪A6来接机。

在从机场奔往市区公司的路上，陈晓成看到沿路电线杆或公寓的窗台上，插满了小红旗，一片红色的海洋。司机介绍说："马上建党节了，各个单位都在组织迎建党节。"

陈晓成也随声附和："我们都生长在红旗下，从小就梦想着上天安门。没有党，哪有新中国？没有新中国，哪有我们的美好生活？"

转眼到了公司，老梁也从所住酒店赶到公司，与陈晓成碰头。他特意穿了一套黑色崭新西服，脚踩一双褐色皮鞋。陈晓成看了一愣，有些不相信自己的眼睛似的，心想，老梁怎么不戴军帽、穿黄绿色的大军裤了？

老梁似乎看出了陈晓成的心思，就自我解嘲说："见大老板，我还是穿正式些好。"

宽敞而庄严的公司会客室里，红木茶几、龙椅、长条红木沙发，皇室感十足，威严感也扑面而来。

包利华笑容满面，不过他的目光从始至终都落在陈晓成身上。他伸出大手，双手握住陈晓成，随后主动把陈晓成请上主嘉宾座位。陈晓成介绍老梁时，他伸出右手轻轻一握，顺势指着陈晓成一侧的位置，请他就座。

包利华给围坐周边的同事——两位副总、总工程师、董秘等——一介绍给陈晓成。他善于调侃，笑谈间，都是阅尽人间的小智慧，气氛也随之活跃。

包利华对他的部属说："你们想不到吧，在纽夏保险开董事会期间，我们哥俩有一项共同爱好。"

总工程师略做思索，摆摆头："董事会期间？共同爱好？我这搞技术研发的，想象力不够。"

男副总嬉笑着："既然是共同爱好，那肯定是足疗啦。"

"那是我老包的爱好，年纪大了，足疗养身，属于三俗。陈总可没有三俗。"包利华摆手摇头。

女副总言简意赅："听相声。"

"呵呵，"包利华说别提这个，"听广播相声，是我上下班路上打发时间听的。陈总爱看的是话剧，他请我去看过孟京辉导演的《恋爱中的犀牛》，他看的鼻涕眼泪横飞，我却差点睡着了。"

大家听了哄笑。

包利华待大家笑过之后，表情变得有点深情："由于每次董事会都超时，议题多，吵得厉害，中餐都是从外面叫快餐过来解决的。订餐秘书进来征询各位对菜肴有什么特别要求时，我和陈总异口同声提到了同一款佐小菜。"

董秘脱口而出："腌制小尖椒。"

"对。我们还一起考察了一个项目，辣椒素提纯的生物制品。"陈晓成笑看着包利华。

"爱好差点搞成一笔投资。"包利华回应，"不过，我当时的第一反应是，这是个好东西。但是吃牛肉，不一定要养头牛啊。"

陈晓成读出包利华的话中有话，他揶揄一番："在这个项目上，包总是保守了，其实辣椒素是个生物制品项目，用于降血压和降血脂。如果那时候投资了，你们就从摩托车和零配件行业顺利成功转型了。"

总工程师感到有点惋惜："是啊。那样我就可以提前顺利退休了。"

"唉，摩托车行业挣钱越来越难，利润微薄，越南等东南亚市场拉动行业发展有限，竞争白热化，国内同行在国外拼命杀价，窝里斗，便宜了老外。"男副总恭敬地看了包利华一眼，"我们包总早就在考虑转型了。"

老梁从入室一直在默默听着大家谈笑风生，他跟着大家笑，中间有些坐卧不安，不断移动着屁股。

包利华在与众人笑谈时，将眼前的一切都看在眼里："扯远了，扯远了。"他看了一下表，"哦，都吃饭点了。"

董秘欠身倾向老板，轻声说："早就准备好了，车子在门口等着啦。"

包利华招呼着大家到公司门口乘车去酒店吃饭。

包利华和陈晓成并肩走着，老梁故意落在后头，他跟董秘并肩。老梁悄声问董秘："你们老板在会客室就不谈正事，善于开玩笑啊。"董秘闻言，打量着老梁，他看出老梁满腹狐疑，回应道："我也是好久没见包总这么开心、轻松，也许是因为你们是远道而来的贵宾吧。"

老梁作恍然大悟状："其实包总挺和善，挺好打交道的嘛。"

董秘对于这突如其来的定论，他笑而不语，做了一个请的手势。

席间，敬酒、上菜、聊天，老梁遵从早先约定，一切看陈晓成的眼色行事，表现谨慎，没有最初的大大咧咧。

包利华停下杯筷，看着老梁，开门见山："这个项目年化收益率能达到多少？"

老梁说："请看看这个，这是国际权威机构麦肯锡做的详细的尽职调查和项目投资分析，年化收益率最初3年会在25%左右，3年后是收成期，收益率会突破40%。"

包利华接过老梁的商业报告，听到老梁说的这两个数字，眉毛一挑，兴趣顿起，一页一页地翻看着报告。

随后放下报告，说："项目可以，但团队不行。"

老梁神色有些紧张，跟日常大话如雷的状态判若两人，他左顾右盼，避开正在直视着他的包利华，心虚得很。

老梁看向陈晓成，陈晓成投眼过来，他们目光对视，老梁似乎又瞬间恢复了元气。

老梁说："我们把一个顶级稀土专家搞过来了。我老梁的做事风格，要么不做，要做就得把最牛的人才挖进来。"

"你凭什么挖？不是为了融资挂个名号？"

"不是挂名，正式过来了。"老梁大手一挥说，"凭什么？他们要什么条件我就给什么条件。有钱能使鬼推磨。国内的不行，我就全球招。"

包利华微笑着，出口也是咄咄逼人："那也要看有钱的是人是鬼吧。"

部属一阵哄笑。

老梁听出来此话在讥讽自己，他准备站起来，刚站起半身，看了看陈晓成，又坐下了。

陈晓成看出了包利华在羞辱老梁，意在打压他，想自己控制全场，如此，双方谈判陈晓成方将陷于被动。他必须发话制止。陈晓成微笑着，目光一一扫视着大家，说："梁总此次过来是带着任务过来的。梁总牵头竞标拿下金紫稀土，击败国企、上市公司，成为业内一大新闻，相信大家都从财经媒体里看到了。这就是老梁的杰作！"

陈晓成手指老梁，给他竖了一个拇指，随后放下。老梁移动了下屁股，调整下坐姿，坐直身体，迎接大家神情复杂的目光。

包利华又拿起报告，边翻报告边问老梁："你想怎么合作？"

老梁抬头看了看陈晓成，陈晓成表态道："在商言商，商业谈判，你们二位都是直接当事方，敞开谈吧。"

老梁把目光转向包利华："现在谈？饭桌上谈？"他用目光扫了扫在座的陪客。

"现在可以谈。在座的都是我们公司的高管和董事，昨天管总和陈总打电话过来说有重大项目合作洽谈，就全部叫到这里来了。我们是私营企业，没有那么多形式主义，实际上，我们现在就是一个小型的董事会了。大胆说，无妨。"包利华一一指着在座的陪客，又新添了几位新面孔，他逐个介绍给陈晓成和老梁，果然，都是公司高管和董事。

老梁见包利华如此兴师动众，看来是很给面子。实际上，在找陈晓成和管彪之前，他带着手下也找了不少企业，不是给他白眼就是说他疯言疯语，即使不将他轰出去，也将他嘲弄一番之后皮笑肉不笑地将其礼送出去。那会儿，老梁感慨：这世道，虎落平阳被犬欺，落毛凤凰不如鸡。

为了这次与包利华的会面，之前他们——管彪、陈晓成和老梁三人在京城会商，激烈争辩，仔细谋划。

那天老梁和盘托出所谓老首长、老领导委托竞购一事，有其名无其实，根本拿不出钱。这是管彪和陈晓成所预料的最糟糕的结果。但对他们这类人而言，永远不会一次性出完所有的牌，至少在陈晓成的理念里，总有一张牌叫"尽最大的努力，做最坏的打算"。

事情已经发展到如此地步，需要真刀真枪地干，需要真金白银来支付，任何大话狂话都得落实，所谓谎话说千遍就是真理。他们担心的不仅仅是老梁，更主要的是贾浩，这么好的朋友，就这样被陷进去了？还有，陈晓成那1000万元，再怎么不在乎，也不能就这么打了水漂，连个响声都没有吧？更重要的是，他们的声誉比金钱更宝贵！

因此，他们还得走完这盘棋。围绕着这个项目，每个人都有着不同的利益诉求。

管彪对陈晓成说："看来这盘棋局，已经走到我们预计的最艰难的局面，接下来我们得好好盘算了。"

陈晓成眉毛一挑："再硬的骨头，也得啃了。不过，付出得有合理的回报。"

老梁则瞪大着眼睛等待下文，刚才表现出的歉疚消失得无影无踪。

管彪说："事已至此，老梁所谓的老首长那边，肯定筹集不到钱，但这个项目我找人研究了一番，还是值得做，有IPO的潜质。当然，这个项目即使接管下来，老梁也还得发挥你个人的优势，你在地方和军方的那些关系资源，必须得用。"

老梁回答得很响亮："那是当然！"

管彪之所以提及老梁的关系，是因为这家伙在盘活关系方面还是有些门路的，关键时刻也许用得着。

他们列出了雄心勃勃的筹资计划。

这个计划最关键的部分，需要管彪托底垫付。陈晓成担心这些钱来历不明，而且他不能接受从纽夏保险抽取资金，这不仅违规，甚至违法，更主要的是，会损害股东们的利益。

管彪一言打消了陈晓成的顾虑："放心，我绝对不会动用纽夏保险的资金。依我目前的状况，怎么可能干这种蠢事？我会想别的办法。"

然后转头对老梁说："这个项目要想成功，前期在于陈总的努力。前期支付款项问题的解决，你一切听陈总的，做不做得到？"

老梁用力点头应允。

管彪说："这个项目运作成功后，我们还是要奔着上市去。不过，我还是希望老梁能兑现对我们的承诺，这是我们最关心的。"

老梁拼命点头："那当然！我这一把年纪了，一言既出，驷马难追。"

接下来，管彪与陈晓成商定资本运作的安排。老梁听得云里雾里，不过，他心中也在打着另一个算盘。

这次奔赴渝中市，席间包利华问他们之间怎么合作，这早在他们的盘算中。

老梁就按照之前和陈晓成商谈的方案谈，关键条款是如下几项：第一，三金集团拆借总计7.5亿元的资金；第二，由贷方豫华泽持有的金紫稀土相应股权质押；第三，拆借期限一年，豫华泽支付三金集团7500万元的收益补偿。

包利华听后，略为思索，说："总体方案没有问题，但我需要补充几点：第一，这笔款项是可转债，可以债转股，何时转、什么价位转、转多少，主动权在于三金；第二，担保方还需要增加管彪，他需要承担连带责任；第三，收益补偿金为1.5亿元，不是7500万元。"

老梁闻言说："20%的收益，这不是高利贷吗？！"

陈晓成说："收益补偿太高。他们刚进入这个行业，是新领域，创收需要时间，希望双方慎重权衡。另外，增加管总担保，还需要取得他本人的同意。至于变更为可转债，我个人认为没有问题。"

"对对，我也是这个意思。"老梁赶紧表态。

包利华看了陈晓成一眼，然后转头对老梁说："老梁，我们是在商言商，有管总和陈总隆重介绍，信任是有了，但商人追求利益最大化，在双方都能获益的前提下，任何一方都有追求利益的权利，是吧？"

"那是那是。"老梁担心拆借不成，毕竟7.5亿元对他而言，是天文数字，先拆借过来再说。他迫不及待，顾不上盘算什么成本，他直接的目的就是搞到这笔钱。

不过，他看陈晓成没有表态，知道火候未到，还不到盖棺定论的时候。他也知趣，就跟包利华说了一番在陈晓成听来比较靠谱、得体的话："包总这个方案，比我们内部商谈的上限高出很多，我们需要回去商谈，您也要内部消化下。虽然老夫比包总虚长几岁，但包总经验比老夫丰富，事业做得大，做得成功！说实话，我出道这么多年，还是第一次碰到包总这么强硬的谈判对手，甚至竞标金紫矿业的时候，看着数字千万、亿万地往上翻，都没有今天这么紧张，那时就是一心要拿下，顾不上许多了。不过，今天包总对我们所提方案的重大调整，超出我们的预期，我们得认真考虑。"

包总听出弦外之音，就主动举杯说："好，不着急。感谢老梁开诚布公，你所言我们也懂，所谓好事多磨，我们都回去商议商议，保持沟通。也感谢陈总给我们引荐了一个不错的项目。"他率先干了杯中酒，"喝了这杯圆场酒，一会儿我们会安排二位去感受渝中市丰富的夜生活，纯绿色。东北过来的公安局局长在两年多的时间里，大张旗鼓地打黑扫非，整顿社会秩序，渝中市人民以崭新的精神面貌迎接各位贵宾！"

第二天离开渝中市，在机场分开，陈晓成去云南看项目，老梁则去北京找管彪报告进展。临别时，老梁对陈晓成竖起大拇指说："大战告捷！"

陈晓成十分淡定："是初战，尚未捷。"

这句话，让热情高涨的老梁有些找不着北："不是板上钉钉的事吗？如果昨天我们答应他的条件，今天就签署协议了。"

"老梁，越是容易谈判的项目越是有很大的不确定性。如果你昨天痛快答应，也许今天就签不了协议了，未来也签不了。"

"这是什么道理？"

"心急吃不了热豆腐。"

老梁站在原地，琢磨了半天。

第二十章
"大公子"的生意是烫手山芋

上午，他们在基金办公室召开项目投审会，刚刚为一个抗癌的生物药品项目投票，陈晓成和王为民两人投票一致，都投了反对票。

这个项目是另外一位合伙人找的，前景广阔，但至少在5年内，他们看不到产业化的希望，属于中早期的项目。投票结果是3∶2，3票同意，两票否决，按照简单的少数服从多数的规则，这个项目应该通过。但问题在于，当初设置这项规则，有一个特别条款——投资人授权给基金管理合伙人王为民一票否决权。即使按照一般议事规则投票通过，王为民如果反对可以动用该特别否决权，不过一年只有3次机会，这在一定程度上限定了该否决权的滥用。在这个抗癌生物药品项目上，王为民动用了一票否决权，使其最终没有通过。

投票结束后，那位合伙人很不爽，脸色铁青着走出会议室。王为民则摆弄着手机。

在基金公司内部，陈晓成负责风控，他的投资理念是"宁可错过，不可投错"的保守主义投资理念，这在某种程度上保证了不少项目的成功。不过，讽刺的是，一向谨慎的陈晓成在老梁的项目上，却被动上演了一出哭笑不得的大戏，事情完全向陈晓成预期的相反方向发展。

王为民说："到我办公室谈点事。"

他们进入办公室，王为民从办公桌上拿着一份资料，扔到茶几上，自己一屁股坐在主沙发上，脸色有些不好，有些疲倦。

陈晓成在泡着茶，看王为民情绪不高，泡好茶，在右侧副沙发坐下。

王卫民双手捋了一下头发："两个跳楼，一个跑路，赌性太大，做企业和投资的，都是双输。看来，这个行业算玩完了。"

"什么？"陈晓成很少见他沮丧，颇为意外。

王为民指指茶几上一摞资料，陈晓成伸手拿过资料，翻看着。他明白了：煤矿逃生舱项目，在当时那个环境下，只要拿下牌照，怎么算都不会亏损，有三家上市公司跟在他们后面要并购。

这个项目当初是陈晓成主导，全力推进，进而获得投审委投票通过的。

王为民看出了陈晓成的隐忧和压力。这么多年，他们合作还算亲密，尤其在初期，学生时代的创业伙伴，他们亲密无间。虽然，随着长大，彼此逐渐拉开了距离，懂的越多，越有规矩，"不逾矩"，是唯一能长久合作的底线。王为民看陈晓成，就像雾天戴着近视眼镜，镜片有些模糊，需要不断擦拭。

"你当初投资建议没有问题，唯一的问题就是我们没有想过政策环境会变化这么快。"王为民宽慰着他，抿了一口茶，"寄生于政策的项目，还是得谨慎。"

陈晓成皱着眉头，左手拿着材料，右手在纸上敲打着："当初全国才发11家牌照，全国煤矿上万家。按照每12人一个逃生舱，即使百来人的小型煤矿就得10台，我们投的那家企业，年产5000台，每台净利200万，年净利100亿，即使预提非经营性减损，怎么算都是赚。"

陈晓成表示再怎么概算和预测，这都是一个好项目，一笔好投资。依靠政策上市的企业不少，他欠身给王为民和自己茶杯里添茶，王为民食指在他添茶的那会儿轻敲着茶几桌面，表示谢意。

"如果说风口，这不算风口那什么算风口？"陈晓成在复原当初决策情景，又像是在提醒对方，"煤矿灾难频繁发生，煤矿安全是政府当时第一要务。何况，每采购一台，政府出资一半，企业出资一半，这一半在未来3年，通过地方政府进行减免税，给捞回来。这种买卖，怎么算，都是赚钱的！"

"是啊。"王为民点头，"这事，那次我们去见杨叔叔，申办牌照，也聊过。市场变化太快了，就像这栋楼——"他手指窗外远处即将封顶的楼盘，前些天还是棚户区，过些天再看，就是一栋楼盘封顶了，煤市转眼就直跌……

陈晓成仰靠在沙发上，泄气般，情绪不高。是啊，政策一变，煤价下跌，市场没了……他忽然想起了什么，正身，对王为民说："对了，杨叔叔进去后，我们得去看看。"

"我去看过几次。"

"他情绪怎么样？"

"他豁达了，说在里面好好改造，人犯错了就得接受惩罚。他整个人都瘦了，原来是一个大胖子，我乍一见他，差点没认出来。他还安慰我说，饮食规律，经常放风跑动……说心里踏实了，不再失眠了。"

"想当年，杨叔叔多么风光，门庭若市。他批给我们牌照，没有收一分钱。"

王为民转移话题："谈正事。这个项目你打算清盘？"

陈晓成思忖半晌："他当初拿下了1000亩土地，市价55万一亩，他们是以10万一亩拿下的，听说那儿要拆厂建房地产……"他点着了一只雪茄，"不建议这个时候清盘。"

"你得考虑清楚，万事不要抱侥幸心理。好，这事你来处理。"王为民添茶，"李欢欢找我了。"

陈晓成猜到所为何事："你答应了？"

王为民说："借用一下母公司的名头，应该没什么吧。"

"借母公司？这怎么可以？"陈晓成大为吃惊，"民海投资是所有项目的投资人，绝对不能出现任何差错，要以稳为主。我在香港就跟李欢欢谈过的。"

王为民对陈晓成的反应有些意外："你们俩关系可是很铁的。"

"在商言商，在这件事情上，不能掺入私情。"

"这个项目很大，是名湖能源。"

"我知道。正因为太大了，关注度会很高，几十个亿撬动数百亿的项目，确实匪夷所思！我担心会出问题。"陈晓成似乎先知先觉地感到忧虑，或者说是长期着眼风控的一种职业本能反应。

王为民琢磨着陈晓成的话，沉默着。

机会是显而易见的，如果合作愉快，王为民可以利用此次合作，与大公子建立密切的合作关系。官大一级压死人，那位大公子能量大，或许他们的父辈可以借此建立某种关系，获得提拔，比如王为民正处于仕途上升期的爸爸。

但不是所有人都认为的机会就一定是机会，也可能潜伏着危机。

陈晓成直接挑明："我们都明白与大公子建立合作关系的潜在好处，但有些圈子不是我们想进就进得了的。即使建立了关系，这种关系也是不平等的，也许在他人眼里你是大哥，但在大公子眼里你就是小弟。我们这些人，也不缺什么，何必要去做小弟？在圈子里已听说了，和大公子合作相处，是巨大的挑战。"

陈晓成突然发现，王为民变胖了些，额头因发际线后移变得宽阔了，男人成熟是需要付出时间的代价的。同时，王为民变深沉了，不知不觉中，他感觉到两人之间有一种距离。

王为民继续沉默。

"这个项目风险太大，我一时找不到可靠的理由，但直觉告诉我，我们不能蹚这水。"陈晓成继续说，"当初煤矿逃生舱项目天时地利人和，最后还落到这个地步。何况……"

王为民笑着截话："行，这次还听你的。"然后，他话题一转，"环亚集团收购西北矿产的项目包已经收购完成了，我们可是丢掉了不少。"王为民伸出右手，张开大拇指和小指，"税后至少6个多亿！"

陈晓成摆了摆手："有些钱，不是我们该挣的，就算我们今天有幸挣了，明天也得吐出去。"

王为民作释然状："好吧，权当你说得对。不过，眼看着肥肉在眼前，还是馋得很啊！"

陈晓成直接找到李欢欢，这种事情，打电话不够诚意。他直言说是他没有同意，希望理解。

李欢欢表现出痛惜的样子："因为我们是兄弟，机会大好才找过来的。我们也不缺钱，知道吧？我们在山西花8000万买的一个煤矿，卖给名湖能源7.8亿，这种关系，还会出问题吗？"

"这个我们懂。你们的能量还用得着解释吗？圈子里谁不知道啊！……或者我帮你找找别的。"

李欢欢说："你确认不合作了？"

陈晓成说这次不合作了。

李欢欢双手一摊："那就太可惜了。行，那我找其他几家了，届时兄弟吃肉的时候别怪我没给你汤喝啊。"

"合作不成，友谊在，是吧？中午有什么安排，我们去喝一杯？"陈晓成主动提及喝酒，表示歉意。

"你还能喝酒？太阳从西边出来了！我还有事情，下次吧。"

他们分开时，李欢欢大度地拍拍陈晓成的肩："我们是好兄弟，这次合作不成还会有下一次，放心吧。只是太可惜了，这笔买卖，事实会证明，我们在创造奇迹。"

奇迹在金紫稀土这个项目上创造了。

包利华那边同意参与该项目合作，但他修改了一条关键条款，就是把收益补偿由7500万元修改成1亿元。至于管彪担保，管彪本人没有同意。老梁说："我个人甚至我老婆，可以签署无限连带担保责任。"

这些修改虽然苛刻，但在关键时刻，还是帮了他们的忙。

包利华对陈晓成说："这次如果不是你和管总出面，我是不会参与进来的，我认识他是谁啊？我这人一般只和熟人做生意，也就是说只和朋友做生意，就是和第三方合作，也是信任的朋友介绍过来的，这就像用一道过滤网筛了一遍。如果没有经你和管总过一遍，我怎么会和老梁这个人合作？"

做朋友们的生意，陈晓成认同包利华的关系风控理论。实际上，陈晓成也花了一番力气对老梁进行了调查，三进宫是真实的，在不同部队的不同部门担任职务也是真实的，假释也确有其事，上次他带过来的那位地级市市长，就是他的发小，也确有其人。更主要的是，老梁数次说认识某某省部级领导或者退休领导，也确有其事，起码管彪与前东家之间的纠纷，就是老梁邀请的省级领导出面协调的。

但也有一些社会闲杂人员拿着鸡毛当令箭，或者冒充中央领导的亲属或部级领导四处招摇撞骗，陈晓成他们吃饭聊天或者看到类似新闻时就乐得喷饭，大肆嘲弄这些地方的七品芝麻官为了乌纱帽被骗得丑态百出。

去年，在云南一家国有企业做高管的朋友打电话向他求证说，他在上网时无意中发现不久前随当地党政领导来公司考察的一位高个儿、操着一口京腔的胖子，一个月左右的时间在媒体报道中换了四个身份，比如"国务院发展研究中心研究员""国务院研究室司长""副部长级巡视员""清大远景规划设计研究院专家"。他大为吃惊，问陈晓成在北京换工作是不是很容易。陈晓成问他，是否确认就是这个人。那朋友说，就是他，他左下巴有颗黑痣，所以印象深刻，而且所有接待的事情都是他亲自安排的，零距离接触，绝对错不了。他这次算是问对人了，陈晓成回复他说，就是北京调任、升迁或换岗也是讲规矩的，灵活性比地方还要死板，一个月之内换四个身份肯定有问题。此后不久，这个有黑痣的胖子果然出事了，原来他是一个大骗子。云南朋友感慨说："这事弄得我半夜醒来会情不自禁地翻身看下睡在身边的老婆是不是真的。你说那个人，他来参加我们的调研会，出口成章，满口官话套话，跟一些党政干部说话做事风格酷似，言谈举止间派头十足，真的是真假难辨啊。"

感觉真假难辨的何止云南的哥们儿，江源市负责招商的副市长就碰到这么一个人，他打电话给王为民和陈晓成，让他们打听这么一个人："坐一辆挂着军牌的越野车，并有一个穿军装的人给他开车、拿包；自称是中央书记处一组副组长、副部级干部，参与办理过不少全国著名的反腐大案，马上要被提拔为正组长、正部级。他们带了香港一家电视台的领导过来说要建影视基地，我们对他的身份存疑，但香港那家电视台确实是想投资，我们心里没底。"

王为民脱口而出："那就是一个骗子！中央书记处哪有一组？如此明目张胆，不是骗子就是傻子，中央怎么会用这号人？"

果然，被王为民不幸言中。此后不久，那人跑到河北一个县级市，如法炮制，还骗到了县委书记、县长作陪。事后那个县委书记多了个心眼，托北京的熟人了解了一下情况，被证实查无此人。那人后来被抓起来了，原来他是宁夏一个高中文化程度的无业人员，骗取了香港那家电视台数百万元，被法院以招摇撞骗罪、诈骗罪判刑20年。

老梁呢？如果不是有东方钢铁董事长武庸仙和合作伙伴肖冰介绍，怎么看怎么像大骗子。后来，陈晓成启动了背景调查，从调查结果和这段时间对老梁的观察、了解来看，老梁这个人的身份是真实的，他之前的经历也是确有其事。不过，陈晓成内心隐约感到不安：老梁到底是什么样的一个人，到底在想什么？这么一把年纪了还要四处奔波、折腾，究竟在追求什么？

贾浩垫付首期4.5亿元资金，管彪兑现了承诺，通过第三方渠道向贾浩支付了收购款。这笔款子到账后，贾浩松了一口气，他对陈晓成说："谢谢，感谢支持，否则我是要犯大错误的。"

这笔钱是管彪实际控制的一家房地产公司打给贾浩的。签署的协议界定，此笔款项系由贾浩公司代持金紫稀土股份一年，然后豫华泽投资公司筹资后将其持有股份赎回。

第二十一章
局中局：一个危局需要更大的局来解套

这天临近下班，王为民进了陈晓成办公室，对陈晓成说："赶紧收拾东西吧，我老妈邀请你过去吃饭。"

这么正式？陈晓成打趣说："是不是又要谈璐璐的事啊？还是谈你跟琳琳的进展？她老人家知道些什么？"

聊起工作之外的事情，他们仿佛又回到了心无城府的学生时代，喜怒笑骂，还恶作剧频频。

读研时的一个夏夜，他们宿舍四人在侃大山，主讲者是来自西北地区的时文同学。时文一表人才，身高1.76米，在班上仅次于陈晓成，风流倜傥，口若悬河，很能讨女孩子欢心。每当晚上宿舍熄灯后，同学们仰躺在单人铁架木板床上，最惬意的就是听时文侃泡妞经。他们闭着眼，在他惟妙惟肖的述说中，一幅幅或淫秽或壮丽的画面，在每个人的脑海里如好莱坞大片般展现，弄得这帮活力四射的青年浮想联翩，心猿意马。

这晚，王为民正沉浸在时文又一个杜撰的细节描述中时，突然手机响了一声，是短信，他打开短信，立即跳了起来："出事了，出事了！"

众人问何事，他说他女朋友发短信过来说怀孕了。

众人都憋着笑，王为民还没有意识到什么，就去拉陈晓成下床，陪他去找女朋友，看怎么解决。

只要出现棘手的问题，王为民理所当然地就找陈晓成。陈晓成不仅年长他两岁，而且还工作过两年，出国了一年，是混过社会的。在陈晓成面前，他们都是菜鸟。

陈晓成毫无同情之心地说："怀了就生下来，叔叔阿姨肯定高兴。你没看这些年不孕不育医院遍地开花？瞧这环境污染的，吃的食品都不安全，那么多激素，还有，城市生活压力那么大，这年头不孕不育的那么多，你这家伙，上来就中，人家羡慕都来不及呢。"

宿舍其他两位则随声附和，还不时爆笑。这让王为民很不爽："你们就嘚瑟吧，见死不救啊。尤其是你陈晓成，我可是把你当作我们老大了，你更不能见死不救。我还从未想过这么早结婚，更没想过现在就要孩子啊！"

时文同学开灯，看着王为民沮丧并紧张的样子，立刻憋不住了，哈哈大笑。受时文感染，陈晓成也憋不住了，跟着笑起来。王为民则是满脸诧异。

原来，王为民喜欢上了医学院一个叫璐璐的东北姑娘，皮肤白皙，身材高挑，两人这段日子进入了热恋。陈晓成搞到了三张去央视参加一个对话节目的票，王为民就把璐璐带过去了，看着他们的热烈劲，这帮同学就寻思着找个机会给他来个恶作剧。这晚，王为民又回来得比较晚，把手机留在了书桌上，陈晓成就擅自在王为民手机上，把他的号码设置成"老婆"，把"老婆"璐璐的号码设置成"蒲柏"。待他忘乎所以的时候，陈晓成就往王为民手机发了条短信："老公，我怀孕了！！"然后等着看王为民的反应。

原来如此！当陈晓成和盘托出真相，王为民说了句话："蒲柏，你就是憋着坏！"

璐璐毕业后就去了哈佛医学院读研，读完硕士继续读博士，博士毕业后考取了纽约的行医执照，打算在美国行医定居，这让王为民颇为神伤。也许出于某种报复心理，王为民在与璐璐保持联系的同时，也不时与其他女人上床。

转眼30岁了，王为民妈妈着急，开始催婚。

王为民爸爸晋升到京城任职，单位在万寿路某号院给他分配了一套房子。有一段时间，王为民经常拉着陈晓成去他家里吃饭。用王为民妈妈的话说，简直就是连体兄弟，从学校开始至今，这么多年，还没见他们红过脸。他爸爸的单位在顺义有块200亩的无公害蔬菜基地，只使用牲畜粪便有机肥，不打农药，是纯绿色食品。每次去王为民家里，王为民妈妈就把洗干净的黄瓜、西红柿、白萝卜摆桌上，陈晓成拿起来就往嘴里塞，王为民妈妈笑称："你这伢就是好养。"他们待陈晓成友好，陈晓成在王为民家里闹腾，毫不生分。只是，陈晓成内心深处总是潜伏着一种不安的情绪，总感觉生活有些不真实：他，一介平民子弟，怎么能在这样的家庭里如此放肆？

晚餐丰盛，王为民妈妈心疼儿子，每次儿子回家就亲自下厨，做满满一桌菜。

这个晚上，老爷子也赶回来就餐，和他们谈的话题让他们大为吃惊。

老爷子问："你没有参与崔叔叔的生意吧？"

"什么生意？没有啊！"王为民一口咬定。

陈晓成在桌子底下捅了一下王为民，在他耳边悄声说："就是你当初要参与收购的西北矿产项目包。"

王为民立即说："是不是环亚集团收购的西北矿产项目包？项目风险太大，没有参与。"

"真的没有？"老爷子将信将疑。刚才兄弟俩的动作，他看在眼里，目光犀利地在二人脸上扫来扫去。

"老爸，你别这样看我。我们都到而立之年了，又不是3岁的小孩子，风险意识是有的，即使一时糊涂，也糊涂不到哪儿去，我在家天天听你唠叨什么纪律原则啊，早就烂熟于心了。"

"哦，那就好。"老爷子确认儿子没有牵涉其中，大大地松了一口气。

"究竟怎么了？"老爷子欲说还休，勾起了王为民的兴趣。

"不说了，和你无关。我也得遵守纪律，你别给我添乱就行。"老爷子心里的一块石头落下来，情绪大好，主动给两位后生盛饭。

陈晓成比较窘地站起来，要抢着盛饭："哪能让您盛饭啊？"

"你们都坐下，我们能安安全全地吃顿饭我就心满意足了。你们还年轻，要知道有些利不能要，法律术语中有'不当得利'，这类利再怎么丰厚怎么容易都不能要。我们这辈人啊，在你们看来也许爱唠叨，但我们永远记住一点，没有天上掉馅饼的事。"老爷子意味深长地转头对陈晓成说，"小陈，你比王为民大那么一两岁，有些事情啊王为民容易激动，从小也没有吃过苦头，面对诱惑的时候，你多提醒提醒。你们都年轻，要互相监督，宁可错过，不可做错。"

这个时候，王为民的妈妈端着山药排骨汤进来，说："是啊，小心驶得万年船。当年，我和他爸爸，大学毕业后到湖滨市，举目无亲，无依无靠，正是靠小心翼翼地做事，瞧瞧，这才有了今天这个安稳的日子。说实话，我们抵制住了太多诱惑，有多少诱惑就有多少风险！我们这些年，同一个大院的，就有不少家庭破碎，还不是因为抵制不住诱惑嘛。"

老爷子接话："老人经常跟我们讲，别只记得贼吃肉，不见贼挨打。你们干的一些事情我还是知道的，得给我加倍小心！"

饭后，王为民把陈晓成拉进他的卧室："环亚集团怎么了？不是顺利完成了吗？"

"我也是今天下午才知道的，是一个报社记者发微博，举报环亚集团在收购西北矿产项目中涉嫌巨额国有资产流失。"

"记者疯了吧？他也不掂量掂量自己几斤几两，竟然微博举报！他们有证据吗？"王为民跳起来。

陈晓成按住王为民："先别激动。这位记者在发微博前，向中央监管部门实名举报了。估计老爷子也是收到了举报信。这类事情，只要被对手惦记着，不用记者自己去搜集证据，给他提供证据的多着呢。被环亚集团公司干掉的对手，能少吗？"

"都是些什么内容？"

"我记得大概有以几点：一是程序问题。举报信列举说，根据《企业重组合作协议》约定，环亚集团收购西北这个矿产包，项目所有资产评估均应由收购方委托评估机构进行，但是，他们对煤矿采矿权、探矿权的评估，均由被收购方委托的评估机构进行。举报信引用审计部门匿名人意见，说收购方已经直接或间接支付50亿元收购款，其中违反收购协议提前支付30多亿元。"

"二是实体资产评估问题。这个记者不知从哪里获得收购方集团审计部的自查资料，说一个煤矿资产评估值为2.3亿元的5个井下工程项目，工程造价仅为1.21亿元，评估虚高很多；另一个煤矿探矿权评估中采用的可采资源储量为1036万吨，评估值为4.88亿元，实际该矿可采储量为270万吨，其矿业权价值为1.27亿元，高估3.61亿元，虚高73.98%。这些资料我之前也从有关方面拿到了，和这记者的差不多，出让方涉及转让的部分房屋、土地使用权的权属证明未办理，两个矿的探矿权已过期，部分车辆无合法的行驶证明文件等。收购的焦化厂的环保设备无法正常运行，目前废水、废气排放远远达不到国家环保要求，且对尚在运行的设备带来很大影响。焦化厂的自动化设备收购时已老化，目前该系统瘫痪，无法正常运行，使得产品不合格率增加。"

"关键问题是，环亚集团去收购之前，原本是当地一家企业在谈判合作收购，价格只有后来环亚集团收购价格的三分之二，现在一下子多出一二十亿。因此，他们认为以高价收购项目包不可思议，评估存在严重问题，并且违规提前支付收购款项，涉嫌造成数十亿元国有资产流失。"

"环亚集团作为大型国企，不可能在这么大标的收购中发生如此低劣的错误。"王为民认为举报内容有问题，"据我了解，到期的采矿权已在办理申请延续，国土资源部门也受理了另外两个矿的探矿权转采矿权并划定矿区范围的申请。聘请评估机构，是环亚集团自己聘请的香港永安，国际知名审计评估事务所，不可能偏向出让方。"随即，不待陈晓成接话，王为民一屁股坐在床沿上，说，"这中间肯定出了大问题！要么利益分配不均，要么碰到死对头，这下子崔叔叔可惨了！他对我很好，是个好人。上中学那会儿，我跟在他屁股后面去水库钓鱼，记得一次还钓了一条大红鲤鱼！"

陈晓成从王为民家里出来，已是晚上11点，万寿路往西山去的路上车辆不多，路虎揽胜奔跑起来就像一匹脱缰的野马，路灯昏黄的光线照着两旁的房子、杂草丛生的圈起来尚未开发的土地，他的耳边回荡着王为民爸爸的一番话，感觉他似乎有所指。难道，他操盘老梁竞购金紫稀土项目的事情被王为民爸爸知道了，这个项目出什么问题了吗？

这个项目至今尚未和王为民挑明，因为他不知从何讲起。这是一个心结。

项目进展至今，基本算告一段落了。当然，中间出了一些曲折。

第二笔款项最后支付日期即将到来，包利华的钱却迟迟未到账，老梁急得三地之间来回跑，他这一把年纪了，折腾得够呛。一次他从渝中市回到北京，刚下飞机，就有些恶心，头晕眼花，同行的助手是军人出身，立马打的送他到北京军区总医院住院检查，原来是疲劳过度，血压急剧上升，才导致头晕。休息两天后，老梁又马不停蹄地催款，网罗专业人才。他们是与包总签订了协议的。根据协议，包总付款时间最迟比第二期付款截止日期提前7个工作日。也就是说，只要不晚于这一天支付，包总就不存在违约。当初老梁飞过去签协议时，这临时改变付款日期的约定根本没有跟陈晓成沟通商谈，等陈晓成知晓的时候木已成舟。陈晓成拿着盖着红章、有着酷似毛体的老梁签字的协议，当时心里就想，这个包总，竟然还打起付款日期的小算盘，不是明摆着折腾老梁玩嘛！

还别说，这个日期条款差点出了问题。这个是罗威跟陈晓成说的。那天罗威来北京玩，特意跑到陈晓成所在的私募基金办公室，向陈晓成请教投资的事情，两人聊得不错。提及投资策略，罗威表现出年轻人的通病，激进、频繁操作、多元化，想一口吃个胖子。陈晓成建议他，在自己的能力范围内投资作业并尽量减少投资次数，把有限的智慧集中在屈指可数的投资决策上，以确保做出正确的投资决定。要坚持价值投资中的"购买并持有"策略，因为人类面对的是一个不确定的世界，生活在非线性的、不按部就班的历史进程中，并且，人是情绪动物，自身充满了不确定性，因此，一个好的价值投资者不会去预测宏观经济、证券市场和股票价格的走向。坚持价值投资的成功人物是巴菲特。

罗威聊得很兴奋，他说："我特别崇拜查理·芒格，他是投资大师巴菲特的黄金搭档，是伯克夏·哈撒韦公司副主席。我在国外念书时认识一个李姓华人，长期跟随查理·芒格，投资很成功啊。对了，您给我推荐一两本这方面的书看吧。"

陈晓成推荐的既不是职业投资家著作，也不是来自华尔街的舶来品，而是一位研究保守主义投资哲学的学者的作品，刘军宁的《投资哲学》。这部书系非专业出身的刘军宁于业余时间所作，乃神来之笔，从哲学的高度阐释和研究投资中的人性、时空、价值、方法，以及道德与信仰、真理与自由的关系，远胜过市场上名目繁多的各类操盘手作品，是一盏"保守主义的智慧之灯"。

罗威说："以后很希望能不断得到陈哥的教诲。"然后他话锋一转，说了一句很重要的话，让陈晓成警觉。

罗威说："昨晚在家吃饭，我爸爸在饭桌上随口问了句'老梁那边款项筹备得怎么样？'我回答说：'应该没有问题。'我爸爸说：'要加快，要给欣大控股以信心，他们已经提前打报告了，在询问一旦竞标方支付不了余款怎么善后。'"

陈晓成感觉不妙，与罗威分开后，立马给老梁打电话告知此事，并且语多不快："你们怎么做工作的？处理关系、联络感情不是你的强项吗，怎么会出这种事情？"

老梁回复说："是第二大股东国矿稀土在捣乱，他们四处放风说我们根本筹集不到余款。"他反问陈晓成，"包总那钱什么时候打过来？"

包利华在和管彪较劲。

管彪在谋划一桩更大的买卖。陈晓成也没有想到，自己会在不知不觉中成为这盘棋的一枚棋子。

那次从北京郊区打靶归来，管彪打发司机回去。他上了陈晓成的车子，坐在副驾驶位上，扣上安全带，对陈晓成说："陈老弟，今晚我带你去一个地方。"

管彪指的是顺义郊区的一个会所，在燕京啤酒工作的朋友扛过来两箱原浆啤酒。陈晓成说："我可喝不了酒，喝了酒我晕乎乎的，到时候我说什么话都不算，那是醉话。"

话虽这么说，但这个晚上陈晓成还是喝了不少酒。这酒不是管彪灌的，而是陈晓成突然来了兴致，不知不觉地顺手抓起酒杯往嘴里灌，慢慢地有些多了。

这兴致自然是管彪激起的。陈晓成至今还记得交谈的一些核心内容和细节。

管彪说："你是不是特别想控制永宁医药？"

陈晓成愕然："老梁跟你说的？"

"我和老梁深谈过数次。虽然他是你介绍的，我也相信陈老弟的人品，但最初接触老梁这个人，满嘴大话，怎么看怎么不靠谱，后来陈老弟一再推荐，我不得不让人调查一番。后来我们去见我的前东家，老梁组织的饭局，也叫了一些体面的人，感觉还不错。接触了几次，我们聊的事情就比较多了，自然谈到你那事。这事呢，不丢人，我知道，只会给你加分不会减分。"

陈晓成承认了自己找老梁的最初目的，这个目的至今未变。

"那么，东方钢铁靠谱吗？听老梁讲，这个武庸仙曾是他的部下，当年得益于他的栽培，应该会给面子的。不过，陈老弟，我也提醒你一下，这里面有两个问题：第一，武这个人是否会给老梁面子？人在江湖身不由己，人走茶凉是常态，即使念旧情可以提供其他帮助，也不一定采取你们认可的方式。老梁是什么人？三进宫啊，过去的尊严也好，感激也好，估计也三番五次给消耗尽了，这个武总真的会给面子吗？"

管彪喝了一大杯酒，包间里只有他们二人。他继续说："第二，他帮你这个忙，如果没有切身利益，会帮吗？如果是你，你会吗？你得换位思考下。"

陈晓成回答说："如果是我，我会选择在不损害公司利益的前提下，尽自己所能给予帮助。这件事情，并不会损害东方钢铁任何利益，如果经营管理得当，只会增值不会减值。至于个人方面，我自然会考虑的，我们又不是刚出道。"

"怎么会不损害东方钢铁的利益？他授权给你，形成一致行动人，总得公告吧。问题就出在公告上，一旦公告，就会有股东、投资者、媒体甚至上级来追问，为何要做这样的授权，全国第一例啊！授权给一个不相干的人，即使他们都不问，永宁医药的大股东也会质问。本来风平浪静的，仅公告这个事就搞得风起云涌，何必？"

　　陈晓成确实没有想到这些问题，因为这些对急于求成的陈晓成而言，都不算什么问题，何况在圈子里，在同龄人中，他还算得上响当当的人物。经管彪如此一番解读，陈晓成琢磨出了一些味道。

　　从第一次见到武庸仙至今，大半年过去了，从未收到东方钢铁的任何决定，每次打电话给武庸仙甚至老梁，他们的回答都千篇一律，都是正在研究。

　　其实对于"正在研究"的官腔或者说是推辞之语、引诱之语，陈晓成这种场面上的人，自当听得出来，也应该有免疫力，但当局者迷，陈晓成求成心切，轻易忽略或者屏蔽了诸多不利的因素。人都是有盲区的。

　　陈晓成没有表态，他品着舌尖的酒，有一股麦芽糖的味道，淡淡的酸涩。他安静地看着管彪，等待他继续讲。

　　管彪端起酒杯，跟陈晓成碰杯："你别这样看着我，我说的是内心话。我是这样想的，这方面，我可以帮你。"

　　陈晓成立马接口："你如何帮？"

　　"要么用钱去收购第三、第四这类股东的股份，要么我们直接从东方钢铁溢价买过来，解决办法其实很简单。"

　　"需要一笔不小的钱。"陈晓成心里知道，凭管彪目前的能力，他不相信管彪一下子能弄过来这么大一笔钱，除非挪用纽夏保险的资金。陈晓成作为纽夏保险的董事，他绝对不允许管彪这样做。并且，管彪之所以在董事会遭受非议，尤其是被掌握很大话语权的前东家、外资方、国企方股东驱赶，要追究其法律责任，恰恰是因为有挪用公司资金、任人唯亲、与外部亲属公司发生关联交易的嫌疑。

　　最初，操盘手南齐还想了一个主意，就是通过媒体炒作，大肆打压大股东，列出大股东的种种罪状，目的是团结所有能团结的散户，与散户形成一致，从而改选董事会。但是，所谓散户不过是一盘散沙，即使今天集结在一起，明天如果有人抛出更多的诱饵，他们仍会掉头跑开。更主要的是，这违背了陈晓成的初衷：绝对不能这样搞！这不是他想要的，他不能伤害她们！

除了改选董事会应该还有其他更多的选择。

"这就是需要陈老弟来商谈的原因所在。我可以帮助陈老弟，你也要帮助我，我们互帮互助，说白了，就是各自帮助自己。这样碰到好机会，形成的合力力量更大。"管彪直言不讳。

陈晓成在听管彪提出的如何互助。

管彪说："我需要成立纽夏控股集团，来收购纽夏保险一些不合拍者的股份。控股集团里，除了你我两家，还要拉上贾总、包总他们，然后会加一些外部股东进来。"

陈晓成明白了管彪所想。根据管彪的设想，一旦协助老梁入主金紫稀土，金紫稀土就要入资纽夏控股集团，这样就会构成一个庞大的纽夏控股集团，进而回购纽夏保险的股份，从而达到控制纽夏保险的目的。如此一来，高悬在管彪头顶的达摩克利斯之剑或者炸弹引信被拆除，他就可顺利实现软着陆。

不得不说，管彪的想法大胆，且不失为一招妙棋。

陈晓成同意援手，不过他提出条件：第一，不能损害作为纽夏保险股东的民海兄弟投资集团的利益，毕竟它是王为民和他及另外几位小股东的心血，而不仅仅是陈晓成个人的。不能因为个人私利而损害其他无辜人的利益，损人利己或者损人不利己的事情不干。第二，不能动用纽夏保险的资金，这些资金管彪自己想办法，犯法的事情不做。第三，完成这个项目后，陈晓成不介入金紫稀土的任何事项，安全退出，管彪协助陈晓成运作拿下永宁医药控股权。

管彪答应得很爽快，他拍着陈晓成的肩膀说："这些都没有问题，只是需要陈老弟在一线运作，以你的能力、人品和资源，再也不会找到第二位。另外，组建控股集团的事情，我肯定会和王为民商谈的，但是请放心，其余的事情，我绝对不会跟你们王总吐露半个字。"

姜还是老的辣，陈晓成的隐忧逃不脱管彪那双阅人无数的老眼。

第二十二章

破局：短兵相接

包利华有些反悔，承诺的借款久拖不决，他在增加筹码，即还是需要管彪给他一个说法，或者说是承诺。他通过陈晓成传话，他怕老梁还不清债，得管彪和陈晓成做担保。

陈晓成不打算为老梁担保。直觉就是很奇怪，虽然他帮助老梁四处周旋筹资，自己却本能地拒绝为其提供担保。他绕不过内心的感受，这种感受就是深深的鄙夷，打他第一次与老梁见面就在心里生根，接触日久，这种感受开始发芽。但人就是非常奇怪，因为利益，他必须隐藏这份鄙夷。一句古谚很适合他们这个阶层：没有永远的敌人，也没有永远的朋友，只有永远的利益。

不像郝仁师兄，他算是大彻大悟了，近来乐此不疲地做慈善。他在西南一个少数民族地区，建立了一只公益基金，培训小学教师，传授现代文明知识，他致力于让这些至今还保留着原始部落文化的村民，享受到现代物质文明的便利。陈晓成对他的一句话记忆犹新：对朋友而言，你拥有再多的钱，别人也花不了你几个，唯有情义最重要。

陈晓成把担保的难题抛给管彪，这也是他们商谈的疑难杂症之一。同时，陈晓成也提出了解决方案：一旦入主成功，包利华拆借给老梁的资金，可以选择现金加股权归还，也可以全部选择现金还款。如果老梁难以执行，则可以有两个方式解决，一是担保人承担担保责任；二是可以在未来纽夏控股集团里折算成股份，以管彪自己的股份进行抵扣，不损害其他股东的利益。

包利华自然乐意，安全边际高，风险小。在他的算盘里，无论陈晓成还是管彪，都是有偿债能力的人，同朝共事，不至于为了这些银子毁掉在行业里的声誉。

陈晓成直接把这个方案抛给管彪，让他承担担保责任。管彪本来是不想自己去做担保的，但一看自己不承诺，包利华就不会履约，两利相权取其重，两害相权取其轻，在最后关头，管彪直接签字担保。

商业世界，没有纯粹的江湖义气，都是无利不起早的鸟。

凯冠生物挂牌上市即将一年，基金即将解禁。

在后方虎视眈眈等待吃这块肥肉的基金多如牛毛。陈晓成、王为民以及另外一个合伙人这些天在紧锣密鼓地谈判减持套现。僵持的是部分减持还是全部减持，还有价格问题。

全部减持，这是他们在凯冠生物上市之前就达成的内部共识。他们心知肚明，凯冠生物就是一枚炸弹，随时能被引爆，也许不经意的一个小失误就能引爆。

凯冠生物老板万凯曾经跑过来商谈，能否再共同往前走一程，说只要有他们在，他干活踏实。

陈晓成自然不同意，基金是出资人的钱，只是交给他们管理投资而已，他们必须为出资人负责，好不容易熬到获利退出，怎么会再待下去？

万凯有些紧张："你这一退出，我和公司高管还有至少两年才能减持，万一出事了怎么办？你们不在，我们心里太不踏实了！"

陈晓成在心里冷笑，他不动声色地劝说万凯："公司融资算是超募吧，足够完成你那庞大的现代农业的产业梦了，不仅在你老家，就是在全国，你也称得上一号啊！天下没有不散的宴席，合久必分，即使我们减持完了，我们也还会关心凯冠生物，我们还是一大家子。"

"那能否不要一次性减持完？我们股价在高位，业绩持续释放利好信息，你们基金全部退出，股民会怎么想，会不会认为我们有问题，这么好的行情你们还全撤？"万凯退而求其次，说的也颇为在理。

陈晓成说："我们会考虑股价波动这个因素，会有计划地撤离。我们是私募基金，即使全部退出，股民也是能够理解的。我们这类基金主要就是帮所投企业成功完成IPO，然后顺利退出，经过这么多年的资本知识教育，股民已经不是10年前知识缺乏的股民了。万总，放心好了，所谓山不转水转，也许未来我们还会有其他合作，比如两年后，你们也许会成为我们新一期基金的出资人，我们为你们服务。"

老万听出了他们还是打算全部退出，也就不坚持，毕竟锁定期一过，何时退如何退是他们的权利。但他一再强调，别扔下他不管。

陈晓成知道，凯冠生物自从顺利上市，业绩一直很出色，在地方不仅是纳税大户，公司加农户的商业模式，还直接带动了当地农业发展，老万因此成为当地官员的座上宾，风光无限。他也清楚，老万担忧上市之前的财务业绩是一颗炸弹，万一爆炸，不仅财物一空，还会声誉尽毁，这位老侦察兵爱声誉胜过爱女人。

临走，陈晓成再三跟老万强调，小心行得万年船，稳步前进，踏实做业绩，别捅娄子。

这些日子，他们跟基金谈判更多的是估值。由于盘子大，资金量并非一星半点，与基金的谈判一时陷入僵局。

忙里偷闲，陈晓成赶到金紫稀土参加临时股东大会。

金紫稀土总部位于神华市，从北京飞到神华市需要3个多小时。头等舱这天只有3个人，除了他自己，还有一位戴着高度近视眼镜的大胖子，仰躺着，在津津有味地看着《中国民航报》《人民日报》。刚才两个部下点头哈腰、神情谦卑地将他安顿好后，还特别跟头等舱的漂亮空姐说："这是我们市长，照顾好点。"另外一位乘客是个20多岁的姑娘，在头等舱候机室，她给男友打电话时，就哭哭啼啼的。登机后，忧郁地看着窗外，不停地抽泣，空姐递过去了好几包纸巾，还时不时过来帮她收拾一下。

如果是李欢欢，他会主动去哄小美女开心，空中恋情通常就是这样发生的，尤其是在位置稀少的头等舱，更容易发生。当年李欢欢成功泡了一个22岁的高个儿国航空姐，天津姑娘，这成为李欢欢四处炫耀和吹嘘的资本。

陈晓成心情不错。

创业至今，坐飞机无数，还从未有如此好的心情。看到飞机穿过云端，白云如絮，犹如仙境，陈晓成忽然想起了小时候看的《西游记》，孙悟空经常一个跟头就翻到天上腾云驾雾，好生厉害！人生不就是一趟西游？每个人心中都有一个西方圣地，都有他自己的目标。在去往圣地的途中，斩妖无数，闯关无数，最终成功抵达，幸福也不过如此吧。

其实，在半个月前，欣大控股还在向省政府打报告问，如果此次惠泉和豫华泽投资公司联合竞标方违约，如何善后？

包利华在最后时刻出手，他支付了6亿元借款给豫华泽投资公司。包利华说："多多谅解，这段时间确实手头很紧。这年头，谁会有大把的现金留在手里？这6亿元可是花了不少时间四处筹集的。"

不管包利华所言真假，他至少已经支付了6亿元。陈晓成心里也清楚，在一定程度上包利华所言非虚，这年头，谁又能一下子拿出来那么多现金？哪个不是在互相拆借？

老梁打电话过来说："还差1.5亿元，怎么办？"

陈晓成早就有预案，他告诉老梁，这个时候，还是需要省委罗副秘书长出面，一定要请欣大控股的董事长严嵩和几个重要人物出来商谈。这次会议不要做成私人聚会，一定要办成办公协调会，协调人就是副秘书长。

老梁有些为难，他担心罗副秘书长不愿意出面。罗副秘书长曾经暗示他说，在这个项目上，他还是避嫌为好。

老梁说："折腾这么久了，还什么都没见着呢，就不断消费人家的关系、面子，这合适吗？"

陈晓成一听就有些窝火："这是什么时候？在这个节骨眼上，你不让人家出面，还想在什么时候出面？这些关系，就是要用在关键时刻，好钢要用在刀刃上。你是不是平常为了小事不停地骚扰人家，他们不厌其烦啊？"

陈晓成能想象得出，老梁这号人，一旦攀附上罗副秘书长这种关系，肯定会四处兜售。

老梁在电话中嗫嗫嚅嚅，陈晓成知道自己判断无误。他立即跟老梁说："你这样跟罗秘书长说：他儿子，未来无论是来金紫稀土还是来北京我这儿，大门对他都是敞开的，由他自己选择。这个年轻人是可造之才。"

他清楚，罗副秘书长如今最在意的就是他儿子的去向，如果能到北京知名基金或投行谋一份工作，得偿所愿，他肯定乐意帮忙。而陈晓成自己对罗威印象不错。

陈晓成继续安排："这次会议的目的是支持过户，至于余款，可以延后支付，我们支付利息，哪怕把对等的股权质押给欣大控股都可以。总之，我们的目的就是，6亿元打过去后，我们要拿下股权过户。"

老梁这人虽然三进宫，但脑子还未完全锈掉，他懂陈晓成的意图。

与陈晓成通话后的第二天，他就顺利做了安排，罗副秘书长可谓是不遗余力。罗副秘书长安排了一场高尔夫，打球结束，顺便在贵宾休息室谈起来，看似随意的安排，却颇具匠心，一场运动过后，大家心情愉悦，内啡肽分泌旺盛，精神状态也颇佳。

欣大控股提出，股权过户需要召开临时股东大会，虽然公司章程规定三分之二以上股东同意就可以修改公司章程、股权过户，但还是会遭到第二大股东国矿稀土的反对。只要能争取国矿稀土的同意，欣大控股方面就没有问题。

与国矿稀土取得谅解，是与虎谋皮。陈晓成知道，欣大控股所言不假，国矿稀土确实是个烫手的山芋。

但事情并非没有转机。这是陈晓成一贯的作风，任何事情都不能在一棵树上吊死，总有解决办法。这个办法就是争取第三大股东神州物流的支持。

神州物流曾经也跃跃欲试，一度打算参与竞标。后来估计看到参与竞标的买方个个不善，就放弃了。陈晓成判断，只要给他们足够的利益，就能将他们争取过来。他再三叮嘱老梁："你们跟神州物流沟通时要拿出足够的信心和诚意，要让他们认识到，未来你们不仅要在董事会密切合作，还可以出让一些利益。记住，我们当前就是要全力以赴拿下股权过户，拿下实际控制权，任何利益都可以考虑退让，不要斤斤计较。"

为防不测，陈晓成带老梁去见了一个神秘人物，这个人物与陈晓成私交甚笃。谈完事情后，老梁不得不再次对陈晓成竖起大拇指："兄弟，真有你的！"

一切在有条不紊地进行。老梁给陈晓成回复说："神州物流沟通好了，马上要召开临时股东会，欣大控股主持会议。"

陈晓成是作为列席代表参与会议的。老梁说："要不列为正式代表？"陈晓成把这个想法给否了，同时特意提醒老梁邀请贾浩参会，作为正式代表出席。

他们抵达神华市机场的时候，老梁搞了辆挂着军牌的红旗轿车前来接站，贾浩比陈晓成晚了半个小时。

老梁还是戴着一顶蓝绿色的军帽，穿着一条军裤，神清气爽。他拉着陈晓成的右手使劲握："大功告成，大功告成。陈老弟，没有你，就不会有我的今天啊！"

陈晓成也嘲弄一句："今天怎么穿成这样？你那套名牌西服呢？"

"哈哈，在陈老弟面前，我还是保持本色，这样见自己兄弟、自己人，舒服。"

正在他们谈笑间，贾浩走了出来，身后跟着一位男助理，拉着拉杆箱。老梁上前握手："感谢贾总支持。贾总做事有气派，刚才看你出来，步伐虎虎生风，很有气势，虽没当过兵却很像我们当兵的。"

贾总寒暄说："梁总什么时候嘴巴这么甜了？恭喜啊，我们可是言而有信。"他着重强调"言而有信"四个字，握手时双方用力抖了抖。

老梁回头看了一眼陈晓成，他正在低头翻看手机短信，老梁赶紧对贾浩悄声说："放心，我肯定言而有信，答应你个人的事情，不会食言的，成功后我会转给你。我这个人，也许会折腾一下企业，但绝对不会让个人难受，尤其是你们国企的老总。"

贾浩立即用力握着老梁的手，用力抖了抖说："那就好，那就好。"

陈晓成发完短信，他转身，过来问老梁："包总也要派人过来听会，你和欣大控股的人说了吗？这次列席临时股东会的人可不少。罗副秘书长这次出力不少啊，事成之后，别亏待了人家。"

"都沟通好了，虽然老夫一把年纪，这点小事还是能够轻松搞定的。包总的人早到了，我们已安排在酒店住下来。"接着，老梁跟陈晓成简单介绍了此次临时股东会议的情况。

这个时候，罗威也过来了，他把车子停在二楼出发厅门口，自己跑到一楼出站厅，一路小跑到陈晓成面前，满脸喜悦地说："欢迎欢迎，我代表神华市1000万人民欢迎陈总到来！"

陈晓成说："你怎么能代表神华市人民啊？呵呵，不过，谢了，能走到今天这一步，老梁的成功离不开你，有什么要求尽管和他提，也欢迎随时到北京找我。"

罗威说："我就是想跟着陈总干，陈总安排什么我就干什么，任劳任怨，绝无半句牢骚。"

"不是跟我干，我庙小，我会力荐你到大投行去，刚好有铁哥们儿需要人，你符合他们的条件，我不过是给他们做了次免费猎头而已。"陈晓成已经想好了罗威的去处，他可不想有这种背景的人留在自己身边。

一位台湾做投资的老板曾经跟他聊资源培养和使用，说了一句经典的话：为了吃牛肉，没必要就自己养头牛。

何况，他还不想自己在金紫稀土这个项目上陷入太深，总有一天他会抽身而退。勿忘初心，他最初的目标是永宁医药，只是后来被扯进了金紫稀土而已。人生总是充满各种不确定。

临时股东大会一波三折。

陈晓成是列席代表，老梁之前已经跟欣大控股董事长严嵩沟通过，严嵩对陈晓成这个名字并不熟悉，但提到民海兄弟投资集团和盛华私募基金，严董事长的第一反应是：是不是王书记公子的产业？

眼前这个清秀、瘦高的小伙子就是王公子的搭档。严董事长意味深长地拍了拍陈晓成的肩，算是打过招呼了。严嵩对于贾浩则不觉陌生，毕竟作为A股国企上市公司掌门人，两人有着天然的亲近感，握手的时候严嵩轻轻摇了摇，就像久未见面的老朋友，彼此轻拍了掌背。

会议有一个小插曲，开始时，老梁就挑起了事端，埋下不和谐的隐患。陈晓成皱了皱眉头，未作声。

老梁指着坐在第二大股东国矿稀土代表武为副总旁的中年妇女，向主持会议的严董事长提议："这位同志身份不清，来历不明，建议回避。"

武副总解释说："这是我们的工作人员。"

老梁站起来，展开手头的一份报纸，报纸第二版财经版刊登了一张照片，照片中人就是眼前这位妇女同志，白纸黑字说她作为这份报纸财经版的主编，每周主持主题论坛。

会场哗然，原来她是记者！

老梁调查工作做得扎实，当然与陈晓成的提醒有关：尽量不要让记者进场，我们不是上市公司，完全有权拒绝记者进入。这类记者，保不准会写些什么，尤其是在关键时刻，万一来一个大的负面报道，就糟糕了。毕竟记者知道的永远只是一星半点的事实真相，甚至完全是假象，如果他们抓住一点进行放大，那就百口莫辩了。

记者被"请"出去了，作为出让方、大股东的严董事长也想着多一事不如少一事。这次拍卖，本来就不消停，还惊动了省长，自然是赶紧交割了事，千万别"小事生非"，于是做了如此裁决。

不出所料，"请出"记者这个举措，令国矿稀土武副总大为生气，他在股权过户议题上大动干戈。

当主持人提议股权过户时，武副总情绪爆发，言辞激烈："这是非法行为！惠泉联合体根本没有在规定的期限交付80%的款项，至少差1.5亿元没有交割，怎么能算完全履约呢？我看，不仅不能过户，还要追究违约责任！"

这下子，全场炸开了锅，小股东们交头接耳，质疑声一片。

老梁气得发抖，他狠狠地盯着武副总，刚要站起来反驳，严董事长这时做了个手势，示意老梁坐下，他有话要讲。

毕竟是国企董事长，临危不乱。严董事长说："毕竟是股东大会嘛，各位股东畅所欲言，提出不同的意见，维护股东们的利益是好的。我强调一点，作为大股东，我们同意了此次中标的惠泉联合体延后支付余款，包括滞纳金和利息。"

严嵩如此表态，意图很明显，这是大股东与新任股东之间的事情，既然双方达成了协议，就属于合法行为，而且也不损害其他股东的利益。

国矿稀土似乎吃定了老梁，武副总依然不依不饶："这次公开竞标，全社会都在关注。根据我们的了解，惠泉联合体竞标并非惠泉自己有意收购，因为这与他们的主业不相关，他们在公告里也说了，他们的主业不会改变。我们很怀疑他们继续履约的能力，我们也因此担心国有资产存在流失隐患。从金紫稀土发展的角度考虑，如果一个履约能力存在问题的股东成了大股东，他将会把公司带向何方？可想而知啊！因此我们不得不反对此次过户提议。"

老梁一听就急了："什么叫履约能力存在问题？我们已经为这个项目支付了10.5亿元，真金白银，10亿多，属于无能力吗？如果10个亿叫无能力那什么叫有能力，难道拿出100个亿才叫有能力？纯属扯淡，瞎胡闹，说这话的人没过脑子！"

老梁一着急，就口不择言，这话有些人身攻击了。武副总一下子抓住这句话："瞧瞧这素质，这是什么素质？我们怎么会眼睁睁看着优质国有资产落在这号人手里？"

然后，他扭头对主持会议的严董事长说："根据协议，如果支付的不够收购款的80%，就属于违约行为。虽然你们之间达成了谅解协议，但这是公开竞标项目，我们有权监督。何况我们是股东，我们有权举报，这是典型的国有资产流失！"

这个帽子扣得太狠！严嵩望着气焰嚣张的股东们，心中翻江倒海，脸色难看。

毕竟支付款是硬指标，国矿稀土咄咄逼人，此言一出，全场哗然，继而沉寂。老梁有些紧张，他攥起拳头，额头冒汗，扭头看陈晓成，陈晓成却不见了。面对僵持的局面，他一时间毫无办法。

陈晓成对此早有所料，当国矿稀土抛出对支付款项的质疑时，他就悄悄离座出去，给那个神秘人物打了个电话："打款了吗？"

对方回复："打过去了，1.5亿，实时到账，现在应该到了。"

陈晓成长舒一口气："谢谢！"

一切尽在掌握。这个神秘人物是陈晓成合作七八年的朋友，一家大型担保公司的老板。那次，陈晓成带着老梁去见他，拿着老梁的金紫稀土项目的系列合同，让对方提供担保。本来，这完全不符合担保行业的规定，对方最后同意担保贷款给他，只是因为陈晓成的一句话：如果这笔款子出问题，陈晓成以他个人资产予以反担保。

陈晓成和他们交代得很清楚，这笔款子仅是应急之需，即一旦因为这笔款子未支付遭到股东会杯葛，影响股权过户，即触发执行；如果未影响股东过户，则不执行。

到了会议的头天晚上，陈晓成预感不妙，就直接打电话给对方："明天你安排财务给我们提供的账号打款过来吧。"

对方听说很紧急，很快安排财务把支付凭证扫描件发送到陈晓成手机上。陈晓成快步走回会议室，他把手机递给老梁，老梁一看就明白了。

老梁心情激动，大声说："款打过来了，款打过来了，1.5亿，真金白银！"然后他把手机短信在大会的大股东们眼前一一掠过，然后将手机递给严董事长。

严嵩董事长随即安排随从："你打电话让财务核实下。"

在等待的时间里，老梁的声音更响了，他挺直腰板，一字一顿地说："各位股东，根据公司章程，当有三分之二的股东同意，股权即可过户。大家也很清楚，大股东是同意的，我们也按照协议支付完80%的款项。为了展现股东们对我们进入的信心，今天我们也请到了第三大股东神州物流的秦总，他们也同意我们的未来发展战略，支持我们加入这个大家庭。"

秦总年近40，中等身材，剃着平头，下巴留着一小撮胡子，很有文艺范儿。这家物流公司是他一手打造的，最初从香港贩运货物到深圳港口，后来业务扩大，四处设点，逐渐进入行业物流的前五，但他为人低调，鲜见于媒体。

秦总自从进入会场，就一言不发，要么接收公司实时更新的业务信息，要么看着股东们表演。

秦总见老梁提到自己，就表态说："是的，我们与中标方接触过，我们同意他们的发展战略计划。"言语简单，但铿锵有力。自然，最沮丧的是国矿稀土，武副总听闻此言，无奈地摇摇头。

但他并未就此罢休，武副总提出了另外一条理由，让老梁很是愤怒："根据我们的了解，代表中标方惠泉联合体的梁家正同志，还在刑事假释期间，他无权执行公司行为，无资格代表受让国有公司股权，出任公职。"

此话又令全场哗然。

这个时候，贾浩站起来说："我们是此次竞标主体，老梁是我们的高级顾问，也是我们的授权代表。服刑期间是不允许担任公司法人及公职，但是没有一部法律规定不允许被授权代表和担任顾问。"

豫华泽投资公司成立之初，陈晓成就提醒老梁执行股权代理，选择身边具有完全民事行为能力的、靠谱的亲戚或朋友来代持股份，自己则为实际控制人，隐藏在幕后。

老梁采纳了一半建议，即在法律层面上找人代持股份并出任法人代表，但自己还是喜欢抛头露面。用他的话说："这个就是我老梁翻身的平台，就是要向外界证明，我梁家正有能耐，出来就倒腾了一个大项目。"

当武副总提出这个问题的时候，老梁神定气闲。他想起了当初陈晓成的高瞻远瞩，回头向身后的陈晓成竖起了大拇指。陈晓成淡淡一笑。

这个时候，负责核实款项的欣大控股人员快步回到会场，递给严董事长一张盖了银行确认红章的函件，确认收到一笔1.5亿元的支付款。

严董事长举起函件，对与会股东说："现在正式确认，惠泉联合体已经按照协议在规定的时间里支付了80%的款项，如果没有其他异议，这次临时股东会的重要议题股权过户应该予以通过，接下来请股东们投票。"

股权顺利过户，豫华泽投资持股55%，惠泉持股10%。

临时股东会结束的那个晚上，这座海滨城市遭受了一场飓风，树枝随风弯腰，大雨滂沱。这场历史罕见的雨水暴露出市政应急系统的不足，下水管道堵塞，雨水汹涌地在路面奔跑，下班的人们深一脚浅一脚，呼喊着，咒骂着。雨水迅即拉低了气温，这个季节习惯穿衬衣或连衣裙的市民，拥挤在候车厅打着哆嗦。

老梁说："这大雨，下得真不是时候，要下雨降温总得告诉我们一声，给我们一些预兆啊。"

他们坐在车子里，车子缓慢地随着车流蠕动，雨水清脆地敲打着车窗，雾蒙蒙一片。陈晓成不时用纸巾擦拭着车后窗，看着车窗外那些用手托着包在头部遮挡雨水的人。

他听到老梁的抱怨，就心里发笑，说："人世间的事情，未雨绸缪是常态，没有谁是先知先觉。就像动物世界，哪一天，它们不是肾上腺素保持高分泌状态？弱肉强食，丛林法则，随时面临着生与死的抉择。"

"嘿嘿，我说陈老弟，你就是先知先觉。从我们相识至今，处处难关，你都考虑到了，你是老夫的贵人啊。"坐在副驾驶上的老梁对着后视镜里那张英俊的年轻面孔，感慨一番。

陈晓成听了，与同坐后排的贾浩相视一笑。

第二十三章
弈局：谁是棋子？

乔乔喜欢吃日本料理。

陈晓成在建国门附近订了一个日本料理店，据说这家使馆区料理店的菜非常地道。

初春，十多年未见的本科死党谷良跑到北京，找到陈晓成。陈晓成顺道带上乔乔作陪，约在这家日本料理店吃晚餐。

谷良一眼就看到了陈晓成，他快步冲上来，在陈晓成胸口擂了一拳，喊着他的别名："蒲柏，你这家伙太不仗义了，毕业后就突然消失，我们四处找都找不着你，都以为你被特工部门给招安了呢。"

与陈晓成一同在门口迎接的乔乔就来了兴趣："怎么就消失了？我看他也经常在北京的同学圈子里混呀。"

陈晓成拉着谷良进去，随口说："你们都混得人模狗样的，都是我党培养的好干部、好领导，我这一身江湖习气，哪好意思拖你们的后腿啊？"

在预订的榻榻米包间脱鞋、坐下，谷良说："我前些日子偶尔听一大学师兄提到你，说你在京城混成一号人物了。转眼，我们都十多年未见了！"

谷良大学毕业后回到云南老家，先是在省内的党报混了个部门主任，后来下海，主业是做一家公关公司，副业是做点投资，投资的三家企业有两家已上市，另外一家正在排队"过会"，业绩即使放在华尔街也堪称惊人。谷良是陈晓成的本科死党，虽然陈晓成从他们的视野中消失了十多年，但陈晓成从未放弃对这位兄弟的关注。只是，由于一些难言之隐，他从未主动联系本科的这帮老同学。

陈晓成呵呵一乐："什么人物？偌大的京城，我们都是小人物。"

乔乔歪头对着陈晓成说："挺有自知之明的啊。我们都是小人物，开开心心，快快乐乐。"她咯咯笑着，对谷良说，"都那么久没见了啊？他们研究生同学，在京的几个经常聚会。今天我批准了，你可以让这位十几年不见的同学陪你喝清酒。"

谷良闻言一乐："哈哈，看来弟妹很开明啊。当年上大学蒲柏一次大醉后，我们都不敢让他沾酒，他就是玻璃人，碰不得。"

谷良仔细端详着陈晓成，眼前的老同学样子变化不大，但面部脂肪有些多，发福了，发际线也有些后移，眼神没有了当年的飘移、紧张，变得坚毅、淡定，双目相对，他还能感受到当年的那份和善。

陈晓成一直微笑，话不多。他对乔乔说："你赶紧点餐吧，别光顾着贫了，我们客人的肚子都开始叫唤了。"

乔乔是日本料理熟手，点的餐日本味十足，挪威产三文鱼刺身、雪吻流星挪威卷、北海道干鱿鱼丝天妇罗，还有碳烤活鳗鱼。乔乔说："鳗鱼营养丰富，富含维生素，有'水中人参'之称，可强身健体，提高免疫力。哦，对了对了，还可以促进婴儿脑部发育，特别适合你。"她指着陈晓成打趣。

陈晓成乐了："在你眼里，我就是一婴儿啊？"

"是啊，你睡觉的时候，手脚懒散，四处乱放，就像婴儿。如果我这样，我妈妈会批评死我的。"

陈晓成一听这话，赶紧制止："这可是公众场合，注意影响。"

谷良在一旁哈哈笑，虽然十多年未见，他感觉并没有生分多少。

菜上来后，他们喝着清酒品尝。谷良本来想了解陈晓成这些年都忙些什么，乔乔却不断向他打听陈晓成大学时的趣事。

谷良这下子来了兴趣："哈哈，我太了解了，蒲柏是校园诗人，太顽皮、幽默。不过，我讲一个故事，乔乔就喝杯酒，如何？"

这下子激起了乔乔的兴趣，她说："没问题，不过得让我笑起来——放心，我的笑点低。"

谷良也不顾陈晓成的反对，就侃开了。

"一次我们勤工俭学，去汉正商业街批了一些皮鞋到学校东门卖，挣点差价。一次遇到一个彪悍的还价女，我们开价20块，她还价说：'10块卖不卖？'我们的蒲柏淡定地说：'卖，你要左脚还是右脚？'"

"那然后买了？"

"那彪悍女，狠狠地跺跺脚，一个大甩头，被蒲柏给气跑了。"

"哈哈，继续。"乔乔大笑。

"蒲柏个头儿高，那时还留有胡子，少年老成。有一次考试，他竟然借上厕所的时间，假装是巡考的老师上别的考场转了一圈，把答案都看回来了。"

乔乔笑得花枝乱颤。

陈晓成终于也乐了，摆手说："谷总杜撰水平高！原来可是班上一支笔，第一才子。我来接一个。"

"一次，老师问谷良：'你从考试开始就一直东张西望，你是在替我监考啊？'谷良说：'是啊。'老师说：'你不考试，光替我监考，我得感谢你啊！'谷良回答说：'老师，不用，我替你监考了，你替我考试就行了！！'"

谷良笑着打断乔乔的笑声："他还有更逗的。蒲柏对中文系女同学说：'谢谢你在我们全班同学面前夸我有才华。'女同学说：'你要钱没钱，要貌没貌，要地位没地位，我要不说你有才华，别人还不得骂我傻啊。'"

乔乔嚷着抗议："这不信，我们家这位还是挺有貌的嘛，出门逛街，回头率挺高的。"

"一次在一个女同学家聚会，吃饭的时候发现她家的墙上挂着一双草鞋，于是我们就问来历，她深情地说：'这是我爷爷当年爬雪山过草地时穿过的，他临终前传给了我。'我从饭碗中抬起头来说：'他为什么留给你？你俩脚一样大啊？’”

"有点二啊！不过，真可爱！"乔乔给谷良的酒杯倒满酒。

陈晓成等乔乔笑停，说："这些都是杜撰的。我们谷总当年做媒体时管理上百号记者，没点杜撰水平，怎么管得了他们？"

乔乔想起什么，突然问谷良："他大学的那位女朋友现在好吗？"

"还好吧，我们也好久未见了。"谷良来不及思索，就脱口而出，话一出口，他就有些后悔。他看了眼陈晓成，然后赶紧补充说，"谈不上是真正的女朋友，就是一起去食堂打饭、上自习抢个座位之类的。"

谷良说的是蔡萍。

陈晓成不咸不淡地说："谷良这是实话实说，好同志。"他和谷良对视一眼，似乎也想了解蔡萍如今过得如何。

乔乔不依不饶："那这个女朋友，哦，就叫女同学吧，她有什么爱好？是不是喜欢油画，比如凡·高，或者莫奈的？"

听了这话，陈晓成脸色异样，情绪陡然降至冰点。

谷良则是一脸愕然："没听说过啊，她哪有这么高雅？不可能吧！"他满脸疑惑地看着陈晓成，想从他那儿寻求答案。

乔乔转头笑嘻嘻地对陈晓成说："嘿嘿，明白了，看来另有其人。"

陈晓成竭力平复自己的情绪，脸色还是有些难看。他端起白瓷小酒杯："来，为我们飘逝的青春干杯！少不更事，其实很幸福。"

谷良说："我对你当年一句经典的话记忆犹新：用天然的情趣与天生的诗情所搭起的茅棚，远胜过金钱垒就的华贵屋宇！"

乔乔对陈晓成做惊讶状："你还能写出如此大言不惭的诗句？"

过户后，老梁就迫不及待地召开第一次股东大会，选举产生董事。

此次股东会上，陈晓成并没有亲自去，而是派了一个小弟过去。之前，管彪强烈建议陈晓成去担任董事，他说已经和老梁沟通好了。陈晓成知道管彪的真实意图。一方面，他是希望陈晓成进入董事会后从技术和法律层面支持老梁掌控董事会，压制董事会中不同的声音，尤其是虎视眈眈、与之交恶的第二大股东国矿稀土，推动管彪的宏伟蓝图实现，即投资管彪设计的纽夏控股集团或直接从纽夏保险中收购对管彪持异议的股东手中的股份，尤其是他的前东家的股份。因为他们占股多，话语权大，随时可以颠覆管彪在纽夏保险的内部控制人地位，这让他如坐针毡。另一方面，他希望陈晓成进入董事会后能对牵制老梁，防止老梁不按照事先的约定行事。

无论怎么判断，他都感觉自己像是管彪的一枚棋子。他陈晓成怎么会干这个呢？！并且，潜意识告诉他，这是潭浑水，至少他对老梁这个人，心里没有底。

陈晓成对管彪说："我担任的董事太多了，我们基金投资的公司就不少，不能再当了。一是时间安排不开，二是我有自己的公司，还管理一只私募基金。"

管彪略微犹豫，他提醒陈晓成说："我们如果不在董事会设置一个人，如何监督老梁按照我们的意图行事？之前殚精竭虑地张罗布置，还有我动用那么大笔资金来促成竞购，可能都白费了。"

陈晓成回答得很明确："管总，恕小弟直言，那些意图是你的，而不是我们的。我只是你未来控股公司的一个股东而已。"

管彪愕然："那你还收购永宁医药吗？"

"这是我们当初商谈好的，如果东方钢铁不同意我之前的借壳方案的话，管总是答应协助我收购其他股权的。怎么，又有变化？"

管彪连忙摆手："哪里哪里，没有变化，一切按照我们事先商定的来。我是这样想的，我们先组建完成纽夏控股集团，建立这样一个大平台，肯定有助于你实现你的宏伟蓝图。"

陈晓成说："谢了，我会安排一个小弟参与董事会。"这是他事先想好的妥协方案。

管彪看陈晓成态度坚决，就退一步说："那陈老弟得管控得住他，尤其是，在金紫稀土的董事会上能纠正老梁的行为，使他不能偏离轨道。"

"我会派熟悉的小弟过去，放心。"

此次董事选举有些意外，第二大股东国矿稀土换人了，一位金副总替代了临时股东大会上与老梁针锋相对的武副总。这位金副总主动与老梁握手，笑容满面，在股东会上，不仅没有提出任何反对意见，还完全支持老梁一方的提议。当然，只有一项例外，就是在修改公司章程上。章程规定，所有重大议题，须经过三分之二董事同意即可。这条规定是陈晓成会同律师协商后写上去的，它引起了国矿稀土代表金副总的警觉。他提议，还是修改为全体董事同意好，一是界定了重大事项，二是作为第二大股东，也不想未来议事过程中发生扯皮。也许，上次临时股东会议后，他们的武副总报告了第三大股东神州物流倒向新股东老梁他们这一边的情况。

惠泉联合体的代表们在老梁的授意下，强势表态通过陈晓成版本的章程。这个唯一有争议的条款，就像微软操作系统技术人员不小心留下的漏洞，为后来黑客的侵入和病毒的蔓延，创造了天大的机会。

老梁作为顾问参与，代表老梁的则是他的发小、中原某地级市原市长姜武平。老梁这边担任董事会成员的，还有那位著名苏姓明星的妹妹苏瑜、罗副秘书长的公子罗威，贾浩委派了他的部属担任董事，作为资金拆借中介的包利华也委派专人出任董事，9个董事席位中，老梁一方占据了6个。之前的反对方国矿稀土式微。

老梁在电话中对陈晓成说："国矿稀土这次终于派了个聪明人过来。跟我斗，会有好果子吃吗？我都是三进三出的人啦，我怕过谁？站在我这一边，我们会好好经营，他们作为股东方还可以拿到好的回报，看来他们这点聪明劲还是有的。"

第二十四章
豪局：资本大鳄的狂欢

金紫稀土董事会顺利改组，老梁一行浩浩荡荡地入主。

深秋了，北京街道两边的杨柳叶子开始发黄。西山黄栌树枝繁叶茂，圆形的叶子颜色逐渐变深，还未到红的时候。说来奇怪，这类边缘光滑的黄栌树叶，平时不惹人注意，可是在落叶前的20多天里，却一变而呈现鲜艳的红色，漫山遍野，十分美丽。

傍晚，霞光满天，陈晓成端着红酒杯，站在西山别墅的阳台上，望着夕阳的余晖洒在远方的高楼大厦上，像是给它们披上了金色的袈裟，佛光四射。

乔乔又出国演出了，偌大的房子，显得空荡荡的。即使在北京，乔乔也只是偶尔过来，更多的时候，陈晓成都是一个人住。走进自己的别墅，望着满眼的凡·高的画，心情立即从外面的喧嚣中沉静下来。待他走上楼，路过那个挂满莫奈油画的房间，他的心情立即低落，好像缺了些什么。

李欢欢曾经拉一帮人跑过来搞了一次小型派对。十来个人，都是圈子里的朋友，有男有女，最大的刚到不惑之年，最小的只有二十五六岁。这些农民子弟、下岗工人的儿子、小摊贩的孩子，依附特定阶层并借助自己的大智慧或小聪明暴富，他们平日里衣冠楚楚，过来后都脱下西装，卸下领带，赤脚盘坐在缅甸产的红木地板上，喝着二锅头，吃着花生米、拍黄瓜、西红柿拌白糖等土得掉渣的食品，放浪形骸。

李欢欢说："你们这些白手套，弄得空气中的每个分子都弥漫着暴发户的气息。"陈晓成慢悠悠地接话说："毛主席也是农民，我们国家就是工农联盟的穷人当家做主的人民民主专政的国家。"

狂欢酣睡过后，李欢欢醒来跌跌撞撞地上下逛了一圈，说："大豪宅好是好，就是缺少女人味。"

李欢欢当然是希望乔乔入主这户人家。乔乔爸妈已经知道女儿谈男朋友了，只是从未见过这位未来的女婿。

"也许是吧，需要一个女人。"陈晓成嘴里蹦出这句话时，脑海里浮现的不是乔乔，而是那个人。那个她，她的一颦一笑，都能瞬间让他的心灵融化。

是的，10年未见了，他还是当年那个他吗？他没有自信。她还是曾经那个她吗？他也不知道。

陈晓成站在阳台上，看着夜色一点点吞噬夕阳的余晖，一张巨大的黑幕徐徐笼罩大地，他顿感无力。突然，他的手机响了。

是李欢欢的电话，邀请他赶到城里去参加一个饭局，地点就是陈晓成常去的伊甸公馆，李欢欢还说："还有两位神秘嘉宾，必须让你认识。"

最近，李欢欢操盘收购名湖能源成功，成为圈子里一大新闻。据说盘子很大，远非陈晓成他们折腾的金紫稀土所能比。

赶到会所的时候，李欢欢等3人已经到了。在一个封闭性较好的房间里，圆形桌子上已经摆满了有机蔬菜，西芹、百合、宝塔菜花、芥蓝、杏鲍菇、圣女果、山药、小黄瓜、芦笋、球茎茴香、日本金瓜、紫背天葵、茭白等，要么炒肉，要么清炒，要么蒜茸，要么豆汤，基本是满席全素。

陈晓成比预定时间晚了半个多小时，他二话不说，上来就自罚一杯："北京这交通，我已经按照日常惯例提前了20分钟出发，状况还是不断，防不胜防，毁我声誉啊！今晚我做东，李哥做主，招待好各位。"

李欢欢举杯说："你得喝3杯。今晚介绍两位实力派朋友给你认识，相信你不虚此行。"

李欢欢指着一个20多岁的小伙子说："这位是何俊，何必的何，英俊的俊，是我们这次入主名湖能源的操盘手之一，我的得力干将。"然后他附在陈晓成耳边悄声说，"他是某领导的公子。"

何俊很会来事，场面功夫了得。李欢欢一介绍完，他就端着装了半杯波尔多红酒的高脚杯，站起来跟陈晓成碰杯："陈哥，早就知道你了。你们江源市的样板项目，颐养天年养老产业项目四处开花，在全国都有3个了。盛华基金，动辄数十倍回报。还有竞购金紫稀土，大手笔，我一直想拜访你，李哥也跟我多次提到你。我上次还想同你密切合作，同台唱戏来着，只是时机不对，遗憾啊。"

陈晓成被何俊说得一愣一愣的，他怎么什么都知道？不应该啊。要么是李欢欢信口开河，酒后多言，要么就是这位何俊确实是他的铁杆兄弟，否则，李欢欢不至于将他的底细全部告诉他们。尤其是竞购金紫稀土的事情，他一直隐藏在幕后操盘，媒体上一个字都不会提到他。

陈晓成仰脖干了一杯，放下酒杯，谦逊地说："惭愧惭愧，我是跟李哥学的。"

这时候，李欢欢站起来，拉着陈晓成离开座位，来到另外一位客人身边。李欢欢揶揄他说："在他面前你才该惭愧，他才是大佬。"

陈晓成闻言，认真地看了看，此人气质不凡，一身运动休闲装，宽额头，浓眉大眼，戴着近视眼镜，文质彬彬，正在谦逊地看着陈晓成。他主动伸出手，跟陈晓成握手，说："幸会，幸会。"

虽然个头儿比陈晓成矮半个头左右，也已年届不惑，但颇有气场，陈晓成越看越觉得熟悉、亲切。

李欢欢介绍说："他叫陈凯华，我们的陈哥，二位是本家。"

陈晓成瞬间愣住了，未来系的老板？眼前的陈凯华才是资本大鳄，江湖传闻已久，在圈子里声誉甚隆，但本人很少在媒体面前露面，行踪神秘。

陈晓成拱起双手，作揖。陈凯华语速较慢："惭愧惭愧，我们是本家。没有外面传得那么邪乎，他们把好多不好的事全往我头上扣，我都出国四五年了，这次短暂回国，居然把我传得连我自己都不认识自己了。"

然后他补充一句，"不好意思，我在北京最大的收获不是挣了多少钱，而是患上了慢性咽炎。这病一旦患上基本上好不了，我到国外四五年了，蓝天白云，空气干净，也不见好。"

陈晓成走回座位，又专门端着一杯酒过来："您就是我的榜样，向您致敬！"

如此隆重，陈凯华有些不好意思。李欢欢赶紧也端着杯子凑过来："我作陪。没想到向来桀骜不驯的陈老弟对大陈总如此恭敬，看来我身边的大陈总是很多人的偶像，我作陪一杯。"

陈晓成并非装模作样，未来系当家人陈凯华，这位本家在市场上传闻已久，什么神秘巨鳄、股市枭雄、资本大亨，资本市场对其爱恨交加。更关键的是，陈凯华也同他一样，出身农家，当年以8000元起家，现在拥有数百亿元资产，他的经历堪称一部中国资本市场上的草莽英雄创富史，并充满励志的味道。

当然，陈晓成认为他们二人也有不同，且不说财富多寡，单说他们的兴趣点，就很不一样，并且很诡异。圈子里人说，陈凯华身处海外资本主义市场，却喜欢研究毛泽东战略和《二十四史》；而陈晓成生活在社会主义国家，喜欢看的却是英国著名作家乔治·奥威尔的《1984》。

细微的差异决定本质的不同，但这并没有减弱陈晓成对他的崇拜和浓厚的兴趣。这次，他当着李欢欢和何俊二人的面，对陈凯华说："陈总，我对您的历史多少还是有所了解的。"然后，陈晓成如数家珍般说了一大通，当农村孩子还在中学苦读时，他已经是少年大学生；当大家还在校园谈情说爱，他已经是大学生创业明星；当大家毕业四处奔波求职时，他的创业公司被外资并购，获得丰厚的人生第一桶金；33岁时，他掌控着三家上市公司，资本市场上"未来系"初显端倪。

陈凯华始终谦逊地听着陈晓成滔滔不绝地讲述。

酒局中，趁着何俊给陈凯华敬酒之际，李欢欢凑到陈晓成耳边小声说："这次入主名湖能源，他也是我们的合作伙伴。"

陈晓成明白了，能够拿下这块优质资产，仅仅依靠李欢欢背后的关系是不够的；但是如果没有大公子的关系，再大的资本也不敢碰，也不能碰，就是碰了也是头破血流。

4个大老爷们儿的酒局，陈晓成频频主动举杯，很快就要喝多了。陈凯华兴趣盎然，酒量不见底，脸色如旧，情绪较高。

借此机会，陈晓成向陈凯华请教了一些问题，这些问题一直困扰着他，李欢欢、何俊二位自命不凡的家伙也算是享受了一场思想的盛宴。

陈晓成问得直接："很感谢李总引见。我一直关注您，有些问题，想趁今天这次机会，向陈总请教。当然，如果觉得敏感，不方便的话，就不用回答了。"

何俊接话说："这是答记者问吗？瞧这架势，两位陈总是要来一场记者答辩会啊，呵呵。"

陈凯华看着陈晓成，笑了笑，轻言淡语，但干净利落："知无不言。"

陈晓成问："并购是陈总的强项，我也知道，在股市熊市的时候，是非常好的进入机会。我比较推崇保守主义的投资哲学，当别人恐惧的时候我们进入，当别人狂欢的时候我们退出。但是，资金讲究成本，比如国内并购，我们从哪儿容易弄到比较廉价的资金？"

陈凯华笑笑说："相信你也知道一句话，这个市场缺的不是钱。我个人认为，稀缺的资源反而是我们的投资能力。现在募集资金的方法更加市场化，我们有好的项目，主要和大的保险公司谈，现在大的保险公司很担心资金的出路。如果现在有回报超过10%的项目，募集几百亿根本就不难。无非就是透明操作，利润分成，共同监管。很简单的方法。"

"怎么判断金融业？您所投资和控制的企业，更多的是在金融行业。这个圈子的口头禅是一定要与有钱人打交道，一定要做金字塔的顶部。也许是因为我们只在国内混，没有很好地接触到国外的资源和经验，所谓当局者迷吧。"

何俊插进来，端着酒杯跟二位碰了一下，说："这个我也很感兴趣，这杯酒，算是我向二位大哥致敬。"

陈凯华淡淡地笑着，他点了支雪茄。这个举动让陈晓成心里一动，他竟然也抽雪茄？这是巧合还是天意？曾经一位做导演的哥们儿说，冥冥中有天意，处处有巧合。这位哥们儿研究《易经》8年，他说了一句经典的话："如果有一天你在大街上，蓦然碰见你情人的女儿，你不要意外，一切都是天意，人生有轮回。"

陈凯华说："外面传我是摩根，其实我什么都不是，哪有那么伟大？从我内心而言，我只想做一个投资者，很真实的投资者。我不想做什么摩根和洛克菲勒，因为他们的生活都很艰辛，尤其是摩根，我可是想健康长寿的。相比那两位，我更喜欢沃伦·巴菲特，聪明的投资者，目的是赚钱，而非求控制。"

李欢欢开玩笑说："当年陈总在北大读书的时候，就已经阅读世界金融史了。那会儿大多数人忙着泡妞、社交，而稍微有出息点的，都在忧国忧民地高谈阔论吧。"

"你是怎么知道的？"陈凯华也玩笑说，"那时候就是突然对经济产生了兴趣。我们从农村出来的，都知道知识改变命运，可知识究竟怎样改变命运？知识需要变换为经济，而经济的顶端就是金融。我们小时候听到某某人的亲戚在银行上班，羡慕得不得了，即使是在农村信用社工作的，也心向往之，那是管钱的，手里有大把的钱。那时根本没有后来的宏伟蓝图。"

陈凯华转头看向陈晓成，接着聊刚才的话题："沃伦·巴菲特过得很简单，在奥马哈市，有一个十几个人的团队，而且他很相信这些管理层，这是我最理想的方式。但是在国内的环境中，要实现这个还需要很长的时间。"

"对金融行业而言，在中国现在的环境下，我自己觉得投资金融企业以不控制为好。史玉柱也是这个观点。比如民生银行，股东都是很高明的，他们知道，只有支持以董文标董事长为首的团队，民生银行才会越做越好。包括平安的A股投资，平安没有任何人会比马明哲董事长做得更好。客观地说，投资的目的是赚钱，不能只求控制不求赚钱，如果你老想控制不想赚钱，就是把过程当成了结果。我认同沃伦·巴菲特的观点，作为一个聪明的投资者，要的是收益，你如果花费大量的时间去想如何控制别人，实际上你就丧失了很大的自由。我说得很真诚。"

他们注意到，陈凯华在短短3个小时的饭局上，提了不下14次巴菲特。

何俊插话说："我本科毕业的时候，班上43个人，至少有30人去考公务员，班上最聪明、成绩最好的都去当公务员了。在我个人的职业选择上，是选择自己创业还是考公务员，也比较犹豫。不瞒你们说，像我这样的，回我们老家，或者去国家部委，考个公务员应该没有悬念。但是，我想问您，我这选择对还是错？"

"嗯，这个问题有些纠结。新东方当年有个姓徐的老师，现在也做天使投资，其实他更愿意回答你这个问题。不过，我个人认为，选择任何职业都必须和自己的兴趣爱好、性格相关。比如我吧，我就是一个很喜欢自由读书的人，我不喜欢上班，我有十几年没去过办公室了，基本上都是在海边散步，在酒店里走走、听听，这就是我的办公方式。我不喜欢程式化的东西。"

"我选择经商而不是从政，我个人是这样判断的：第一，我觉得客观上讲，优秀的人都在党政体系内，从政的这批人的素质远比经商的要高；第二，我认为从政的人都是奉献大于回报；第三，我们商界的人要进去竞争的话，只能是中等偏下的水平。像我们这种人，稍微有一点宏观思想的人，如果到商界，就是矬子里面选将军，具有很大的优势。人贵有自知之明。我在大学的时候见过很多党和国家的高层领导人，没有强大的奉献精神和热情是难以承受这个工作的。"

他们边吃边聊，不知不觉，聊到了晚上10点多，还是陈凯华老婆打电话过来才打断了他们的聊天。他一看表，吓了一跳，都10点多了，得赶紧回去。

李欢欢说："他就是'妻管严'，运动、减肥、顾家，好男人啊。"

陈凯华边穿外套，边跟大家说："不好意思啊，我一般9点多就回家了，在国外多年养成的习惯，10点左右就得上床睡觉。其实，也不是什么'妻管严'，老婆为我生了3个孩子，做出了巨大的牺牲，不容易！我对她们好，那是应该的。"

这个时候，何俊主动说："我去叫代驾吧。另外，我也得先走了。"

他拿出手机给李欢欢看短信，"那个人催我几次了，知道我来北京了。"

李欢欢故意训斥一句："别太花心了，吃着碗里的看着锅里的，每个城市都安一个点，到了做事的年纪得认真些。"

"哎呀，瞧你把我说的，二位陈总是我的偶像，得给我留点面子，我这也是积累网络资源。再说了，这也是激发我工作激情的源泉。嘿嘿，我先陪陈总出去了。"何俊赶紧拎着陈凯华的电脑包陪着出去了。

看着何俊在眼前消失，李欢欢不怀好意地看着陈晓成，酸溜溜地说："这是典型的80后啊，真是一代胜过一代啊。"

"你看我干什么？"陈晓成知道他的意思，"我向来洁身自好，宁缺毋滥。"

饭局结束后他们没有离开，而是去了陈晓成专用的按摩房。

陈晓成说："说吧，讲讲你这次收购名湖能源的大手笔。"

李欢欢反锁上门，他也跟陈晓成要了支雪茄，同时打开排风扇。他吐着烟圈说："还是老规矩，出了这个门，外面有关于此事细节的传闻我就认定都是你说的。我说过，你迟早会后悔的，不跟我们合作，你就后悔去吧。"

名湖能源被收购仅仅是小圈子里的人知道。这个小圈子主要分两类：一类是王为民所在的公子圈，他们大都知道是大公子和庞大的未来系所为，至于通过什么手段收购、花了多少钱等细节并不清楚；一类是陈晓成这类圈子，他们大都知晓是李欢欢在操盘，大公子能量大，盘子大，但对细节情况并不比公子圈了解更多。

陈晓成说："呵呵，老实交代吧，我洗耳恭听。放心，这里封闭性好，没有窃听器。"

进入房间后，李欢欢就东张西望，这是他第一次进入陈晓成专用的按摩房。"这就是传说中你和你们王总专用的按摩房？文艺味也太重了吧。"他指着墙壁上挂着的凡·高油画，"这么浓烈的色彩，你不觉得头晕吗？太刺眼！还有，你说，在这么一个声色犬马的场所，挂那么多高雅的油画干吗？"

陈晓成说："我们的大李总，这可不是今天聊天的重点，我还是想听听你们的惊天并购。"

"哈哈，什么惊天并购，也就那么20来亿而已，本来呢，这些事情他人知道得越少越好，这也算是对他人的保护。但你呢，是常泡在海水里的人，不是也操盘竞购了金紫稀土吗？那也是一个大香饽饽。再说，你是自家人，说说也无妨。"

"那是，我们谁跟谁啊？主要是向你们学习。更正一点啊，竞购金紫稀土，我可不是操盘手，哪篇新闻里有提到我？影子都没有吧。"陈晓成神情轻松地调侃。

"少来啊，谁不知道你就是那个影子操盘手。好，言归正传，这样吧，你来问我来回答。"

陈晓成直奔主题，第一句话就白刃见血："听说名湖能源总资产达400多亿？"

李欢欢闻言一愣，没想到眼前温文尔雅的瘦高个儿提问如此生猛。"400多亿？从哪儿听说的？"他话锋一转，"即使如你们所传，那也是总资产，别忘了总负债，我们收购肯定是按照净资产溢价。"

陈晓成说："溢价不高吧？我就奇怪了，收购这么一个庞然大物，先不谈收购对价问题，不谈退出和转让的价格是否合理，国有资产是需要有公开透明的招标和拍卖程序的，应该采取公开招标拍卖的方式，通过市场机制去决定谁能成为战略投资者，以及用什么样的价格来购买，你们却悄悄完成了，未来经得住考验吗？万一哪天管理部门裁定事涉国有资产流失，属于无效交易，岂不前功尽弃？"

李欢欢抽出一支烟，陈晓成掏出打火机给他点上，他自己也点了一支，狠狠地吸了一大口。

李欢欢吐了一个烟圈，顺势仰躺在沙发上，舒服了那么两三分钟，然后猛地坐起来，在右侧茶几上的烟灰缸里把烟摁灭。"这是历史给我们的机会，上帝送给我们的礼物。"他夸张地伸开双手，做了一个拥抱的姿势。

陈晓成还从未见过他如此大幅度的动作，知道令人兴奋的时刻即将到来。

"我告诉你，名湖能源压根儿不是国企，那我们为什么要走公开程序啊？如果你问我它到底是什么性质的，我也说不上来。记得第一次大公子、我在名湖能源曹董事长家吃饭，我就信口问了句：'名湖能源到底什么性质？'曹董事长说，不是中央国有，不是地方国有，也不是私人企业，是'四不像'。'那资产呢？''资产也说不清，国有、私营都有。'曹董事长还说了一句关键的话：'是我们职工控股的企业。'"

"后来我让律师去查了一些资料，名湖能源当初就是大型国企旗下的'三产多经'企业，他们抓住了几次历史机遇，最后演变成职工控股的集团企业，就是'四不像'。"

陈晓成明白了："确实是天赐良机。这就是能源国企改制的三部曲，第一步把国有资产变成职工集体资产；第二步再把集体资产变成私人资产；第三步是把国内资产变成外国资产，就彻底摆脱了国家的法律和制度约束，实现破蛹化蝶。虽然大家都在这么干，但是你们玩得太大玩得太急了，如此大的天文数字会把整个中国都惊呆的。"

"我们还没有考虑第三步。"

"大公子是碰到了好时机，还碰到了一个好董事长，没有他的配合，你们也难以收购成功吧。"

"这话不假。我们也是循序渐进，而不是一蹴而就的。头一年他们的高管就在内部灌输要改变职工持股会做法的理念，要适应社会主义市场经济体制的逐步完善和能源体制改革的深化，要彻底清理职工持股会，将其变更为自然人投资或委托信托机构投资等合法规范的形式。我们就和职工持股会谈，他们有40多家股东，有的入股13年以上，最短的也有9年了。你想想，当年2万、4万或者十来万地入股，每年也就分红千儿八百的，根本没有什么诱惑力。我们还跟职工持股会的人讲，投资有风险，万一哪天公司破产了，就一分钱也拿不回来了，岂不是更亏？当然，也有人提出说，这么大一个集团，破产了国家难道不管？我就说，你这是职工持股，是你们自己的企业，跟国有资产没有关系，国家凭什么要管你？再说，规模再大也没什么用，像美国，百年企业破产的还少啊？美国的城市都在提请破产。汽车城知道吧？美国底特律，通用汽车集团所在地，就要破产了。这样一说，我们溢价一点，他们拿回去几十万，也够在当地买套房子了。"

"操作本身并不复杂。对公司中层灌输的理念就是'引入战略投资者'，也就是外部投资者。但除了核心人物，所有人都要屏蔽掉，不能让他们知道我们是谁，卖给了谁，知情人的范围越小越好。由于名湖能源的股权操于职工持股会和工会之手，而不是由职工直接持有，所谓清退职工持股，就是回购职工所持的股权。"

李欢欢强调："为了避免退股产生震荡，方案执行时采用从'外围'到'内部'的步骤。"

陈晓成谨慎地说："这是剥洋葱方案，交易的每一个环节都要求没有破绽，合法。"

"为了这个案子，我们组建了庞大的律师团队和注会团队，来共同设计这个方案，花费了上千万。"

陈晓成则嗤之以鼻："花这点钱还心痛？太值了！对了，大公子到底拿了多少钱出来收购这个庞然大物？"

"你是记者还是间谍？问话句句直中要害！我们总共花了20亿，我们自己动用的初始资金也就5000万吧。"李欢欢得意扬扬。

"怎么可能？"陈晓成惊愕。

"万事皆有可能。我们花5000万还不是收购名湖能源的，而是收购山西一个煤矿，这个煤矿转手卖了7个亿，这下子不就有钱了吗？"

5000万元收购的煤矿转手卖7亿元？只有国企才会"傻大胆"。

"哈哈，对，最终是落在国企之手，就是名湖能源。当然不是我们直接跟名湖能源交易的，中间过了几道手。"

"然后你们利用这7个亿，再加上未来系的资金，就顺利拿下了名湖？"

"结果就是这样。不过，你要查到大公子他们，估计得往上追溯至少5层，仅仅此次收购名湖能源的大股东公司，股东在半年内就更替了13次，二股东与大股东在其他层面又交叉持股合作。追到最后，你会发现，我们就是一伙的，就是边疆一个县级市的小公司。出现在名湖能源的董事，最大的也就30来岁，对，是和你年纪差不多的一个小伙子，刚从国外留学回来的。"

"如果不这么设计，你们怎么会支付上千万的中介费？现在可以想一下，名湖能源到底是谁的？不仅局外人不知道，名湖能源的中层干部和全国各地下属的几十个总裁也都不知道。目前站在前面的是一个30多岁的小伙子，小伙子背后是一个24岁的小姑娘，小姑娘背后干脆就是边疆放牧的，放牧人背后是谁？谁都不知道。这几个放牧的自己也不知道，估计需要动用美国CIA（美国中央情报局）才有可能摸得到。"

李欢欢嘿嘿一笑："要的就是这个效果。实际上，未来系也不是用他们自己的钱，而是信托资金。至于信托的是谁的资金，这也是一个谜，只有我们核心的几个人知道。"

看聊得差不多了，李欢欢对陈晓成说："你现在把我们弄得这么清楚，是不是该请我做个SPA？"

"我请你做足疗吧，我把我的专用足疗师让给你。"

"年轻貌美吗？"

"技艺精湛。"

"我现在缺的是人体美的滋润。"

"你不至于提前到了45岁吧？唯有这个年龄的男人，才会只要面前是异性人体，无论高矮胖瘦，都直接扑上去！"

"那还不至于，嘿嘿。那好，我就享受足疗了。"

第二十五章
釜底抽薪

武庸仙被调走一个多月后，陈晓成才知道。

助理罗萍与武庸仙在东方钢铁的秘书小陆在微博上互相关注，彼此加了QQ。罗萍这段时间频繁往来于江源市与北京之间，协助黄远处理颐养天年养老产业园的问题，时间紧张，上QQ的时间就少多了，偶尔上一下，看到小陆的头像是灰色的，就没有打招呼。

那天在机场等候飞机，罗萍百无聊赖地用苹果电脑借机场Wi-Fi上了QQ，小陆头像亮着，她去打招呼，然后就收到了一个惊人的消息。

小陆说："武总调走了，一个多月了吧，去了一家行业协会，明升暗降。"

罗萍颇为吃惊：老板不是一直在寻求武庸仙的帮助吗？

她立即报告给了陈晓成。陈晓成正在参加绍兴一家脱硫除尘环保企业的调研会，他接到这个信息后，心神不定。

他和武庸仙已经有些日子没联系了。每次想起要联系他，就突然被别的事情打断。指望老梁给出点力吧，最初老梁说肯定没有问题，放心好了，但前些日子，他在电话中顺便提及此事，老梁却有些言辞闪烁，说话底气不足，说等手头忙完了，就专程飞到北京落实这件事情。

或者说他自己逐渐没有最初那么急迫了，或者说他打算放下了。用南齐的话说，时间是最好的东西，任何难题都会被它消解，不知不觉，温柔一刀，让你的初心丢失在无边的黑暗中。

收到武庸仙调职的消息，他本能地心一紧，又想起永宁医药，这一年多身陷金紫稀土，不就肇始于此吗？

他心中有事，给在座的人打个招呼，闷声走出会议室，然后直接拨通了老梁的电话："梁总，东方钢铁武总调离一个多月了，你为什么不告诉我？"

老梁故作惊讶："调走了？我不知道啊，这个小武，这么大的动静竟然也不跟我说。"

"你不知道？"陈晓成感觉不可思议，有些恼怒。

"真的不知道。"老梁在电话那头言辞恳切。

陈晓成冷笑："好，你不知道！"之后突然暴跳如雷，"每次我问你，你都是怎么回答我的？你说应该快了，放心。现在调走一个多月了，你竟然跟我说不知道？你什么意思？你玩我？！"

陈晓成猛地挂掉电话，扬起手，就要摔手机，手落了一半，突然停在半空。他脸色铁青，猛吸一口气，再竭力徐徐吐出来，调整气息。

都一年了，他人这么一个细微的调动，就全盘推翻了自己最初的精心谋划？更重要的是，这一年里，为了达到这个目的，自己协助老梁竞购金紫稀土，倾力付出，并且陷入一场前景未知的大困局。

他走到办公楼外面。绍兴遭遇百年不遇的雾霾，空气里飘浮着煤味，涌进鼻子，嗓子发痒。路上行人稀少，公交车基本在空驰，对面楼盘影影绰绰。陈晓成点燃一支雪茄，猛地吸一大口，一股烧焦的气味涌进嗓子，他急骤地咳嗽起来。点燃的雪茄在雾霾中不见缭绕的烟，只见火星闪烁。

抽一支雪茄，咳嗽了11次，他坚持抽完。退回到办公大楼，他走进洗手间，在镜子前，眯着眼端详自己，眼神逐渐变得凶狠。他指着镜子中的自己说："你也有今天，阴沟里翻船了吧！"

"决不能！"他用口型表达了这三个字。然后，他对着镜子，整理了下衣服，深呼吸，调整情绪，努力挤出微笑。

他迈进会议室。在座的项目成员在热烈地讨论着先前的话题，他一进来就戛然而止，他们齐刷刷地看着他。他努力笑着说："怎么了？刚才出去抽了一支烟，谁知道我们的江南水乡也会吸引雾霾光临？我咳嗽得不行。”

然后，他轻松地说：“大家继续讨论。晚上我请客，桑拿、足疗、自助餐，找当地最好的，给你们一次宰我的机会，绝对不要手下留情。”

刚才陈晓成在外面通电话，他那暴跳如雷的声音很响亮地传了进来，室内的人都以为发生了大事。现在见他这么一说，大家就热烈地鼓掌欢庆。

回到北京，陈晓成就给武庸仙打电话。武庸仙的第一句话就是：“陈老弟，你知道了吧？”

武庸仙语气疲倦，情绪平和，他似乎一直在等待陈晓成的电话。他知道，陈晓成迟早会联系他的。

陈晓成语气平静，唯一细微的变化，就是没有先前的谦逊。他只是说，想约个地方见面聊聊。

武庸仙说：“你定地方，我过来。”然后他叹口气说，“就今晚吧，我谁的安排都不接受，就赴你的约了。”

武庸仙推开伊甸公馆包间房门的时候，陈晓成几乎快认不出他来了。

眼袋高耸，头发更加稀少，呈现出“地中海”格局，少有的白发点缀在四周，精神萎靡，上身前倾，后背微驼。与第一次见到的武庸仙，那挺拔的身躯，爽朗的神情，简直判若两人。陈晓成心里大为吃惊。

武庸仙在服务小姐的引领下坐在陈晓成对面，他要了壶菊花茶。陈晓成刚要张口，立即被武庸仙制止：“不要普洱，不要乌龙，也不要武夷山红茶、英山白茶，就喝菊花吧，唉。”

紧接着，他也不待陈晓成问，张口就直奔主题：“你和老梁的关系到底发展得怎么样？”

陈晓成不避讳：“之前我们关系不错，大家合力帮助他竞购下金紫稀土。最近我们确实发生了一些矛盾，但总体来说，还可以。”陈晓成补充强调，“还没有发生什么严重的矛盾，更谈不上不可调和。你这次调动他知道吧？”

“哼，他不知道？他是我老首长、老领导，这次调动他功不可没啊！"武庸仙情绪激动。

服务员端过来一壶菊花茶，武庸仙自顾自地喝了一杯。他说："我混到今天，可谓成也萧何败也萧何。"

陈晓成不动声色，看来武庸仙有难言之隐。陈晓成最初憋着的一股怨气逐渐消散。

这是个封闭性比较好的包间，门口有专职服务员守候。关上门，即使里面出现大声的争吵，外面也是听不到的。当然，茶杯、酒瓶摔地碎裂的声音，不在隔音之列，服务员会通过上菜窗口的小孔看得一清二楚。服务员培训时有规定，只有两种情况，他们是可以窥视或推门进来的，一是顾客在里间按了呼叫键，呼叫键又分成点菜、加水、结账等不同的功能，会在服务员身上和同层的前台同时响起；二是里面出现茶杯、碗碟、玻璃杯摔地碎裂的声音。

武庸仙习惯性地环顾四周，然后他跟陈晓成和盘托出被突然调离东方钢铁的前因后果。

因为女人。这个女人不是妻子，但胜似妻子。如果媒体发八卦新闻，肯定会这样写：部队转业，在地方平静生活了多年的东方钢铁董事长武庸仙的世界里突然闯进了一个女人和一个孩子。那是他在部队的艳遇以及孩子。起初，没几个人知道他的这段往事。

老梁是为数不多的知情人。当年的荒唐事，老梁代表组织找武庸仙谈过话，诚勉有家室的要检点、谨慎，说："男人管住下半身就能干大事。"然后便不再追究。然而，不久前，这个女人突然出现了。因为车祸，他们非婚生的孩子变成了残疾人，女人大受刺激，不顾当年的承诺，疯了般跑到公司逮住武庸仙，让他措手不及。

组织的处理严厉而坚决。这么一个位置，多少人虎视眈眈？武庸仙神情黯然，似乎自言自语，又似乎对陈晓成说："爱情能是完全理性的吗？婚外恋就一定不是爱情吗？爱情必须以婚姻为目的吗？如果没有爱情的婚姻是不道德的，那么没有婚姻的爱情也不道德吗？爱情该接受道德的审判吗？一个人能先后爱上两个人，但能同时爱上两个人吗？只有一夫一妻制的社会里才有爱情吗？"

陈晓成吃惊地看着眼前的原大型国企董事长，怀疑他是不是精神出了问题。

武庸仙好一会儿才缓过神来，见陈晓成盯着自己，尴尬地说："已经过去了，再纠结也没什么意思了。"然后他透露，他怀疑老梁在这件事情上扮演了不光彩的角色。

"有证据吗？他是你的老上司、老大哥，应该不会这样。"

"哼！"武庸仙鼻子里哼了下，面露不屑。

陈晓成安慰说："事情既然已经这样了，就不要再想了。如果有错，错的是自己，事实本身是关键，而不是谁落井下石。"

红菜苔炒腊肉、麻婆豆腐、红烧牛肉、清炒丝瓜，都是武庸仙点的家常菜。武庸仙说，还是吃着这些菜心里踏实。

他起来敬了一杯酒："陈老弟，你为人实在，这个时候，还替老梁说好话。我也不瞒你了，其实，永宁医药的事情，我们在内部有过讨论，几套方案都通过了。一是对你提出的方案进行调整，我们会和你做一致行动，不用签署授权给你，也无须发布公告。在具体议事上，只要维护我们股东的共同利益，我们肯定支持你。二是合理溢价卖给你，你旗下有那么多企业，这也不成问题。当然了，我也知道这件事情是你的个人行为，你不想你们公司和私募基金所投企业参与进来。我看过部属提交的关于你们投资公司的情况调研，甚至不排除换股的可能性。总之，解决办法不少。"

陈晓成问："为何迟迟未见动静？"

武庸仙摇摇头，感慨一番："为什么不答复你，说一直在研究，还找各种理由搪塞你？都是老梁再三叮嘱的，他要求我们不要这么快就决定，说这个时候需要你帮忙，在一起干一票大买卖，大概指的就是竞购金紫稀土吧。如果早早决定，你就不会全力以赴地帮助他，会影响项目进展。唉，现在我也不忌讳什么了，天算不如人算啊。"

"然后你就照办了？"陈晓成也陪喝了几杯，瞪着他，"你知道当初找你帮的忙，对我有多重要吗？"

"对不住啊，陈老弟。"武庸仙表示歉意，"我过于尊重老梁的意见，耽误老弟的大事了。"说完，他一仰脖子，一杯酒直接倒进了喉咙。

"也谈不上大事。"陈晓成也跟着一杯酒入喉，呛得咳嗽了几下，"说实话，永宁医药一事，现在对我不重要了。如果我还想做，还是有其他办法的。只是最初的一个妄念，竟让我将一帮朋友都带入了老梁设计的一个大局里，这让我心有不安。"

武庸仙借着酒劲说："还有一件事，老弟那次让人送到寒舍的'红得发紫'南非佛石和千年沉香，太贵重了，一直想找机会给送回去。这次事情发生得急，离婚时前妻强行扣留，想折算成现金，分期还给老弟……"

陈晓成立即制止："武总，那事就算了，我说过，即使办不成，也是我的一番心意，也许有一天还会有劳武总的。你今天一席话，也彻底解了我的心头之惑，永宁医药的事情，就到此为止，不再提了。"

"还有，老弟神算啊，"武庸仙盯看着陈晓成诧异的神情，摆摆头，"还记得我那侄子不，搞P2P的？这家伙跑路了，跑到泰国，买了别墅，把一个烂摊子丢在国内，公司租赁的写字楼门口，天天聚集着一群老头老太太，示威讨债——作孽啊！"

"出来混，迟早要还的。"陈晓成笑笑，说出了一句预言般的话。其实，当他脱口而出这句话时，自己也吓一跳。

结束饭局回到住处，陈晓成和管彪通了两个多小时的电话。管彪大为惊诧："就因为搞了一个女人就下台了？！"

不过，他们也明白，无论国企还是政府部门，大凡掌握一点权力的人，都容易毁在温柔乡里，网络如此发达，时下因桃色事件落马的人还少吗？

不过，他们逐渐意识到，号称资本运营高手的他们，不知不觉陷入了一场局。主导此局的，不是管彪也不是陈晓成，而是一个貌不惊人、尚在假释期的身无分文的老头子。

管彪的情绪更糟糕。第一大股东国企贝钢集团联手外资股东黎华世保险向上级部门举报，举报管彪挪用大笔资金、关联交易，提请主管部门介入调查。自然，管彪所谓成立纽夏控股集团的计划也要泡汤。

管彪焦头烂额，在电话中再三拜托陈晓成，希望他多花点精力处理金紫稀土的事情："只要要回借款，把窟窿补上，其他无所谓，先稳住位置最要紧。"

陈晓成之前获悉举报之事，这次经当事人管彪证实，他颇为警惕："你协助竞购金紫稀土的钱，是不是挪用的纽夏保险的资金？之前我们不是说好了吗，你也承诺过不动用纽夏保险一分钱。我还是股东，你怎么向股东交代？我怎么向我公司、向王为民他们交代？"

管彪宽慰他说："这些资金量不大，是可以向其他方拆借的。"

挂电话时，他慨叹了一句："有些事，我也是迫不得已。不过，放心，我会给股东们一个合理的交代！"

回到办公室，罗萍拿着一摞文件和合同跟着走进来。陈晓成脱下西服，随手扔到沙发上，出口爆粗，没有顾忌罗萍在场。

"那个老浑蛋！"

罗萍听了一惊，她轻声问："是武庸仙？他怎么了？"

陈晓成摇头："老梁，所谓的队友。"陈晓成沉思地看了罗萍一眼，又说，"祸不在于老梁，而是起于我自己。"

陈晓成嘴角露出苦笑，在罗萍印象中，自己老板向来意气风发，言行笃定。陈晓成说："金紫稀土本来不在我的考虑范围内，但是我太想要他在别的地方的承诺。"

罗萍脱口而出："你是说永宁医药？"

陈晓成点头，有些无力感："我太想要了，自己蒙蔽自己，忽略了很多东西。本来呢，如果你想得到A，就得做到B。可是B呢，却又取决于A做到怎样。A依赖于B，B又依赖于A，这是最适合空手……"

罗萍接住话："最适合空手套白狼……其实，那也没什么，当局者迷。"

陈晓成摇头："只要做决定，就是当局者。古往今来，大大小小的几万亿个关头，哪个选择、哪个决定不是当局者做出来的？身为当局者，你敢做决定，能做出正确的判断，才算厉害，才是成功。"

"你就是这样的人啊！"

"你这是瞎拍马屁。"

继而，陈晓成望着窗外，阴郁着脸，自言自语："这大概就是我的软肋了……"

第二十六章

变局：没有永恒的联盟

老梁入主金紫稀土是晚来的狂欢。

入主不久，恰值金紫稀土成立15周年，老梁大笔一挥，搞起了颇有排场的庆祝晚会。

那个晚会，主管副省长出席，神华市的头头脑脑都盛装出席，除了表示对纳税大户金紫稀土的重视和祝贺，还有一个稍微特别的原因，就是著名歌唱家苏海莹要前来献歌，一时明星云集。

苏海莹是公司董事苏瑜的姐姐，她亲自带了一帮娱乐圈的明星朋友前来捧场，港澳台歌星出席的有4位。晚会主持人也是大牌，可谓高端大气上档次。各路歌手轮番登台，最后的压轴戏是苏海莹的《永远爱你，祖国》，嘹亮的歌声把晚会推向高潮。

一家欢乐几家愁。当老梁沉浸在老夫聊发少年狂的喜悦中时，他的大债主包利华却深陷后悔之渊。

金紫稀土和豫华泽投资公司的股东名册中从未出现包利华一方的身影。

根据豫华泽投资公司与包利华的三金集团签订的协议，三金集团出资7.5亿元，可以债转股，享有豫华泽投资公司50%的股权，间接占有金紫稀土32.5%的股权。三金集团实际支付6亿元，如果转成股权，也间接持有金紫稀土26%的股权。

包利华对老梁说："我就是你的贵人，是你们的大功臣！"

此话非虚，临时股东大会召开后，惠泉联合体与欣大控股股权顺利过户，但最后一笔20%的资金尚无着落，此时又是包利华予以援手。

不过，这笔资金是管彪拆借给包利华的。管彪认为，股权顺利过户，支付完所有款项后，股权尽入老梁之手，金紫稀土就可以用股权来质押贷款了。

于是，纽夏保险以债券回购的方式筹集了3亿元借给三金集团。对于这笔借款，三金集团以自己手中的纽夏保险股权作为担保。这样，管彪也可达到稳定纽夏保险股权结构的目的。

随后，三金集团将3亿元转账给豫华泽投资公司，豫华泽公司相应股权反向质押，作为履约担保。对于这笔投资款，三金集团仍然可以选择变为豫华泽公司的股权，或者随时转为债权。

但当老梁他们狂欢的时候，包利华孤独而暴怒。

尘埃落定，包利华向老梁发来两份公函，提出债转股。但是，老梁拒绝了。

他质问老梁："我们变更为股东怎么就不行？我们签署合同的时候，白纸黑字写得清清楚楚，是否债转股、何时债转股，我们拥有主动权和决定权。你说，我们按合同履约，你凭什么剥夺我们合法正当的权利？"

老梁则表现出一副无可奈何："这是误会，大误会啊！包总帮我大忙，我不是不知恩图报的人。这不是刚进入不久吗？前景不明，战略还得调整，怎么能贸然让包总进入？这风险多大！我这是为包总负责啊！"

"你替我想得还真周到，哼。"包利华在粗暴地撂下电话前说了一句，"我算是彻底看清楚你了。"

包利华就此事跟陈晓成沟通，那时陈晓成还站在老梁角度辩解，武庸仙那时还在东方钢铁，桃色事件尚未爆发。陈晓成也是一样的建议，先缓一缓，看看发展形势再定是否债转股。

管彪也在和稀泥："老梁的做法也不是不遵守承诺，刚进入，市场需要摸一摸。国家政策在控制出口配额，环保政策继续收紧，业绩肯定受影响，未来万一搞不成了呢？"

这番和稀泥的话，让包利华颇为不爽："管总啊，我当初投资这个人，是受你和陈晓成的影响啊，何况我们从你手上还借了3亿，万一最后闹得不可开交，我们这帮人可就栽在这号人手上了。我们在江湖上混，要考虑名声啊！"

管彪认为包利华有些杞人忧天："放心吧，董事会还有我们委派的代表，老梁这人不会乱来的，一切尽在掌握。"他已经开始谋划如何让金紫稀土出资入股成立纽夏控股集团和收购纽夏保险非友好股东的股权。

此后不久，老梁来京，陈晓成当面就包利华的问题问询。老梁说了一句话，让陈晓成心头一震："我怎么会让三金集团真的占有股份？三金集团就是一只西南虎，万一吃了金紫稀土呢？再说，我找算命先生算过我和包利华的八字，我们命里犯冲。"

老梁说这番话时，陈晓成他们与老梁还处在合作无间期。

武庸仙事件发生后，陈晓成着手鸣金收兵。

包利华亲自带队去金紫稀土找老梁，老梁率领司机去机场接机，却没有将客人拉回办公室，而是拉到当地最豪华酒店的总统套房，给予很高的礼遇。

老梁态度谦卑，他给包利华点了一支大中华，包利华有些警惕："梁总，你这么殷勤我可消受不起啊。"

"你看你看，包总跟我客气了不是？你可是我的救命恩人啊，用我们军人的话说，一分恩情，要十分地回报，我不是一个忘恩的人。"

"嘿嘿，你还记得我是恩人？你知道我为了给你凑这两笔钱，费了多少心思？这个年头，生意不好做，欧债危机，越南市场拼命杀价，中东地区又闹颜色革命，非洲要越便宜越好，卖不起价，再加上银行限贷，我可是勒紧裤腰带帮你竞购，帮你圆梦！我为什么这么拼命？我是把企业转型的历史重任寄托在金紫稀土项目上，希望进入稀缺资源型行业。好家伙，你竟然给我来这么一招，釜底抽薪！"包总满脸涨红，毫不客气，直奔主题，粗壮的身躯在沙发上不停地挪动，右手夹着烟，对着老梁小幅度地上下抖动。

老梁知道来者不善："很不好意思，我有负于包总。但是，我确实是从你的角度考虑的。实话对你说，接管这家企业后，我们也觉得上当了，我们请了专业机构来做详尽的调查，盘点资产，结果发现欣大控股提供的净资产比竞购时少了5亿，这是什么概念？我正在为这件事情找欣大控股协商，我要找回这份损失。你说，这种状况，我怎么会让你贸然入股？"

这是包利华第一次听到这套说辞。这怎么可能呢？竞拍之前，产权交易中心按照严格的法定程序对拍卖资产进行审计、评估，怎么可能会有这么大的差异？

包利华吸着烟，心想：这家伙满口瞎话胡话！一派胡言！他一言不发地盯着老梁。

老梁明白包利华的意思，他喊来守候在门外的助理，助理递过来一个BALLY（巴利）小挎包。老梁打开拉链，拿出来一套完整而精美的印刷品——关于金紫稀土资产评估的报告，其中固定资产及负债部分，数字则明显变大。

老梁指着评估报告上的一些数字："这就是我们发现的问题，负债更多，固定资产折旧不少，都比竞标时提供的数字大多了，我必须向欣大控股讨个说法。"

包利华面无表情地翻完报告，抬头说："梁总，我不关心这个，我只关心我什么时候能收回借款。"

收回借款？老梁原本期待着包利华同情甚至同仇敌忾地回应，没想到是追讨借款。他有些意外："包总，你看，我们当初不是签订了协议吗？我们按照协议条款来执行，按期分批偿还，我们肯定如期履约。"

"好，当然得履行协议，我这次来，就是此意。"他喊守候在门口的法务经理进来，递给老梁一份变更协议，内容是把之前的可转债全部变更为借款，且要求在未来6个月内完成，尤其是要执行协议里签署的1亿元收益补偿。

老梁有些慌了，他没想到包利华玩真的。他说："借期还没到啊。这个，这个时间太紧了，我们根本筹集不过来！我们接过来的这半年，国际行情不错，价格上扬，就是国家对稀土出口实行配额管制，我还得跑商务部门要配额指标，现在需要加大投入，一下子实在难以搞到那么多资金。"

包利华摇摇头，态度很坚决："梁总，你也知道要加大投入搞生产，我们也面临这个状况啊，我总不至于让那么多员工指着鼻子骂我说，借钱出去给别人扩大生产，自己的工厂却因现金流问题影响产量，工资减少，甚至出现停产。你说，我怎么对我的员工交代？"

"那是你自己的企业，你怕什么？他们怎么敢骂老板？再说，借款不是还有利益补偿吗？"

包利华一听这话，就更想抽身而退了。这是什么素质的人？他说："总有一天你会明白，企业做大了，就不是自己的了，是员工的，也是社会的。你自己也就好吃好喝，睡一个大豪宅，如此而已。"

谈判进行了两三个小时，僵持不下，最后老梁妥协，签署了两份不同的还款协议。而还款期限，一份比包利华原定期限延长两个月，一份延长3个月，都是按照时间进度分批还款。

协议是签署了，但执行的时候，老梁食言了。老梁突然从他们眼中消失了，包利华他们怎么也联系不上他，他手机要么关机要么不在服务区。

包利华派出财务经理王鲁锋和法务经理徐霞，一老一少，一男一女，飞到神华市讨债。

在金紫稀土蹲守半个多月，他们一次也没有见到老梁。前台和保安曾经一度想把这两位讨债的堵在公司门外，包利华一怒之下，打电话给金紫稀土法定代表人兼董事长姜武平，质问为何如此粗暴地对待债权人。姜武平则说："哪里有这样的事情？即便包总不是金紫稀土债权人，起码也是豫华泽投资公司的债权人。虽然不是我姜某人跟包总借的债，但好歹我也是豫华泽的法定代表人；虽然我是代老梁出面，但起码我知道包总是老梁的恩人，哪有恩将仇报的道理？哪有杨白劳欺负黄世仁的？我了解情况，绝对不会发生保安欺负我们债权人的事情。"

姜武平巧舌如簧，官话套话绕来绕去，绵里藏针。这一席话明白无误地告诉包利华：实际上，你们跑到金紫稀土讨债名不正言不顺，因为你们根本不是金紫稀土的债权人，顶多是金紫稀土大股东豫华泽的债权人；虽然我是豫华泽法定代表人、金紫稀土名义上的董事长，但这笔借款实际上跟我没有关系。你们既跑错了地方，也找错了人。

包利华在江湖上混了那么久，岂能被这一番话给难倒？他也不客气："姜总，姜市长，老梁应该感谢你啊，你不仅是个好管家，还是个好大哥。不过，话说回来，金紫稀土虽然不是我的直接债务人，但老梁是这家公司的实际控制人，他90%以上的时间都在这里办公，我们联系不上他，不在这个地方蹲守还能去哪儿？姜总既然是豫华泽投资公司法人代表，公对公，找姜总也是理所当然，希望姜总认真考虑这件事情。现在是商业社会，过去的我们不谈，起码我们这一代人，应该为建设契约社会做出表率吧？"

姜武平让讨债的上楼去。这二位搭档倒也精明，他们白天坐在金紫稀土财务办公室，夜里去金紫稀土董事长姜武平和总经理张建春家里守候。两位老总也够贼，他们说着同一番说辞："好久没有看到老梁了，他来公司的时候很少。毕竟是顾问，不是董事会成员，也不是公司管理经营人员，没有义务天天待在公司。他要么在豫华泽投资公司，要么去外地帮金紫稀土跑关系、搞地皮去了。"

去家里的次数多了，姜武平老婆的意见很大，后来发展到干脆不开门。总经理张建春的老婆则直接当着他们的面，数落她老公，指桑骂槐："你那是什么公司啊？说是动辄数十亿的销售，怎么讨债都讨到家里来了？还让不让我们母女生活了？"

有一天例外，姜武平亲自打电话给讨债的王鲁锋，说他在家里等他们，有情况。

这态度颇令二位意外，不管什么情况，总比没有情况好，总比冷冷淡淡或指桑骂槐好吧。于是他们兴冲冲地赶到姜董事长的住处。姜武平所在的小区坐落在树木葱茏的半山腰上，之前每次过来，他们都要费尽口舌过保安这一关，后来来的次数多了，保安都以为他们是这里的租户。这个高档社区的租户不是一般人，保安有此认识，过关就轻而易举了。

他们敲开姜董事长的房门，姜董事长亲自开的门，他的老伴没有露面。按惯例，待客接物是她的看家本领，在中国这个社会，市长太太岂能不懂迎来送往？关键问题是，前市长太太懂得看人，迎谁送谁，得看对方是干吗来的。这晚，前市长的老伴在书房里没有出来，姜董事长在树墩式的花梨木茶几上，给他们摆弄茶道，沏云南普洱茶。

姜董事长说："知道你们辛苦，不容易。常言道欠债还钱天经地义，但豫华泽没钱，筹集的钱都投到稀土公司了，投资的钱也一时拿不出来，公司是股份制的，只有分红或者股份转让才可以套现。这些，不是我们，也不是老梁一个人说了算的，需要董事会做出决议。今晚请你们来呢，是想让你们转告包总，我们会努力把钱还上。"

王鲁锋年届50，说话也不客气："还不还得上跟还不还，是两个不同的概念。我们都蹲守大半个月了，包总天天在电话里催。瞧我这搭档，人家一个小姑娘，在外面这么久，说不上风餐露宿吧，天天上你们公司，上你们家，你们都没有好脸色，人家姑娘心里也是憋着火啊。都是为了工作不是？你们老梁得给我们一个态度不是？且不说当初借钱时是如何跑到我们公司求我们，过去的事情就不说了。但是，这还款协议也签了，我们是严格按照协议来执行，也希望你们能遵守协议，否则签它干吗？还不如直接起诉呢！这不是给双方面子吗？山不转水转，谁也不能说自己强就永远强，没有弱的时候。同样的道理，谁也不能说现在一事无成就永远一事无成。这个世界啊，变化就是快，说不定哪天就发了。比如梁总吧，我可是听说了，一年前还一文不名，现在可是身价几十亿啊，这就是变化！但是，也别忘了，他这一夜巨变是怎么来的，千万不要吃水忘了挖井人啊！自从我们过来后，梁总竟然一直躲着不见！"

终于逮住了来之不易的谈话机会和这氛围，这位看起来老成稳重的财务经理将憋了一肚子的话，一股脑儿倒出来，带有强烈的不满情绪。

姜武平看着情绪激动的讨债人，认真倾听，待对方发泄完了，他顺手递给对方一份报纸，说："你们谈的完全在理。其实我们不是没有钱，你瞧瞧，这是我们梁总在××省考察项目，常务副省长还作陪了。再说明一点，不是我们不还钱，关键是梁总不在本地，这不在外面考察吗？"

他们接过报纸，是××省的党报，在这一版右下角的一则图片新闻上，梁家正笑容可掬，与矮他半个头的副省长紧紧握着手，冲着镜头，摆出拍照的姿势。那气场，直逼一掷千金的亚洲首富李嘉诚先生，哪像一个被逼债躲着不见的人。

姜武平就是为了证明老梁不在公司，还是证明他们有钱，只是人不在才不见？抑或暗示着其他的什么？

姜武平在送他们出门时说了一句话，在入主金紫稀土之前，他和儿子在神华市做了一家公司，做私募股权经纪，手头有不少基金可以投资。"不知包总是否感兴趣，未来长期合作？"

法务主管徐霞说："这事得回去向包总汇报，看是否有项目可以合作。不过，当务之急，是希望姜总能帮助找到梁总，先把欠款还上。只要这件事办利索了，投资之类的事情好说，毕竟公司上下都一条心，在寻找机会转型。"

他们出门后，徐霞问王鲁锋："王经理，姜总这次把我们叫到家里来，仅仅是想让他儿子和我们做生意？这点小事，在办公室不就可以说清楚了吗，何必大动干戈约到家里来谈？"

"我看不是这么简单，你看他递过来的报纸，那篇报道说老梁他们要在当地投资，这说明他们不缺钱，是完全可以还上的，也就是说，他们完全有履约能力。但为什么不履约呢？为什么老梁要躲着我们？这个老姜之所以特意把这篇报道拿给我们看，是另有深意啊，至于是什么意思，我一时还琢磨不准。"

他们讨债空手而归。

包利华心情急躁，毕竟是真金白银。货币紧缩，银行管控越来越严，前不久看到新闻说温州一些老板因为现金流问题抛下工厂"跑路"，有的甚至跳楼。即使民间拆借，也是鱼多水不足，钱如水，企业如鱼，再好的鱼，没有水如何生存？即使年化利率30%的借贷，人家都抢着要，可是自己的真金白银却被老梁这个老东西拖欠着不还，虽然自己的现金足够支付运营管理，但谁愿意把钱放在外面漂着？

包利华的手下回到渝中市后，跟他汇报了老梁的情况。汇报时，刚好被司机赵刚听见，这位退伍军人，血气方刚，他听闻老板为老梁欠款的事情烦闷，就做了一件匪夷所思的事情。

司机赵刚找到了当年的战友开办的讨债公司。讨债公司派出一个人，外号马匪，专程赶到神华市，竟然轻易就找到了老梁。

老梁从外地回来，听说讨债的离开了，就大大咧咧地回到公司办公。那天一大早，马匪拿着照片，蹲守在金紫稀土大厦门口，看到老梁大摇大摆地进了公司。于是，他抱着一个贴着快递标志的箱子进了公司。刚进去，就被前台拦住，说快递物品放在前台就行。马匪颇有经验，说这是来自北京商务部门的官方快件，必须当事人亲自签字验收。前台小姐听说是北京商务部门的快递，不敢擅自做主，就打电话给老梁的秘书，老梁的秘书说那就让快递员上楼吧。

马匪乘坐电梯上了18层，被秘书堵在电梯门口，说代为签字。马匪不同意，说这是机密文件，当初客户提出了特殊要求，必须当事人亲自签字验收。看到快递员说得认真，秘书就没有坚持，径直跑去跟老梁汇报，说是从北京商务部门快递过来的，需要梁总亲自签收。老梁一听，他之前确实到北京活动过，找主管部门申请增加稀土出口配额，那可是大事！

马匪进来后，趁老梁不注意，顺手把门给反锁上了。他在老梁眼皮底下，撕开胶带，从快递纸箱里，拿出一个条形块状物，用报纸包裹着，撕开报纸，露出一把亮闪闪的刀。

老梁大骇，连连倒退，喊叫着说："你是谁？你想干吗？不能胡来啊！"

马匪当即跪地，面向老梁，他举着刀说："梁总，我怎么会伤害你呢？我今天到这里来，就没有想着轻松出去。我是无业游民，请求梁总帮帮我，把包总的钱给还了吧！"

老梁在惊恐中听完跪在面前的小伙子一口气的陈述，才明白眼前这小伙子原来是追讨欠款的。包总怎么会想出这么拙劣、粗野的一招！

老梁惊魂未定："你别胡来啊！小伙子，欠债还钱，天经地义。你给我起来，丢下刀！"

马匪神情镇静，他盯着老梁的眼睛，好像能读出老梁的心思似的。"梁总，今儿个我没有别的办法，一会儿你报警也好，叫保安也好，我绝对不怨恨你。但是，请求梁总兑现承诺，把包总的钱给还了吧，我就靠这个吃饭了。"

说着，在老梁眼皮底下，他突然用锋利的刀在自己胳膊上划了一条大口子，殷红的鲜血沿着胳膊流成数条线，然后滴落下来。

一系列动作，几乎一气呵成。老梁看得目瞪口呆！当鲜血从马匪胳膊上流下来，老梁冲向办公室门口，发现房门反锁，他拧开锁，冲出来朝秘书喊："赶紧打120，有人受伤了！"

人们闻声而来，包括保安队队长，他们看到地上丢着一把锋利的刀，小伙子左胳膊上流淌着血。马匪神情轻松地看着汹涌而来的人，冲着老梁重复着一句话："还钱吧，梁总！"

保安队队长带着两个保安，要冲上去抓住马匪，被老梁制止。毕竟军人出身，老梁此时镇定下来，对大家说："一场误会。这小伙子没有恶意，不报警、不传播、不造谣。等下120过来，要妥善安排。"

他清楚，如果这个混进来的马匪想伤害他，早就一刀了结了，不用等到现在。

120救护车呼啸而来，带走马匪后，老梁关上办公室的门，把一帮目瞪口呆的同事关在门外。他一个人疲倦地仰靠在沙发上，点燃一支烟，一阵阵凉意从后背蔓延至全身。

他拿起电话，拨通了包利华的号码："包总，我是欠你钱不错，但你不至于采取这种下三烂的手段吧！"

包利华一头雾水，待问清了事情经过，他只说了一句："简直是瞎胡闹！"然后撂了电话。

包利华很快查清了事情的缘由，他雷霆大怒，召集相关人员紧急开会。在会上，他说："商业永远是商业，有它自己的游戏规则，你们怎么可以随便动用黑道规则去解决问题呢？你们不要整天把自己打扮成黑社会，我知道我们曾经干过不光彩的事情，但那是因为我们面对的就是黑道。谁说我们黑白两道通吃？我们吃得了吗？别以为今天跟这个处长是哥们儿，明天是市长的座上宾，还认识一两个黑老大，就无所不能了，就得意忘形了。这是大错特错！我老包，从一无所有混到今天，经历过很多不堪，也付出过血的代价，但是我们要记住，我们就是商人。商人有多大的能量？我告诉你们，随便一个处长，就既能让你一夜暴富，也能让你一夜之间进入地狱！商人得低调地活着。再说黑道，我们付出的代价还少吗？即使有黑道背景、资源，也不能轻易利用这些资源来解决商业中的冲突！我们是商人，必须遵守商业中的一切游戏规则，愿赌就得服输！"

他迅速调换了司机赵刚的岗位，安排他到工厂的后勤部门，并给了一笔钱让他转给讨债公司："这件事情到此为止，我就是倾家荡产，也决不允许跟这类公司打交道。"

解铃还须系铃人。包利华专程跑到北京，向管彪和陈晓成诉苦说："你们给我介绍的是什么朋友啊？欠债还钱，天经地义，老梁这个人为什么要躲着我？他把你们坑了，也把我坑了。这么多钱，换成零钱倒进河里，还能听个响。这个老梁是不是一个骗子？如果是骗子，我们也算混得有头有脸的人，怎么会被一个假释犯给骗了呢？以后我们这脸往哪儿放？"

管彪听了心里也没底，最近被上面的主管单位追查得紧，日子过得不爽。听到包利华如此一说，他感觉不妙，但嘴上还是宽慰他："你放心，钱是我放给你的，我不会不管的。金紫稀土是个大企业，块头不小，不会沦落到欠钱不还的地步，至少他们还可以到银行担保抵押，所以放心吧。我也去做做工作。"

包利华心里不爽："我怎么不担心？钱是你放给我的，但却是拿我们纽夏保险的股份质押的，太监自然不急，皇帝得急啊，那是我白花花的银子啊！"

包利华说："我越发不理解了，现在是信息化社会，都21世纪了，不是20世纪八九十年代，都改革开放30多年了，怎么还有老梁这号人存在？视契约为儿戏！"

"就是基因问题。"陈晓成说，"中国人不重视规则和契约，是基因带来的，这源于血缘文化，几千年来一直是家里的事情长辈说了算。而在西方，即使上帝和人之间也必须遵守契约，遵守契约是西方骨子里的文化。我们讲见机行事，开车遇到红灯，无车不过即傻帽儿，而德国人即使三更半夜也会等候绿灯。孰优孰劣？"

管彪听了就呵呵笑："不是基因的问题，是气候的问题。在我们的气候条件下，生存很容易，严守规则反而会失去很多机会。在德国那种生活环境下，不守规则，很可能要丧命的。这就像心脏病人出门一样，一定随身携带药物，而一般的人出门基本不会带药物。"

包利华苦笑："有个温州的商人朋友，曾经对我说过不要轻易相信合约，哪怕合约让你的律师看过了，公证处公证了，都不见得管用。甚至客户已经把钱汇入了你指定的账户，你都还得必须确认，这笔钱能不能拿出来，能不能动。至于合约以外的任何口头承诺，凡是有利益冲突的，你都必须当它是放屁。无论对方是谁，交往多年的朋友，甚至是和你上过床的女人，你都不能抱着侥幸心理。那时我颇不以为然，现在我却不得不相信。"

一朝被蛇咬，十年怕井绳。陈晓成开导说："没那么严重，现代社会商业文明越来越发达，要对此有信心。不管环境多么落后，多么坏，在这个商业环境里混，我们自己必须守信，一诺千金。我们要量力而行，不要夸大其词，承诺了就一定要践约，正所谓：君子一言，驷马难追。商人最宝贵的是什么？是信誉！必须树立自己的信誉！没有信誉，信口开河，轻诺寡信，那不是商人，而是骗子！一旦确认对方是为了利益而有意欺骗，那么我们对对方做出的一切行为都不过分，我们甚至可以将计就计，反过来给他画一个饼！"

"最后这句话说得好！"包利华紧紧抓住陈晓成最后一句，"我对二位是足够信任的，当初就是在二位的游说下我才出手帮助老梁的，现在追讨欠款，你们得出智出力啊！"

管彪建议陈晓成去催一催。陈晓成说："我肯定得去。最终结果如何，我不能打包票，也不能承担任何法律责任，二位别责备小弟就是，但我至少要尽道义上的责任。我想，老梁不至于是个过河拆桥的人吧。"

那时，武庸仙还没有被调离东方钢铁，他们还没有会面。

陈晓成第二天一大早就飞到金紫稀土，轻易就找到了老梁。

陈晓成甫一说明来意，老梁就猛倒苦水："哎呀，陈老弟，不是我不还钱，我这不是有苦衷吗？这个包总，我们之前协议签署得好好的，他非要跑过来修改，逼着还钱，这不是欺负人吗？是他违约在先啊。再说，我们借钱又不是不给他利息，不给他补偿，我也不是这号人，对不对？我还总得在江湖上混吧？我老梁好歹也是年近花甲之人了，知道友谊和信誉比金钱更宝贵。"

老梁在金紫稀土的办公室有200多平方米，位居第18层，视野好。玻璃幕墙在阳光折射下，泛着光，远眺可见黛青色的远山、白云蓝天。俯视窗外，车水马龙，年轻的面孔像花儿一样在高楼林立的现代化都市中次第开放。

陈晓成站在玻璃窗前，背对着老梁，听他一番诉苦，突然感觉有些滑稽。在这间宽敞的，摆满着越南红木椅子、茶几和工作台的办公室，一个转眼间从一文不名的老头子变为身价至少10亿元的土豪的人，竟然在数落别人的不是？

陈晓成不客气地说："别谈这些了。你们当初签订的协议是可转债，包总有权转为占股，他提出明确的主张，但你不让人家转，人家当然得履行债权，重新签订还款协议也是正当权利。这你们也是协商通过的，理当履行。"

老梁一听，陈晓成这是明显站在包利华那一头。他改口说："签订的协议当然履行，我不是不讲信用的人。但是，我手头确实紧，豫华泽公司的情况你也知道，你也是股东，钱都投资出去了，还没有投资收益，怎么可能会有钱？再说了，金紫稀土还需要扩大生产，引进设备，需要大把的钱。"

"梁总，你就别跟我哭穷了，你在××省考察项目谈投资，副省长高规格接待，何等威风？"陈晓成揶揄一番。

"呵呵，你们都看到了？当地党报发在头版，我们想去搞些矿产和地产投资，地方很重视，还打算给些优惠政策、配套条件。那地方稀土矿多，但不敢随便给人家开发，他们领导心里清楚，真要搞起来，需要引进大公司，要有大资金投入。"谈起在××省投资，老梁就来了兴致。

"人无信不立，可以想想办法，把包总的还款协议给执行了。别以为这次还款只是一个独立事件，这会影响之前借给你钱的、支持你的人对你的诚信的判断，也会影响你的未来合作者的信心。其实这个圈子很小，一传十，十传百，连锁反应，要么良性，要么恶性，全在你的一念之间。"陈晓成打断老梁的浮想联翩，扳回谈话的主题。

听到陈晓成如此说，老梁认真琢磨了一番，毕竟他从一穷二白的假释人员跃为稀土矿产大公司的实际控制人，在相当大程度上得益于眼前的这个小伙子。

这次他专门跑过来，看来得认真对待还款一事了。

陈晓成回去后，半个多月过去了，老梁还没有想出法子还款给包利华，却先发生了武庸仙突然调职一事。

陈晓成对老梁的认知发生了本质的变化。

包利华趁到北京跑国家发改委和财政部申请政府项目政策和资金支持的机会，专门办了一桌饭，宴请管彪和陈晓成，还是为了追讨老梁欠款的事情。

管彪没有过来，这个时候，管彪已经如热锅上的蚂蚁，自顾不暇。

包利华说："一周前保险监管部门派人跟我联系，找我谈话，让我谈对管彪挪用公司资金之事的看法，我能谈什么呀？这些资金至少有一部分跟我们几个有关联，我还能谈什么？我这第二笔款子3亿元虽是从纽夏保险发债募集的，但我用股权做了担保的，这个不违法。不过，听调查人员透露，管总挪用的数额惊人，我们只是九牛一毛。你知道吗？"

"我听说过，具体金额我不是很清楚。当初董事会授权明确，讨论项目我们也是举手赞成。我们不负责具体业务，挪用多少，怎么挪用，没有跟我们汇报。如果确实发生了大问题，尤其是挪用巨额资产的问题，那是触犯法律的，谁也逃不掉。不过，从我们的接触看，管总这个人应该不会有严重的问题。"陈晓成思索半天，也找不到跟他有什么瓜葛。

"你啊，还是年轻。这年头，只有想不到，没有办不到，你等着瞧吧。不是我说管总，他做事胆子大，却也可能出事。比如说这个老梁吧，当初你们，尤其是管总，这么热心、急迫地让我去帮他，现在不是麻烦一堆？当然也有我自己的问题，没有认真考察，怎么就碰到这么一个人呢？"包利华摊开双手，摇摇头，说着说着还是转到老梁的事上。

这次饭局只有4个人，包利华、陈晓成，还有包利华公司负责追讨老梁债务的财务经理王鲁锋和法务经理徐霞，这两位老总谈事的时候，他们闷头吃饭、张罗倒酒或呼喊服务员。

陈晓成明白，包利华对老梁意见很大，追讨回债务的心情急迫。并且，在当初游说支持老梁的事情上，虽然管彪对包利华的影响比较大，陈晓成心里也清楚，他应该承担一部分责任，自己必须出面想办法解决，否则以后两人商业合作的机会趋于零。

何况武庸仙这次调职，对他和盘托出了老梁阻止帮助他搞定永宁医药的事情真相，他就在心里盘算一番，已经开始动作了。

他对包利华说："在这件事情上我也有责任，识人不慧，我会想办法解决的，至少要帮助包总要回部分债务。"

包利华要的就是这句话，虽然他与老梁的交易，本质上跟陈晓成没有利益关系。他之前频繁找管彪解决，因为其中也涉及管彪的利益。在这个社会上，谁愿意吃力不讨好地去管与自己不相干的事情？

"要不要动用那种关系？"包利华用手做了个绳之以法的动作。

陈晓成立即摇头："不至于，毕竟还是合作伙伴，至少到目前而言，还是朋友，还有很多办法可用。"

这话让包利华脸红了，他忙不迭地说："瞧我这人，小人之心了，陈老弟别见外。"

圈子很小，谁的斤两有多少，谁曾经干过什么，大家基本一清二楚。王为民当年让一个副市长锒铛入狱，在圈子里早就传开了。虽然，这个圈子不缺乏权力，不缺乏心狠手辣，但陈晓成一直为此辩解说，通过司法途径解决麻烦，应当是现代商业文明的标志。

陈晓成想了想，对包利华说："现在的核心问题是如何让金紫稀土的资金回流豫华泽投资公司，你的债务方是豫华泽，只有这个公司有钱了，才会执行还款。按常规来说，豫华泽要想从所投资的项目中获得收益，唯有股东分红或出售股权变现。目前而言，分红还未到时候，股权出售肯定不行，这就像割掉老梁的肉，会闹得不欢而散，这不是我们的目的。我们的目的只有一个，就是要回借款，补偿损失。"

"对，我们目的很简单。他就是一个骗子，我当初就是瞎了眼，怎么会跟他合作呢？"包利华一激动，就嘴唇发抖。

当晚，他们回到酒店，两人磋商到很晚，终于想出了一个办法。

第二十七章

暗局：明修栈道　暗度陈仓

陈晓成还没有动身去找老梁，老梁却主动找过来寻求帮忙，为的还是包利华的款。

老梁从首都国际机场出来的时候，面色凝重，身后跟着一名健壮的助理。他对亲自过来接机的陈晓成说："这是我最近从部队退伍军人中千挑万选选出来的，跟我同姓，特种部队出身，身手了得。"

陈晓成闻言，就多看了助理几眼，身体健壮但不肥硕，留着平头，目光炯炯，他谦卑地向陈晓成问好，然后四下望了一眼，在一旁拉着拉杆箱，安静地站着。

陈晓成心想，这是何必？讲排场？他不露声色地在心里暗笑，这老家伙，还是老一套，怎么看都像暴发户！

一路上，老梁没有跟陈晓成说起上次遭遇讨债公司的惊魂一幕，更没有说这事与包利华有关，也许是觉得他丢不起这人。

还像最初老梁拎着一只黄绿色帆布挎包过来找陈晓成一样，陈晓成安排助理罗萍给他在协议酒店国贸三期酒店预定了豪华套间。罗萍听说又是老梁，嘟囔说："要不给这位梁先生限定日消费上限额度？"

陈晓成听了一乐，摇摇头说："没必要，人家已经今非昔比了，大老板，现在每到一个地方，都是现任省部级大员陪同。"

罗萍吐吐舌头："敢情是一夜暴富啊？！"

罗萍跟随陈晓成干了3年多，陈晓成有意提醒黄远将她调去独立操盘项目，比如负责新开发的项目，罗萍却找各种理由推掉了，执意做陈晓成的助理。陈晓成之所以提出调岗，主要是为她的个人前途着想，一般而言，干了一两年助理的女孩子，稍有能力、有想法的，都会想方设法找机会单飞，美其名曰培养成长，跟随领导学到了真功夫，该去独当一面接受新挑战了。唯独罗萍例外，她似乎更乐意当助理，陈晓成用起来也得心应手。

半年前，罗萍突然给陈晓成发了一包结婚喜糖，陈晓成大为惊讶。更惊讶的是，罗萍找的老公，竟然也是陈晓成的手下，一个区域经理，南开自考大专，后来跑到法国混了个硕士学位，工作干得不好不坏，貌不惊人。

"如果找不到我爱的，就找一个爱我的。我也许不聪明，但我要做幸福的女人。"罗萍读出了眼前这位老板，一直单身的年轻帅哥那种惊诧而惋惜的眼神，她说这番话时眼圈有些发红。

陈晓成其实心里清楚罗萍这番话背后的隐痛，但是，他给不了她想要的。罗萍是他认识的女人中不可多得的漂亮、聪慧、能干的女孩子，但，也许是因为他心中潜伏着一个人，也许是郝仁师兄的告诫在起作用，他不能和她在一起。

郝仁曾经警告他说，不能与团队中的异性上床，不管这个女人多性感、多煽情。

万通董事长冯仑也说过，女人爱一个男人，最高纲领是嫁给他，最低纲领是求得心理补偿。如果嫁而不成，就要求有心理补偿，但心理补偿有时候很难衡量，于是就琢磨物质补偿。冯仑还提醒说，切记三类女人不能碰，名字里带"萍"字的、女记者和女商人。陈晓成第一次读到这段高论时心里涌起恶毒的快感，他大学时代不成功的恋爱就是毁在蔡萍身上，名字里带了个"萍"字。

郝仁提到不能占便宜的女人包括三类：有商业往来的；女下属，或属下、同事的家眷；女公务员。原因有二：其一，这样的女人可以让你死都不知道是怎么死的；其二，你虽然是半个商人，但另一半也不是以出卖肉体为营生的。

罗萍就是陈晓成最得力的女下属。

这次，罗萍提议设置每日消费上限，确实是预料错了。到了酒店登记，老梁派特种兵助理去登记、刷卡。老梁对陈晓成说："大钱没有，这些日常消费的小钱还是没有问题的。说起来当年，也就是去年的事情，我可是让陈老弟破费不少啊。"

陈晓成难得奉承他一番："都是小事情，能协助梁总成就大事才是最重要的。"

进了酒店，特种兵助理放下行李后自行退出。他们坐下，老梁说："这次来，主要是想和老弟商谈一件事情，就是先还一部分包总的钱，看怎么支付比较合适。"

"还多少？"

"先还个20%。不瞒老弟说，现在用钱的地方太多，公司日常运营需要钱，开拓矿产资源需要钱，还有一些省市，极力邀请我们去投资。包总那笔钱，我们是要支付利息的，还要支付补偿，比银行的高多了。当然了，这笔钱当初是帮了我大忙的，不能简单地跟银行利息比。"

陈晓成在心里一默算，有了主意，于是不露声色地对老梁说："豫华泽账上没有钱，要么等待金紫稀土分红，要么转售部分豫华泽股份套现，此外没有其他更好的筹资方法。"

"卖股份不行！分红还没有到一个会计年度，而且一下子也分不了那么多，有没有可能到银行质押贷款？"

"质押贷款需要有合法用途，仅仅是还款，会有一定难度。尤其是金紫稀土担保，需要全体股东同意，你觉得有没有难度？"

"全体股东同意？那不可能！国矿稀土把我们盯得很死。"老梁摇摇头，望着陈晓成，期望他能想出更好的办法。

陈晓成不想再义务为他效劳，目前，他想尽快地替包利华追讨欠款。也许是出于对包利华的道义责任，也许更重要的是，他想老梁承担幕后操纵武庸仙背信弃义的后果。

"只有一个情况例外，就是有合法用途，比如新投一个项目，预计盈利情况好，可以通过董事会决议。你还记得我给你设置的公司章程里有三分之二董事同意的议事制度吧？"陈晓成循循善诱。

"对啊，重大事项三分之二董事同意就可以执行，这是公司章程明文规定的。"老梁恍然大悟。

"这个议事规则，当初就是考虑到国矿稀土不配合而设置的。当初你承诺了我们很多事情，设置三分之二议事规则，就是增强我们在董事会中的决议能力。"

"哈哈，我明白，老弟好样的！这条修改得牛！"老梁突然开窍，像摸到了中彩票的门道似的，"这样一来，我去一些省市投资就顺理成章，去银行质押贷款就没那么费事了。"

还在琢磨着对外投资？赶紧了结债务吧。陈晓成赶紧打消老梁的念头，转移方向："担保是有成本的，一定得是投资收益高、时间成本划算的项目，矿产之类仅办理各类证件就要花去太多的时间，不能轻易投资。"

"哦，那是，陈老弟手头有合适的项目吗？对了，你是做私募基金的，这个来钱快，有合适的得给我介绍啊。"老梁听了觉得颇有道理。

"好，有合适的会给你留着。不过我们做股权投资的，时间会更长，即使Pre-IPO项目，也就是快要上市的，如果成功在国内上市，锁定期至少一年，加上改制等其他限制，从投入到退出，至少3年时间，回报是高，成倍数的，但不适合质押贷款来投资。"

"三四年？那不行！那时候我还不知道会是什么局面呢。我一把年纪了，不像你们年轻人，有大把的时间可以等，我们这个年纪的人，是过一年少一年，得短平快啊。"

"谁都想短平快，快进快出，那只有炒股，这个董事会肯定不同意，银行也不便给你质押贷款，说出去会成为笑话；再说，风险极高。不过，我想，投资房地产倒是个好途径。"

"房地产我也考虑过，投入太大，我们又没有这方面的经验。"老梁有些退缩。

陈晓成抓住这个话题不放："当然不能自己独立开发，需要合作。我帮你找找，看是否有合适的项目，尤其是北上广地区。这类特大型城市，房地产正是投资热点。"

之所以推荐北上广，是因为这类地区老梁这类人根本插不进去。陈晓成循循善诱，为接下来那个项目埋下伏笔。

"如果还一部分包总的欠款，还可以增收，这样的项目投资值得做。"老梁自言自语，情不自禁地摸摸自己的左胳膊，哑然失笑。

地产项目很快就降临了，不是北上广深一线城市，而是高速发展中的渝中市。

渝中市是长江上游经济带上的一颗明珠，长江、嘉陵江两江环抱，域内各式桥梁层出不穷。近年，被某国际组织评为中国十大幸福之城和十大休闲之城之一，入围中国大陆旅游业最发达城市、中国最具安全感城市等。近些年，渝中市喊出"森林城市""宜居城市""健康城市""畅通城市"等施政方针，GDP增长率多年保持两位数，开放的风气吸引了各种经济要素，形成万商云集、竞相创业的社会氛围。在此背景下，住宅和商业地产业的增速位居全国前三。

这个项目是包利华拿下的，有着一个漂亮的名字，"风雅颂"江景坊别墅群，获批用地600亩。

那次与陈晓成商谈寻找高收益地产项目后不久，老梁又来到北京，活动商务部门增加稀土出口配额，陈晓成就通知包利华过来，跟老梁洽谈江景坊别墅群项目的合作。

老梁最初很诧异："怎么能和包利华合作呢？他可是我的大债主啊，这怎么合适？有钱不还，还四处投资，不妥不妥。"

陈晓成说："债务是一回事，投资项目是另外一回事。我们都清楚，生硬地从金紫稀土划拨款项出来还债，涉嫌职务侵占或挪用资金，那是犯罪。我相信这一点包总也清楚。但是，如果投资收益按照股东的股份分红分掉，则应该不会有任何问题。你上次不是让我介绍地产项目吗？包总这个项目是现成的，600亩，想要合作的人不少。能否合作，看你们的造化吧。"

老梁一听，有道理，就同意与包利华见面。

包利华专程赶到北京见老梁，却说自己也在跑公司产品出口退税一事，是顺道跟老梁见面。陈晓成说："你们二人谈吧，我只是提供有价值的信息，成人之美，都是朋友，你们谈具体的商业合作我就不参与了，基金也有很多事情需要我处理。"

包利华带给老梁一份厚礼，就是地产项目投资报告。

"风雅颂"江景坊别墅群，就在长江边上。效果图很美，两江环抱，双桥相邻，江中百舸争流，流光溢彩，桥面万紫千红，宛如游龙。别墅群三面临江，依山而建，建筑层叠耸起，道路盘旋而上，由此形成绮丽风景。

老梁一看就喜欢上了。他对还款不及时表示歉意，称已经在积极想办法筹资还债。然后他把陈晓成的一套说辞说给包利华听。

包利华说："欠款还是要还的，希望梁总抓紧。公司好不容易拿下这个江景别墅，多少人竞争啊，拿下不容易，需要用钱。之所以进入房地产业，还是因为陈晓成老弟他们在江源市的发迹史生动地告诉我们，要发财就得做地产，这类项目最大的奥妙和乐趣就是杠杆效应！最初是期望梁总带我们玩，进入稀土资源行业，顺便转型，但是梁总不给这个面子和机会，我们就只好改做房地产了。"

这番半自嘲半认真的话，让老梁的脸色白一阵红一阵。

老梁翻看包利华的项目报告，报告做得很精美，投资回报很诱人，投入回报期理想状态是一年半，回报率150%。

也就是说，投资1亿元，一年半后2.5亿元出来。老梁看得怦然心动。

老梁对包利华说："包总，你就说吧，我们可以认购多少？揽瓷器活还得有金刚钻，看我们是否有这个能力吃这口饭。"

包利华听了心中暗喜："投入5亿，大约一年半，至少收回10亿。不过，不要过于迷恋那个内部回报率150%，那是我们给其他投资商看的，梁总是自己人，我们得保守些，不过自有资金回报收益率不会低于100%。还有，任何投资都有风险，我们的风险就是银行贷款，至于土地，已经拿到了。"

老梁把包利华的话理解为虚晃一枪。"银行贷款我相信包总肯定没有问题，在当地做这么大的企业，是纳税大户，负债率又低，这个我不担心。好，我回去就拿到董事会上讨论，力推这次合作成功。"

"等等。"包利华打断老梁的话，"梁总，我们欢迎金紫稀土参与地产项目合作，不过丑话说在前面，不管你投不投资，你得先还我20%的欠款。这是先决条件，否则我这项目即使砸在手上，也不能和你们合作。"

老梁听了倒不生气，他之前是找陈晓成商谈，就是要想办法把钱给还了，自己确实是想找个合适的项目介入，通过质押担保的方式还掉包利华20%的欠款。但是，老梁纳闷，包利华怎么会一下猜中他的底线是此次还款20%？

老梁刚生疑惑，就被包利华打断思路："梁总，我给你一周的时间讨论。如果需要我们的项目人员去给你们的董事会讲解，我们就派人过去。如果想做，就过来找我。"

老梁自然应允。

董事会讨论时，老梁擅自把投入金额提高，提高部分就是包利华20%的欠款。董事会遭遇的最大阻力还是国矿稀土的董事，他提出反对意见，但孤掌难鸣，决议有效通过。

这笔钱，对金紫稀土而言，并不算巨款。这家稀土公司自有资金充足，还用不着上去银行质押股权，总经理张建春和财务总监李莉都是老梁千挑万选的，自然听命于老梁。

很快，金紫稀土6.5亿元投资款打到了包利华公司指定的账户上，其中1.5亿元系商定的还款金额，通过投资款走一道。

管彪飞机落地的时候才给老梁打电话，说刚下飞机，只为见老梁一个人。

老梁对这种突然袭击很吃惊，心想：怎么来之前不打招呼？还让一个人去，难道发生大事了？

管彪从港口出来时，满脸倦容。他提着挎包，孤身一人，身体消瘦单薄，似乎一阵风就可以把他吹走。看到老梁，他立即挺直腰板，大踏步走出来。

老梁自己开着一辆奥迪A6，他接过管彪的包，说："欢迎光临。贵客啊，我们盼望管总过来指导工作都盼好久了。"

管彪伸出手，紧紧握着老梁的手说："关键时刻靠兄弟，看到你魁梧的身躯，我就心里踏实。不过……"他的语气有些异样，但刻意放慢语速，竭力掩饰。

老梁看在眼里，心里琢磨着：究竟怎么了？怎么跟平常大不一样？

去市区的路上，管彪坐在后座，窗外绿树、青草、白云、天鹅湖里的水鸟——掠过，但他皆无视，头仰在沙发靠背上，闭目养神。

老梁安排在当地最好的五星级酒店，晚餐预订在楼下的海岛厅。管彪说："就我们两个人，不用大张旗鼓，浪费。这样吧，我们把菜叫进房间里来吃。"

"那怎么行？你可是我梁某人的恩人。再说，你还是一个大老板，在这个城市有你的分公司，董事长驾到，你不去找他们，只联系我，那是给了我老梁多大的面子！怎么也得下去，包间我都预订好了。"

"真的没有必要，我们就在房间吃，我们谈事为主，吃喝其次。"管彪坚持己见。

"到哪儿都能谈事。管总，这次一定得给我个面子，包间就我们俩。你比我事业大，但我比你年长，你得给老哥一个面子。"老梁也很坚决。

老梁如此一说，管彪也就不坚持了。

当他们在包间坐定，一会儿的工夫，菜就上齐了，鲍鱼、燕窝，还有海参，市面上流行的山珍海味齐全了。

管彪望着一桌子大菜，哭笑不得："梁总，你不至于这么整我吧？我们俩也就两个胃，不比别人大多少，一下子点那么多菜，糟蹋粮食啊！"

老梁给管彪和自己倒满了两大杯茅台，他站起来，举杯敬管彪："管总，你坐着，老夫今天郑重地给你敬杯酒。别看老夫现在人模狗样的，我心里其实很清楚这一切是怎么得来的，如果没有你管总，没有陈老弟，我是不可能有今天的。想当初，我找了七八家企业，人家像看猴把戏似的看我，拒绝我。只有你，你们几个人，不嫌弃我，给我安排住、安排吃，还陪我去找钱，教我设计竞购方案。别的不说了，就这杯酒，一切尽在不言中。"

说着，两行热泪越过老梁高耸的眼袋，顺着脸颊流淌下来。

管彪也霍地站起来，看到老梁这副神情，他动容地说："干！千古江山，英雄无觅，孙仲谋处。舞榭歌台，风流总被雨打风吹去。"

"斜阳草树，寻常巷陌，人道寄奴曾住。想当年，金戈铁马，气吞万里如虎。"老梁接了过来。

管彪很意外，他端着酒杯，赶紧接下一句："元嘉草草，封狼居胥，赢得仓皇北顾。四十三年，望中犹记，烽火扬州路。"

"可堪回首，佛狸祠下，一片神鸦社鼓。凭谁问，廉颇老矣，尚能饭否？"老梁说，"想当年，我在部队当兵，每次送老战友退伍和转业，我们就念这首词，每次念这首词，就想起前尘往事，我心痛啊。"

"凭谁问，廉颇老矣，尚能饭否？"管彪再次碰下老梁的酒杯，"当然能饭啊！"

然后二人仰脖子一饮而尽。

酒过三巡，管彪指着老梁说："还不错，你还记得我们帮助过你，没有忘本，好啊。"

老梁红着眼，说话开始有些不利索："怎么……怎么可能忘记……忘记你们呢？你管总，可是老夫的大恩人啊！喝，我再敬……敬你一杯！"

"那就好！你知道我当初是怎么帮你的吗？我是冒着挪用资金的风险，找钱给你的。"管彪红着眼，急切地跟老梁说。

"记……记得，当然记得，包总……包总那笔钱，如果不是你设计、帮助，根本……根本过不来，过不来我们就收……收购不成啊，你是大……大恩人啊，大恩人！"老梁有些感动。

"那好，你还记得我当初请你帮助的事情吗？"

听到这句话，老梁似乎一下子酒醒了，他猛地抬头说："管总，我一直记得，我们要么投资你们纽夏控股集团，要么收购你们那个什么股东的股份。"

"记得就好，这次过来，就是希望你能兑现承诺，把那个股东的股份给收购了。"管彪盯着老梁。

老梁开始紧张了。他曾经问过陈晓成，如果真的去收购纽夏保险那位第三大股东的股权，需要动用多少资金，陈晓成告诉他，至少12亿元。

这个数字，对金紫稀土而言，至少一个财务年度后，才可能具备收购能力，如此一来就意味着要停止其他投资、收购和扩大产能。

老梁说："管总，这个还需要等一等，时机不成熟，金紫稀土的'造血'功能还得再培育一段时间。"

"怎么就不行了？！"管彪突然脸色大变，他提高话语的分贝，厉声道，"这是我们当初口头约定的！"

"管总，现在真的不行，时机不成熟。"

"怎么就不成熟了？你们凑一凑，银行抵押贷款啊。我现在是非常时期，那帮股东在搞我，这个时候不支持，我就很麻烦了。"管彪急躁起来。

"会麻烦到什么程度？"老梁惊愕，他是三进宫的人，从管彪这种焦虑的神情判断出，事情很不简单。

"挪用资金罪，你说会麻烦到什么程度？"管彪自行倒了一杯酒，仰头干掉，"我现在需要钱去填补窟窿。我告诉你，我进去了，你们在外面的也甭想过逍遥日子，他们在举报中就查到我们的钱流到了你公司的账户上。"

老梁一听就急了，他忽然有种出师未捷身先死的感觉。

"会涉及我？"老梁似乎明知故问，"陈晓成当初是倒腾了好几家公司才转到我们账上的。"

"会。一旦被检察机关立案，再怎么复杂的转款路线，他们也会查个底朝天，逃不了。"管彪死盯着老梁，"所以，我们一定要想办法把窟窿补上，我不需要你给我多少钱，10个亿就可以，先渡过这个难关再说。"

老梁面露难色："我们刚投资了包总的地产项目，现在公司资金已经比较紧张了。"

"可以抵押贷款。"

"这个需要全体股东同意，你知道，国矿稀土跟我们根本不是一条心。"老梁做出一副苦不堪言的样子。

管彪有些不耐烦："那这样，我们借给你的钱该还了吧？"

老梁一时无语，稍后，他说："该还该还，早该还了。我想想办法吧。"

"越快越好。"管彪像下最后通牒似的，有力地抬起手，然后在老梁面前狠狠地甩下。

老梁的右眼又频繁地跳了。

转眼两个月过去了，包利华的"风雅颂"江景坊别墅群地产项目还没有动静，他派出的代表回到公司跟他汇报说地产项目迟迟不动，比预定的动工时间晚了一个多月。

老梁听了就着急，他可是按照协议打过去了一大笔钱呢。他打电话给包利华："包总，地产项目怎么还没有动静啊？"

包利华似乎对老梁的来电早有准备："是这样啊，梁总，我们这边的规划出了一点问题，需要做一些调整。区领导班子刚做了大的调整，主要领导全部换了一遍，新任领导需要对规划重新梳理，估计需要一段时间。"

"不是已经审批了吗？怎么又要推倒重来？"老梁隐约听出了一些问题。

"不是推倒重来，是要微调，估计时间不会短，一年半载是动不了工了。"包利华说这个时间的时候，没有明显的抱怨和遗憾。

老梁紧张起来："这么久？我们这是董事会审议的项目，当初就是考虑到投入产出比，认真核算了时间成本，才决定投资的。突然一延长，成本就大幅上升了啊那还得了。"

"说的就是这个意思，我正要找你过来商谈呢，你定个日期过来吧。"包利华发出盛情邀请。

等待老梁的是鸿门宴。

老梁带着自己的法务总监，同时也是董事的许亮律师，没有带自己的特种兵助理，奔赴渝中市。在飞行途中，老梁隐隐感觉不安。

包利华派公司副总裁、美女何鹤女士亲自开着红色雷克萨斯去机场接老梁二人。

老梁之前几次过来，每次饭局都有何鹤，在闲谈中他了解到，何鹤担任公司副总裁之前，是包利华投资的五星级酒店美华大酒店的总经理，精明能干，年轻漂亮。这个世界上，不缺漂亮的女人，缺有头脑的漂亮女人。倘何鹤只是漂亮，怎么可能在短短的5年时间里，从大堂副理迅速晋升为集团公司高管？老梁那时心里自忖：世上没有无缘无故的爱，也没有无缘无故的恨，更没有无缘无故的蹿升或跌落，这个何鹤能量不一般啊。

他这样想的时候，还特意不怀好意地冲着包利华诡秘一笑。

前几次老梁多看了何鹤几眼，被包利华全部扫在眼中。心想："他还能怎么的？难道想泡我们何总？不自量力！"那时，作为包利华债务人的老梁，在包利华的眼里无足轻重。

这次，何鹤竟然亲自来接！上次老梁来签署投资协议，包利华还是派的自己的新司机接站。老梁上了后座，心里就想，将会发生什么。

何鹤笑盈盈地说："梁总，欢迎光临，包总给您预订了希尔顿大酒店的国宴厅，恭候大驾。"

"老夫好福气，竟然获得如此高的礼遇，还让美女何总亲自接站，还是渝中产美女啊。"老梁哈哈大笑。

"让梁总见笑了，小女子不才。"何鹤启动车子，拐上高速，她通过后视镜，看着老梁全神贯注地盯着自己，莞尔一笑："饿坏了我们梁总了吧？瞧瞧这航班，晚点1个小时47分，就像北京堵车，天上飞的航班近年不晚点都算非常态了，民航部门该管一管了。"

"哈哈，不是民航的事情，是空域管理，该把板子打给我们军方啦。"老梁伸伸身子，把眼睛从何鹤身上移开，也不看窗外，干脆闭目养神。

赶到酒店，老梁心里大为吃惊，映入他眼帘的，除了包利华，还有管彪，他正背对着房门面对着窗外接听电话，不时咆哮，谈话内容都是关于追讨欠款的。

管彪完全沉浸在追讨债务的情绪中。

包利华迎接过来，拥抱了老梁，这么热情的姿态让老梁感觉蹊跷，心里七上八下。虽然主人们热情洋溢地围住他，但他耳朵里还是断断续续听进了管彪的交谈内容，管彪焦虑、急躁的情绪一览无余。

管彪放下电话后，转身走过来，拍着老梁的肩膀说："梁总，今天借花献佛，借包总的饭局，和梁总好好喝一杯。"

老梁也满脸堆笑："没想到啊，在包总的地盘幸会管总，大缘分，难得。几位都是我老梁的大恩人，今儿个我这把老骨头豁出去了，一醉方休。"

看到老梁的情绪上来了，管彪说："我可是专程从北京赶过来的，包总一个电话我就来了，说梁总过来，大伙儿得一起聚聚。还有陈晓成，让我代他问好。"

"是呀，陈老弟怎么没有来？应该一起来嘛。"

"他在忙着上市公司出让股权，人家年轻，奔前途。"管彪轻描淡写。

落座后，包利华站起来说："今天主要是给北京来的管总，还有南方过来的梁总，两位远道的贵客接风，不谈国事，不议政局，不谈正儿八经的事，这些事留到饭后聊。我们谈风花雪月，谈貂蝉吕布，只谈下半身不谈上半身。这里只有兄弟姐妹，没有董事长、总裁、处长、市长！"

包利华左侧坐着管彪，右侧坐着老梁，何鹤则紧挨着老梁，然后是公司公关部总监廖芳容，二十五六岁，正是人生好年华。金紫稀土法务总监许亮坐在这些大佬中间，许律师虽然也见过一些世面，但端谁的碗受谁的管，看起来有些拘束。

包利华说完这番话，何鹤脸色有些绯红，她假装抗议说："别太拿我们女人不当回事。虽然现在你们不是老总，但也是我们的大哥、哥们儿，侃大山时嘴上留点德呀。"

"哈哈，那是，我们这些上了年纪的老家伙，温度不够毕竟还有风度嘛。"老梁接话，竭力表现出和谐、兴奋。

其实，他心底已经预感到了，此次渝中市之行，凶多吉少。

老梁这次料事如神，饭局过后，醉醺醺的他们相继被服务生送到提前开好的房间休息，3个多小时后，他被电话叫醒，面色娇羞的何鹤敲门进来，把老梁邀请到了酒店4层的一间中式茶室，陆续地，管彪、包利华也过来了。

老梁转了转，问何鹤："许亮怎么没过来？"

何鹤看了包利华一眼，顺口接了句："要请他过来吗？"

包利华像是征询老梁的意见："我们几个哥们儿谈点重要的事情，需要他过来吗？"

"没事，来吧，都是自己人，谈点事情他还可以给我参谋参谋。"老梁回答得比较干脆。

不一会儿，许亮进来了，何鹤退出，并顺便关上了门。

这家西式酒店，在四层开辟的这间古色古香的中式茶室，清一色的缅甸花梨木茶台、藤椅，红木屏风，跟管彪公司的独立茶室有一比，人坐其间，庄严肃穆。

谈话内容果然与那笔款有关。

包利华直接抛出议题："这次房产项目会拖比较长的一段时间，最近渝中市党政高层大换血，原来的领导出了大事，新任领导过来以维稳为主，将之前的一些大项目暂停，很不幸，我们这个项目也在此列。至于何时解冻，我们心里也没有底。"

老梁一听，心中一惊："也就是说未来两年是无望了？"

"应该是这样的。"包利华态度很诚恳，"所以邀请梁总过来，商量一下你那投资的事情，看怎么处理合适。"

"怎么处理？我看啊，直接转为还欠款吧。"管彪直接抛出酝酿许久的提议。

这个提议，恰恰是老梁最怕的，但他又不得不面对："这样不合适吧？上次我们已经支付了1.5亿元的欠款，另外5亿元投资是专款专用，我们签署了协议的。"

管彪盯着老梁说："梁总，协议是可以提前终止的。可以说得更明白些，实际上这个项目已经被判死刑了，渝中市发生了那么大的事情，废掉几个项目还不跟玩似的？所以，我们今天商谈的主题是，豫华泽投资公司尽快还掉欠款，而这笔款项，实际上就是我从纽夏保险关联公司腾挪出来的。"

管彪这话，像之前排练过一样，简单明了，直奔要害，不容妥协。

老梁看了看包利华，疑惑的眼神流露无遗："就是这样吗？"

包利华点头："这个项目，生死未卜，只能听天由命，只是可惜了我之前的投入。不过，我会想办法拿回来的，要么地，要么钱，只是不知何年何月。正如管总所言，就目前的情势而言，这个项目等于被判了死刑。"

老梁心里逐渐亮堂了，知道抛出去的肉包子是回不来了。

他转头问许亮："改变资金用途，这合法吗？"

许亮想了想："一般而言，更改资金用途，需要董事会重新决议。"

包利华说："那很简单，回去召集董事开会，你们票数占三分之二，够了。这笔款呢，我们三家，我公司、豫华泽投资公司、金紫稀土签署协议，将6.5亿元投资款全部转债，作为豫华泽公司归还三金集团的借款。"

"我不得不提醒你，老梁，这笔款子，你应该知道是怎么来的，我一旦身陷囹圄，对大家都不好啊。这个时候，还需要你们这些老朋友帮助渡过难关。"管彪好像不是在恐吓。

老梁叹口气，他看了看包利华和管彪，原来今天过来就是赴一场鸿门宴。他也知道，欠债是迟早要还的。

第二天一大早，老梁安排许亮订了当天最早的航班飞回去。在临登机时，老梁屈辱地回头看了渝中市一眼，满眼酸楚："哼，这地方不是我的福地，以后求我来投资都不来！"他愤愤不平地对法务总监许亮说，"这是对我的讹诈，我是真的想投资这项目，想挣些快钱啊！"

后来，在法庭上，包利华给检方提供的证词说："项目是有的，正常合作，签合同，我这么做就是为了把梁家正欠的钱要回来。我天天向他要钱，不可能再跟他合作房地产项目。"

一周后，包利华带着法务经理徐霞飞到金紫稀土，与姜武平董事长签署了三方借款、还款协议。当天晚上，老梁给包利华举行了一个晚宴，老梁叫了公司酒量很好的三大美女，死命地灌包利华，最后灌得包利华身体发软，呕吐不止。

众人皆醉我独醒，老梁坐在椅子上，用牙签剔着牙，然后给陈晓成打了个电话："陈老弟，他们在联手搞我啊。"

陈晓成在电话中淡淡地说："不是他们搞你，是你自己搞自己。每个人都火烧屁股了，都在忙着灭自己的火呢。"

第二十八章
安全下庄

陈晓成在忙着从凯冠生物中抽身而出。

凯冠生物成功IPO后，成为中小板一只大牛股，被股评家吹捧为中国现代农业的样板，股价从IPO时候的25元涨到47元，中间虽然偶尔反复，但曲线上涨坚决、直观。

很庆幸，还有一个半月就一年禁售期满了，股价依然坚挺。陈晓成等待着期限一到，就全身而退。但是，不巧的是，之前从几十家基金中遴选出来的香港红埔投资基金决定放弃接盘，不知是听到了什么不妙的消息还是他们的估值模型出了问题，总之他们按照口头约定通知了放弃。

当初香港红埔基金接盘是王为民谈的。眼看解禁期到，他们却半途变卦，王为民很恼火，三个合伙人在会议室里一支接一支地抽烟。深秋的正午，窗外的银杏树叶飘落一地，行人踩着金黄色的树叶前行，车流如织。这座城市通过摇号限购车辆，拥堵的困境依然无解，就像对住房限购，越限购房价越高。前天晚上，广播电台播放专家访谈，堵不如疏，当年大禹治水就是以"疏"代替"堵"，政策制定者要高瞻远瞩，视野要高，格局要宏大。听着这些专家访谈，听众解气，但眼前的问题是突发疾病需要急诊，中风了要疏通血管，血管堵塞要植入支架或搭桥，先应急救活了再说，这个时候讨论怎么得的病，或者未来要如何防备，都是废话，活着最重要。正如眼前从凯冠生物退出的计划，一个半月的时间稍纵即逝，敲定的买家却中途变卦。

必须赶紧抛掉!

他们担心事件泄漏,将万劫不复。是的,凯冠生物成功IPO充满着罪恶,虽然中国股市几千家上市公司IPO时并非每家都那么干净,凯冠生物绝对不是孤立的案例。在一级市场浸淫多年,知道各种版本IPO的故事,没有几把刷子,谁敢碰股票?但在二级市场,博傻的都是勤俭节约的散户,在市场一片骚动的情况下,散户们纷纷像搬大白菜一样,转眼就把积蓄从银行搬到股市,在这种前赴后继的汹涌散户潮中,即使再烂的股票也会牛气冲天。重庆有家股票被ST的公司,濒临倒闭,主业完蛋,年收入只有几十万元,还是依靠出租公司厂房获得的,股价却一度被炒高到11块多,因为市场上充斥着真假难辨的借壳重组的消息。

这个星球上,最傻最苦的是中国散户,无出其右者。

陈晓成清楚,如果从二级市场退出,即使逐步分批撤退,他们拥有的股票数量,也足以让凯冠生物急剧下跌。更糟糕的是,无论盘升还是盘跌,股东减持造成的波动,都会引起二级市场做空或做多券商的阻击。最可怕的是,一旦异动遭到媒体爆炒,引起监管部门注意,那些数据经不起推敲。一旦被揭开盖子,又将是何种局面?

天无绝人之路,最终谈妥的是未来系这只资本大鳄,幕后推手是李欢欢。李欢欢对陈晓成说:"我这是以德报怨,天下第一好人。兄弟,山不转水转。所以,你忏悔去吧!"

李欢欢见陈晓成难得地满脸愁容,就有些玩世不恭。

李欢欢安排未来系老板与陈晓成他们打了一场高尔夫。本来李欢欢也约了王为民过来,陈晓成临时阻止了王为民:"谈这种生意,你还是不要轻易出面,万一将来翻出来,被扯进来的人越少越好。"

王为民自然明白,在陈晓成坚决无情的阻止下,他深刻感受到兄弟的关爱。

高尔夫陈晓成打了97杆,不是最佳成绩,但比陈凯华的89杆多了8杆,着实让酷爱运动的陈凯华心情大好。

高尔夫结束,他们并肩往回走,陈凯华直接问陈晓成:"情况我大概知道，你们决定脱手，不打算再持有一段时间？"

陈晓成说："这期基金快到清盘期了，就等这次解禁了。"

陈凯华问："整体回报如何？"

陈晓成说："财务内部收益率在77%左右。"

陈凯华盯着他看："不错！"然后，他严肃地对陈晓成说，"这个盘子我接。几十个亿的盘子，筹资没什么问题。我当然不会全部用我的自有资金，我会联手几家一起做，不过我会看重价格。你也知道，我们即使在二级市场收购，也一定会派队伍去调查，会和大股东聊天，看看未来战略如何，这个很关键。凯冠生物属于大农业，这个方向我喜欢，比较诱人，有概念，有前途。只要价格合适，我们挑中了，不管你们由于什么原因要马上退出，我们都接。"

他拍拍陈晓成的肩膀，问了一个私人问题："你成家了吗？"

陈晓成愕然，然后回答："还没有。"

"我听李总简单提过你的出身，我们都是农民子弟，之所以有今天，应该感谢我们碰到了一个好时代。这种转型期，经济高速发展，我们是既得利益者。我想表达的是，钱是永远挣不够的，适可而止，可以考虑成家了。"陈凯华像大哥哥一般关心道。

陈晓成笑了笑："谢谢陈总关心。说实话，当初一无所有的时候，一方面对爱情全身心投入，另外一方面又有些惶恐，想着成家后怎么养家，怎么让跟随自己的女人有安全感、满足感。当我们的物质不成问题的时候，还时常在怀疑，我们所拥有的一切，是真实的吗？我们，至少我，又陷入了另外一种恐慌，就是不真实感。这种感觉不知道您有没有？"

陈凯华闻言沉默不语，继而停下脚步，凝视着陈晓成，说了一番颇有禅机的话："春花和秋月不可同时拥有，正如不能同时拥有硕果和繁花。我们的任何选择，都不可能一劳永逸和完美无缺。命运天然存在残缺甚至悲哀，我们要勇于接受，心平气和。"

签约是在未来系总部金融街国际企业大厦的办公室完成的，形式简单，双方法务经理逐字逐句核实完毕无误后，陈晓成就坐在陈凯华的红木老板桌对面，签字盖章，握手成交。

事后，法务经理对陈晓成说，好歹也是几十亿元的交易啊，怎么就我们三五个人，在收购方的办公室里就画押成交了？太不可思议了，怎么也得举行个签约仪式和新闻发布会啊。

　　陈晓成笑骂他："这点钱对赫赫有名的未来系算什么？人家千亿身价，一夜之间可以盘出数百亿现金到账上，这点钱对他们而言是九牛一毛啊！你这叫电影看多了，大惊小怪。你还是赶紧回去和凯冠生物联系发公告的事吧，还得让股权登记结算公司报备。"

　　签约后不久，圈子里有一对朋友新婚，圈子里的哥们儿要帮助张罗，顺便把新年庆祝也提前给过了，因为过不了几天，就是元旦。

　　长安街两边挂满了灯笼，在清冷的傍晚，给这座肃穆的大街传递着温暖的力量，新年的气息扑鼻而来。零下5摄氏度，呼出去的气迅速形成白雾，近视眼镜一片模糊，白雾在空中缭绕。天安门广场，人民英雄纪念碑下竖立的左右两块超大液晶屏，向伟大的共和国缔造者、我们的毛主席致敬，荧屏上滚动播放着各地迎接新年载歌载舞的活动场面，歌舞升平。荧屏还穿插滚动播放一些关键数字，GDP、物价、幸福指数，这些冰冷而硕大的数字，伴随着浑厚的男中音，向这块全球最大的广场传播着世界第二经济大国的伟大经济成就。

　　冬天的夜晚来得早，晚上6点10分，陈晓成由西往东穿过长安街，在广场西侧，正碰到降国旗，英俊伟岸的国旗护卫队队员整齐地雄赳赳地在毛主席像的目视下穿过金水桥，军靴有节奏地敲打着长安街的地面，像一支交响曲，牵引着这个巨大的广场上所有人的目光。车流被红灯堵截在天安门东西两端。国旗下，看降旗仪式的来自全国各地的同胞们，沿着围栏站成大弧形，他们哈着热气、搓着手、跺着脚，神情肃穆地期待着神圣的时刻。这情景，让陈晓成回忆起当年第一次看升国旗的情景，那时5个同学相约，从不同的住处出发，走路、坐头班地铁头班公共汽车或者骑着自行车，天刚蒙蒙亮，他们就赶到天安门广场，拥挤在一起，蹦跳着享受国旗在雄壮的国歌声中冉冉升起的时刻。转眼10年过去了，他们都已过而立之年，分散各地，他们都还好吗？当国旗再次升起，他们是否还会找回当年那份感慨和豪迈？

聚会地点在八王坟附近的一家私人会所。陈晓成抵达的时候，已经聚集了一帮人，其中有一半是不认识的。有的是从华尔街过来的，有的是知名学者，有的是媒体从业人员，五花八门，大家都很兴奋。会所的场地，容纳几十人没有问题，中间一个主持台，台上的圣诞树闪着光，圣诞老人的目光慈祥而温暖，四周是橘红色的矮脚毛绒沙发，进门右侧摆放着自助餐，朋友们端着高脚酒杯四处走动、碰杯。对于那些刚到的人，服务生会端着放有酒杯的盘子在门口迎接，你会情不自禁地端着酒杯加入欢乐的人群，无拘无束，谈天说地，喜悦像花儿一样挂在每个人脸上。

陈晓成很快就融入了这个欢乐的海洋。也许是过久了那个圈子时而谨慎时而张狂的生活，这完全放松的谁也不在乎谁的场景，让他的情绪迅速放松下来。商业界的朋友们看到他过来了，陆续过来碰杯，"新年快乐！""新年幸福！""新年健康！"这些朴实而真诚的话语，在辞旧迎新的节点上，容易洞穿一个人封闭的心灵。还好，他们没有说新年发财，也许对他们而言，发财是日常的工作，发财让他们失去了乐趣或者感性，他们需要的是健康、幸福和快乐。

这对新人朋友新年后要去地球上幸福指数最高的高原小国不丹举行婚礼。这对新人说："每个人写一个心愿，我们会带到不丹圣庙，向菩萨祈祷，保佑你们在新的一年里实现愿望。"这掀起了聚会的高潮。

人们纷纷写上自己的心愿，然后新婚男士主动站在主席台上，念着每一位的新年心愿，每念一个，都获得如浪的掌声。一个央视美女的心愿是"让幸福触手可及"，这句再平常不过的心愿，在这个晚上却赢得了这帮有头有脸的人热烈的认可。一个投资环保产业的PE朋友说"愿北京永远是蓝天"，看来，雾霾犯了众怒。与之呼应，一位作家的心愿是"自由、平等、博爱，没有雾霾的天空，没有大坝的江河"。一位从华尔街回来的高尔夫发烧友写出"愿中华大地雾霾早散，不要逼我到国外打球"。喜欢踢足球的科技部门的处长则祝愿"国足勇夺世界杯"，这个愿望被众人报以呵呵一乐，主持人说："这个愿望看来难度比较大。"郝仁师兄也来了，这位温文尔雅的商界才子，前年娶了一位年轻貌美、才华横溢的画家，去年生了个漂亮女儿。据说女儿一周岁的时候去一家国际婴幼儿发育成长机构测智商，同一天十多个孩子，他的宝贝女儿智商排第二，把他乐得不愿意继续在商场厮杀了。他写了一个有趣的愿望："希望明年生一个儿子。"主持人打趣说："这个愿望他人可帮不了。"引起一阵哄笑。

陈晓成的心愿是"平安，祈祷她在远方幸福"。平安是他心中的隐忧，但在他人看来，很普通平常。而"祈祷她在远方幸福"中的"她"和"在远方"引起巨大的骚动，纷纷拿他打趣，他在一旁笑而不语。知情的哥们儿竟然发起了猜测，"她"究竟是谁？是乔乔吗？他们不是经常在一起吗，哪来的远方？陈晓成被分析成多恋癖、花心王老五或者男同性恋，弄得他哭笑不得。不过，这个项目结束时很温馨，大家不仅祝福即将远赴不丹举办婚礼的新人，还给陈晓成送上了祝福，祝愿他找到心仪的女孩，完成终身大事。

第二十九章
风云突变

北京的春天很短，刚从春寒料峭里缓过神来，阳光就热辣辣地照射在人们脸上，气温骤然升高。橱窗里春季服装的广告刚贴上不久，夏天就汹汹而来，让人措手不及。

获知老梁失踪是在5月上旬的一个早晨，陈晓成刚刚睁开惺忪的眼睛，一缕阳光带着温度透过窗帘缝隙射进来，他的手机就响了，是包利华打来的。

包利华在电话中问他："知道老梁的去向吗？他已经失踪一个多月了！"

陈晓成猛地坐直身子："怎么回事？我正要找他，他当初竞购时有一笔款子是我担保的，已经到期垫付了。"

"别提了，我还有一笔尾款，我派去的人回复我，他已经失踪一个多月了，毛都没见着。"包利华火急火燎。

陈晓成预感出事了："打听到什么原因了吗？前不久还看到媒体报道他四处谈判投资，活跃得很。"

这些日子，圈子里风声鹤唳，紧张气氛一下子笼罩住这些内心张扬、舍我其谁的家伙，每次聚会，都会传出谁谁进去了，谁谁跑路了，哪个被小三举报了。

管彪出事了。一个多月前，管彪被检察院带走，涉嫌挪用巨额资金。

那天接到通知，陈晓成和王为民作为股东参加了临时股东会议。

大大小小的股东都被召集到纽夏保险总部一楼宽敞的会议室中。第一大股东国企贝钢集团董事长肖英女士亲自出席，第二大股东黎华世保险的大中华区总裁柯慧德先生也出席了，这个能说一口流利汉语的金发蓝眼睛的芬兰老头，表情严肃，与日常经常耸肩的轻松诙谐迥异。第三大股东，即管彪前东家华夏伟业集团的董事长章伟宏也风尘仆仆赶到，紧皱眉头。还有包利华，他紧挨着陈晓成，两人偶尔目光交流。王为民则稳稳地坐在陈晓成旁边，他不时扫视着屋内，还抬头看天花板，等待主持人宣布结果。

他们或许预料到了什么，只是想了解更多的详情，比如金额多少，涉嫌什么罪，如何善后。

其他一些小股东自觉地往后依次而坐。

坐在长条桌主席位置上的，是上级监管部门的一位司长，同时也是调查组组长。他中等个头，秃顶，说话一字一顿，好像不愿多说一字，但也绝不少传达一字："检察部门对管彪进行逮捕，他涉嫌犯下挪用资金罪、职务侵占罪。根据我们之前的沟通，我们决定动用保险保障基金，购买华夏伟业部分股东的股份，以确保公司经营稳定，保障保民利益，不影响社会稳定。"

宣布结束后，有几个有意思的提问值得回味：

大股东代表肖英董事长问主持人："纽夏保险连续3年未能出具财报，也无法正常选举新一届董事会，这一切均因管彪内部控制。我们发现问题后，早就向贵会进行了举报，为何一直拖到现在才处理？根据我们获得的资料，这期间，他不断挪用公司资金，进行一系列无关的收购。"

主持人闻言，略微沉思后，回答说："其实，我们一收到举报就成立了调查组，我们入驻纽夏保险大半年，账目复杂烦琐，花费了大量时间和精力来清理。一年前，我们就申请司法部门对管彪进行监视，一个月前对其刑事拘留，近日将其正式逮捕。这一年时间里，我们一直在稳步推进调查取证，有条不紊地开展工作，我们的原则是绝对不冤枉一个好人，也绝不放过一个坏人。"

黎华世保险代表柯慧德操着流利的普通话说："我们听说管先生挪用

资金超过百亿元，是否确实？"

主持人不假思索地说："一切以检察机关的认定结果为准，对市场传言要不传谣、不信谣，我们要相信司法机关的调查、取证和认定。从我们掌握的情况看，数字远远小于这些传言。不过，我想强调一点，我们的一些股东也存在共同拆借行为，这些司法机关也是要调查取证的。"

这话似有所指。包利华与陈晓成对视一眼，表情凝重。

肖英最后说的一句话，让包利华胆战心惊："必须追回所有被管彪及其同伙盗窃、占用和挪用的资金及其所有非法所得，不管涉及谁，哪怕是在座的股东。如果涉及我们，也不例外。"

包利华曾经跟陈晓成说过，那次渝中市地产项目从老梁处要回了6.5亿元，还给了管彪3亿元，老梁尚欠三金集团3.5亿，其中1亿元系收益补偿。

会议结束后，王为民对陈晓成做了一个手势，他们二人一前一后走了出来，出大门，王为民左拐，继续往前走，到左前方偏僻的花坛，一辆大巴停在大门与他们之间，把视线有效隔离。

王为民停下脚步，转过身来，与陈晓成面对面，面色凝重，让陈晓成暗自吃惊。

王为民直视着陈晓成问："管彪倒腾数十亿资金进出，你们这些股东代表，也是董事，你们没有觉察，没有采取措施进一步制止吗？"

陈晓成心里一沉，最不愿意看到的局面出现了，最不堪的事，就是朋友的信任，成为阳光下的阴影。

陈晓成低声说："议事规则董事会一清二楚，对于大幅对外投资或拆借都有明确限制。不过，我私下也提醒过他，不要动用保险公司的钱办私事。"

"听说挪用资金超过100亿，还有20多亿没有追回，他的哥哥做房地产，他弟弟做投资公司，还伙同上海同学炒股，这些钱都从哪儿来？"王为民明显不满。

陈晓成摇摇头。

王为民低下头，看着脚下，又抬起头，手指陈晓成胸口："你究竟隐瞒了多少事？还要隐瞒我多久？你，这里怎么装得下？"

陈晓成看到与过去完全不一样的王为民，瞪着眼，像一头暴怒的狮子。

陈晓成脑袋轰响，怔怔地站在那里，脸部毛细血管流速加快、变红，就像心理隐秘的事件，突然被大曝于天下。他的身体随着王为民手指的触及而轻微晃动，他没有躲避，一言不发。

王为民抽回触及着陈晓成胸口的手，一猛转身，踢飞脚底下一只花钵，花钵像一只铅球，离地低飞，向前滚落，发出碎裂的声音。

王为民背对着陈晓成，肩部颤抖。

吵闹声和花盘的碎裂声，惊动了大厦门口的保安。一个瘦子保安身手敏捷地往他们这边跑来，中途被距离陈晓成不远的胖保安拦截，他们交流着，摇摇头。两保安停留在中途，向这边保持着警惕的观望姿势。

陈晓成微闭着眼，感觉胳膊被人碰了碰，睁开眼，看到王为民走到跟前，递过来一支雪茄。

陈晓成看到的是一张平静的熟悉的面孔，王为民脸上恢复常态，像是什么都没有发生一样，风平浪静。

陈晓成接过王为民的雪茄，低头迎着王为民点着的打火机火苗，点燃了雪茄。他猛抽了一口，没有底气地说："其实，只要是在这种体制、机制下，无论是谁，都会犯错误。"

王为民摇头："这不是犯错，是犯罪。你们在董事会共事那么久，就没有发现？没有进行约束？"

"我们也有责任，姑息了，放任了。不过，管这个人比较仗义，可能自大了些，被周边的人怂恿、利用，以致酿成大祸。"陈晓成低声承认。

"周边的人又是谁？"王为民冒了一句，意味深长。

陈晓成闻言，默然不语。

王为民摁掉了还在点燃着的雪茄，他轻拍了拍陈晓成的肩膀："我去和调查组谈谈，把我们的股份也给收了。我们需要收缩战线了，摊子铺太大，容易出事。"

陈晓成想了想，点头道："也好，趁现在还没有损失，按照这个价格，我们至少有一倍的收益，虽然少了点，起码不亏。"

事后，在一个小型资本圈沙龙上，陈晓成谈及纽夏保险事件时说：

"这件事情教训深刻，股东结构、股东的素质决定了公司的质量，像这类金融公司，资金聚集能力非常强，资金沉淀量大，要防止公司成为'提款机'。要在股东选择、董事会建设、经营层人选、内控制度等方面加强管理，好的制度及其运行是成就一个优秀企业家的基石。"

他的发言，获得了掌声，被誉为当天掌声分贝最高的发言。

梁家正是闻风而逃的。

这一点，陈晓成倒不意外。对一个三进宫的人而言，任何与进"宫"相关的风吹草动皆可令其心惊胆战。

陈晓成比包利华提前一天飞赴神华市，金紫稀土董事长姜武平早就在等待着陈晓成的到来，并亲自带车接站。

在陈晓成下榻的酒店房间，姜武平对陈晓成说："陈总，我们这是第五次见面了吧，也不是外人了。虽然见面次数不多，我对你这位年轻人的印象不错，在帮助我们竞购金紫稀土上，陈总功不可没。"

这番话，让陈晓成心生疑虑。

其实，当初老梁告诉他姜武平是他未来经营管理的合伙人时，陈晓成出于职业习惯就对姜武平进行了简单的调查了解。这位60多岁的前中原某地级市市长，国企厂长出身，获得过全国五一劳动奖章。在市长任上，做了一些实事，口碑不赖。退休后，跟随儿子定居在神华市，还雄心勃勃地组建了一家公司——安宝投资，所谓投资实际就是中介，帮助企业融资、地方招商引资之类的。

当初竞购金紫稀土，要注册豫华泽公司，因老梁是戴罪服刑之人，根据相关法律，不允许其担任公职。老梁找陈晓成商谈，获得的建议是找一个信得过的人来代持股份，代理法律上的一切身份。

老梁找的就是姜武平。陈晓成当时问他："你了解他吗？"老梁脖子一梗："我们是发小，当年他考上大学，我去当兵，后来工作上有些交集。他当过市长，我好歹也在部队上混得有些头脸，虽然中间我经历了一些坎坷，但他从未给过我白眼。你说这样的人我不信任，我信任谁啊？"

于是，老梁让姜武平代持股份，成为豫华泽投资公司的法定代表人、常务执行董事和总经理。在陈晓成的建议下，老梁还与姜武平签署了一份协议，协议约定，姜武平代梁家正持股担任金紫稀土董事长，但一切事务必须听老梁的。

这个下午，在陈晓成房间，一位年近古稀的老人老泪纵横地对30来岁的年轻人谈论他的雄心，也聊起他的不堪，关于他，关于老梁，他们彼此是引以为自豪的发小。许多日子后，陈晓成从他们二人身上深刻地认识到两个颠扑不破的真理：没有永远的朋友，只有永远的利益；堡垒容易从内部攻破。

成功竞购金紫稀土并成为这家稀土业龙头企业的新主人，年近花甲且是戴罪之身的梁家正，自以为受上帝眷顾，开始在公司发号施令，进行大幅度的改造。

入主一个月后，老梁在公司内部搞了一次军训，从董事长、中层经理到每一个普通员工，均按军队建制被编到连、排、班，进行严格的军队项目训练和相关政治军事理论的学习。军训结束后的大阅兵仪式达到高潮——老梁在从部队请来的高级教官陪同下，站在敞篷吉普车上向整齐列队的员工招手喊话。对于这件事情，后来进了局子的姜武平对陈晓成回忆说："他大手一挥，学我们伟大领袖毛主席，我怎么看都感觉他私欲膨胀，怎么看怎么刺眼，他凭什么模仿伟人？"

那个下午姜武平跟陈晓成叙述这些事时，没有带任何个人感情，就像在说一个与他毫不相关的、遥远的人的故事。

老梁的这些心态，陈晓成略有感知。陈晓成至少三次在某些省的党报上看到关于老梁的报道，都是与当地政府签约投资、合作等事。比如金紫稀土和西海省政府签约时，签约的是金紫稀土常务副总裁和西海省常务副省长，互赠礼物的则是西海省省长和他梁家正；在金紫稀土与盘山市的签约仪式中，也是盘山副市长和金紫稀土副总签约，市长和梁家正会谈；在金紫稀土和新安省的签约报道中，《新安日报》将梁家正的名字排在了金紫稀土董事长姜武平前面……

陈晓成曾经有一次跟老梁开玩笑："你这么高调，就不怕树大招风？"老梁哈哈大笑："要的就是这个效果，老夫一大把年纪了，高调点怕什么？只要是为了企业发展，我豁得出去。"

"听说了，你最爱去西北地区。前天报纸上又有你的尊容，警车开道，学生手捧鲜花夹道欢迎啊。梁总，听小弟一句劝，还是低调点好，让警察叔叔多去抓些坏人，学生多学习些知识，利国利民啊。"

"嘿嘿，瞧陈老弟说的，地方太好客，我也没办法。不过这个建议好，下次再去一定提前告知，不要搞那么大的排场。"

此后，也许是听从了陈晓成的规劝，也许是四处投资摊子铺得太多，签署的一些投资协议难以按时履约，降低了他在地方政府中的信用等级，老梁外出时有所收敛。

姜武平回忆说，梁家正在公司，一言九鼎，只要是他的指示，即使错的也是对的。

老梁喜欢看军事题材的电视剧，尤其是《亮剑》。在他一手主抓的企业文化改造上，他崇尚铁腕手段，用军队的方法来管理企业。入主3个月，老梁在公司开展"整风运动"，连续开会两周，所有的高管都用"文革"式的语言批判别人和自我批判，有的员工甚至讲得痛哭流涕。

姜武平无奈地笑着摇摇头："这个老梁啊，比我这个市长出身的更重视思想教育，更爱开会，大小会议数量激增，高层的心思都用在应付开会上，哪有心思工作？有一次他心血来潮，召集全国各地办事处的经理回公司开会，一开好几天，都被同行取笑了。"

不过，老梁抓成本意识还是有些成效的。一次在关于财务成本核算的会议上，老梁看到成本超高后大发雷霆："我们现在是民营企业，利润至上、效益至上，效益来自哪儿啊？来自节流、开源。"

在这次内部会议上，老梁当场擅自对资产管理部、财务部经理进行降级处置，对公司常务副总也做出罚款的处理。

也有去找名义董事长姜武平求情的属下，姜武平说："这是他的企业，当然他说了算。"

这个下午，姜武平跟陈晓成边诉苦边闲聊，不知不觉聊了3个多小时。陈晓成说："这个老梁嗅觉灵敏，听到风声跑得比兔子还快。"

"可不？这种事宁可信其有不可信其无啊，万一牵扯进去，不就麻烦了？对了，陈总从北京过来，也是纽夏保险的股东，跟管总走得近，那边情况到底怎么样？"

陈晓成想了想说："应该没有什么事情，发生关联交易的把钱还了就行。而且管总涉及的是其他的事情，从目前的情况看，跟金紫稀土关系不大。所以，你得提醒老梁，别反应那么大。"

听陈晓成这么说，姜武平的神情时而轻松时而紧张，他望着陈晓成，眼神飘忽不定。

"老梁跑哪儿去了？出国了还是在国内？"陈晓成问。

"就在国内，大理一个农村。"

"能联系上吗？"

"他只接我的电话，凡是与纽夏保险、管总有关联的人的电话都不敢接，说是你们的电话被监控了。"

"哈哈，他这叫杞人忧天！"陈晓成抑制不住地大笑，"他不是常把那句话挂嘴上吗，'我是三进宫的人，再进去又何妨？'"

"谁不怕被关进去？外面的世界多精彩！"

"那他离开了，公司谁管理？"

"这些都安排妥当了。对了，他知道你们会过来，特别交代我们集中所有资源还债，尤其是你们这些当初帮助过他的人的债务。"姜武平吐出的这句话，最有价值。

"那就好！"陈晓成听了，松了一口气。

姜武平接着说："老梁临走时全权授权给我了，还特别签署了一份授权书。"

陈晓成明白，老梁这是为了赶紧撇清与管彪及他们这帮人的关系，怕城门失火殃及池鱼。

对于陈晓成担保的款项和欠包利华的余款，姜武平在还款一事上办事果断、迅速，手续半个月就办完了，金紫稀土利用集团旗下的地产、酒店等经营性资产向银行进行质押担保贷款，这些独立的子公司办起手续来比集团公司简单得多。

第三十章
白手套们，危机皆四伏

王为民妈妈又让王为民回去吃饭，还特别叮嘱叫上陈晓成。

他们开车回家的路上，陈晓成问："你妈妈口气如何？"

"还是老样子，没什么特别的。"王为民开着车，他扭头，看了眼陈晓成，"你担心什么？"

"哦，没什么，前几次吃饭吃怕了，总觉得郑重其事地被叫过去吃饭，会有大事发生。你记不记得，有两次是你妈妈主动打电话叫我们回去吃饭，两次都是老爷子旁敲侧击，后来果然有大事发生。"

"说来也是，我印象最深的那次是关于环亚集团收购西北矿产的事，幸亏你阻拦得力，否则说不好我现在会怎么样呢。万一进去了，按照老爷子这性格，肯定不管不顾的，那我就惨了。"

自从纽夏保险事件爆发，他们哥俩也因此爆发一次突如其来的短暂冲突，两人的心态已经发生了变化。但他们竭力保持着常态，就像什么事都没发生似的，小心翼翼地保持着过去的轻松甚至调侃。

"你就杞人忧天吧，哪有老子不管儿子的？"陈晓成故作轻笑。

"老子还真不管儿子，我爸这人太有原则，太有党性，他就干得出来。"王为民谈及这个，还是有点没底，甚至后怕，"大义灭亲。"

这次回家，他们所有的预感都超级准确。等他们到家，老爷子已经端坐在条形饭桌主人的位置上，面无表情，王为民妈妈则不停地从厨房端菜上桌。

王为民妈妈看到他们回来，就不停地招呼他们上桌，还轻拍了王为民爸爸一下："老王，儿子回来了，都好久没见了，干吗还板着脸啊？孩子不回来吃了你说不热闹，孩子回来了你还琢磨闹心的事，又不是孩子惹你生气。"

经王为民妈妈如此一说，老爷子脸色好转，他指着自己左右两侧的座位，对他们说："来，来，坐这儿。小陈，喝酒不？最近同事给弄了一桶老中医泡的养生酒。"

"叔叔，您知道我不喝酒的，我这人基因有缺陷，乙醇脱氢酶、乙醛脱氢酶都缺乏，一喝酒就醉，一醉就失态。是不是啊？"陈晓成刻意放松精神，问王为民。

王为民在往老爷子和陈晓成酒杯里倒浅黄色的养生酒，头也不抬地说："什么都别说了，今儿个他兴趣来了，想不喝酒，没门，你就别找各种理由了。一个字，喝！"

老爷子听了呵呵笑起来，他突然感觉自己儿子变了。他笑说："在单位人家叫我首长、书记的，回到家就是一老头子。你呀，把你老爸说得如此不堪，专权、强势。小陈，能喝呢，就陪我这老头子喝一杯，不能喝的话就喝饮料，冰箱里有酸奶，不要勉强，也不要拘束，你们都多少年的情谊了，亲如兄弟。"

王为民妈妈端了一大盘山药炖排骨上来："刚从冰箱拿出来的酸奶有点凉，要不我去给你弄碗热汤过来。"

"别别，我陪叔叔喝酒。"陈晓成说，"酒喝够了，才能从叔叔那儿获得人生教诲。"

他们就着丰盛的菜肴喝酒，一家子其乐融融。

临近晚餐结束，老爷子还在情绪高涨地讲述人生哲学，谈"出世"与"入世"："佛说生是人生苦痛的根源，柏拉图也说肉体是灵魂的监狱，欲得到最高的成就，必须脱离尘世罗网，必须脱离社会，甚至脱离生，此为'出世哲学'。一般而言，人们认为这类哲学太理想主义、不实用，是消极的。但是，'入世哲学'就很积极吗？过于注重社会中的人伦和世务，只讲道德价值而不讲超道德价值，又太现实主义、太肤浅了。"

"从表面上看，中国人选择的是入世哲学，注重今生而不是来世，讲究人伦日用而不是地狱天堂。其实不对，中国人讲究既入世又出世，明代时哲学家就说'不离日用常行内，直造先天未画前'，这种精神是最理想主义的，同时又是最现实主义的，很实用，但并不肤浅。"陈晓成借机迎合一番，且不仅不媚俗还很到位。

老爷子从陈晓成一开口就认真倾听，待陈晓成说完，说了句："看来，我是犯了三岁看老的毛病，应该用发展的眼光看待一切，我犯了经验主义的错误。对，入世与出世表面上似乎是对立的，但是中国人把它和谐地统一了起来。所谓'内圣外王'，内圣，是指修养到位；外王，是指对社会的功用、价值。"

话题虽深奥，但气氛并不严肃。陈晓成喝得有点头晕，肚子也吃撑了，王为民妈妈还跑到厨房，给他俩盛了两大碗山药排骨汤，说这个山药药用价值大，是托人从湖北山区买回来的佛手山药。

放下碗筷，王为民和陈晓成正要离桌，从闲谈的兴趣中调整过来的老爷子问他们："都吃好了？"

他们满脸诧异地看着老爷子，王为民回答说："吃好了呀。"

"别急着走，你们就没有什么工作上的事情给我讲讲？"老爷子的目光意味深长地在他俩脸上扫了扫。

他们面面相觑。

王为民说："我们工作一切顺利，没有什么需要向您汇报请示的，反正都是阳光下的生意。"

"阳光下的生意？哼。"老爷子已经从阳光灿烂的和善的老头子变为一脸凝重的首长。

王为民妈妈出来缓解气氛："你们去茶室坐。老王，不要对孩子这样，别吓着孩子了，他们还年轻。"

王为民妈妈收拾碗筷，他们跟随老爷子去了茶室。老爷子坐下来，他们二人选择站立，就像做错事等待受训的小学生，小心翼翼。

老爷子没有着手泡茶的意思，他们二人心里忐忑不安。他们清楚，即使再严丝合缝的生意，也会存在漏洞；再怎么阳光的交易，也有一些不可告人或不光彩的东西存在。

此时，陈晓成心中翻江倒海。他协助老梁竞购金紫稀土，牵涉多人，管彪已被检察院逮捕，老梁跑到大理乡下躲起来了，找不到人，这些日子他坐卧不安，并且这事还一直没告诉王为民，也许王为民已知晓，但他从未跟自己提过。说实话，事到如今，他还真不知道怎么跟王为民开口，为什么最初不说而直到现在才说呢？

王为民心里也忐忑不安：难道凯冠生物出事了？还是公子圈里最近发生的一些借壳、重组的事情？

老爷子开口问他们："你们参与名湖能源的事情了吗？"

"名湖能源？！"

他们对视一眼，然后异口同声地说："没有！"

老爷子严肃的脸色迅即缓和下来，他指着两边的座椅，招呼说："你们坐下，坐下。"

老爷子按下茶桌上烧水器的烧水键，看样子要动手泡茶了。

王为民顺着话问："名湖能源怎么了？"

老爷子抬头盯着王为民："你说怎么了？你们说没有参与，我相信，因为我相信你们没有那个胆，参与了就不是我老王的儿子。但要说你们不知道，没听说过，这个我不会相信。"

老爷子果然厉害，他们又对视一眼，彼此心照不宣。

老爷子说："有人举报名湖能源内外勾结，非法交易，造成巨额国有资产流失。我也就只能说这么多了，有纪律。我今天叫你回来，就是想确认你们有没有参与，没有参与就好。如果你们参与了，干这种胆大包天的事情，我还是那句话，你们进去了，不要心存侥幸，我不会管的。"

"听说名湖能源的收购者来头很大！"王为民随口说一句。

"再大的来头，我们也要动！我们决不允许个别人为了一己之私，为了小团队的利益，给国家财产造成损失。"老爷子一脸义正词严，随即，脸色和缓，"好了，不谈这个了。来，喝茶，这是20世纪50年代的陈年普洱茶，看看我这老头子的茶艺是否有长进。"

老爷子开始给他们二人讲茶道，情绪尚佳。

从王为民家里出来，陈晓成说："看来名湖能源的案子要发生大事了，竟然会落到老爷子手中，可不是什么好征兆。"

"我们当初没有选择参与他们的事情，你这个决定又是英明的。不过，大公子的项目，不会这么轻易就被查处了吧？"

"说不准。"陈晓成预感不妙，他突然对王为民说，"能否搞到举报名湖能源的那封信？"

"什么？你疯了？老爷子是什么人你还不知道？要是知道我们背后玩这一手，还不吃了我？"王为民认为陈晓成这个提议不可思议。

"吃不了。"陈晓成神情凝重，恳切地对王为民说，"还是得请你想想办法。"

王为民看了他一眼，有些狐疑："你不会有什么事吧？你不会告诉我你也参与了吧？"

陈晓成赶紧洗白："怎么可能？你是知道的，这个案子操盘的是李欢欢，还有未来系的陈凯华，他们二人可是帮过我们大忙的。凯冠生物我们能够顺利退出，获利不菲，是不是该感谢他们？"

王为民听闻此话，一时不语。许久，他说了一句："你总不能让我溜进我老爸的办公室去偷吧？那绝对不行！"

"不用，只要你同意，我请赵秘书帮忙。"

"难！不过，我给赵秘书递个话，具体你和他商谈出一个稳妥的方法。"王为民松了口。

"不用你递话，我可以直接联系他，只要你别因此说我越权擅自行事就行。这种事情，你还是少参与，少知道些为好。"关键时刻，陈晓成风控那根弦并未松弛。

陈晓成找了赵秘书。赵秘书当然知道那封信，王书记每封信件每份文件都会经过赵秘书之手。不过，赵秘书不同意复印，因为每份复印件都必须登记在案。陈晓成就买了部新手机寻了一个新号码，让赵秘书拍照发彩信过来。陈晓成在电话中说："这个号码不能做其他用途了，使用后必须扔掉。你侄子在德国的事情请放心，我会一切安排妥当。"

陈晓成拿到了举报材料，大吃一惊。

举报信直指要害，主要有三大问题：第一，由原国有集团下属第三产业和多种经营发展而成的名湖能源，被逐渐变为职工持股，一度被国务院下文要求"应停止任何形式的国有能源资产流动，对已经变现所得的资金应停止使用并予以暂时冻结"，此后又被国资委联合几大部门下文要求"紧急停止能源职工投资能源企业，防止国有资产流失"，并重申"违反之前国务院文件有关规定的投资和交易活动一律无效"。但名湖能源从未整改，继续违背这两个文件的精神。因此，现在资产尚未清理，先行清退职工持股，将股权转让给其他企业，等于锁定了全部资产，不仅显失公平，且"事涉国有资产流失"。第二，退出和转让程序违规。涉及如此重大的资产的买卖应该通过公开透明的招标和拍卖程序来决定，而不是私相授受。国资委和能源主管部门从未收到任何申请、报告和做出任何批示，他们擅自通过工商部门变更登记，意图何在？第三，资产被严重低估。名湖能源间接控股三家上市公司，还有覆盖全国十几个大城市的房地产，而且拥有从东海之滨到西北高原十几个能源基地，其实际资产达数百亿元之巨，绝不会只有区区数十亿元。

更让陈晓成触目惊心的是，举报信措辞严厉地指出，这次引入外部战略投资者进行股权变更，是内部控制人在上下其手，还列出一大串名单，包括现任高管、董事长公子，甚至出现了大公子的名字，自然，李欢欢的名字也赫然在列。举报信还列出了收购方错综复杂的交易关系，虽然偶尔跟李欢欢所言有些出入，但出入不大。

举报人一栏被赵秘书屏蔽了，显然，他不想扩大违规风险。陈晓成判断，这肯定是内部知情人的举报，否则，他怎么会搞到大公子的名字，和其与董事长公子在维尔京群岛合伙设立的离岸公司的名字，还有收购者错综复杂的交易关系？

黑云压城城欲摧，陈晓成顿感头昏脑涨，眼前发黑。一场风暴，由远及近，汹涌而来，而那些游泳的人，还徜徉在得克萨斯浅水滩的海面上，他们怎么会意识到飓风即将到来？

当天晚上，他跑去见李欢欢。

李欢欢在一个私人会所的派对上。

陈晓成让司机大饼开着车子在东三环南路左拐右拐，进了一条胡同，20世纪50年代建的褐色房子在夜色中黝黑一片。继续前行150米，是一栋居民楼，门口站着两个保安，他们借助探照灯看清楚了路虎揽胜的车牌，立即在车头立正，然后绕到左右两侧，拉开左侧前门、右侧后门，毕恭毕敬地说："他们等你们很久了。"

一个保安拿着车钥匙去找停车位，他们随着另一个保安进入第一单元，聚会的地点是一楼的一套三居室，打通了地下室，需要从一楼下去。波尔多葡萄酒、喜力黑啤、带着红色绸带的茅台排满了两面墙，四张大沙发，围着一个绛紫色的红木茶几，几个人散坐在方形的沙发上，东倒西歪，他们对于一群人半夜来访似乎见怪不怪，连眼皮都没有抬一下。

陪伴陈晓成过来的小马，是李欢欢的司机，他似乎感觉到气氛不对，赶紧对陈晓成解释："陈总，他们是谁我也不认识，估计是李总刚结交的一帮朋友。您这边请，他们在里面K歌呢。"

K歌的房间有100多平方米，一台54英寸的液晶屏镶嵌在墙上，李欢欢正压抑着嗓子与一名秀发如瀑、身材苗条、着一袭深色连衣裙的女子，深情款款地对唱《心雨》。陈晓成心想：这个女子好面熟啊，好像在哪儿见过？陈晓成猛地想起来了，她是××台著名财经频道主持人鲁思琴。这下他似乎明白了，之前李欢欢不经意提起过，他们有一个圈子，是上市公司50家董事长俱乐部，在东三环一栋普通的居民楼里，所谓大隐隐于市。

李欢欢右侧坐着两个中年男子，随着节拍手脚并动，迎合着这首经久不衰的偷情曲。一个男子歪倒在左侧沙发上，微闭着眼，专心致志地盯着眼前的屏幕，口中念念有词。

这副面孔，也熟悉。

小马把陈晓成引进左侧沙发，李欢欢看到陈晓成，扬了下手，算是打招呼，然后用手做了个请坐的姿势。与此同时，唱伴甩了下秀发，对着李欢欢含情脉脉地唱"因为明天我将成为别人的新娘/让我最后一次想你……"声音像一团火，从喉咙里迸发出来，燃烧着自己，噼啪作响，激情之后继而悲情似水，在房间里弥漫开来。陈晓成闻到了酸楚的味道，眼前不禁浮现出她的面孔，纯净得一塌糊涂，只是眼神充满哀怨。

一曲终了，陈晓成还没回过味来，就闻到一股酒气迎面扑来。李欢欢放下话筒，整个身躯扑上来，陈晓成赶紧站起来。

陈晓成嘲笑道："李总宝刀未老，瞧这小妹子对李兄深情款款，其情意岂是一首老掉牙的《心雨》所能表达的？"

"兄弟如手足，女人如衣服，什么时候女人能盖过兄弟？"李欢欢酒醉心明白，一把揽过陈晓成的臂膀，低声耳语。

这时，那位面熟的男子站起来，也不分彼此地凑近，拉着陈晓成，大着舌头说："兄弟——李总的兄弟就是我的兄弟。不管你是谁，不管你多大，不管什么职位，来了就是客，就是我的兄弟！"

陈晓成仔细打量了一番，认出他是北京校友会的副秘书长。他曾经在北京校友会上见过这位四处张罗的师兄。刚毕业那会儿，老师在班上给大家历数校友英才，就说到他，分配到北京，最初是给一位退休的领导人当秘书。老师咂巴着嘴，神秘兮兮地对同学们说："官大衙门大，人下台了但关系还在，这么大一个领导，还会亏待了伺候他的秘书？"

可惜，现实让这位老师的预言破产。这位师兄后来去了一家研究机构，他的一系列关于公民价值观、宪政民主的研究，颇受关注，连续发表的文章屡屡被海外转载，在微博盛行的当下，他还拥有数十万铁杆粉丝。

陈晓成把李欢欢拉出这个房间，贴着他的耳朵说："你那个案子要出事，会出大事！"

李欢欢似乎没有听见，或者以为是开玩笑，他在陈晓成的搀扶下，跌跌撞撞地往客厅走。李欢欢出现在客厅，那几位以各种舒服而难看的姿态歪在沙发上的，纷纷被同伴推醒，然后整整齐齐地站起来，说李总出来了。

李欢欢费力地挥挥手，让他们赶紧离开。然后，他拉着陈晓成的手，跌跌撞撞地进了另外一间里屋。

"什么情况？"李欢欢使劲摇摇头，然后想起了什么，就问了一句。

陈晓成一字一顿地说："收购名湖能源一事，被举报了。"

"谁举报的？能举报到哪儿啊？不可能！"李欢欢梗着脖子，"基层和退休的那帮人举报我们早料到了，一切尽在掌握，出不了什么事。那是大公子的项目，专业财团操盘，做得天衣无缝。"

"在职官员举报，举报到中央一级了。别的我不多说，我也只知道这些，你赶紧想办法处理。"陈晓成表情严肃。

李欢欢一惊："在职官员举报？什么级别？"

"正部级。"

"我×！谁啊？"李欢欢跳起来，酒醒了一半。

"这我也不知道。"

说着，陈晓成凑近李欢欢，打开那张举报信的照片，待李欢欢仔细看完后，立即删掉了。

李欢欢瞪着眼问："你干吗删掉？"

"留着对你我都不好，这是祸害！"

李欢欢耳朵里响起了炸弹的爆炸声音，脸色发青。陈晓成拍拍李欢欢的肩膀，提醒说："事情也许比我们想象中的严重多了，你赶紧收拾东西跑吧，越远越好，趁现在还走得了。再晚，就迟了。"

"不行，不能就这么算了。"李欢欢狠狠地说，同时心里涌起一些期盼，"我得去找他一趟，跟他说一说。这个时候，他得站出来，不能总躲在幕后，把我往火上烤，是不是？"

陈晓成看到李欢欢的目光里刚燃起的凶悍瞬间熄灭，呈现出一场战役之后的哀伤。陈晓成缓缓地说："你就是一只白手套。我相信他应该比我知道得要早，但是他为什么不告诉你，不安排你及早退出去呢？"

"也许他认为问题不大，凭他的力量，不会出什么事吧。"李欢欢自我安慰，心存侥幸地左思右想"我们就是一条绳子上的蚂蚱，他怎么会不管呢？"

陈晓成也想到了自己，想起3个月前，在西北地区做检察官的同学来京公干，陈晓成请他在伊甸公馆喝酒。不知道源于何因，他竟然聊到了陈晓成和王为民之间的关系。

他发问："你觉得你们这样的关系牢固、长久吗？"

"我觉得挺好的啊。"

"真的挺好的吗？我不相信。他是一个高干子弟，而你只是他在一线冲杀的棋子，一只白手套。"

这是一句大胆而冰冷的定断，也许是酒精的作用，一下子刺激了陈晓成的神经。他脖子一梗："别挑拨我们的关系！我们合作多少年了。再说，我们是合作伙伴，只有股权大小之分，无地位高低之别。"

"不一定吧。我接触的案子，别说合作伙伴了，就是夫妻、兄弟姐妹，大难来临也是各自飞。这个社会，维系你们关系的只是利益，一旦利益关系没了，你们的关系也就结束了。我们都是平民子弟，多留个心眼，不怕一万，只怕万一。"

陈晓成虽制止了这个话题再谈下去，但同学的这番话，还是击中了他。虽然他始终相信那份友谊，那是同学之情、生死之交，而不仅仅是商业伙伴关系，但是，如果他们遭遇大难，又会是怎样的结局？

陈晓成没有接李欢欢的话，而是顺着自己的逻辑往前推："从法律层面上说，你在这个案子里是站在前台的核心人物，也是唯一关键人。他，以及他们，都在幕后，他们没有在任何一份法律文件上签署任何一个字吧？你们四五道交易所涉及的公司，章程、股东名册甚至有独立董事参与的会议纪要，都没有他们的蛛丝马迹，就是犯再大的事情，也与他们没有一毛钱关系，对不对？所有的线索都指向你，你是唯一脱不了干系的。"

李欢欢的脸色变得很难看，他恶狠狠地说："如果我进去了，不出几分钟我就全部给兜出来！"

陈晓成猛地一拍李欢欢的肩膀："老兄，你这酒醒了没有啊，还说梦话？你一旦进去了估计连说话的机会都没有了。"

李欢欢一时颓然，沮丧得像垃圾涂满脸，话语也弥漫着深深的感伤："我经常在会所里，招待客人，从头陪到尾，欢声笑语，完了还给他们安排整夜的欢乐。不知道为什么，我忽然感到很恐慌，像是往下掉，看不到底的那种恐慌。在我上面的，我得笑着；在我下面的，我还是得笑着。好像我这一辈子，所有时间，对所有不喜欢的人，都只能这么陪着笑，一直笑下去。"

李欢欢拿起桌面上的烟，抽出一根，自己点上。陈晓成默然，忽而感受到了冷。

　　李欢欢垂着头，有些丧气地说："我们本来就是属于他们的，这就是我们的命运。在这个圈子里，我见过太多的悲剧。所有的悲剧都一样，掌管钥匙的人，时间久了，难免有错觉，以为自己是房间的主人。"

　　陈晓成盯着他："这房间，难道没有我们的努力和拼搏在里面吗？如果没有我们，这些房间可能就只是一块空地！"

　　"哈哈。"李欢欢爆出大笑，"悲剧就是从你这种想法开始的。没有我们，自然会有人涌上去，帮他们盖起房子。可是没有他们，我们什么都干不了。"

　　"难道能力不是更宝贵的财富吗？以我们的能力，到任何地方……"

　　"你别犯傻了，能力和权力，哪个是稀缺资源？能力只是财富的奴隶；财富，是权力的奴隶。白手套，多好的名字啊，我们这些只能在黑夜里出没的奴隶，却叫作白手套。"

　　本来前来报信和劝慰的陈晓成在李欢欢的一番剥皮露骨的论述中，感受到一股窒息感，那是绝望的窒息。他看着李欢欢，自己点燃一支烟，火苗一闪，映照着李欢欢死灰一样的脸孔，他猛地吸一大口，尼古丁从喉咙里吞进去，在食道和胃部转了一圈后又从鼻子里喷了出来，他一阵猛烈地咳嗽。

　　李欢欢有着人生末路的顿悟，他拍着陈晓成，语重心长地说："我们这样的人，能有什么未来？好房子，好车，吃喝玩乐，女人一个月换一个，然后呢？然后呢？未来还是这些，多几套房子，多几辆车，女人一晚上换一个，又如何？在这个白手套阶层，我已经到顶峰了，到头了！兄弟，你看起来还在上升期，还在追逐更多的财富，更大的名声，更多的成就感。可是，很快，你就会到我这个境况，到时候你就明白了。我们永远摆脱不了这个身份！在精神上，在肉体上，我们永远都是奴隶。我们依附于他们，把灵魂和肉体都抵押给了他们，这辈子都摆脱不了。"

　　兔死狐悲，陈晓成紧紧地抓着李欢欢的手。李欢欢看着陈晓成，不无深情地说："患难见真情，谢谢！我们是一类人，这世界上只有你明白我，也只有我明白你。我已经没有可能了，你明白吗？毫无希望！你明白吗？！还有，如果你能娶了乔乔，爬出这个该死的阶层，我会很开心！我就可以告诉自己，像我们这样的人不是毫无出路，我们还是有希望的。"

说到后来，李欢欢眼里隐隐有泪花，他的手也反过来抓着陈晓成的手。慢慢地，李欢欢的眼泪流了出来，他马上抑制着，脸上挤出些许笑容。他端了下酒杯，是空的。

陈晓成站起来，拉着李欢欢，往卡拉OK房间走去："今朝有酒今朝醉，人生难得一糊涂。走，喝酒去！"

那个晚上，不胜酒力的陈晓成也喝了不少。他感觉心中悲哀，为李欢欢，也为他自己。他们就是在刀尖上舞蹈，在刀刃上舔血，在表面风光的背后，危险如影随形。

他们回到唱K的房间，陈晓成频繁点歌，疯狂地唱歌，张雨生的《大海》，周杰伦的《菊花台》，周传雄的《黄昏》《记事本》……还有他最爱的王菲的《传奇》："只是因为在人群中多看了你一眼／再也没能忘掉你容颜／梦想着偶然能有一天再相见／从此我开始孤单思念……"

唱着唱着，陈晓成泪如雨下。

李欢欢软瘫在沙发上。

第三十一章
权与贵，天堂地狱

李欢欢从这个城市失踪3个多月了。陈晓成的睡眠障碍症更加严重了。

在云南的谷良再次发出邀请，说四季如春、阳光灿烂的春城适合陈晓成解决睡眠障碍。头一年夏天，他刚患上失眠症，在云南旅游半个月，几乎就好了，回到北京却又旧病复发。

不过，北京的大夫说："你这严重睡眠障碍症的主因是心病，是过于焦虑所致，心宽体胖，要学会放下。"

怎么放得下？

在首都机场过安检时，他递过去身份证和机票，心里顿生忐忑，故作镇静地把目光飘向前方的安检移动带子，避免与安检员目光相交。安检员提醒说，往前走近一些。他往前一小步，五官全部暴露在监视器下并被拍照存档，他听到拍照的声音，心脏也随之抖动了一下，不，这不是咔嚓声，而是盖章声。安检员看了他一眼，他也故作自然地看了她一下，还别说，这是双漂亮的大眼睛，一张年轻的瓜子脸，只是板着的面孔令人顿时丧失欣赏的勇气和乐趣，至少对这种状态的他而言是如此。她在陈晓成的机票上啪的一声盖上蓝色的安检章，然后不动声色地喊："下一个。"

陈晓成快步向安检带走过去，心中悬着的石头落了地，同时暗骂自己："瞧这点出息，草木皆兵，怎么就沉不住气？"

直到登上飞机，摆放好行李，坐下来，系好安全带，他的心脏才彻底恢复正常，还好，看来没有被监控。

圈子里经常流传机场的惊魂一刻，某某总裁在首都机场被警察带走，或者某某市长在登机时被纪委拉走，然后就从朋友的视线里消失了，直到媒体报道出来。

他登上的是飞赴昆明的航班。

谷良开着一辆黑色的辉腾6.0W12在昆明长水国际机场接机。陈晓成拎着行李箱钻进车子，坐在后排。谷良说："怎么脸色这么灰暗，看起来疲惫不堪啊？是不是最近夜生活太丰富，营养过剩，体力透支啊？"

陈晓成故作镇静："我也希望夜生活丰富多彩，所以才大老远跑到云南寻求刺激。"

谷良一脚踩下油门，辉腾的瞬间加速性能很好，只用了6.1秒。他通过后视镜看了陈晓成一眼，说："我看你不是来寻求刺激的，肯定是发生什么事了。最近一帮人都往这里跑，可能因为这里是边疆吧，从空间距离而言远离中央地带，心中会有种安全感。我拉你去一个地方，看能否治疗你的心病。"

这句话让陈晓成心头一热，还是兄弟好。去年夏天，刚患上失眠的陈晓成出差昆明，住在谷良家。他们喝着用弥勒葡萄酿造的高度烧酒高原魂，吃着从缅甸空运过来的海鲜。春城的太阳落山较晚，当京城黑幕降临，春城依然阳光明媚。酒足饭饱后，他们爬到谷良新近购置的当地最豪华的别墅社区——世博生态城的独栋别墅第三层的阳台上，在明晃晃的阳光下眯着眼，眺望形状各异的白云，粉红色的晚霞映照着他年轻而沧桑的脸。谷良点燃了一支香烟，猛吸一大口又吐出来，烟圈在夕阳的光辉中缭绕上升。他忽然有些忧伤地说："我，何德何能，竟然能拥有这么奢华的别墅，与巨贾为伍？我这是做梦吧？小时候，暑假干农活回家，我的姐姐在路边摊花5毛钱买一碗炒面，我俩你一口我一口地边吃边往家走，心满意足。唉，那时候真是贫困，食不果腹啊。"

一滴泪从他的眼角滑落下来。

去年夏天谷良邀请陈晓成去了他的老家滇东乡村，一条清澈的河流绕村而过，梯田层叠，山花烂漫，乡人满脸笑容，惬意满足。谷良在村里杀了两只整羊，摆了12桌酒席，宴请60岁以上的老人，这个微公益活动已经持续了8年。每年的这一天，都是村里老年人欢庆的节日。

土豪谷良身上透露着可爱。在纸醉金迷、沉迷于声色犬马之际，还会偶尔腾出时间来回忆，那些贫穷、无奈、心如死灰的日子或者绝地反击的激情。他的可爱，也恰是维系他们这么多年感情、筑起心灵信任的基础。他们刻意麻醉自己，不愿回忆惨淡的过去。过往是用来怀念的，还是用来警醒的，抑或是用来激发自己如蛇一样痛苦不堪的蜕变的？

那个夏天的晚上，神经质般的忧伤过后，谷良又恢复常态，在微信上贴了一则征婚启事，写得煞有介事："欲聘精通英文，富有姿色，富有革命思想，长于政治、外交，不尚虚荣，年龄在25岁以下者为内助。"甫一发出，各色评论就如潮涌来，这家伙友人遍四海。一位安居拉美的哥们儿评论："哇，百年前国母的条件啊，国籍没要求吧？去说英语的国家随便找。""都喜欢这么年轻的？"这是一位为人妻为人母的媒体朋友说的，语气中透着青春飘逝的遗憾。一位公关行业的年轻母亲酸溜溜地寒碜他说"村姑就挺适合你"。更绝的是那句"死了这条心吧，提这样要求的基本活该单着"，怒气冲冲，怨气十足，这是位个头儿高挑的做市场的曾经漂亮的剩女，如今35岁了。陈晓成嘲笑他："瞧瞧你的人品，怎么飞来的都是轰炸机？"他大言不惭："钱锺书的一句话，说的就是她们：爱情多半是不成功的，要么苦于终成眷属的厌倦，要么苦于未能终成眷属的悲哀。"

冬天的春城下起了雨，先是毛毛雨，后来逐渐大了起来，一些行人在雨水中仰着头、张着嘴，尽情吸吮。谷良说："瞧瞧，这就是当年雨水最充沛的南疆，竟然连续3年出现干旱，这或许就是人定胜天思维引发的灾难吧。"

他直接拉着陈晓成去了春城郊区，四合院式的中式别墅掩藏在茂林修竹之间，铁门打开，狗吠鸡跑，空气中弥漫着青草味。陈晓成下车，张开双臂，仰头朝天，双脚岔开，张嘴使劲地大口呼吸。谷良说："别矫情了，进去参加一个沙龙，他们已经开始了。"

一堆篝火，蹿着火苗，四周围坐着一些大佬，火苗照亮或饱满或清瘦或皱纹纵横的面颊，把他们一起放在某个财经杂志的封面上，就是年度经济人物的大荟萃。

　　陈晓成悄悄找了个不起眼的靠后的位置坐下来，谷良坐进他们中间。

　　沙龙没有主题，他们天南地北地侃着大山。他们当中有：黄岩，石油设备大佬，在哥伦比亚大学做访问学者，年届花甲，精通民企经营管理之道，是国内各大论坛座上宾；林英豪，商业地产大佬，五星级酒店遍布四大直辖市，最近在转型，准备奔赴法国购买波尔多最大的酒庄；章锐，国内利用资本推动中药现代化第一人，加拿大留学回国创业，理想是让中药以科学的名义走向西方世界；牛教授，所著的与投资有关的书籍，一度出现洛阳纸贵的现象，是巴菲特价值投资与中国本土化研究先驱……不得不提这栋别墅的主人，赴美留学的武总，谷良大哥，是当年最年轻也是被寄予厚望的局级干部，组织部门把他从改革开放最前沿城市选派留学，打算学成归来担当大任。后来他因故留美经商，当年最惨烈的一笔生意是海湾战争时炒石油期货血本无归，不过滞留美国期间他开了中餐馆，成为穷学生免费打牙祭填饱肚子的场所，同时也是留学生打工挣点生活费的平台，网聚了优秀的力量。由于武总的豪迈与睿智，即使回国发展，也依然是已成为企业家、投资家、银行家的这些学子心中永远的大哥。

　　黄岩在讲述他在哈佛一年来的生活感悟，以及对于当前国内经济发展形势的判断。与会者安静地听着，像是回到了少年求学时代，倾听是对讲述者最大的尊重。

　　黄岩说："企业做到一定规模，每一次管理转变、公司重组、战略方向转移都耗尽心力，伤筋动骨。相比企业，政府是一个大得多的机构，改革的难度成几何级数增长。企业家不能只期待政府解决问题，解决不了就发牢骚，企业家更应该积极行动自我改善，改革从来都不是一个人、一个组织的事情，中国的改革和现代化需要全社会一起努力。有些改善并不难，比如我们不要吃鱼翅。"

　　"到哥伦比亚后我能够心平气和地看中国，很容易理解中国的现状。在国内的时候总是觉得改革的力度不够，到了国外心情沉静下来，能够更清晰地思考中国从传统社会向现代社会迈进所走过的路程，它已经经历第一个100年，可能还会需要第二个100年。"

言谈间，一位香港的影视投资人接了一个电话，刚站起来，还未走到门口，就听到他惊叫起来："什么时候？因为什么？"

所有人都停止了交流。这位投资人神色黯然地回到座位上，抬头，泪水在眼睛里打转："黎亮昨晚突发心梗离世了。"

他们面面相觑。

陈晓成心里一惊，黎亮还不到知天命的年纪，他的企业作为文化产业的一匹黑马，正在奔向IPO，有望成为影视产业第二只牛股，预计市值会突破30亿元。

这位操着粤式普通话的投资人说，黎亮是一周前因协助调查被带走的，在审讯中可能紧张过度，诱发了心梗。

仿佛一颗重型炸弹从天而降，精确制导，在这个有雨的夜晚，轰然炸响，让这些人刚刚筑起的信心与希望的堡垒，瞬间坍塌。

不在沉默中灭亡，就在沉默中爆发。

黄岩神情尴尬，他们都知道黎亮为何被带走协助调查的。也许，包括在座的每位企业家、投资家和银行家，身上都存在"原罪"，这个自从改革开放以来就存在的肌瘤，就像一颗定时炸弹，潜伏在他们体内，难道他们就不能自我掌握引爆装置吗？

天色渐晚，火苗吐着猩红的舌头，在每一张沉默的脸上舔着，火烧一样的痛。

最先打破沉默的是牛教授："民企应该远离权力，学者也要远离。"

"对，权力随时可能成为魔鬼，和财富一沾边，它的魔性就难以掩盖，所以，警惕和远离它才是上策。"谷良接过话。

在南方拥有一支足球队的宋总说："怎么可能做得到？从来没人能远离权力，且权力本身并非妖魔，关键是权力有没有被滥用。"

"我说的远离权力，是不要与权力合谋，不要委身于权力。"牛教授补充道。

"这是全球通病。"在纽约华尔街经营20多年的金融家楚博士说，

"即使在美国，也同样存在权力与经济的博弈关系。比如选择一般性行业，不会跟上层建筑打交道。但一旦发展壮大，美国大部分商人天性迷恋政治，比如硅谷，他们大多数是属于充分竞争的行业领域，享受天堂般的待遇，但这帮人也不少经常跑到纽约和华盛顿，深蹲、游说，攀附权贵，与政治家交朋友。至于腐败，美国同样存在，比如伊利诺伊州，中产阶级崛起，政治腐败，有几任州长因腐败而被关押进监狱。之前奥巴马当选总统时留下的参议院的议员遗缺，就被拿来做了交易，产生了腐败丑闻。"

"如果比较，中美两国则是腐败程度不同和产生的方式不同。时下党和政府推动的既打苍蝇也打老虎的反腐雷霆手段，我们都寄予了厚望，也许中国民营企业发展的又一个春天到来了。"熟悉美国政治生态的任教于中欧商学院的曹教授补充道。

有人揶揄说："广东一家地产商曾经标榜从来不给官员送礼，后有记者反问：你不送，你公司其他人也从来不送吗？他哑口无言。"

雨岚教授说："去年5月1日一个企业家在聚会上说，现今做企业不容易，企业家把握好自己很重要。我提了几点：一是挣正当的钱，别期望一夜暴富，那样早晚会给自己惹祸；二是对权力要有敬畏，与权力保持一定距离；三是企业家们要团结，要坚决维护自己的正当权利，不要沦为权力斗争的牺牲品。"

武总长吁一口气，然后语重心长地说："我觉得企业家阶层应该更多地自省、自律，还有自我保护。"

"那就用脚投票吧。"有人建议。

黄岩摇摇头："逃避不是解决办法，未来就在我们身上，企业家不要去抱怨，不要用移民的办法应对社会的不确定。企业家精神很重要的一个就是冒险精神，如果我们都移民出去，企业家的作用也就消失了。滔滔江水是一股股溪流汇集而成的，中国的未来应该是民主、公平、正义、光明的，我们就像涓涓流水那样，要从自己、从自己的企业做起。如果自己不这样做，总是指望上面去改，那是没有希望的。"

独坐一旁的陈晓成，此时一种潜伏许久的念头像野草一样在心里疯长。想起即将到来的风暴，除了如此选择，他还能怎样呢？

陈晓成这次赶到云南，是过来寻找他的叔叔的。他的叔叔安静地躺在一个叫老山的地方，30多年了。他就像自己一个童年时的梦，在自己失意、落魄、懈怠或者焦虑不堪的时候，就会听到叔叔坚毅地说："坚持，坚持，站起来就是胜利！"

他有一个梦想，期待某一天，自己意气风发，胸戴鲜花，体面光鲜地来祭奠叔叔。但是，现在算什么呢？

叔叔是他心目中的英雄，他4岁半时的那年冬天，家里挤满了人，每个人都笑逐颜开，说着一些祝福的话。大家围着两张桌子而坐，桌子上摆着红烧肉、山药炖排骨等令他流口水的丰盛午餐，大人们边大块吃肉边谈笑着。他围着桌子转，一些亲戚偶尔会夹起一块肉塞进他口中，那是只有过年才能尝到的美味。

然后，他就看到胸前戴着大红花的叔叔，被亲戚朋友簇拥着，送到两里外的镇上，坐上东风牌敞篷汽车。他从大人们的议论中听到"当兵"这两个字，幼小的心灵充满憧憬和向往。

但是大半年后的那个夏天，他5岁多，跟随大人到村里唯一的大晒场上。晒场上哭声一片，爷爷、奶奶瘫软在地，哭哑了嗓子，当初夹肉给他吃的亲戚朋友都来了，脸上悲悲戚戚。

一位戴大红花的解放军在声泪俱下地讲述他们在前线的故事，有关叔叔的英勇，他听到奶奶哭喊着叔叔的名字，叫他不要忘记了回家的路。

他清楚记得慷慨陈词的解放军叔叔多次提到他叔叔的名字，还听到"英雄"两个字，村庄里的人，坐在那里，神情肃穆、庄重，"英雄"是多么让他们敬仰！

他悲伤的小心灵，第一次涌起对英雄的向往。同时，他还知道了一个叫老山的地方，叔叔就长眠在那里。

他要寻找叔叔，祭奠叔叔，30多年过去了，他终于鼓起勇气来了。

第二天，陈晓成谢绝了谷良派车的好意，选择了中巴，一路颠簸，历经近8个小时才抵达一个叫麻栗坡的边境小县城，老山高耸在中越边境。

他一直在暗中寻找，也看过一些对越自卫反击战的资料，当年叔叔刚刚从新兵连出来，就踏上了奔赴前线的道路。

之前，一位与叔叔一同攻上敌人阵地山头，拔掉敌人战旗的战友告诉他："攻山头，根本不知道害怕，确实置生死于度外，只有安全撤回来再想起战场上的一幕幕，内心才恐惧不已。我们那批新兵，跟着我一同出来的，牺牲在战场上的有48个，包括你叔叔，他可是立了特等功的！"说着，这位已是某部师级干部的叔叔，热泪盈眶，他搂着陈晓成，像孩子一样哭泣。

陈晓成是在麻栗坡烈士陵园第79排找到叔叔的。共和国的烈士们规规整整地睡在青山绿水之间，墓碑密密麻麻地耸立着，鸟儿欢快地穿梭，朝霞金光闪闪。

叔叔年轻的面孔与他酷似，笑盈盈地凝望着他，似乎看到他长成一竿竹子，长成一个有出息的男子汉，颇为欣慰。想到"出息"两个字，他的心顿时沉了下去。这是出息吗？

他在苹果手机上，写下一首诗歌，送给叔叔：

> 喊你一声叔叔
> 在冰冷的墓碑上
> 终于摸着你坚硬的名字
> 30年了
> 你早熟的黑白照
> 酷似我青春的面孔
> 岁月飘逝亲人已老
> 追寻你的踪迹
> 漫长、辛劳
>
> 18岁你俏皮的笑容
> 刻在老人们的脑海和心脏
> 他们的思考和呼吸

因为你笑容的模糊而衰竭
当年你冲向敌人的阵地
那个不老的英雄传奇
慰藉了父老乡亲们的思念
却抵消不了他们失去亲人的哀恸
幽深绵长

1984年1月那位暗恋你的姑娘
悄悄尾随你入伍的车辆消失在山路尽头
还没有来得及向你倾诉衷肠
1984年那个湿漉漉的7月
却听到关于你的噩耗
那是她一生最黑暗的时刻

叔叔
我们久未谋面
却相思久远
在你们身后的日子里
我们消费着所有美好的时光
豪车、别墅、性和金钱
欲望无穷无尽
我们焦虑
我们抑郁
我们失眠
我们浪荡
我们不知满足
我们耗尽青春

叔叔

你们却以青春的面孔

永恒

让我们泪流满面

从烈士陵园出来，他租了辆车去老山。出租车师傅年过不惑，他说："年代太久了，现在人们都忙着挣钱，哪里记得他们啊？一年也拉不到几个去老山的游客，小伙子你这事有意义啊。"

原本谈的租车一天是400元，他听说陈晓成的来意后，执意降到258元。陈晓成掏出1000元给他，他坚持不要："怎么能多收你的钱呢？"陈晓成说："想起来的时候，你就去革命烈士陵园烧烧纸吧。"他回应说："那行，我们这里，也就清明节等几个有限的节日，才有学校组织学生去祭奠他们。"

晚上，回到城里，陈晓成给律师发了一封邮件，安排找一家面向烈士家属的慈善基金，签署一份捐赠协议。他强调说，这份捐赠专款专用，用于改善对越自卫反击战的英雄父母们晚年的生活，并且他会再拉一些企业家共同投入进来。

从麻栗坡回到春城，他接到梁家正的电话："老弟，姜武平竟然举报我！这事你得帮忙啊，看怎么从司法部门找找关系，把这事给灭了。"

"去他×的！"陈晓成不客气地挂掉电话，一扬手，苹果手机四分五裂地躺在翠湖斜坡上，陪他喝茶的朋友莫名其妙地，有些惊诧。

在公众场合，陈晓成愤怒失态的时刻并不多。

第三十二章

斗局：背后捅刀的原来是朋友

老梁在外躲避半年归来，就直接把金紫稀土董事长姜武平给干掉了，动作迅猛而充满血腥味。

陈晓成能够全身而退，是得益于姜武平，这件事情富于戏剧性。

那时候，管彪被逮捕被媒体大肆报道，一家著名的财经媒体做了一个内部人控制的封面专题，随后许多媒体跟进，炒成了行业大案。随后，管彪的两位兄弟、一位姐姐，以及跟随他多年的助理、司机，甚至包括与他资金往来密切的民营公司老板也一股脑儿都进去了，要么美其名曰协助调查，要么称犯罪嫌疑人，一时风声鹤唳，人人自危。

但是，陈晓成、贾总、包总等，无一人被牵涉进去。

"这事像滚雪球一样，越滚越大，陈总在京城里混，你给我透个信，是不是该收尾了？"姜武平跑过来打听，他的眼神中并没有恐惧，甚至有些欣喜。

那天下午，陈晓成正在办公室里审读投资总监写的一份项目投资建议书，姜武平突然闯进来了，风尘仆仆，拎着一只手提箱，还带着一个20多岁的小胖子。

这个小胖子就是梁家正的儿子梁密，他们之间有过两三次在公众场合的会面，没说过什么话，只是感觉这个小青年腼腆，甚至木讷，沉默寡言，与其父的夸夸其谈完全不同。梁密毕业于北京航空航天大学软件工程专业，痴迷于科技，对商业不感兴趣。

梁密跟在姜武平身后，他进来时喊了一声"陈哥好"，然后在姜武平问询的时候，他大睁着眼认真倾听，琢磨着每一句话。

陈晓成信口说："只是刚刚开始，不会如此简单地结束，因为牵涉的金额巨大。这是我的个人判断。"

他们二人听到这个答案的时候，表情各异。姜武平先是流露出惊喜，继而意识到自己失态，立即换成忧虑的表情，这副表情很容易让人把管彪想象成他的大舅子或者弟弟，对亲人的悲痛也不过如此。

梁密脸色灰暗，他进门时眼睛还闪耀着光泽，当陈晓成说出这番话，他的目光立即失去了神采，他低下头，看着地面。然后，他抬起头，目光像钉子一样落在陈晓成脸上："陈哥，会牵涉你们吗？"

这句话让陈晓成惊愕！

"你怎么说话的？你陈哥不是坐在这里好好的吗？"姜武平恼怒地瞪了他一眼。

姜武平识趣地转移话题，谈一些无关痛痒的话。陈晓成也顺便简要问了下金紫稀土的经营状况。大概半个小时后，他们就离开了。

后来他仔细回忆这些细节，姜武平确实费尽心机，借助他的三言两语，回去后就轻易成功夺权。

老梁还躲避在大理乡村，跟着当地善良的少数民族村民养鸡养鸭，荷锄山野，不问世事，唯一的例外，就是关于管彪和金紫稀土。半年多的时间，老梁只和两个人联系，他的儿子和姜武平。对于陈晓成他们，他一概不联系，以至于包利华在电话中偶尔提到他，心怀叵测地说："三进宫的人，老狐狸，他怎么会相信外人？"

老梁临走时，他去公证了两份委托书：关于豫华泽与金紫稀土的债权债务问题，全权委托姜武平处理；作为自然人的他个人与豫华泽包括股权在内的所有业务往来，全权委托儿子梁密处理。

胆大心细的梁家正，在仓促出逃前，公证了两份委托书，本以为是天衣无缝的得意之作，不承想却成为两个定时炸弹，引爆的是他的发小儿，有着数十年交情的姜武平。

姜武平领着梁密过来找陈晓成回去后不久，又独自赶到北京，跟陈晓成商谈豫华泽投资公司增资扩股的事情。

"为什么要对投资公司增资扩股？这就是一个股东权益代理公司，仅限持有金紫稀土股份。"陈晓成对他抛出的这个议题甚为不解，"即使增资扩股也应该针对金紫稀土，那样才有价值。"

"我们想增资扩股后做些其他的事情，我当年做市长时的一些关系得赶紧用，我提拔的一些部属现在都是部门的头头，想拿一些地，开发成商业地产。对豫华泽增资扩股，再加上持有的金紫稀土的股权，到时候股权质押、担保融资等，不是可以放得更大吗？"姜武平如此解释。

陈晓成承认，这是个不错的方案，但是他不同意。

姜武平明白他的意思，然后试探性地问："陈总有无可能转让股权？"

"当然可以，只要价格合适。"陈晓成正有此意，他点燃了一支雪茄，也顺便递给姜武平一支，姜武平谢绝了，说："雪茄味太浓，适合你们年轻人，我们老家伙还是抽香烟习惯。"

他趁陈晓成抽烟的时间，从随手带的皮箱里，拿出一份金紫稀土这年前三季度的财务报表。"自己人，所以就不用忌讳了，这是我们真实的财务报表，今年预计会亏损。"

"负债呢？"

之前为了还债，质押也好，挪用也好，金紫稀土的负债率低不了。如果长期亏损，股东得不到分红，大股东豫华泽投资公司从金紫稀土拆借的资金会形成不良债权，危及金紫稀土的生存。

"陈总果然是明白人，经营亏损包括各种抵押贷款、与大股东的拆借以及对外投资，负债率270%，其中不良负债率估计不会少。"姜武平吐了一口烟，紧皱着眉头说。

姜武平的意思明显，高负债率，这样的状况，给什么价，作为一个混资本市场的，总该心里有数。

陈晓成怎么会上他的钩。不过，他想尽快退出："这样吧，如果你们增资扩股方同意，在增资扩股前，我愿意全部转让股份，至少按照投入时的10倍退出。"

"1个亿？太高了吧，陈总！"姜武平圆睁着眼睛，摆出听错了报价一般的神情。

"如果当初不投1000万给豫华泽，而投资其他任何一个项目，甚至做天使投资，这个时候出来，也不可能只有10倍，这叫机会收益。知道安范科技吧，我大学师兄，当年可是不到300万的投入，现在是A股大牛，回报率1万倍，你算算！"

"这还是有机会成本的，投入到退出也就不到两年的时间，10倍是高了点，要不降一点？"姜武平心有不甘。

陈晓成隐约感觉到，他此次过来根本就是想拿下自己的股份，至于价格，也许不是他担心的，毕竟自己是在册股东，他担心的是自己压根儿不愿退出。

陈晓成吐完最后一口烟，在烟灰缸上摁灭烟头，对他的提议，坚决地摇摇头。

姜武平起来，伸出长满老年斑的右手："行，就这样办吧，我回去就安排律师起草协议，签署后给你打款过来。"

只要能退出豫华泽，甚至只要不亏损，什么代价陈晓成都能接受。没想到前地级市市长竟然如此痛快，三下五除二就给解决掉了。在收到支付款的那天，陈晓成拉了一帮朋友跑到河北张家口坝上草原游玩了一番。

此后情况突变，这些是梁家正回来后跑到北京找陈晓成吃饭时聊到的，那天中午，老梁执意要喝二锅头，还得是高度酒。

酒过三巡，老梁眼睛血红，他拉着陈晓成的手说："陈老弟，我问你几个问题吧。"

陈晓成说："行，知无不言。"他也喝了两杯，满面潮红。

老梁："你有铁哥们儿吗？能有多铁？"

陈晓成笑："当然有啊，我父母在我小时候就跟我说，在家靠父母，在外靠朋友。我一个农村孩子，能混到今天有车有房的，不靠朋友还能靠谁？"

老梁："有车有房？你早过了这个阶段了。我知道你肯定回答我，你的铁哥们儿是王为民，那个王总吧。你们能有多铁呢？哈哈，老弟，老哥喝了几杯酒，但还不至于疯言疯语。我跟你说吧，老板就是老板，太子就是太子，天生就跟我们不一样，不管你们什么关系，最后都靠不住。不要认为帮老板做事了有功劳，那是应该的；更不要嚷没功劳有苦劳，那什么都不是；不要认为功劳很大就可以跟老板叫板，老板让你下课那是很容易的。"

陈晓成突然感觉心被刺了一下，立即打断他的话："我们的关系你不懂，我们患难与共，经历的磨难不是你能想象的。再说，我们这代人，是你们那代人没法比的。什么叫哥们儿？我们就是榜样。"

说着，陈晓成伸出双手，各自伸出食指，并排着在他眼前比画。

老梁伸出宽厚的右手，直接把陈晓成的手指压下去："狗屁！什么叫哥们儿，我还不懂？我都三进宫的人了，我都保护了多少人啦，我还不懂哥们儿？我跟你说，最后害死你的就是你哥们儿！"

陈晓成抽出手，把他要斟酒的手挪开："别再喝了，你高了，说话都不着调了，胡言乱语。"

老梁突然呜呜哭起来，他说："陈老弟，你是我老弟，我心里太憋屈了。老哥我受害了，害我的不是别人，是我把他当了一辈子哥们儿的人，我的发小姜武平，这个浑蛋！这是我犯的最大的错误，用错一人事业就毁于一旦啊！以为是老同志老朋友就没有了戒心，大错特错！"

老梁断断续续地描述，陈晓成听了很久才弄清楚事情的原委。

那次姜武平带梁密过来找他问询管彪的事情，用意颇深，就是想通过陈晓成之口，说出事情的严重性。难怪，当时两人的表情那么不同，所谓相由心生，是骗不了人的。

梁密回去自然把陈晓成的谈话原原本本地告诉了远在大理乡下的老梁，老梁自然选择了继续躲避。

这期间，姜武平做了几件事情：一是收购陈晓成的股份后，联合几家基金和他自己的公司对豫华泽增资扩股，成为豫华泽的控股大股东，之前实际控制人梁家正的股份大为缩水，当然，这得到了梁家正的受托人梁密的同意；二是姜武平把金紫稀土所投资的东北一处商业地产给卖了，买家是香港的高氏集团，据说是以比较低的价格，姜武平从中获得不菲的收益；三是姜武平利用金紫稀土实际控制人老梁的授权委托，以及自己是法定董事长的便利，对公司中高层进行悄悄的换血，待老梁回归公司，发现财务总监和运营副总裁全是新人，都是姜武平的铁杆。

这下子，老梁彻底傻眼了！

"你说说，陈老弟，我还怎么相信哥们儿？"老梁把深埋在双臂中的头抬起来，一副可怜兮兮的样子。

一股凉意随着老梁的叙述从脚底往上涌，陈晓成的牙齿有些打战。谷良曾经讲过一个真实的故事，他曾短暂地在一家半体制内的财经媒体做事，有一个比较铁的朋友，但是在他面临升迁、担当大任的关键时刻，有一个人在背后"捅"了他一刀，告黑状，以致他愤然离去。令他痛心的是，恶毒攻击他的就是这位朋友。谷良为此痛苦不已道："怎么会这样呢？我在这个哥们儿人生最狼狈的时候帮助过他，他怎么能背后给我一刀？"

那时他们都是20多岁，涉世不深，友谊是年轻人最大的财富。他们聊到过历史上的典故，关于恺撒大帝的死，他就是死在自己最好的朋友手上的：布鲁图是恺撒大帝最好的朋友，然而布鲁图却和其他罗马人一样忌妒恺撒，于是密谋杀死他。在元老院里，他们围住恺撒并拔出匕首，恺撒拼死抵抗。当恺撒看到布鲁图的时候，他说了这样一句话："你也在内吗？我的朋友？"随后，他停止抵抗，任由攻击者将他刺死。

那时，他们内心怆然。

老梁给陈晓成讲述姜武平的所作所为，让他仿佛回到当年少不更事时的状态。十多年过去了，谷良成了土豪，锦衣玉食，事业风生水起，朋友众多。当年伤害他的那位朋友，做了一家公关公司，终于也过上富裕的市民生活，却不幸离婚，依然瘦得出奇，一阵风都可以把他刮走。那天陈晓成与谷良的这位朋友在三元桥凤凰城偶遇，聊起共同的朋友谷良，他神色不自然，顾左右而言他，陈晓成一下子没有了继续交流的欲望。

"你说，陈老弟，如果是你，你会怎么处理？"老梁明知故问。

"毫不犹豫地搞掉！"陈晓成右手抬起，然后用力挥下。

说完这句话，他就有些后悔，至少，他无法辨别老梁一面之词的真实性到底有多少，尤其对一个说话惯于掺杂大量水分并有前科的人而言，应慎之又慎；而姜武平这个人，对他陈晓成没有任何伤害，并且在他的张罗下，自己的投资不仅顺利退出，还获得了不菲的回报。

　　即使如此，巧取豪夺者，值得同情吗？

　　又喝了几杯酒，老梁说："很快就会有好戏看，我找了私家侦探，刺探到他儿子的一些事情。他如果不把公司归还给我，我会让他儿子蹲监狱。"

　　老梁恶从胆边生。

　　"不能伤害人家儿子，也不要动用黑社会之类的胡来，我们要文明解决，要文明，懂吗？"陈晓成抢过老梁的酒杯，喊服务员把未喝完的酒给拿走，"我扶你上楼休息。下午我还有个会，晚上带你去中环世贸看一场画展，把你彻底从混浊中解救出来。"

　　梁家正听从了陈晓成的建议，他没有通过黑社会对姜武平动粗，而是将私家侦探提供的详尽材料，扔在姜武平面前："你仔细看看。两个选择：一个选择是你儿子锒铛入狱，至少判10年；另外一个选择就是把你不当获得的股份让出来，彻底给我从这个城市消失。"

　　姜武平气得发抖，说话都有些语无伦次。

　　老梁后来说："很快他就乖乖地吐出来了，甚至把吞进去的骨头刺儿也吐了出来。"陈晓成始终想象不出这两个交往几十年的发小儿在这种场合恶言相向的情景。

　　姜武平上京举报的时候，没有到公司找陈晓成，只是打了个电话："不是针对你，陈老弟，我是咽不下这口气！我为他守摊子，就这么把我打发了？我为他冒了那么大的风险，承担了那么大的责任，就允许他吃肉不许我喝汤？这是什么逻辑，什么规定？这是什么人？书没念过几天，蹲了三次监狱，现在竟然要骑在我头上作威作福？！我要搞掉他！"

　　陈晓成问："你凭什么搞掉他？"

　　"哼！他做的事情，我还不知道？"姜武平在电话中冷笑，"他就是一个穷光蛋，戴罪之身，竟然收购几十个亿的国有资产，他就是彻头彻尾的诈骗！"

陈晓成屏住呼吸，努力平心静气！"首先，定性不对，怎么会是诈骗？其次，你这样一搞，会牵涉我们，会牵涉很多人，打击一大片，你会把我们树立为你的敌人！"在涉及个人利益甚至安危时，陈晓成提高分贝，语气明显透露着狠劲。

他自负所有资金都是通过正常渠道拆借的，尽管有的资金是从管彪掌控的其他资金公司进来的，但也至少过了3道程序，最多的过了6道程序，当初他已考虑到了各种不测。

同样他也知道，当初联手拆借资金竞购金紫稀土本身没有问题，问题出现在一无所有的老梁身上。他在后期利用金紫稀土的自有资金及其资产抵押进行拆借、还债，这大有问题。

牵一发而动全身。要防患于未然，必须在苗头刚起时彻底灭掉，陈晓成继续放狠话："你的任何举报，即使指向老梁，也都会牵扯到你，你是法人代表，也是董事长，要承担法律责任！这些，你想过没有？"

"哼，我打算举报，就没打算置身事外。我会牵扯进去，但我举报了这么大一个案子，难道司法部门不会认定我有功？陈老弟，你别劝我了，今天打电话给你，是给你提个醒，我们彼此无得罪。"

然后，姜武平挂掉了电话。陈晓成的额头，渗出了豆大的汗珠。

第三十三章
寒冬提前到来

消失成为这个初冬的主题。在西南做石油生意的邬品在北京南站乘车时被带走，涉嫌一宗大案。目击者说，人高马大的邬品在办案人员面前表情平静，似乎早有预料，非常配合地跟随办案人员钻进警车。

陈晓成心有余悸："邬品背后的势力很强大啊，还是难逃法网。"

陈晓成站在办公室落地窗前，盯着雾蒙蒙的窗外。小雨点洒在窗上，雨水不时流下，模糊中他隐约看到外边景物，树、楼、撑着伞的行人，轮廓和色彩一掠而过，像是梦。

一种是回忆的梦。你会梦到过去的场景，改头换面的，但就是发生过的事情。有时候，也有新的画面，新的情节，可是，醒来后那种感觉，惆怅、无奈、愤恨，你清清楚楚地知道，那就是往事。好像梦也知道你的不甘心，过去来不及发生的，在梦里为你实现一遍。

另一种是未来的梦。没有过去的味道，你梦到的不是来不及发生的，而是还没发生的。你醒来感觉到的是不安、期待、疑惑，还有……害怕。心里会害怕，害怕你梦里梦到的，未来总有一天会出现的。你的梦是对未来的担忧和期待。

李欢欢跑去了新西兰，失去了联系。前晚，他去参加了一个饭局，圈子里一个叫廖冰的出来了。一场饭局下来，陈晓成心情起伏。

王为民与廖冰背后的公子是一个圈子，廖冰出事时，公子已远避澳大利亚隐居，还遥控托王为民帮助疏通关系，让廖冰早点出来。

廖冰一肩挑起所有责任，在里面待了13个月。

饭局上，廖冰第一句话就爆粗："×！我监狱都待过，还有什么可怕的？"

"那段经历简直痛不欲生。刚进去时在市郊的看守所，在B区一个房间里，25平方米，住了22个人，晚上没法睡觉，只能侧身睡，还不能翻身，并且每个晚上都有5个人站起来值班，因为睡不下啊。"

"看守所里的人身份很杂，大部分是社会闲散人员，基本上没有人管，狱霸欺负的就是他们。我刚进监狱，眼镜不让戴，因为眼镜上有金属，怕想不开，吞金属自杀。也不让系皮带，只给发了一个小布条，布条还不能长，长了怕有人找几条拧结在一起上吊。牙刷短到只能连手也塞嘴里才能刷牙，手柄给去掉了，怕有人吞食自杀。在看守所不像在监狱服刑，在那里一旦死了，会被定为畏罪自杀了事。当时我就想啊，我可千万别死在看守所。但是那年春节，就有一个人死了，盲流，没人管的。"

"我出来时，牢友说：'怎么这么早就出去了呀？不多留一会儿？'这是能多留的地方吗？我恨不得立即坐火箭离开这人间地狱。"

在他愤世嫉俗而且哀伤的回忆中，陈晓成惊出一身冷汗。此前不久，在一个私人酒局上，一位操着一口东北话的某国企前董事长，把一家亏损百万元的企业做成了增值上百亿资产，但因滥用职权罪被判刑1年零10个月。那次饭局是他出狱后的第一次与旧部、亲近朋友的饭局。没有人刻意问起前董事长在监狱里的生活细节。只是，他喝高了，不经意的一句话，道出了心酸："钱是啥玩意儿？一旦犯事进监狱，毁了一世英名，还失去了自由。老了，还是老婆孩子热炕头重要啊！"然后他一声叹息。

有作家说过，只要你进了一次监狱，你就会学会豁达，因为在那个地方，没有尊严，没有人格，人如动物，吃喝拉撒睡，行尸走肉一般。

"你去香港找趟彭律师吧，考虑一下以后的安排。"不知何时，王为民走了进来，他竟然浑然不觉。王为民轻拍了下陈晓成的左肩，此刻两人对视一眼，意味深长，"那个金紫稀土，好像要出事了，我是听赵秘书说的。"

其实，王为民早就洞悉一切。

在他转身离开的刹那，陈晓成的眼眶挤满了眼泪。

第三十四章
保守商业秘密，是对女人最大的保护

乔乔又出国演出了。

陈晓成曾经试探性地问过乔乔："要不我们移民吧？比如新西兰、澳大利亚或者瑞士，空气好、人少。找一个四处都是老房子的小镇，开一家书店或者粥店，春暖花开，夏花绚烂，秋天满地金黄，迎来送往，人人礼貌有加，夫妻恩爱，儿女绕膝，岂不快哉？"

那是这年的盛夏，中央空调的温度调节在25摄氏度，宽阔的别墅客厅，四壁满是耀眼的凡·高油画，悬挂在墙上的钟滴答着，时光在指缝间欢快地流逝。他俩赤脚坐在地上，吃着司机采购的大兴无籽西瓜，还有吐鲁番大个儿葡萄，陈晓成将剥掉皮的葡萄抛进乔乔嘴里，她咂巴着嘴，声音响亮。她总是转眼间就幸福地冲着陈晓成张开嘴，性感的舌头在口腔狭小的空间里晃荡，示意剥葡萄皮的速度赶不上她消灭食物的速度。立体音响播放着欧美乐坛两大天后级巨星惠特尼·休斯顿和玛丽亚·凯莉联袂演唱的《When You Believe》，荡气回肠。乔乔穿着浅蓝色的JUICY COUTURE（橘滋）天鹅绒套装，锁骨间一颗硕大的TIFFANY（蒂芙尼）珍珠，乳房像饱满的草莓绷在胸部，人像小懒猫般蜷缩在陈晓成怀里。陈晓成背靠橘红色的鳄鱼皮沙发，穿着松垮的大裤衩、纯棉的红色圆领T恤衫，剥葡萄皮的空当，他顽皮地低头将舌头塞进她温软的口腔里，两人如胶似漆。

听到陈晓成突然抛出这么一句话，乔乔抬头看着他，心想：他是说笑呢还是认真的？她无法判断他似笑非笑的神情，就用指头点了下他的鼻尖："那些地方大部分人烟稀少，一天见不了几个人，还开粥店书店呢，不把我们憋死就不错了。"

他成心逗她："那地方人少，但气候宜人，不像国内，雾霾满城，更有利于优生优育啊。"

"谁愿意和你优生优育的？谁答应了啊？"乔乔满面绯红，狠狠地用右手食指点了下他年轻饱满的额头，然后抿着嘴笑说，"本姑娘生性传统，爱国爱民，可不能跟随你移民漂流。我妈妈说了：'陈晓成是个什么样的人啊？看把你变成什么样子了，说话没大没小，没个女孩子的样。'瞧瞧，这就是近墨者黑的下场啊，再和你厮混下去，不知道会坏到什么程度。"

陈晓成嬉皮笑脸地说："呵呵，那是，我们乔乔姑娘确实传统，传统得掉渣，普天之下，唯有我能证明。"

乔乔闻言，由脸及脖子，绯红的面积迅速扩大。她猛地挣脱陈晓成的怀抱，直起身子，全身压下来，用柔软的手掌狠压着他的嘴："让你胡说，让你胡说，本姑娘守身如玉这么多年，怎么就被你一朝连蒙带骗给毁了呢？还让我担惊受怕的。你还不愧疚呢？"

陈晓成伸出双手顺势紧紧抱住她，她的身体像一条光滑而苗条的水蛇，凹凸有致，活力四射，一下子让他的身体膨胀，激素受到刺激迅猛分泌，奇妙的化学反应在急剧地发生着，他能感受到她乳房的涨大、坚挺，然后是她娇喘的气息。他们互相撕咬着脱去衣物，急不可耐。他们在偌大的客厅地上翻滚，从凉席滚到红木地板，在呼喊、呻吟和眩晕中，高潮一波又一波。

事后，乔乔摸着陈晓成满是汗水的后背，信手拉起拿她的休闲上衣给他擦拭着，边擦边问："你刚刚那番话是真的还是说着玩的？"

陈晓成套上圆领衫和大裤衩，四肢岔开，仰躺在凉席上，望着高悬在顶的水晶吊灯，淡淡地说："我不知道，也许是真的，也许是说着玩的。"

对于未来，他总是惶恐不安，巨大的不确定性像梦魇一样缠绕着他，让他经常半夜惊醒。也许，一脚已踏进了异国他乡，脑海里却还停留着鄂东凉凉的夏风。但是，有些路途，并不由他们自由选择。

乔乔看着陈晓成的脸，幽幽地说："你可以自由移民，想去哪儿就去哪儿，我不行，我爸爸还在职，他不想我现在移民，他不想被人称为裸官，影响我们的家庭。如果要移民，当初我毕业时就可以留在法国。刚毕业那会儿，班上有几个和我一同留学的同学就留下了，有的还去了奥地利。我爸爸的态度很坚决，坚持让我回来。妈妈说，他们就我这么一个孩子，知道外面的世界是个什么样子就行了，不一定非要留在国外，国内发展机会更大。你应该知道，我爸妈很疼我，我也很听话。如果真的想移民，得等我爸爸退休，退休后也许会有那么一天。"

乔乔这番话，就像蓝天上飘过来的一团阴云，漫过陈晓成的心房，遮天蔽日。

此后不久，外面风声日紧，乔乔突然对他说："你有事情瞒着我。"

乔乔神情和语气与日常迥异，仿佛换了一个人，一脸严肃，一本正经，仿佛有大事发生。

陈晓成无力地摇头。

"你最近言行挺奇怪的，还经常听到你叹气，都成习惯了，也许你自己都没有觉察。"乔乔看着陈晓成，心疼但又疑惑，"还记得那次吗？我只是在你那个房间看了看，你就冲着我大吼大叫。我知道这里头肯定有什么原因。"

陈晓成脸色暗淡。

乔乔说："咱们好了以后，我没有再提过这件事。过去就过去了……"

"我也从来没有问过你以前的事！"

乔乔香拳敲在他身上："我能有什么过去啊？守身如玉容易吗？"随之，乔乔想起了什么，脸色顿时颇为复杂，用难言的眼光看着陈晓成，她抑制着语气的强度，"那，你是因为尊重我，还是因为不感兴趣呢？！"

"……我不是因为不感兴趣。"

"我现在懂了，你是怕我也问起你过去的事。"乔乔作恍然大悟状，"我知道，谁都有自己的秘密，谁也都可以保留着自己的秘密。你从来没问过我以前的事情，我也不会打探你的故事。可是，如果你的秘密会影响到我们现在的生活呢？"

陈晓成肯定回应："不会。"

"真的不会吗？"乔乔直视着他，想从他脸部细微的表情变化中获得答案，"你知不知道，为了能好好地跟你在一起，我经常得小心翼翼的，看着你的脸色，揣摩你的心情，生怕哪里不小心触到你了。我自己都觉得可笑，我怎么变成这样的人了？在所有人的眼里，我是个干脆利索的人。偏偏在你这里，肉得要死，不敢说这个，不敢说那个，有些话要迂回着说，有些事要在暗里做。你不对劲的时候，人就像冰块一样，看着正常，里头冒的是凉气。我就想尽办法融化你，让你回到真实的样子。"

陈晓成越听越是心惊，伸手拉着乔乔的手。乔乔轻轻挣脱了，眼睛看着沙发后面，越过陈晓成。

"你心情明朗的时候，我就觉得阳光普照，世界明亮，一切生机勃勃。以前我经常嘲笑那些平庸的女人，觉得她们贱，没想到我……"乔乔眼里噙泪，"和你在一起，很开心，可也真的……很累。"

陈晓成声音低沉："对不起，我从来没想到是这样的。"

乔乔摇了摇头，勉强笑了笑："傻瓜，你好像在害怕什么。你害怕和不害怕的时候，完全是两个人。你不害怕的时候，冷静得吓人，你能说服任何人。你害怕的时候，智商就下降了，你找的理由，听的人都替你着急。"

陈晓成一副被抓现行的尴尬。

"我不知道你害怕什么，也不想知道。本来都无所谓，可现在我也害怕了，你的这种害怕会把我们的……毁了的。"

陈晓成怔怔地，内心在交战着。他长长地吸了一口气，似乎想定了什么。

跟乔乔认识和相处，他从来不和乔乔聊任何商业上的事情。乔乔曾经缠着他问七问八，他都缄口不语，坚决不让乔乔介入他的商业，这是他坚守的底线。

郝仁师兄曾告诫他："不要给你的女人讲你的商业细节，无论这个人是谁，情人、二奶甚至结婚多年的妻子，你都不应该和她们谈你的商业细节。首先，即使谈了，她们也不一定懂；其次，天下没有不透风的墙，也许就是你谈的某一个细节，有一天会让你锒铛入狱；第三，商业守则规定我们有义务保守商业秘密，这也是信誉。我曾经认识一个科研部门的处长，疯狂地喜欢上一个在夜总会认识的歌女，为她铤而走险，贪污十几万，泄露了不该泄露的秘密。结果呢？一朝反目，遭到举报，获刑10年！所以啊，我们在商场行走，还得谨记：千万不要在夜总会、歌厅等色情场所给小姐、老鸨发名片、留电话号码！"

乔乔是谁？不是情人，不是二奶，不是夜总会小姐，也不是商业合作伙伴，是他当下的恋人，一个痴情、大气、永远保持着孩童般心灵的北京姑娘，一个年轻的音乐人！

保守商业秘密，是对她最好的保护。

第三十五章
资产转移，白手套筹划逃离

　　彭律师是陈晓成多年的好友，她离婚后去了香港，也为自己早早办理了移民加拿大的手续。当年，她作为中国人民大学最年轻的法律博士，毕业后，被分配到了国家部委。王为民曾经陪陈晓成去跟她吃了一顿饭，饭后，这家伙说："我终于理解了那句经典名言，上帝是公平的，还是给了你一个聪明的大脑。"他的潜台词是：如果给不了你好的身材和容貌。

　　彭博士在28岁的时候终于迎来婚姻，那次婚礼陈晓成还受邀参加。在主持人的捉弄下，一个苹果用细线吊着，新郎新娘二人两嘴相对。在大家的嬉笑、喊叫声中，他们互助吃掉了苹果，寓意着未来生活中，彼此相依。

　　可惜，这样的婚姻仅维持了不到一年的时间，离婚后彭博士出走美国，拿下纽约州和中国香港律师的从业资格，也成了陈晓成个人资产的法律顾问。

　　彭律师在香港金钟太古广场办公，陈晓成在太古广场的奕居酒店挑选了一个靠窗的包间，迎接彭律师。

　　彭律师进来的时候，穿着一套紧身运动服，干净、利落。她看到陈晓成满眼惊诧之色，笑呵呵地说："吓着了，弟弟？香港节奏再快，也得运动健身。身体是革命的本钱，律师这一行，干的纯粹是体力活儿，哪有你们在内地活泛，个个都是转眼间就让我们刮目相看，个个都挂着土豪金。"

陈晓成指着自己瘦削的脖子，作委屈状："姐姐，我可不是土豪，挣的是辛苦钱。"

"呵呵，对你，我还是了解的。你的口头禅是，大脑是人类最宝贵的资产。"

"那不是我的发明，是大学死党谷良的专利。"

来之前，他们在电话中简要沟通过，但很多事情在电话中没法沟通，尤其担心电话随时被监控。

彭律师业务广泛，主要是非诉业务，包括移民，甚至还包括合法资产转移。人民币目前还不能自由兑换，中国对资本项目的管制还很严格，个人每年购汇的额度只有5万美元。

倒腾换汇成本不菲，这也是内地有钱人的烦恼。北京一位朋友在美国旧金山花280万美元买了一栋豪宅，发动所有信得过的亲戚朋友帮自己，连高中同学的父母和岳父母都用上了。这位朋友一共凑齐了56个人，他先把人民币转给亲戚朋友，然后每人帮他换5万美元，并从不同的银行汇往他在香港的账户，而这仅仅是为了节约中介佣金。后来这位朋友说，简直麻烦透顶。

彭律师说，其实"蚂蚁搬家"是违法的，违反了国家外汇管理局个人不得以分拆等方式规避个人结汇和境内个人购汇年度总额管理的要求，按规定银行应不予办理。

但是，现在有一些银行出台了合法的理财产品，这个适合国内投资移民做。比如中国银行的内存外贷服务，客户可以在国内的中行存一笔1000万元人民币的定期存款，然后中资香港分行可以在香港为这名客户发放一笔金额相当的港币贷款，用于与移民有关的金融投资。内存外贷不仅手续便捷，还能帮客户获得利差和人民币升值的收益，所以比较受欢迎。

但这些手段还不能满足土豪们的要求。彭律师笑笑说，其他都是非法或灰色地带，要谨慎使用。比如借助虚假的境外贸易合同将资金转移到离岸公司，或者通过"高报进口、少报出口"等方式将资金截留在境外。

两年来，国家外管局加大了对虚假贸易行为的打击力度，以虚假贸易方式转移资金越来越难。人民银行、海关、商务、银监等部门开始出台综合措施遏制此类贸易活动，比如加强跨境贸易融资业务管理、筛选重点企业开展专项核查、加强外汇资金流入管理等，货物贸易资金流动也回落至相对均衡的水平。

"那就没有合法的途径了吗？"陈晓成问。

"当然有，如果是境内企业家或公司董事有意投资移民，通常我们会建议他们借助公司资源优势，直接投资境外公司的股权或矿产项目。"

"如果境内公司愿花费数百万美元投资海外矿产或商业类公司的股权，当地移民部门会认为境内投资方高管需要经常出境沟通投资进展，便会先提供一份商务签证，如果海外投资项目运作良好，3到5年后直接转成永久性签证的概率相当高。而且，境外项目投资的估值高低没有标准可参考，容易实现个人资产混迹其中转至境外。"

"你是我弟弟，个人一部分资金可以通过海外投资的模式转移，更多的可以通过这个模式。"说着，她双手比画了一下，然后诡秘一笑。

她是指地下钱庄，快捷的转移渠道，交易成本低，唯一的问题是安全性，需要靠谱的关系网。地下钱庄的操作方法很简单，内地客户先把人民币打入钱庄指定的内地账户，地下钱庄在扣除手续费后，将港币或美元打入客户在境外的账户。地下钱庄的效率很高，只要客户告知转移金额和币种，钱庄就可以按照即时兑换汇率帮客户把钱转出去，一个小时内客户在香港开设的银行户头就能够收到相应的港币或美元，手续费为0.8%~1.5%。如果客户转移的金额特别大，则建议分批次完成，每次的汇款金额都不要大于100万元人民币。

圈子里的朋友有不少选择深圳地下钱庄的。协助地下钱庄划转资金的除他们的香港私人同伙外，还有一些香港的人民币兑换点，在香港开设几个外汇账户，物色几个马仔打理即可。虽然有关部门不断加大对地下钱庄的打击力度，但因香港奉行资金自由兑换政策，进行私人兑换和私人资金往来属于合法，所以屡禁不绝。靠人脉关系和个人信誉，地下钱庄每年让巨额资金在粤港之间无序游走。

地下钱庄主要做熟人生意，提供"一揽子"服务。

正在交谈中，陈晓成的手机响了，是王为民的电话，声音低沉、急躁："凯冠生物出事了！"

　　陈晓成放下手机，颓然地往后仰靠在橘红色条形沙发的靠背上，一时愣怔。

　　也许正应了算命先生那句话，人生就是曲折向上，先苦后甜，甜到尽头又是苦。那么，为什么就不能甜的尽头就是人生尽头，就是终了？

第三十六章
最后的拥抱

　　陈晓成把别墅所有房间里的窗户拉上了窗帘，在漆黑的空间里，独自静坐了一晚上。夜晚的静寂总是令人回忆，回忆是一剂毒药，在吞噬着希望、欲望和雄心，回忆又是一堆容易点燃的篝火，烈火过后一堆灰烬。是的，对于他这一类人，无论他多么努力，多么成功，总是抹不掉出身的底色，更改不了阶层，甚至包括命运。

　　他静坐了一晚上，当白昼降临，他浑然不觉，如果不是司机大饼的电话打过来，他还是如泥塑般一动不动。他肌肉酸痛，手脚麻木，差点动弹不得。

　　他花了好长时间才让僵化的肌肉舒缓，血液流动，筋骨有了活力。恢复如初后，他跑上跑下，拉亮所有房间的灯。窗帘依然密密实实地密封着，包裹着这座奢华的看起来流光溢彩的城堡。

　　他看了看表，已是午后。

　　陈晓成赶紧收拾行李。他在玻璃桌上检查着文件，把一些文件装进敞开的皮质旅行箱，把一些文件在桌子上堆着，一一检验，码整齐。

　　他回头看了眼玻璃墙，有些许字迹，他小心地将其擦干净。

　　他到卧室，打开了一个保险柜，中间格子放着零碎物品，还有一张身份证。他端详着，仿佛一下子回到了过往，突然有哭的冲动。那是少年时代的自己，一个浪漫诗人的自己，一个挥斥方遒胸怀天下的自己，那是嘴上无毛的青涩的自己。

所有都变了，唯一不变的，就是心中的那个秘密，那是他这些年来所有拼杀的原动力。她，还好吗？

他还看到了一张照片，一下子，竭力抑制着的泪水，终于从眼眶里滚落下来，一大颗一大颗的，他没有用手去擦拭，任其肆意泛滥。

是啊，那时候的她，还有自己，是多么年轻。她依然笑靥如花，大眼睛调皮地望着镜头，黑亮黑亮的；而他，一个青涩的小伙子，头发乌黑蓬松，笑得得意，右手揽着她的纤细小腰，仿佛一切尽在掌握，她小鸟依人地紧靠着他。

看起来一对多么幸福的鸳鸯！

照片的背景是5月初夏，阳光明媚，天空湛蓝，天安门广场人民英雄纪念碑在身后耸立，甚至还可以看到前门箭楼的影子。

陈晓成擦干泪，巡视着墙上的厨具，露出苦笑，感慨的苦笑。他自言自语：原来大部分我都没用过，我都不知道是不是我买的，这真是我的家吗？

鱼有着7秒的记忆，陈晓成是5秒的苦笑，他收起了苦笑，恢复如常，冷冷的眼神再扫视一遍厨具，他拿下了一个铁锅，放到煤气灶上，却拧开了另一个灶的开关，点上火。他把桌上整整齐齐地堆着的那叠文件，一小叠一小叠地放在空烧的灶上烧，扔铁锅里不时腾起一片火焰，留下一堆灰烬。

很快烧完了。陈晓成关掉抽油烟机，拿起铁锅，到水龙头那里，用水把灰烬都冲下去。他仔细地冲着锅，放在一侧，继续冲洗洗手槽。最后，他把双手放在水龙头下，冲洗着。

是的，一切结束得太快了。

打开所有房子的窗帘，阳光射进来，陈晓成不由自主地眯了下眼睛。窗外，有鸟儿飞翔，穿着深蓝色保安服的青年男子骑着巡逻电瓶车，在别墅区里逛着，外面的世界，竟然也是如此寂静。今天是周末，不应该这么冷寂。

他抬腕看表，约见的时间到了。

他知道，这是他们兄弟最后一次在阳光下的坦然相见。他给司机大饼打了电话，约他傍晚过来送自己去机场。

永宁医药被摘掉ST，最近股价走势很好。经济回暖，国际价格飘红，因此股价盘旋上升。南齐前不久问他："东方钢铁一致行动人做不成，管彪曾经承诺的出资收购也随着其锒铛入狱泡汤，还继续执行之前的计划吗？"

陈晓成决定放弃。这源于南齐的另外一句话："永宁医药董事会改组，廖倩出现在董事会名单里了。"

陈晓成在网上打开永宁医药的公告，在董事会改组栏里一眼就看到了廖倩的名字，多么熟悉、温馨，又多么陌生，就像在眼前，触手可及，却是屏幕上的一个冷冰冰的名字。她现在变成什么样了？还是笑靥如花吗？她还会激情澎湃地谈论凡·高，对莫奈一往情深吗？

陈晓成安排南齐在适当价位全部出尽。

陈晓成拨打了王为民的电话，约他咖啡厅见。

午后的秋阳，明亮但不浓烈。王为民走到落地窗前，一手掀开窗帘——防紫外线的深蓝色窗帘像一帘徐徐收起的帷幕，在滑竿移动中发出轻微摩擦的声响，一束阳光透过玻璃直挺挺地射在他的脸上。这张依然年轻而胶原蛋白饱满的圆脸，在光线照射的一刹那，不由自主地微闭着眼。阳光铺满满屏的玻璃，穿透入室，他整个人沐浴在阳光中，就像夜奔的人看到了暗夜中的星光，就像矿工从潮湿阴暗的矿井底部爬出地面，习惯性地双眼微闭，迎风呼吸，迎光而立，一脸即将迎接光明的满足，甚至是劫后余生的幸福。

是的，有阳光正好。他在心里默念着这一句。突然吓一跳，心想自己怎么会说出这么文绉绉的一句话。

宽大的办公室沉浸在阳光中。微尘在一束束光柱中飘逸、起舞，落在红木老板台上，落在花梨木雕花靠椅子上，落在散发着书香的一排红木书柜上，飘飘洒洒，飘落在这间装饰考究的办公室每一方寸间。

王为民脸色有些疲倦，有着这个年龄少有的凝重。他走到茶几边，拿起遥控器，正对着墙壁上悬挂的液晶电视机，打开了电视，是新闻频道。这些日子，他习惯把自己关在办公室，收看电视新闻。其实收看新闻，是他从小受爸爸的耳濡目染，逐渐养成的习惯。所谓习惯难以养成，养成的习惯难以改变。只是不知何时，这个习惯搁下了，自己不知不觉。

他翻阅着秘书放置在办公桌上的文件，这些文件堆积了好几天。他一边漫不经心地翻着，一边有些心神不宁。一条新闻，通过播音员浑厚的男中音传来，就像一道电流，从身上穿过，他浑身轻颤了一下，立刻停止了手头的活，竖起耳朵：

……今年上半年，中国公民出境旅游人数达6000万人次，出境旅游支出超过1000亿美元。比起15年前，中国出境旅游人数增长了10倍，已经成为世界第一出境旅游市场。

……近期出境旅游迎来一个小高峰。北京、上海、广州各大城市的国际机票紧俏，平均价格比上周上涨了2倍多。尤其是到申根国家，一票难求。

他鼻子里哼了一声，自言自语："不是节日，不是长假，还小高峰呢？避风头避出小高峰了吧？！"

风吹草动。这些天，他饭局上的老哥们儿日益减少，仿佛吹响了集结号，他们突然之间从他眼前消失，从这座城市消失，在寒冬到来之前，他们陆续消失了。

一个清脆的女声播报再次把他警觉的神经蜇了一下，以至忘记了有节奏和有礼貌的敲门声：

……下面插播交通新闻：昨天，青年路发生一起车祸，一辆私家车撞到行人后，意图逃逸，但是因为堵车，被警方截获。据初步调查，肇事司机和被撞行人是同一个公司的同事，警方怀疑这不是意外事故，而是蓄意报复。案情正在进一步调查中。请当时路过或知情的市民主动提供线索。肇事司机车牌号是……

敲门声由缓而急，由小而大。

"是谁啊？"

他纳闷，这个时候，谁会来找他？他已经关掉了公务手机，只开着一部只有三五个人联系的私密手机。并且，几乎没有人知道他这个时候会到公司。

他打开门，看到一张熟悉的面孔——这张面孔是他降临到这个世界时看到的第一个男人的面孔，一对酒窝镶嵌在大圆脸上，并未随着岁月的流逝而尺寸削减。来人习惯性嘴角微翘，看似微笑，实则不怒而威。这张面孔曾是他成长路上的一盏明灯，在他消沉颓废时，在他亢奋激进时，予以激励也予以警告，是那么和蔼又难以亲近。这张面孔从未对他怒目而视，甚至是慈祥的。自从他辞掉公职投身商业，这么多年来，这张面孔时刻警示他，有道红线横在眼前，是不可逾越的。

这是一张叫父亲的面孔。

当他口头禅中的老爷子，也就是自己的父亲出现在办公室门口，他蓦地一惊："爸，您怎么来公司了啊？大周末的。"

"害怕我进来啊？"老爷子声音低而富有磁性，脸上有着浅浅的难以捉摸的笑，"来看看我这个不肖儿子啊。"

王为民嘿嘿一笑，赶紧把老爷子往里面请，让座，沏茶，把电视静音。最后，他坐到副沙发位置上，规规矩矩地看着老爷子。

老爷子目不转睛地看着儿子一通忙碌，随即扫了一眼墙上的电视，都是无声的影像："闲得没事啊，在看什么电视呢？"

"我在看新闻呢。"

"现在知道紧张了。"

王为民看着老爷子似笑非笑的神情，感觉有些势头不妙，他把茶杯往老爷子面前再推了一点，他赶紧转移话题："爸，您喝点茶。您是不是忘了，我晚上不是还要回去吃饭吗，怎么又跑过来了。"

"我没忘，我是特地过来的，我就没来过你这里……"

"来过。"

"我记得，就一次。你刚搬来这里的时候，我来过一次。"

王为民心底触动："过了这么久，您居然还能找得着？"

"当你爸是老糊涂啊。"老爷子轻声，有些动情，"和你有关的东西，我都记得。"

王为民鼻子一酸："爸……"

老爷子抿了口茶，抬头看着儿子："我过来呢，一是想看看你，看看你这里怎样了。二是，有些事要和你谈。"

"什么事啊？"王为民警觉。

老爷子眯着眼，端详着王为民："我不等你回家谈，而是跑来这里，还能有什么事？"

"……"

"别的事，和你说再多，你就跟木头一样愚钝，听不懂，当耳边风。一到怎么对付你爹娘上面，你倒是精明得很，什么话外音都听得出来。"

王为民故作惊讶："爸，该聊的事，昨天不都和您说了吗。您还不相信我啊？"

老爷子看着儿子半响，看他的脸色、表情、眼睛，不动声色地说："不是西北矿产的事，事情变大了。"

"怎么变大了？"

"别耍小聪明，还装糊涂套我话呢？！"老爷子转头看着窗外明亮的阳光："你应该也感觉到了，天气不太好。别看大晴天的，有些地方有阵雨。很快，局部阵雨会变成大暴雨。"

王为民勉强笑笑："我这屋子还是阳光明媚，天气晴朗。"

老爷子抓住这句话，认真起来："你确定吗？"

王为民神情笃定："确定。"

老爷子继续追问："每一桩事情都能放在阳光下晒着，都能经得起考验？"

看着老爷子一脸初冬的气息，这个问题问到痛处了。王为民犹豫了一下，看着老爷子说："起码，每一桩事情我问心无愧！"

"自己问心无愧自然是好事。不过，法律不问你的心，它只看行为和结果。"

王为民沉默着。

老爷子身子往前坐了坐，离儿子近一些，脸上露出慈爱，有了春意，淡化着冬天的寒。老爷子说："为民，我不是这个意思……我不想在家里和你聊，就是不想像个父亲一样。我在这边教训你，讲大方向、大道理，你在那里恭恭顺顺的，却一句话都听不见去。"

"没有的事，我听着呢。"王为民似乎在辩解。

"说实话，我也不是个好父亲。你小的时候，忙着工作，没怎么管你；等你大了，又觉得不用管。儿子大了，有自己的天地，自己去闯就是了。偶尔管一下，也就是把你叫来，说一顿，要这样这样，不要那样那样。我知道你也不听。"老爷子看着儿子，叹了口气，"其实啊，虽然你是我儿子，可是我并不了解你。说放手，让你闯出自己的天地，说得好听，实际上是害怕，怕你不听我的，怕你疏远我……"

"爸……"王为民鼻子又一酸。

老爷子转过脸去，声音有些颤抖："我们父子啊……我知道，你有时挺怕我。你不知道吧，我其实也怕你。"

"爸，我不是怕您，只是不知道怎么……小时候，我是跟着妈妈长大的，很少见到您，所以才和您不亲，不知道怎么和您说话，怎么和您聊天，所以才躲开您，怕和您单独待在一起。"王为民动情着，"可实际，您知道吗，我很尊敬您。您是我见过的最堂堂正正的人，让我尊敬，让我骄傲。"

老爷子侧过脸，抽了下鼻子。他说："我去一下洗手间。"

王为民指了一下室内洗手间的方向："就在您左手边。"

老爷子起身，去了洗手间。王为民怔怔地看着老爷子还算矫健的背影，叹了口气。整个身体疲惫无力般仰靠在沙发上，微闭双眼，双手从两颊向头部中央来回搓着，心事重重。

老爷子很快出来了，脸色平静多了，也柔和多了。王为民听到脚步声，坐直身子，竭力表现着精力充沛。

老爷子在长条主沙发上坐下，说"我来这里，就是想和你……"老爷子在寻找着措辞，"沟通。就是两个男人之间的沟通，聊一聊心里想的，事业，还有……责任。"

老爷子用征询的眼光看着王为民。王为民点点头，保持着真诚和微笑。

老爷子说："我知道，你不会像那些高干子弟一样，走歪门邪道……"

王为民认真表态："爸，你听我说。很早以前，我就发现，我和他们不一样。后来，我才慢慢意识到，这是您给我的影响。我比他们都幸运，生活里有一个看得见的、高大的标杆，告诉我，除了享乐，人生还有很多值得追求的价值。"

老爷子连连说："好，好……"

"当然，我选的路和您不一样。我总结过，我和您有一个最大的不一样，也有一个最大的一样。"王为民看着老爷子，胆气有些足，"咱们不一样的只是路，您不在乎财富，您希望为人民服务，为社会奉献。而我，希望为社会创造价值。创造财富就是创造价值，就像比尔·盖茨、乔布斯、马化腾，他们创造了很大的财富，而他们给社会创造的价值、对社会的影响更大。一直以来，我就希望成为他们那样有抱负的人。咱们一样是做人。做个堂堂正正的人，做个对社会有正面价值的人。这方面，您永远是我的榜样。我要创造财富，也是创造正直的、清清白白的财富。"

老爷子听完儿子的慷慨陈词，有些如释重负。他背靠沙发，跷起的脚放下，踩着红木地板，放松着："我呢，也不是不在乎财富。说来说去，也就两点，一是钱嘛，够用就行。二是，我真没那才干。钱和权，是最容易腐蚀人的东西，像毒品，前几下都很美好，再走下去就是万丈深渊。没有强大的价值观支撑，没有优秀的才干辅助，硬去要财富和权力，最后下场都是万劫不复。这方面的反面例子我看的太多了，触目惊心啊。俗话说，富不过三代，是有道理的。"

"我懂！这种例子，我看到的也不少。"王为民接过老爷子的话，像一个乖巧的学生，"所以，我给自己立下了目标，我不但要积累财富，更重要的是，积累价值观，正直、清白，用价值观去驾驭财富，而不是被财富所驾驭。还有，积累智力资源，前事不忘，后事之师。我要流传下去的，是智力和价值观。有这两个，任何时候我们都能创造财富，让我们家变成资本世家，就像那些百年家族一样。"

老爷子微闭着眼，泪水将落未落。

"这些天，我一一回想了这几年我做的事情。爸，我是认真说的，每一件都是按上面的原则来的，不管从哪个角度讲，都站得住脚，经得住核查。"王为民看着老爷子，说到最后，欲言又止，"只有一件……"

老爷子睁开眼，神色不变，只是目光一下子聚在王为民脸上。

王为民低垂着头，"……我在刚开始起步的时候，那是快10年前了，贾浩叔叔给我撮合了第一个业务。他把一个广告公关业务外包给我做，第一桶金算是他给的。"

老爷子略为紧张的眼神，又松弛下来："贾浩这家伙就喜欢搞各种门道。人，很多时候要分两面看。贾浩，他一方面是心思活，老整幺蛾子，这是他不好的地方。但另一方面呢，他知恩图报，重情义，重信用，而且确实有能力。"老爷子坐直身体，"不管他怎样，我从来没有给过他特殊待遇。不该是他的，他能力不足的，我从来没给他安排过。是他的能力范围，给他更合适，我会毫不犹豫地给他。"

他强调一句，这是原则性问题。

老爷子拿起茶杯，喝着茶。他盯着王为民，说："不过，接下来，还有责任的问题。你确保他会完全按着你的原则行事吗？每一件事都遵循你的原则？"

王为民知道老爷子口中的"他"指的是谁。他低着头，沉默不语。

老爷子温和的声音有些严厉："为民，看着我。"

"……"

"看着我，告诉我。"

王为民抬起头，看到老爷子的眼睛充满关怀和殷切期望。他叹了口气，摇了摇头："我不能确保。很多事情我会完全交给他，他全权处理。我确实不知道他是怎么做的，不过……我信任他。他是我的兄弟。"

老爷子点出："我知道。陈晓成是不错的孩子，我挺喜欢他。我不会看错。只是，他对你忠诚，不代表他会忠诚于你的原则。"

王为民默不作声。

老爷子盯着王为民："我看得出来，你心里大概也意识到了，他有些事情可能越线了。是不是，为民？"

王为民艰难地点点头。

老爷子长叹一口气，一拍沙发扶手："你恐怕得主动……"

王为民打了一个寒战。他了解自己的父亲，在大是大非面前，不徇私情。

他回应："晓成他约了我，一会见面，说有重要的事情要和我谈。"

"来这里？"

"外面，找个咖啡馆。"

"兄弟这两个字啊，唉……他越够兄弟，越想对你负责，反而就越会突破你的原则，以求结果对得起你。"老爷子起身，在王为民面前停住，"人生能遇到个值得当兄弟的人，很难得。为民，我想和你说，兄弟很宝贵，但是这个世界上很多事情，光靠兄弟情义，根本走不远，反而让你们兄弟都做不成。"

王为民意识到老爷子想说什么，也意识到他无可辩驳。本来想回答一个"是的"，却憋在了嘴里。

"错误，不重要，重要的是担当。男人，必须要敢于面对和承担他的错误。这就是我说的责任。"走到门口，拉开门，老爷子站住，转头看着王为民，"你去见晓成吧，你知道该怎么做的，我在家里等你。"

老爷子凝视着王为民，又疼爱又自责的眼神，慢慢地眼圈红了。

熟悉的咖啡厅，熟悉的咖啡香。

他们约在二楼咖啡厅的露台区。露台和室内由一个门相连，门现在是锁上的。陈晓成和王为民坐在靠边的一个桌子上，广告牌和护栏挡着他俩。护栏的缝隙里能看到地下车库的入口。王为民把手包放在旁边椅子上，看了看四周。其余桌子上没人。

陈晓成看着一脸疑惑的王为民："我包下来了。"他摊开手，有一把钥匙，放在桌面上，"门都锁上了，咱们安心说话。"

王为民往后一靠，两人一阵沉默。一只小花猫打破了尴尬，它在露台上乱窜，跳上跳下的，慢慢地踱步过来，走到王为民脚跟前，似乎他乡遇故知，冲着他喵喵地叫了一两声，抬眼看着，楚楚可怜般。

王为民把黑皮包放在桌子上，俯身拦腰抱起，抱在怀里，抚摸着小花猫柔顺的猫毛

陈晓成看着王为民的包，没话找话似的："你还是这个包啊……我刚认识你时，你用的就是这个包。"说着他拿起了包，仔细端详着。

这个磨损得有些毛边的黑皮包，跟了他整整10年，跟随他辗转了大半个中国，凡是业务触及的地方，都有黑皮包的痕迹。黑皮包就像他形影不离的伴侣，为他挡过雨，冒过险，也从来没有对不起他。

王为民看看包，又低头看着小花猫，抚摸着。小花猫在舒服地享受着，轻轻地喵了一声，就眯着眼，似乎惬意地睡着了。

陈晓成脸部浮着微笑，一边和王为民说话，一边慢慢翻开包。包的翻盖被竖起，挡住王为民投过来的视线："我还记得，这里有个印，是我不小心烫坏的。"

王为民看着包把小半个陈晓成都挡住了："我还以为你忘了呢。"

陈晓成把包合上，放回椅子上。他忽然露出个近于悲凉的笑容，随即想起什么，弯身从桌底拖出一箱啤酒，打开，拿出两瓶啤酒。

王为民讶异："你怎么主动喝酒了？"

"我想和你喝上这最……就想和你喝酒。"陈晓成把酒打开，给王为民倒上，接着要往自己杯子里倒。

王为民拦着他的手，陈晓成一愣，看着王为民。王为民摇摇头："你别喝了……"

"这酒我得喝，不知道以后……"

王为民提醒他："你一会儿不得开车吗？"

陈晓成迎着王为民的眼光，微微点头："本来也喝不多，只能是你干我随意了。"

他们喝了。陈晓成抿了一小口，王为民一口干掉，他哐的一声，杯子放在桌子上，王为民盯着杯子，意味深长地说："一切……都结束了。"

陈晓成垂着头："公司的事情都安排好了……都结束了。"

两人对视着，一阵难以言明的沉默。

王为民打破沉默，声音低沉："凯冠生物最终出事了！"

陈晓成点头，狠声："万凯太抠门，他只照顾老部下，后来进来的财务总监，他想尽办法克扣。财务总监一怒之下，把他举报了。"

"后来呢？"

"万凯跑到香港避风头，现在还在四季酒店待着。他的一个司机，跟他很多年了，对财务总监很不满，直接开车把那财务总监给撞了。"

王为民想起了电视播报的一则新闻："昨天的事？"

"你也听说了？这事传出去后，口碑最好的就是这司机了。大伙都说，等他出来，得抢着雇他。"

王为民勉强露出笑容，笑容里殊是缺乏欢意："梁家正呢？"

陈晓成双手一摊："这你都知道啊？"

王为民点点头。

"他被通缉了，红色通缉令。他现在潜逃在外面，不知道在东南亚哪个旮旯儿里呢。按他的性格，他很快会回来的。至少会关个10年吧，我想，咱们可能这辈子都不会再见到他了。"

"他什么罪名？"

"涉嫌挪用资金罪和伪造公章罪。"

王为民半晌不语，他摇了摇头，忽而挥动手臂，像扔掉一个铅球，狠狠地，用力地，向远方扔出去。然后，他靠着椅背，扫了一眼周边的景色。小花猫被惊醒了，它从王为民身上跳下去，像受到了惊吓，冲着他喵了一声，就夹着尾巴跑开了。王为民在竭力掩饰着内心的愤怒、懊悔、失望，压抑着情绪。

王为民拿着酒杯，边喝边看。此刻，秋日的黄昏，远处的天空出现了一抹余晖，逐渐地，夕阳余晖把一切染红，包括眼前陈晓成的脸。

王为民忽而露出笑容，似乎在笑着什么，但马上就被啤酒给呛着了，激烈地咳了起来。陈晓成赶紧冲上前，拍他的背。王为民好不容易止住咳，仍忍不住笑。

陈晓成有些莫名其妙："你怎么了？"

"想起了以前的好时光。"

"看你笑的这样，肯定是我出糗的美好时光。"

"我们第一笔业务做完，拿到了钱。"

"我记得，对那时候的我来说，是好大一笔钱，在我的想象中，一辈子都挣不到的钱。"

"你乐疯了，抱着我，转了起码5圈，在我耳朵旁边不停地说着话。我受够你了，跑出去，你还在说。隔着门，我还能听到你在里面跟饶舌一样。"王为民笑起来，"那是我这辈子见过最夸张的快乐。后来你挣了10倍、100倍的钱，都没见你这么开心过。"

"我这么丢人啊？！我都差点忘了。"陈晓成尴尬着。

"你后面更丢人。"

陈晓成制止他："那些我记得，你不许回忆，不许。"

王为民继续说："你居然做了我想破脑袋都想不出的最俗气的事情。更可怕的是，不是一件，而是两件，一件比一件俗气。"

陈晓成马上举起杯子，强行敬到王为民面前，王为民笑着躲开。

"你说你要到全北京最高的地方吃晚餐，还得是旋转的，还得是夕阳西下的时候！"

"那是我来北京之前的梦想，梦想着想带着个姑娘，没想到实现的时候是与一个爷们儿。"

"那天的阳光，和现在一样。阳光照在你的脸上，也和现在一样。"

"难怪你刚才看着我笑。"

"10年了，发生了太多事情。以前没开始的，现在都结束了。只有你和阳光没变。"

王为民笑着，突然伤感地笑出了泪。

陈晓成有些感动，脸部在努力抑制着，他站起来，走到王为民跟前，王为民也跟着站起来，他们拥抱着，两人抱得歪歪扭扭的。

夕阳已经落下去了。王为民提着包，走在回去的路上，走过地下车库的入口，往远处走去。陈晓成扶着露台栏杆，看着王为民的背影越来越远。

陈晓成轻轻地冲着背影招手：再见了！

回到家里，王为民看到老爷子坐在客厅沙发上，在一片黄昏的余晖里，等他。

看到儿子回来了，老爷子挪动着有些肥胖而疲惫的身躯，挣扎着要站起来。

王为民冲上前，半跪着喊了一声："爸。"

老爷子的声音低沉："你回来了。"

王为民去打开屋角的落地台灯，屋里顿时亮起温暖的光芒："你怎么也不开灯？"

他看了看老爷子的茶杯，往里面添了点水。

老爷子一直看着王为民在忙碌着，目光从未离开过他的脸："你没和他……"

王为民点点头："可是，我实在说不出口。我们能有今天，他比我还操心，他没有邀过功，一直很忠诚。我不可能再找到比他更值得托付的人了。就算他瞒着我，做了不对的事，我也不能亲手把他送进去。"

老爷子默然。

王为民说了一句话，说完这话，他眼眶一热，有股热流涌出来："爸，我想好了。我知道你的意思，你说大义灭亲，是说我对陈晓成要大义灭亲，也是说你对我也是会大义灭亲。"

老爷子转过头去，沙哑着嗓子："我知道你在大是大非上把握得很好，可是你对陈晓成太过信任，甚至纵容，总是有责任在里面。不管责任大小，在这种时候，还是需要主动去承担的。"

"我懂，我懂。我对陈晓成硬不下心肠，所有的责任我都会承担的。"

老爷子长长叹着气，他站了起来，看着比平常似乎都显得矮小了。

突然，王为民发出咦的一声，他从黑包里拿出一封信，正面上写着"阅后即焚"，是陈晓成的手迹。

老爷子问："怎么了？"

王为民想起了什么，他说："中午的时候，我包里肯定没有这个……"他想起了陈晓成在整理他的黑包的情景，那时黑包挡住了他的视线。肯定地，这封信是那个时候塞进去的。

王为民展开信纸。窗外，楼宇的灯火都亮起来了，街道上的车灯连成一片。

    ……你看到信的时候，我应该正在离开这座城市，开往我应该去的终点。

    我想跟你再一次告别，喝最后一顿酒，最后拥抱一次，可是我想我没有勇气当面和你说，我怕看到你失望的眼神。这是这10年我唯一害怕的，我宁愿看到你愤怒，也不要看到你失望。

    原谅我，只能通过写信的方式，才能说出下面的话。对不起，对不起。

    我一直说我没有骗过你。是的，确实没有。只是，有些事情我瞒着你了。一开始只是些小事，后来，失控了，为了挽回，为了不让你失望，我瞒着你更多的事情，越来越多，直到最后完全失控。

    我很感激，这10年，拥有你这个兄弟。你正直，你信任我，爱护我。而我，辜负了你的信任，连累了你。我犯了错，我必须承担。事情因我而起，也必须由我而结束。我会承担起所有罪责，本来也都是我的罪责，你一定要理解、支持我，让我做该做的事。

    他们同样犯了错，必须受到惩罚。但是，举报他们的人更有罪，对社会对国家危害更大。我会同时举证他们，让他们都受到该受的法律惩处。

    我已经做好一切准备。希望你给我时间，我还有一些事情需要了结。然后，我会坦然面对所有的结果。

王为民拨打陈晓成的电话，里面是冰冷机械的系统音："您拨打的电话不在服务区……"

第三十七章
你好，再见

陈晓成决定飞赴长江边的小城，那是她的故乡。

与王为民告别后，陈晓成迅速地拔掉三部手机的卡，卸下电池。司机大饼开着路虎揽胜接上他，左拐右转，上了北五环主路，一路向东，拐上首都机场第二高速，然后一脚踩下油门，风驰电掣般奔跑起来。他们一言不发，大饼眼圈红红的，数年来，他一直遵守着规矩，不该问的不问，不该说的决不多言。

他让大饼在国际出发港口停下，特意从此处进入大厅。国际候机厅人声鼎沸，电子屏上，显示着国际航班的状态，几乎满屏都是红色的。不少航班的状态是"延迟"，更多航班的状态是"取消"。

服务台前，一个老板模样的矮胖男人，着急地问着里面的工作人员。工作人员不停地对他摇头，摊开双手，对他解释着什么。

矮胖男人转过身后，满头大汗，他绝望地看向电子屏，又看向走进里面的乘客。他擦了擦汗，提起手提包，往外走。眼看他的身影走到门边，忽然两个结实干练的人拦住他，其中一个人出示了证件，在他面前晃了晃。矮胖男人脚一软，就往地上坐下去。拦住他的人一把拉住他的胳膊，两个人架住矮胖男人的胳膊，往外走。

陈晓成攥着的手心捏出了汗，感觉心跳加快了。他赶紧走开，大踏步走向国内出发港口。

飞机晚点了一个多小时，抵达她所在省的省会城市，已经是凌晨1点47分。陈晓成从飞机上俯视，灯火零星，如鬼城上闪烁的磷火。从机场出来，100来位乘客，在这个中部地区最大的机场被迅速吞没。虚弱的霓虹灯，照射着出站口屈指可数的出租车。机场距离省会城市约30公里，距离她的小城120多公里。他心急如焚，一分钟都不想耽误，随手招呼了一辆的士。

　　从机场出来，陈晓成打了个激灵，赶紧裹紧了风衣，钻进出租车。的士司机抬头从后视镜看了他一眼，问："搞么事不在城里住一晚，赶急赶忙地半夜跑过去咯？"地道的她家乡的方言，亲切。

　　陈晓成回答说有急事。司机就趁机要价1500元！

　　价格比平常上浮了至少30%。金钱对于他已经不重要，安全感才是奢侈品。他说：OK！

　　司机一看这架势，就知道碰到了有钱的主。车子开出省城，上了高速，他试探着问陈晓成："先生是本地人吗？"

　　陈晓成操着纯正的普通话："你认为呢？"

　　司机从后视镜瞟了他几眼，发现客人平头，高大，于是他摇摇头："还真听不出来。"他又试探性地问，"是回乡还是出差？"

　　陈晓成没有回话，扭头看向窗外，微弱的夜光下，高速公路旁的庄稼地和民房像黝黑的鬼影，被他们一个又一个迅速越过。

　　沉闷了一会儿，司机从后视镜里不时看他一下，他们目光相碰时，司机赶紧移开视线。然后，他边开车边不停通过对讲机跟同伴们报告动态行驶中的具体位置。

　　陈晓成一言不发，视而不见，他贪婪地欣赏着窗外的夜色。白天喧嚣得让我们产生错觉，以为这个世界一切尽在掌控，而夜晚告诉你这不是真实的，天地寂静，无声无息。他摇下车窗，清新的空气吹进来，带着麦苗的清香。他想起许多年前，从北京坐着几乎见站就停的所谓特快火车，奔驰在京九线上，铁路两边的村庄和庄稼地在一片片的快速后移，听着此起彼伏的铁轨撞击的声音，就像一首轻松的音乐。那时的心情一如今晚，舒畅、亢奋。一本经典爱情小说《飘》，一个晚上只看了不到10页，心情因兴奋而无法平静。

抵达这座江边小城，已经是凌晨3点多钟，当地一个清洁工，将他们指引到南洋大酒店。当然，他给了清洁工100元，清洁工不停地道谢，差点就要鞠躬。而他们，为了金钱，早已变得麻木不仁内心冷酷，如今又要为处理10位数的金钱殚精竭虑，想尽办法将资产转移到境外。

在酒店，睡眼惺忪的服务员对这个时间有客人过来非常诧异，她懒洋洋地抬眼看了一下陈晓成，然后强打精神说："要住几个晚上？要什么条件，标间还是单人间？"

他说："我要最好的，至少住半个月。"

他这句话，猛地刺激了她，她再次抬头，眼珠由白多黑少迅即转变为黑多白少，由斜视迅速矫正为正视，身子挺直。她赶紧说："那住总统套间吧，每晚1280元。"

他办理了入住手续。这家酒店，据说是这座城市最豪华的，四星级，新加坡人投资。他登记入住的是酒店唯一的总统套间，有冲洗和按摩一体式的洗浴间，一张两米宽的大床横在50多平方米的卧室，卧室连着100多平方米的会客室，50英寸的等离子电视镶嵌在墙壁上。在刚刚迈入而立之年的那段时光，这种大套间一度让他邪念顿生，欲火中烧，和不同的美女在大床上起伏，在木地板地上打滚。那个时期他不可救药，雄性使然，也可谓放纵疗伤。

办理入住时，他登记的是当年的名字：冯海！

当初通过王为民给他在西北地区搞到的假身份证可以在公安系统查询验证，那个名字使用了10年，以至恍惚中，他真的以为自己叫陈晓成。是的，10年来他几乎隔绝了与故乡所有同学的联系，以至忘记了自己与生俱来的名字——冯海。

人生还能有多少个10年？

陈晓成一直睡到第二天正午。好久没有这么好的睡眠了，他严重失眠已经两年多。

当年某省政坛地震，他就有一种强烈的不祥之感。于是，一天不停打电话，打给美国、加拿大、德国、瑞士、英属维尔京群岛以及中国香港、中国澳门等，几乎绕地球半圈，他可以拿着电话说半天。电话有的是需要按小时付费的，像美国和加拿大的律师楼、会计师事务所，有的虽然不付费，但付出的其他成本比按小时收费多得多，像澳门的赌场、香港的地下钱庄，他们帮着变卖、转移、套现和优化资产。

他们几乎是同样地诧异："你最近怎么情绪激昂，语速很快，逻辑清晰，不知疲倦。"实际上，从这个时候开始，他就整宿整宿地睡不着，然后瘦了很多。

廖倩的县城有20来万人，是长江中游的一座江边小城。三峡截流后的长江中游，水落鱼稀，江豚濒绝，冬日的航道更加狭窄，时有货轮搁浅。前6天里，他每天日出而游，日落而归，像正常人一样朝九晚五，作息规律，饮食均衡。

这座小县城，四处漂浮着有关于她的回忆。他尽情呼吸着她呼吸的空气，头顶着她享受的阳光、月亮和星辰，走着她走过的青石板路、天桥，穿过她住过的小巷、街道，甚至在臭豆腐摊上，坐着她曾经坐过的板凳，想象着板凳上遗留的她的体温和气息。居仁街、江滩、闸口、挖沙船、水鸟、渡轮、栖贤路、东新村……13年，拆迁无处不在，一些人老去，一些人新生，物非人亦非。

一条小河由东向西贯穿城市，连接着内湖和长江。在7月的江南，当年他们泛舟河上。记忆中那天摇橹的是一个上了年纪的大爷，河水清澈，鱼翔浅底。13年后，这条河几近干涸，在夕阳映照下，散泛着恶臭，化工厂、药厂、纸厂等重化工企业比赛似的往河里排污，两岸布满绿苔、纸屑、生活垃圾，如同一位清秀的女子沦落为蓬头垢面的丑妇。

渡口西边，嘈杂的夜市摊，沿江堤铺开。那个夏天的傍晚，他们手拉着手，散步过来，一列列的夜市摊帐篷，灯火辉煌，秩序井然。他们循着楚香鱼味，走进了一个不算宽敞但非常洁净的摊位，要了一份山药炖排骨和一份香油素煎卷鲜，是地方特色菜。她说，要让他知道这个地方的好，比如吃，山药是在距县城40多公里的山地里长出来的，形如手掌，五指张开，人称佛手山药，药用价值丰富，可食可入药。卷鲜，虽然是一种菜包菜的素食，却无比美味。或许是她的娓娓道来引起了他的食欲，味道果然鲜美。此后经年，他吃了各种名目的山药，没有其他任何一种山药长得像人参或佛手，都是一根竹竿的样子，毫无美感，口感很差，没有一顿有那样的美味。

这个冬天，寒风吹过，一层层灰尘被从堤坝上起，飘向城里，当年江堤下面的一个个夜市摊荡然无存。

离江堤夜市摊不远，一座将近百年历史的哥特式老建筑，突兀地立在江边，面朝长江，看着江水滔滔轮船轰鸣。站在老建筑二层的阳台上，目力所及，正面远方，就是黑黢黢的森林，叫将军山。她说："这老房子是民国时期一位高官的故居。"

如今，木楼依旧，木板楼梯咯吱作响，木材不堪岁月的重负。楼房在，人远去。当年给他讲掌故的她如今在哪儿？

13年后，东新村的老房子被拆掉，竖起了一栋栋楼，最高的有7层，没有电梯。他在小县城重温旧梦、寻找她的时候，总梦想着邂逅。是真的找不到吗？不会！只要提一提她妈妈的名字，这座小城唯一的上市公司老板，或者她的爸爸，当年主管工业的副县长，要找到她易如反掌。

陈晓成内心矛盾：希望很快找到，又害怕轻易找到。这是究竟要干什么呢？这种矛盾心理一下子把他打回原形，无论之前在资本市场如何纵横驰骋，在他人眼里是如何得意张狂，那都不是真正的自己。而今天，才是真正的自己，才是十多年前的自己，忧郁、犹豫，甚至懦弱。

在小县城的第七天，他接到了一个电话，是打给了他临时购买的新号码。放下电话，他愣怔了好久。他决定不再期待街头巷口的邂逅，去她妈妈公司门口等她。

他坐在江堤上，目不转睛地盯着她妈妈公司的大门，熟悉的金牌大字，差点成为他的囊中之物，心中滋味复杂。江堤距离工厂大门只有100来米，他戴着黑边茶色眼镜，镜外世界，一切鲜艳的东西都变得淡漠而缥缈。这是他第一次戴墨镜看世界，不真实。明星是为了避免被狗仔队拍照，他是为什么呢？他问自己。其实，是害怕被她一眼看到，而他在这里守候，就是为了寻找她。人真的很奇怪，越想得到的，越是敬畏。

身后就是长江，几艘小吞吐量的挖沙船在费力地劳作，偶尔鸣笛，像长期寡居在外的民工发泄时的声音，粗野、响亮。江堤建设得瘦长、粗糙，一些被撞破的部分，水泥表面被剥离，露出石头和黄土，一看就知道这是豆腐渣工程。这是地方惯用的手法，当年修江堤的专款没有专用，偷工减料后，还可以以维修的名义每年申请维护费用。看着这些，他心里忽然难受，这些年来，他不也干着类似的勾当吗？

下午4点多，他目光如炬，突然看到年轻的她了，看到了侧面和背面。她推着一辆摩托车，长发披肩，腰部乍细，臀部浑圆，小腿修长，没有戴头盔。他紧张起来。喊她吗？喉咙发紧，仿佛被一只手掐住，声音在肚子里回响。

出了工厂大门左拐，约100米后再左拐，就是一条新修的水泥大道，只有零星的车辆和路人，宽阔而空荡。转眼间，她就骑车转弯上路，他突然发疯似的冲过去，边跑边脱下深蓝色风衣，挽在手上。他亲耳听到她猛地一下加大油门，摩托车像箭一样飞驰起来，他加快速度，使尽吃奶的力气，向前猛冲。

他累得气喘吁吁，双腿无力，弯下腰，双手扶着膝盖，汗水从头部像蚯蚓一样往下流，他能感受到汗水的温度。他抬头看着她的摩托车从眼前消失，一如那年他坐在长途运输货车上，看着她修长的身体逐渐矮下去，直至消失，泪水模糊了双眼，他用手捶打着自己的头，从此与初恋永远分离。

晚上，他继续在步行街溜达，夜市摊还是依旧摆在街道两侧，唯一不同的是两侧竖起了一排排商铺，是各类三四流品牌的服装、鞋袜、电子产品等的专卖店。路过一个门脸装饰考究的比萨饼店，一群年轻人围坐在一起，观看电影频道正在播放的一部关于青春成长的电影。

他进去安静地坐在一旁。影片中30岁的主人公王晓灿15年后回到故乡，翻出发黄的一张照片，那是他的初恋马小米。他一时控制不住，泪如泉涌，所有的往事历历在目，主人公旁白说："我意识到这已经是15年之后了，15年前的那次离别便是终点，之后我再未见过她，然后便是长久地遗忘。"然后，镜头切换，21岁的美院学生陈毛毛依偎着美院老师王晓灿，他抚摸着她如瀑的秀发，宛若当年抚摸着当年的马小米，一段曲调忧郁的音乐响起，字幕一下子彻底击中了陈晓成的泪腺：

那年我们那么年轻，你走进我的视线，我说你好。
我们都是青涩的果实，香甜着成熟着腐烂着，你说再见。
从此我无法再看到你的双眼，
从此我只能从记忆的缠绕中回忆那个夏天。
那个夏天，你的发梢带着醉人花香。
那个夏天，你的笑声犹似灿烂阳光。

许多次梦中醒来，从窗口望去，这个城市已经是夜色浓妆。
多少回独步街头，仅仅有一次，人潮之中我与你静静凝望。
亲爱的你，是否听到我隔着时光为你放声歌唱。
那是旧日歌曲，诉说着青春的张扬，那年的暖风那年的
操场。
那时的少年那时的初恋，那年的我们，一起漫步朝霞与
夕阳。

现在我们都已经长大，带着不易察觉的忧伤，我说你好。
用温暖的笑容和眼泪，小心翼翼将记忆收藏，你说再见。
从此我们各自走向各自的路口，
或许我还会在某个午后想起你想起那个夏天。
那个夏天，你天真地畅想未来的时光。
那个夏天，你说带我走吧，去任何地方。

晚上，陈晓成严重失眠，12点53分入睡，凌晨2点47分醒来，此后无眠。双手枕在脑后，睁着双眼，望着天花板，往事再次如电影般清晰地一幕幕浮现，压抑的哭泣，在这个清冷的小城深夜，沉重地响起。

他起身，拉开窗帘，路灯清冷，一两个环卫工人，穿着环卫服，在挥动着扫把，有规律地劳作。昼伏夜出，这也是一种生活；平静、安详，这

也是一种幸福。

他慨叹一声，猛然发现：这些日子自己总是不自觉地习惯性叹气，是老了吗？还是从紧张激烈的生活里突然松懈下来的生理反应？或者是因为吊诡的世事？

第八天，午饭后，他租了一辆出租车，司机20来岁，他问："确定包一天吗？"

陈晓成点头。

"那走吧，去哪儿？"

车直接开到江边她家工厂对面，停在江堤侧底。司机诧异："就这样停着，哪儿也不去？还1000块？"

"就这样。"陈晓成一句废话都不想说。司机刚开始是坐在车子驾驶位置上，待了不久，无聊了就玩手机游戏，或者拿起手机给同行或者朋友打电话。陈晓成不时扫他一眼，看到他一惊一乍的神色，肯定在电话中跟他们聊起今天碰到一个奇怪的顾客。他放下电话，恰好碰到陈晓成的目光，尴尬地一笑。

陈晓成招招手，让他坐过来。他有些受宠若惊，立即抬腿下车，关上车门，顺着坡爬上来，挨着坐着，试探地问："你肯定在等人吧？"

陈晓成点点头，放松面部表情。他感受到了友好："听你口音就知道你不是本地人，但是你在这儿会等谁呢？我猜猜看？"

本来心不在焉的陈晓成，这个时候侧身认真看了下他，鼓励着他猜下去。

他大胆猜测起来："你是商人？那为什么不去企业谈呢？不对！你是警察，潜伏破案？对，肯定是。"

陈晓成戴上墨镜，"你不用猜了，你猜不到的。"

司机似乎不服气："你这身打扮，非富即贵，又老练稳重，还是外地人，跑这儿来干吗？还坐在这儿，盯着工厂，看风景？不对啊。哦，我知道了，哈哈，是不是买这家公司股票了？"

陈晓成心头微微一疼。司机看着他的脸，觉得自己肯定说中了，兴奋地往下说道："这家企业啊，怎么说呢，是我们这里的名片，就它有名气，可是污染非常严重，我们养的鱼，种的菜，全都没法吃，都只能偷偷批到外地。"

"那你们吃什么？"

"有钱人就没问题啊，离这里50公里开外深山老林里种植的蔬菜，养的猪、鱼，专供县城。别以为只有你们大城市讲究绿色食品，我们这里也好这口，健康谁不重视啊？不是流传这样一句话吗？什么都可以没有，不能没有钱；什么都可以有，千万别有病。可是普通老百姓，有什么可挑的？！"他叹了叹气，"再有问题也得吃啊，就算不吃，平时喝的水你躲得过吗？我们这里已经是癌症县了。"

陈晓成诧异之余，又觉黯然。这就是她家的企业？这就是他希望控制的企业？他从来不知道这些，也从未关注过。但是，他心里抑不住微微的凉意。什么样的发展必须得以失去故乡作为代价？

下午4点多，陈晓成又看到她了，推着摩托车出门，然后拐上大道，骑上去。他拉着司机立即跑下江堤，钻进车里，催促司机赶紧发动，发号指令："跟着她。"

年轻的司机手脚麻利地执行指令。他们尾随其后，一步一步靠近，陈晓成心跳加速，有些紧张，他似乎有种错觉：她怎么会还是那么年轻呢？十三年了，时间是所有人的敌人，谁也无法例外。

他让司机加快速度，超过她。车子超过的时候，陈晓成猛地摇下副驾驶车窗，摘下墨镜，伸出头，想给她一个意外，看她是否认识他，记得他，最初的爱恋！

他看到了一张陌生的面孔。

当车子超过她时，她看到车里猛地伸出一颗陌生的头颅，她表情夸张、意外，甚至有种被调戏和冒犯的吃惊。她稚嫩的面部右侧镶嵌着两颗黑痣，单眼皮的眼睛，恼怒之后有些惶恐。

原来不是她！

失望至极。陈晓成对司机说："我想去你说的深山老林，我给你加2000块！"

司机在迷惑不解中，加大油门，提醒时的声音透露着意外之喜，痛快地说："请您系好安全带。"

深山之中有座庙宇，此时恰逢白须僧人在经室开讲，一群来自上海的焦虑症和抑郁症患者组成的禅修团来此参加一周学习修炼。这个禅修团，有国企高管、私企老板，有刚退休下来的官员，还有一些年轻的外企白领，他们要么神情冷漠、无精打采，要么情绪不稳、爱抢话。还不错，在经室听白须僧人讲解与"入世""出世"之道，颇为安静，有的睁大着眼睛，满脸虔诚，有的则双手合十，微闭双眼，低头倾听。

经室门口聚集了一群香客，陈晓成也跟随香客安静地站在门口，旁听了半晌白须僧人的讲座，都是"和谐、觉悟、刹那、三生有幸、临时抱佛脚"等与俗世生活相关的禅悟。"《地藏菩萨本愿经》里说：'南阎浮提众生，举止动念，无不是业，无不是罪。何况恣情杀害、窃盗邪淫妄语，百千罪状……'这句什么意思呢？'南阎浮提'指地球，地球众生起心动念都是自私自利，是业，就是罪。人们却认为这是人性，正当正确，就大错特错了。"

白须僧人娓娓讲着，到酣处，问众人："什么是'色即是空，空即是色'？"

听者中一位老者举手，看样子年已过花甲，神态似退休官员。他说道："我退休下来后殚精竭虑了5年多，最近有所悟：'色即是空，空即是色'究竟何意？简单明了，明性明智，我们千方百计、挖空心思追求物质，到离开尘世时才发现，万贯家财根本带不走，都是空的。莫要贪恋钱财，家藏千金，不过一日三餐，广厦万间，无非放床一张。当你清白做人、坦然做事，把利欲看淡、看轻，这种淡与轻反而是一笔享用不尽的财富。"

白须僧人双手合十，面露赞许之色："阿弥陀佛，善哉！"

纵然千年铁门槛，终须一个土馒头。

回去的路上，陈晓成若有所思。司机小伙子一路攀谈，零星知晓他的简单故事，明白他在寻找当年的初恋，只是不知道具体是谁，做什么的，因为他讲述的当年的她，是一个大四女学生，落户在这个小县城。其他的，司机没有获得更多的细节。

听完这个简单的故事，司机大嘴一咧："哎呀，跟你年纪差不多的姑娘，在我们这地方，肯定早结婚了。别说结婚，早就有孩子了，也许孩子还不止一个呢。你还上杆子干吗？天下何处无芳草，何必在一棵树上吊死？！再说了，您这一出现，岂不是小三了，拆散人家干吗？别说了您不爱听，您只顾您的感受，就不在乎人家、人家老公，以及他们孩子的感受？"

其实，陈晓成又何尝不知道？越靠近真相，越是害怕。真相可以杀人于无形。这么多年，他声色犬马，拼搏刺杀，孑然一身，四处漂泊。这一切究竟是为了什么？为了她吗？为博红颜一笑还是向她家人证明自己的强大？

进入县城，司机鬼使神差地走回原路，拉着他从她的工厂门口晃过。车子缓缓路过工厂大门口，一辆保时捷卡宴迎面而来，放缓速度，打了向左的转向灯，要开进厂区。司机冒出一句："瞧！这是这家上市公司老板女儿的座驾，我们当地最好的车子。"他自作聪明地加了一句，"没有之一。"

天地似乎瞬间暗下来，笼罩在无边无际的浓重黑雾里，阳光穿透进来，形成一个个强烈的光晕在他眼前飘来飘去。陈晓成本能地转头去看，模糊中，看到侧方车里一个微微发福的身影，戴着墨镜，白皙的皮肤，沉静的表情，副驾坐着一个小女孩，梳着羊角辫，在吹着泡泡糖。

他迅疾转回头来，双手颤抖。眼前的光晕愈加明亮，辉映得整个世界远远漂浮出去。他日夜渴望着想象着再看到她的情景，可真来临时，却发现自己没有勇气直面她。

多少年来，他固执地认为，以他与她的爱，那些年月的纯真来抵御现实的残酷。这场爱与纯真是他生活的圣域，如信仰，如朝圣，支持着他穿行在算计与猎杀中。他的内心深处，恰如上演着一场基督山伯爵式复仇的爱。

过去了的，还能回得去吗？当他在资本市场杀出一条血路，当他一身财富差可敌城，以君临四方凌驾一切的姿态降临，他突然茫然失措，当她真正地出现在眼前，他手脚僵硬，软弱无力。

他已不是冯海，廖倩也已不是廖倩，至少再也不是他的廖倩了。

从踏上这条江湖路的第一天起，他就注定回不去了。安静的生活、明亮的内心、相知相爱相守、对所爱的人的真挚守护，所有的这些人间美好，他都没有，余下的漫漫一生也不可能拥有。他拥有用不尽的财富，不缺少美女，不缺少刺激，前方等待他的，也许是在高墙之内。当他和王为民，以及其他同类在资本市场不择手段、铤而走险、大肆潜规则搞权钱交易时，他就应该想到了这种可能性的结局，即使在后期很长一段时间里，他足够小心翼翼，但基因决定的命运，有多少可以侥幸逃脱？即使侥幸逃离，也许飘零在异国他乡清冷的街头；也许，在接下来的日子，享受灯红酒绿，在四面楚歌中，他，以及他们这帮人，会不会昙花一现？尽管如此种种，未来迎接他的，无论是天堂还是地狱，有一点是共同的，心灵荒芜，寂寥开无主。

她在沉静地错开车子，按了下让路的喇叭。出租车司机猛地向右一转弯，在陈晓成内心翻江倒海，还没有回过神来的时候，车子快速地拐上主路，扬尘而去。

陈晓成没有摇下车窗，没有下达停车的指令，任凭司机奔跑而去。他戴上墨镜，一行热泪，从墨镜后面，流淌下来……

他决定了。他知道，一切都结束了。当然，他也知道，心魔没了，就是一个新的开始。在奔向机场的高速公路上，陈晓成拨通了一个电话：我要自首！